OLIVIA HAYLE

ICE COLD BOSS

OLIVIA
HAYLE

ICE COLD BOSS

ROMAN

AUS DEM AMERIKANISCHEN
VON KATJA WAGNER

more
Immer mit Liebe

Titel der Originalausgabe
Ice Cold Boss

MIX
Papier | Fördert
gute Waldnutzung
FSC® C083411

ISBN 978-3-98751-028-1

More ist eine Marke der Aufbau Verlage GmbH & Co. KG

1. Auflage 2023

www.aufbau-verlage.de
10969 Berlin, Prinzenstraße 85

Satz Greiner & Reichel, Köln
Druck und Binden CPI books GmbH, Leck, Germany

Printed in Germany

– 1 –
FAYE

Was macht man als abgebrannte Architektin, der zu Unrecht gekündigt wurde? Wenn dann noch ein Riesenhaufen Schulden vom Studium, eine noch größere Portion Ehrgeiz und die Demütigung, von einem der größten Architekturstudios New Yorks abgelehnt worden zu sein, dazukommen?

Die Antwort? Man ertränkt seine Sorgen in Wein.

Meine beste Freundin ist da, und wir machen eine Flasche Weißwein auf. Genau genommen zwei, doch es ist ein besonders leichter Wein, also zählt er nur zur Hälfte.

»Auf die neueste Jobabsage«, verkünde ich und hebe mein Glas.

Jessie tut es mir nach. »Immerhin bist du aus Elliot Ferris' Büro raus. Schlimmer wäre es, wenn du immer noch für dieses Arschloch arbeiten müsstest, Faye.«

»Wenigstens würde ich dafür bezahlt werden«, sage ich traurig. »Aber du hast recht. Trinken wir aufs Pleitesein – aber immerhin glotzt mir niemand mehr auf den Hintern!«

»Aufs Nichtglotzen!«

Wir stoßen an, kichern und verlieren uns in den üblichen Verrücktheiten. Albern und witzig und vollkommen harmlos.

Na ja.

Zumindest *beginnt* es harmlos.

Doch dann geht Jessie nach Hause, und ich öffne meinen Laptop für ein bisschen Mitternachtsspaß. Vielleicht werde ich meinen

Lieblings-YouTubern bei einem weiteren Shopping-Haul zusehen oder mir ein Flecht-Tutorial angucken, das so kompliziert ist, dass ich genau weiß, ich werde es selbst niemals hinkriegen. Vielleicht ist es auch mal wieder Zeit, ein wenig betrunken online zu shoppen.

Die Jobsuche-Webseite poppt auf – ich hatte sie offen gelassen. Da ist eine neue Stellenanzeige, die letztes Mal noch nicht da war.

Der Name des Studios ist Marchand & Rykers. Ein kleines, exklusives Architekturbüro im nördlichen Manhattan, von dem ich zwar schon mal gehört habe, aber auch nicht mehr. Es zählt nicht zu den ganz Großen, ist jedoch für teure Prestigeprojekte bekannt. Und außerdem ein Studio, von dem ich noch keine Absage erhalten habe.

Enttäuschung macht sich in mir breit, als ich die Stellenanzeige lese. Sie suchen noch nicht einmal eine Architektin, sondern eine Assistentin für den Geschäftsführer.

Die Stelle beinhaltet das Übliche – Veranstaltungsmanagement, Terminplanung, E-Mails und Telefon. Verdammt. Diese Stadt bringt mich noch um, ganz zu schweigen von diesem Beruf. Ich war fünf Jahre bei Elliot Ferris, und was hat es mir letztendlich gebracht?

Nichts. Kein Empfehlungsschreiben. Keine Beförderung. Nada. Niente.

Reicht es nur noch für einen Job als Assistentin? Bin ich wirklich so tief gesunken?

Weinselige Wut steigt in mir hoch, als ich den blauen Button anklicke, auf dem »Bewerben« steht. Mein Lebenslauf ist fertig und aktuell, also dauert es nicht lange, ihn hinzuzufügen und meine Bewerbung fertig zu machen.

Bitte fügen Sie ein Anschreiben hinzu. Ha. Als ob sie mich dann einstellen würden!

In meinem Kopf nimmt eine Idee Formen an. Sie ist so albern, dass ich eine Weile lang nur das leere Dokument auf meinem Bildschirm angrinsen kann.

Ja. Warum sollte ich ihnen nicht meine Gedanken mitteilen? Realistisch betrachtet werde ich den Job sowieso nicht bekommen. Als Assistentin habe ich keinerlei Erfahrung und habe auch kein einziges Empfehlungsschreiben vorzuweisen. Ich bin siebenundzwanzig Jahre alt und wohne in einem Einzimmerapartment in Brooklyn.

Ich beginne zu schreiben. *Sehr geehrter …* verdammt. Wer ist der Geschäftsführer des Studios? Eine kurze Google-Suche spuckt den Namen aus. Henry Marchand. Wahrscheinlich ein fieser alter Bastard mit Plauze und schütterem Haar. Ein weiterer Elliot Ferris mit Krallenhänden und einem widerlich süßlichen Grinsen. Bäh. Das sind die elitären Drachen, die Wächter der New Yorker Baubranche, die es jungen weiblichen Architektinnen unmöglich machen, Fuß zu fassen. Arschlöcher.

Sehr geehrter Mr. Marchand (was für ein Schickimicki-Name ist das eigentlich?), tippe ich.

Sie werden mich nicht einstellen, Sie alter Sack. Lassen Sie mich die Gründe aufzählen, warum nicht. Neugierig geworden? Sollten Sie auch. Ich werde Ihnen jetzt alles erzählen, was in dieser Branche schiefläuft. Nichts zu danken.

— • —

Als ich aufwache, dröhnt mein Kopf, und mein Mund ist so trocken wie die Sahara. Meine Decke klebt an meiner Wange, und ich weiß, dass meine Haare eine Katastrophe sind, ohne sie auch nur zu berühren.

Sonnenlicht fällt durchs Fenster. So wie es aussieht, ist es schon spät.

»Verdammt«, murmele ich und setze mich auf, die Hand gegen die Stirn gepresst. Ich wusste, dass es keine gute Idee war, mit Jessie zu trinken, aber dann war die Absage von Ford & Sons eingetrudelt …

Gott. Das waren jetzt insgesamt sechs Absagen. Alle großen Architekturbüros in New York haben mir eine Abfuhr erteilt. Mir. Der Jahrgangsbesten meiner Uni. Klar, es war keine Eliteuniversität, doch es war die Beste, die ich mir mit meinem Stipendium und meinem Studentendarlehen leisten konnte.

Ich stehe auf und schaffe es auf wackeligen Beinen in die Küche, um mir ein Glas Wasser zu holen. Dabei fällt mein Blick auf die Topfpflanze in der Zimmerecke. »Wenn es so weitergeht, müssen wir vielleicht zurück nach Ohio, Süße«, sage ich zu ihr.

Sie schaut missmutig zu mir herüber. Trotz meiner liebevollen Pflege werden ihre Blätter an den Rändern langsam braun. Bisher habe ich jede Pflanze, die ich jemals gekauft habe, auf dem Gewissen, aber ich bin fest entschlossen, dass diese hier nicht das gleiche tragische Schicksal erleiden wird.

»Halte durch«, sage ich zu ihr. »Ich finde etwas für uns. Ich weiß, dass es dir besser gehen wird, wenn ich einen Job habe.«

Ganz zu schweigen von mir selbst.

Ich setze mich an den Küchentisch und öffne meinen Laptop. In meinem Posteingang wartet eine neue E-Mail.

Automatische Antwort: Vielen Dank für Ihre Bewerbung!

Ich runzele die Stirn und gucke genauer hin. Ich habe mich nirgends beworben.

Marchand & Rykers hat Ihre Bewerbung erhalten. Wir werden uns so schnell wie möglich bei Ihnen melden, um –

Nein. Nein, nein, nein, nein, nein. Auf keinen Fall.

Das war ein Witz. Ein dämlicher kleiner Witz im Suff, nur um mich selbst zu amüsieren.

Nacheinander öffne ich die Dokumente, die ich mitgeschickt habe.

Mein Herz hämmert, als ich das Anschreiben öffne. Ich erinnere mich nur vage daran, eines mit der selbstgerechten Wut einer Betrunkenen getippt zu haben.

O Gott. Ich habe es wirklich weggeschickt.

– 2 –
HENRY

»Mr. Marchand, Ihr Termin um eins verspätet sich um fünfzehn Minuten. Soll ich die Termine danach nach hinten verschieben?«

Ich drücke auf den Knopf der Gegensprechanlage und antworte meiner Assistentin barscher, als es unbedingt nötig gewesen wäre. Wann ist Pünktlichkeit eigentlich aus der Mode gekommen?

»Nein, ich werde das Meeting mit ihm entsprechend verkürzen.« Wenn du zu spät kommst, kommst du zu spät und musst dann eben mit den Konsequenzen rechnen.

Meine Assistentin flötet zurück: »Soll ich Mittagessen für Sie bestellen?«

»Ja. Das Übliche.«

»Mache ich.«

Sie ist effektiv. Immer pünktlich. Kompetent.

Und sie ist nur noch eine Woche hier. Sie war diejenige, die gekündigt hat. Damit bin ich mal wieder in der gleichen fürchterlichen Situation, in die ich anscheinend immer wieder gerate. Erneut auf der Suche nach einer Assistentin. Irgendwie bleiben sie nie lange, selbst wenn sie eigentlich großartig sind. Ich bin auch kein furchtbarer Chef. Anspruchsvoll vielleicht. Akribisch. Aber nicht furchtbar.

Ich rufe bei Melissa in der Personalabteilung an. Die Stellenanzeige für die neue persönliche Assistentin ist gestern erst geschaltet worden, doch Geduld ist eine Tugend, die ich nicht besitze.

»Mr. Marchand?«

»Haben Sie schon irgendwelche Bewerberinnen für die neue Stelle?«

»Ja«, sagt sie. »Ein paar. Aber die Anzeige ist noch keine vierundzwanzig Stunden alt. Ich erwarte noch mehr.«

»Schicken Sie sie mir.«

Kurzes Zögern. »Ich habe sie noch nicht geprüft. Soll ich Ihnen eine Auswahl schicken? Ich gucke sie mir an und könnte in zwei Stunden fertig sein.«

»Nein, schicken Sie mir alle, die wir bis jetzt haben.«

Sie ist ganz offensichtlich perplex, fängt jedoch keine Diskussion an. »Ich schicke sie Ihnen sofort rüber.«

Perfekt. So habe ich wenigstens etwas Produktives zu tun während der fünfzehn Minuten, die ich jetzt gezwungenermaßen auf einen meiner leitenden Architekten warten muss.

Melissas E-Mail blinkt in meinem Posteingang auf. Im Anhang die Unterlagen von sieben Bewerberinnen in sieben Ordnern. Hervorragend. Ich scrolle durch die Liste und öffne den ersten Ordner. Faye Alvarez. Ein ungewöhnlicher Name.

Ihr Lebenslauf ist exzellent. Jahrgangsbeste. Ein Bachelor in Architektur. Fünf Jahre Berufserfahrung bei Elliot Ferris. Ich knirsche mit den Zähnen, als ich den Namen lese. Er ist kein Freund von mir, aber sein Studio ist zweifelsohne erfolgreich.

Ich öffne ihr Anschreiben und traue meinen Augen kaum.

Sehr geehrter Mr. Marchand (was für ein Schickimicki-Name ist das eigentlich?),

Sie werden mich nicht einstellen, Sie alter Sack. Lassen Sie mich die Gründe aufzählen, warum nicht. Neugierig geworden? Sollten Sie

auch. Ich werde Ihnen jetzt alles erzählen, was in dieser Branche schiefläuft. Nichts zu danken.
Erstens habe ich keinerlei professionelle Empfehlungsschreiben. Das liegt nicht daran, dass ich nie in einem renommierten Studio gearbeitet hätte – das habe ich –, sondern daran, dass mein ehemaliger Chef ein lüsterner Fiesling ist. Extrem lüstern. Das ist ein gutes Wort. Na ja, nein, es ist ein schlimmes Wort, aber es ist nachdrücklich. Er weigert sich, mir ein Empfehlungsschreiben zu verfassen, weil wir eine sogenannte Meinungsverschiedenheit hatten. Ich gebe Ihnen einen Hinweis: Ich hatte recht. Also sitze ich jetzt hier ohne Empfehlungsschreiben. Das liegt nicht daran, dass ich nicht gut in meinem Beruf wäre. Sondern daran, dass ich zu gut war. Ich bin verdammt nochmal die beste Architektin, die Sie je gesehen haben.
Aber Sie werden es mir nicht glauben, weil Sie Beweise brauchen und ich die nicht liefern kann. Das ist ein Dilemma. Wie Sie diesem wundervoll geschriebenen Brief entnehmen können, bin ich sehr gebildet. Sie werden mich trotzdem nicht einstellen, weil ich nicht auf einer Elite-Universität war. So wie Sie wahrscheinlich und all die anderen Architekten in Ihrem Studio. Vermutlich stellen Sie ausschließlich Elite-Uni-Absolventen ein. Das ist ein ungeschriebenes Gesetz, richtig? Ich weiß, wie es in New Yorks Architekturstudios läuft. Tja, ich konnte mir keine Eliteuni leisten. NICHT MEINE SCHULD!
Zweitens: Ich sehe nicht aus wie eine Architektin. Ich sage es hier mal ganz offen, denn warum nicht? Es ist die Wahrheit. Mir wurde gesagt, ich sei »eine Ablenkung am Arbeitsplatz«. Zu kurvig, zu sinnlich, zu exotisch, was auch immer das heißt. Habe ich alles schon gehört. Nur weil mein Vater aus Mexiko stammt, heißt das noch lange nicht, dass ich irgendein fremdländisches Gericht bin,

von dem man mal kostet. Aber genau so sehen es die ganzen hohen Tiere. Sie sehen nicht meine perfekt durchgeführten Berechnungen, sondern nur meinen Ausschnitt. Den ich normalerweise zu bedecken versuche. Auch hier: NICHT MEINE SCHULD!

Wollen Sie den letzten Grund wissen, warum Sie wahrscheinlich nicht mal daran denken werden, mich einzustellen oder auch nur zu einem Vorstellungsgespräch einzuladen? Ich habe überhaupt keine Erfahrung als Assistentin, auch wenn ich absolut überqualifiziert für die Stelle bin, die Sie ausgeschrieben haben. Ich lasse mich auf das Niveau einer Assistentenstelle herab und werde noch nicht mal diese bekommen. Aber aufgrund der bereits aufgeführten Aspekte bin ich wohl unterqualifiziert, um als Architektin in Ihrem renommierten Studio zu arbeiten, Sir. Also bin ich so oder so im Arsch.

Diese Branche ist sexistisch, elitär und protektionistisch. Ich dachte, ich könnte es trotzdem schaffen, aber anscheinend kann ich es nicht. Lehnen Sie meine Bewerbung ab, und bestätigen Sie meine These. Danke im Voraus.

Mit freundlichen Grüßen

Faye Alvarez

Ich lese das Anschreiben einmal.

Und noch einmal.

Und danach stelle ich fest, dass ich grinse. Diese Frau ist wütend. Mehr als das – sie ist *zornig*. Mich hat noch niemand *alter Sack* genannt, und ganz sicher niemand, den ich noch nie gesehen habe. Der Teil, der mich am meisten zum Grinsen bringt, ist das Ende. Sie hat ihr Anschreiben tatsächlich mit *Mit freundlichen Grüßen* beendet, kurz nach dem Ausdruck *im Arsch.* Unmöglich. Wahnsinnig.

Ich schaue mir ihren Lebenslauf noch einmal an.

Sie ist wirklich mehr als qualifiziert. Hat ihr Studium mit summa cum laude absolviert. Ein Praktikum in einem der größten Studios gemacht, bevor sie einen Job als Nachwuchsarchitektin an Land zog. Sie war Teil des Century-Dome-Projekts.

Mhm, ein beeindruckendes Bauwerk. Ich war bei der Eröffnung.

Aber sie hat recht. Sie ist definitiv überqualifiziert für die Stelle als Assistentin. Auf der anderen Seite ... müsste man sie bezüglich des Architektur-Teils ihres Jobs kaum schulen. Sie würde all meine Anmerkungen sofort verstehen. Die Systeme, die Projekte ... klar, sie würde vielleicht erst lernen müssen, wie man mit einem Terminkalender umgeht, doch das ist der einfache Part. Das Bauen, Entwerfen und Entwickeln ist der schwierige Teil, und das kann sie wie aus dem Effeff.

Ich lese ihr Anschreiben noch einmal.

Es bringt mich wieder zum Lächeln. *Das ist ein gutes Wort. Na ja, nein, es ist ein schlimmes Wort.* Diese Frau klingt halb verrückt und halb brillant, und ich will verdammt sein, wenn das nicht die erste Bewerberin ist, die wirklich heraussticht. Ich kann sie nicht einstellen – natürlich nicht. Aber es schadet nicht, sie telefonisch zu einem Vorstellungsgespräch einzuladen und ihre letzte Voraussage zu widerlegen. Marchand & Rykers ist nicht elitär oder sexistisch. Und wenn das Anschreiben einen Anhaltspunkt liefert, wird dieses Telefonat vielleicht das Witzigste, das ich seit Monaten geführt habe.

Darüber hinaus ist der Anfang ihres Schreibens erschütternd. Der alte Elliot Ferris, von dem sie aus den angedeuteten Gründen kein Empfehlungsschreiben bekommt ...

Ich wähle die Nummer, die sie in ihrem Lebenslauf angegeben hat.

Eine atemlose Frauenstimme antwortet nach dem zweiten Klingeln. Sie klingt sanft und fest. »Faye Alvarez hier?«

»Ich bin Mr. Marchand von Marchand & Rykers.«

Absolute Stille am anderen Ende.

»Der alte Sack«, füge ich hinzu. Immer hilfsbereit.

»Hallo«, flüstert sie. »Gott, dieses Anschreiben ist mir wirklich peinlich.«

»Tatsächlich? Das konnte ich dem Text selbst nicht entnehmen.«

»Nein, na ja, ich war nicht gerade bei klarem Verstand, als ich das abgeschickt habe.«

»Wollen Sie mir sagen, dass Sie sich unter dem Einfluss von Alkohol auf eine Stelle in meinem Unternehmen beworben haben?«

»Vielleicht«, sagt sie. »Die Antwort hängt davon ab, ob sie mich entlastet oder nicht.«

»Entlastet«, wiederhole ich. »Das ist ein weiteres objektiv *gutes* Wort, finden Sie nicht?«

Am anderen Ende ertönt ein entsetztes Stöhnen. »Das mit dem Anschreiben tut mir wirklich leid.«

»Ich verstehe, dass es *Ihnen* leidtut«, sage ich, »aber mir nicht. Es war sehr unterhaltsam.«

Ein weiteres Stöhnen. »Oh, da bin ich mir sicher. Macht es bereits die Runde im Büro? Klebt es schon am Wasserspender?«

»Noch nicht, allerdings habe ich große Pläne damit«, sage ich ernst. »Ich denke, ich werde es als E-Mail-Anhang weiterleiten.«

»Das tun Sie nicht«, flüstert sie, und der entrüstete Ton bringt mich zum Lächeln. Gott, macht es Spaß, diese Frau zu ärgern.

»Nein, mache ich nicht. Nicht, wenn Sie zu einem Vorstellungsgespräch kommen.«

Wieder absolute Stille am anderen Ende.

»Miss Alvarez? Ich bin ein vielbeschäftigter Mann.«

»Sie wollen wirklich, dass ich zu einem Vorstellungsgespräch komme?« Jetzt klingt ihre Stimme heiser. »Ich verstehe beim besten Willen nicht, warum.«

»Wie ich bereits sagte: Ihre Bewerbung war sehr unterhaltsam. Außerdem haben Sie exzellente Qualifikationen. Können Sie morgen zu Marchand & Rykers kommen? Sagen wir um …« Ich schaue auf meinen Kalender. »Neun Uhr?«

»Ja, kann ich.«

»Dann bis morgen, Miss Alvarez. Und seien Sie pünktlich.«

»Danke.«

»Auf Wiedersehen.«

»Tschüss.«

Ich lege auf und verbringe weitere fünf Minuten damit, ihr Anschreiben durchzugehen.

Es ist lächerlich.

Und dabei mitzuspielen, ist ebenfalls ausgesprochen dämlich. Aber es ist auch ein Termin, auf den ich mich freue, und so etwas hatte ich lange nicht.

– 3 –
FAYE

Das mit dem Vorstellungsgespräch muss ein Witz sein.

Kein vernünftiger Mensch würde jemanden einstellen, der sich mit einer solchen Katastrophe von Anschreiben beworben hat. Das weiß ich. Und das weiß er ganz sicher auch. Warum soll ich also doch kommen? Wahrscheinlich zu Belustigungszwecken. Er will sehen, mit was für einer lächerlichen Person er es zu tun hat. Ein bisschen lachen, so wie am Telefon.

Ich betrachte mich noch einmal im Spiegel. Tja, da hat er Pech gehabt.

Für ihn mag es vielleicht nur ein Witz sein, aber ich werde nicht die Gelegenheit verspielen, ein winziges bisschen Glaubwürdigkeit zurückzubekommen. Ich sehe professionell aus, von den schwarzen Pumps bis hin zum geglätteten Pferdeschwanz. Ich trage mein seriösestes Kostüm – der Bleistiftrock reicht mir bis zu den Knien, und die Seidenbluse wird fast vollständig von dem passenden Blazer bedeckt. Mein Make-up habe ich auch einfach gehalten. Alles getan, um die Merkmale herunterzuspielen, denen Männer wie er gerne nachstellen – oder die sie gegen mich verwenden.

Ich betrete das Studio von Marchand & Rykers mit meinem Architekturportfolio unter dem Arm. Ich musste es einfach mitbringen, auch wenn die Stelle, um die es geht, nur eine Assistentinnenstelle ist.

Die Empfangsdame lächelt mich unsicher an. »Miss Alvarez?«

»Ja, die bin ich«, sage ich. »Ich habe ein Vorstellungsgespräch bei Mr. Marchand.«

»Ja, ich hörte davon. Ausgezeichnet. Ich zeige Ihnen den Weg.« Ich folge ihr eine breite Glastreppe hinauf. Es ist unverkennbar, dass wir hier in einem Architekturstudio sind: leere weiße Wände, Spotlights, die kunstvoll platzierte Winkel beleuchten. Alles ist puristisch und stylish.

»Arbeiten Sie schon lange hier?«, frage ich sie.

»Seit fast drei Jahren. Es ist ein tolles Unternehmen.« Am Aufzug verstummt sie kurz, während sie mit ihrer Schlüsselkarte hantiert. Dann drückt sie den Knopf zum achten Stock, und wir setzen uns in Bewegung.

»Wie ist Mr. Marchand so?« Ich weiß selbst nicht, was für eine Antwort ich auf diese Frage erwarte. Mein Herz klopft nervös in meiner Brust, aber ich achte darauf, meinen Gesichtsausdruck neutral zu halten. Es ist sehr wahrscheinlich, dass er nur über mich lachen will.

»Nun«, sagt sie bedacht, »er ist ein sehr talentierter Architekt.«

Mehr fügt sie nicht hinzu, und es ist nicht schwierig, die unterschwellige Botschaft zu kapieren. *Aber er ist ein Arschloch.* Wie die meisten Bauingenieure und Architekten seines Kalibers. Und davon kenne ich weiß Gott genug.

Man braucht eine bestimmte Art von Ego, um Bauwerke durchzuboxen, die einen sehr wahrscheinlich überleben werden.

Sie öffnet eine Glastür und führt mich einen langen Flur entlang. Am Ende steht ein leerer Schreibtisch, direkt vor einem raumhohen Fenster.

»Hier sitzt seine Assistentin«, sagt sie, »und Mr. Marchands Büro ist hinter dieser Tür.«

Sie deutet auf eine große Eichentür, die mit ihrem massiven und verwitterten Look so gar nicht zum restlichen minimalistischen Büro passen will. Interessant.

»Okay«, sagt sie. »Dann viel Glück.«

Ich halte vor der riesigen Tür inne. »Weiß er, dass ich hier bin?«

»Oh, da bin ich mir sicher. Sie sollten um neun Uhr hier sein, oder?«

»Ja«, entgegne ich, aber sie ist schon wieder halb den Flur runter, als würde sie vor der Situation fliehen. Das stimmt nicht gerade zuversichtlich. »Okay«, murmele ich und straffe die Schultern. Ich bin Faye Alvarez. Ich war Jahrgangsbeste. Habe fünf Jahre lang an einigen der herausforderndsten Entwürfe in Manhattan mitgearbeitet. Ich bin eine großartige Architektin.

Ich klopfe an die Tür.

Keine Antwort. Es ertönt nur ein leises, elektronisches Klicken, und dann öffnet sich die Tür automatisch.

Das Büro ist gigantisch. In der Mitte steht ein riesiger Schreibtisch, supermodern und stylish, und dahinter befinden sich reihenweise Bücherregale. In einer Ecke sehe ich einen klassischen Architektentisch mit Skizzenblättern und einer Klemmleuchte.

An dem Tisch sitzt ein Mann.

Oha, denke ich. *Der ist überhaupt nicht alt.*

Er ist auf keinen Fall älter als vierzig, und er trägt sein dichtes braunes Haar zurückgekämmt. Eine verirrte Strähne jedoch weigert sich, ihm zu gehorchen, und fällt ihm in die breite Stirn. Er trägt keinen Anzug, sondern ein dunkelblaues Hemd, das er in graue Chinos gesteckt hat. Ein lässiger Look, der an ihm umwerfend aussieht. An seinem Handgelenk funkelt eine teure Uhr.

Er erwidert meinen Blick. In seinen Augen spiegelt sich nichts – keine Überraschung, keine Belustigung, nichts, was irgendeine Art der Begrüßung ausdrücken würde. Ich weiß nicht, ob er versucht, mich zu verunsichern, aber ich denke gar nicht daran, ihm zu zeigen, dass es funktioniert.

»Hallo«, sage ich. »Mein Name ist Faye Alvarez. Ich bin für ein Vorstellungsgespräch hier.«

Er lehnt sich in seinem Stuhl zurück und mustert mich. Alles andere als anzüglich, sondern sachlich. Ich werde taxiert.

»Miss Alvarez mit dem berühmten Anschreiben«, sagt er. »Setzen Sie sich.«

Ich nehme ihm gegenüber Platz und scheitere an dem Versuch, meine Überraschung zu verbergen. Er ist überhaupt nicht so, wie ich erwartet habe. Dieser Mann ist gut aussehend, wenn auch auf eine ganz eigene Art und Weise.

»Zuallererst vielen Dank, dass Sie mich zu einem Vorstellungsgespräch eingeladen haben«, sage ich. »Trotz meiner blumigen Sprache.«

»Ja, Ihre Bewerbung war ungewöhnlich. Bewerben Sie sich öfter auf Jobs, während Sie … welchen Euphemismus haben wir verwendet? Unter dem Einfluss von Alkohol sind?«

»Nein, eigentlich nicht.«

»Sie haben für mein Unternehmen eine Ausnahme gemacht.«

Ich ziehe eine Augenbraue hoch. Neckt er mich? Schwer zu sagen bei dem teilnahmslosen Gesichtsausdruck.

»Alles für Marchand & Rykers«, entgegne ich leichthin. »Und auch wenn ich Sie bitte, mein Anschreiben zu ignorieren, beweist mein Lebenslauf, dass ich mehr als qualifiziert für diese Stelle bin.«

»Ja.« Er sieht die Unterlagen auf seinem Schreibtisch durch und zieht meine Bewerbung hervor. Ich sehe, wie er meinen Lebenslauf durchgeht. »Es ist offensichtlich, dass Sie sehr gut ausgebildet sind.

Aber«, fügt er hinzu und blickt zu mir hoch, »das haben Sie mir auch schon im Anschreiben mitgeteilt.«

Nicht rot werden. Ich zwinge mich dazu, seinem Blick standzuhalten. »Ja, das habe ich. Ich bin vielleicht noch jung, doch ich habe eine Menge Erfahrung auf dem Gebiet. Angefangen habe ich mit einem fünfmonatigen Praktikum im Stadtplanungsbüro. Sie können gerne Anita Roberts anrufen. Sie war dort meine Vorgesetzte.«

Henry Marchand lehnt sich in seinem Stuhl zurück und trommelt mit den Fingern auf die Tischplatte. Einmal. Zweimal. »Und dann haben Sie für Elliot Ferris gearbeitet.«

»Ja.«

»Aber von ihm gibt es kein Empfehlungsschreiben. Sie wurden gefeuert?«

Es wird immer schwieriger, ihm in die Augen zu sehen, so grün und durchdringend, doch ich zwinge mich dazu. »Ja, leider.«

»Wie Sie in Ihrem Anschreiben mehr als deutlich gemacht haben, glauben Sie, dies sei einer der zentralen Gründe dafür, dass ich es nicht in Betracht ziehen würde, Sie einzustellen. Und mit Sicherheit einer der Gründe, warum Sie bereits von mehreren Studios abgelehnt wurden, da Sie bereit sind … wie haben Sie das so schmeichlerisch genannt? *Sich auf diese Stufe herabzulassen.*«

Dieses Mal kann ich ein verlegenes Glühen meiner Wangen nicht verhindern. »Ja. Aber ich versichere Ihnen, dass es nichts mit meiner Arbeitsleistung zu tun hatte. Und auch wenn mir klar ist, dass Sie keinen Grund haben, mir diesbezüglich zu glauben, bitte ich Sie, es zu tun. Ich habe Kollegen dort, die sich mit Sicherheit für meine Arbeitsleistung verbürgen würden.«

Mr. Marchand sieht wieder auf mein Anschreiben hinunter. Es ist, als würde mir das Wort von dort förmlich entgegenspringen. *Lüstern.*

Bitte frag nicht, flehe ich stumm.

Er fragt nicht. Stattdessen schweift sein Blick hinunter zu meinem Schoß und dem in Leder gebundenen Architekturportfolio. Es mitzubringen, war ein Schuss ins Blaue gewesen.

»Sie haben Ihr Portfolio mitgebracht, Miss Alvarez.«

»Ja. Fragen Sie mich irgendetwas.« Ich straffe die Schultern. »Ich möchte Ihnen zeigen, dass ich mich in dieser Branche auskenne.«

»Wir bauen auf regelmäßiger Basis für Kunden mit sehr starken Meinungen«, sagt Mr. Marchand. »Wie bringen Sie Funktion mit Ästhetik ins Gleichgewicht?«

Ah. Das ist ein Klassiker. Da muss er sich schon etwas Besseres einfallen lassen.

»Der Wunsch des Kunden steht natürlich an erster Stelle. Wir entwerfen und bauen für ihn. Aber am Ende des Tages sind wir diejenigen, die die Ausbildung in diesem Bereich haben, und wenn wir die Kunden nicht auf offensichtliche Schwachstellen in ihren Wünschen hinweisen, werden wir ihnen nicht gerecht.«

»Und bei Ihren eigenen Entwürfen?«, fragt er. »Wie machen Sie persönlich die Unterscheidung?«

Etwas an seinem intensiven Blick ist extrem verunsichernd.

»Sofern ein Kunde nicht etwas anderes wünscht, strebe ich nach Einfachheit«, antworte ich. »Es ergibt keinen Sinn, aufwendige Details ins Spiel zu bringen, die wahrscheinlich in zehn Jahren schon wieder überholt sind.«

Er trommelt erneut mit den Knöcheln auf die Tischplatte. Damit treibt er mich jetzt schon in den Wahnsinn.

»Ich beginne ein neues Projekt. Tag eins. Was mache ich?«

»Sie konzentrieren sich auf die Logistik«, antworte ich mit ruhiger Stimme. »Wo verlaufen die Grundstücksgrenzen? Wie kommen Sonne, Wind und Wasser zum Tragen? Welche Eigenschaften der Umgebung könnten zu einem Problem oder zu einem Pluspunkt werden?« Meine Hände umfassen die Armlehnen des Stuhls. Ich bin voll dabei, halte seinem Blick felsenfest stand. »Sie beginnen, an Genehmigungen und dem zeitlichen Rahmen zu arbeiten. Wahrscheinlich teilen Sie auch bereits im Geiste bestimmten Mitgliedern Ihres Teams bestimmte Aufgaben zu.«

»Sie haben am Century Dome mitgearbeitet«, sagt er, »wenn man Ihrem Anschreiben Glauben schenken darf.«

»Ja, habe ich.« Und ich bin verdammt stolz auf dieses Bauwerk. Trotz der Wischiwaschi-Anweisungen des Kunden, trotz des schwierigen Arbeitsumfelds ist es ein tolles Gebäude geworden. Nach der Eröffnung hat es fast ausschließlich Lob eingeheimst, und auch wenn mein Name nicht ansatzweise damit in Verbindung gebracht wurde, weiß ich, dass Elliot Ferris ohne mich niemals in der Lage gewesen wäre, es fertigzustellen.

Ich frage mich, ob Mr. Marchand diesen Stolz in meinem Gesicht sieht, denn seine Augen funkeln vor Belustigung, als er mir die nächste Frage stellt. »Was würden Sie ändern?«

»Am Dome?«

»Ja.«

Instinktiv will ich protestieren. *Er ist perfekt.* Aber ich merke, dass ich damit durch diesen besonderen Test durchfallen würde.

Stattdessen sehe ich mich nachdenklich in seinem Büro um, überlege, was ich antworten soll. Er ist eindeutig ein Mann, dem der Ehrgeiz aus allen Poren tropft, so viel wie er in seinem Alter bereits erreicht hat. Was würde so einen Mann beeindrucken …

»Den Namen auf der Plakette«, sage ich.

Er zieht eine Augenbraue hoch, und eine ganze Weile lang starren wir uns einfach nur an.

»Die Stelle, um die es hier geht, ist die einer Assistentin, nicht die einer Architektin.« Seine Stimme klingt wie eine Kampfansage. »Es ist Ihnen klar, dass Sie keinerlei praktische Architektenarbeiten erledigen würden? Ich habe hier eine ganze Liste von Architekten an Bord und keinen Platz für eine weitere. Ich kann Ihnen überhaupt nichts versprechen.«

Etwas in mir zieht sich bei diesen Worten schmerzhaft zusammen. »Dessen bin ich mir bewusst, und ich bitte Sie auch nicht darum. Aber ich denke, durch meine Erfahrung als Architektin kann ich eine bessere Assistentin sein.«

»Tatsächlich denke ich das auch.« Er trommelt zum dritten Mal mit den Knöcheln auf die Tischplatte. »Ich habe keine Zeit, Ihnen Dinge beizubringen.«

Meine vorherige Bewunderung für ihn schwindet bei diesen Worten ein wenig. Was für ein unerträglicher Typ. »Das ist schon in Ordnung.«

»Meine bisherige Assistentin wird Ihnen eine Übergabe mit Anweisungen hinterlassen, und Rykers' Assistentin kann Ihnen dabei helfen, sich zurechtzufinden. Aber das meiste werden Sie während der Arbeit lernen müssen.«

»Das kann ich.«

»Wäre es Ihnen möglich, nächsten Montag anzufangen?« Er verschränkt die Arme auf dem Tisch. Sie wirken ungewöhnlich muskulös für einen New Yorker Architekten. Diese Zunft verlässt normalerweise nur selten das Büro.

»Ja. Auf jeden Fall. Ja.«

»Wir beginnen mit einer sechswöchigen Probezeit, bevor wir Ihnen einen Vollzeitvertrag anbieten. Die Personalabteilung wird sich um den Papierkram kümmern und Ihnen alles noch heute per E-Mail zukommen lassen. Sollten Sie irgendwelche Bedenken oder

Fragen hinsichtlich des Gehalts oder der Arbeitszeiten haben, wenden Sie sich direkt an sie.«

»Mache ich.« Großer Gott, passiert das hier gerade wirklich? »Danke, Sir.«

Er nickt und streckt die Hand aus, um meine zu schütteln. Seine fühlt sich stark und trocken an und hat Schwielen in der Handfläche. Auch das ist ungewöhnlich für eines dieser hohen Tiere. »Willkommen an Bord, Miss Alvarez. Ich gehe mit Ihnen ein Risiko ein. Sorgen Sie dafür, dass ich es nicht bereue.«

»Das werden Sie nicht«, sage ich, sehe ihm direkt in die Augen und hoffe, dass auch ich es nicht bereuen werde.

– 4 –
FAYE

»*Sie* sind Mr. Marchands neue Assistentin?«

»Ja«, entgegne ich. So langsam wird es frustrierend. »Ich wurde letzte Woche eingestellt.«

Kyle, einer der leitenden Architekten bei Marchand & Rykers, mustert mich mit offensichtlicher Ablehnung von Kopf bis Fuß, bevor er zum Kaffeeautomaten zurückkehrt. »Er musste wohl irgendjemanden nehmen.«

Diese Dreistigkeit.

Ich werfe ihm ein strahlendes Lächeln zu und schalte den Wasserkocher an, um mir einen Tee zu machen. »Ja, musste er. Und mit meinem Abschluss in Architektur kann ich mit Sicherheit hilfreich sein.«

Kyle zieht lässig eine Augenbraue hoch. Seine Frisur ist kunstvoll gestylt, seine kantigen Gesichtszüge werden von einer knallorangefarbenen Brille betont. »Wie reizend. Ich bin mir sicher, dass Sie uns Architekten dann mit unseren Entwürfen helfen können, wenn Sie ein bisschen Zeit totschlagen müssen.«

Ich beiße die Zähne zusammen. »Wenn es mit Mr. Marchand abgeklärt ist, natürlich.«

»Natürlich«, wiederholt er betont freundlich. »Wie nett.«

Er verlässt den Pausenraum, und ich atme erleichtert durch. Eine weitere Attacke abgewehrt. Wenn dieses Studio etwas im Überfluss hat, sind es aufgeblasene und selbstherrliche Egos. Erst hat Kelly, die Empfangsdame, überrascht geguckt, als ich wieder auftauchte und ihr mitteilte, ich sei eingestellt worden. Dann hat Christine, Rykers' Assistentin, mich eindeutig missbilligend gemustert. Und jetzt Kyle.

Ich hänge einen Beutel Earl Grey in meine Tasse, schließe einen Moment lang die Augen und genieße die Stille. Gleich muss ich wieder zurück an meinen Schreibtisch und mich dem undurchdringbaren Chaos von Henrys Terminkalender widmen.

Ausgerechnet ich, der desorganisierteste Mensch von allen, habe jetzt einen Job, bei dem Organisation der zentrale Punkt ist. Super hingekriegt, Faye.

Eine tiefe Stimme unterbricht meine Gedanken. »Was machen Sie hier?«

Ich öffne die Augen und sehe ausgerechnet Henry im Türrahmen stehen. »Ich stelle mir vor, wie schön ein Büro ohne Büroklüngelei sein könnte.«

Henry runzelt die Stirn und geht zur Kaffeemaschine hinüber. »Ich bezahle Sie nicht fürs Tagträumen.«

»Nein, das ist ein Bonus Feature«, entgegne ich. »Ende des Monats bekommt man bei mir immer zwei zum Preis von einem.«

Nichts. Kein Lächeln. Kein amüsiertes Funkeln in den Augen. Er schaltet einfach nur die Kaffeemaschine aus und bedeutet mir mit einer Geste, ihm aus dem Pausenraum zu folgen. Wir gehen in Richtung des hinteren Flurs, des Zugangs zu seinem gigantischen Büro.

Mehrere der Architekten und Büromitarbeiter mustern uns, als wir sie passieren. Henry würdigt keinen von ihnen eines Blickes, schreitet mit geradem Rücken und hoch erhobenem Haupt weiter. Kalter Mistkerl.

Heute trägt er einen Anzug, aber ohne Sakko und Krawatte. Die Ärmel hat er gewissenhaft und ordentlich bis zu den Ellbogen hochgekrempelt. Sie entblößen seine gebräunten und muskulösen Unterarme. Ich frage mich, wie alt er ist. Ich schätze mal, Mitte dreißig, auch wenn er so wirkt wie ein Mann mit jeder Menge Lebenserfahrung. Einige der Architekten im Team müssen älter sein als er. Das ist ungewöhnlich.

»Suchen Sie Ihre Sachen zusammen, und dann reden wir über Ihre Aufgaben hier. Kommen Sie so schnell wie möglich in mein Büro.« Er hält inne, die Hand an der Eichentür. »Und ich würde es sehr wertschätzen, wenn Sie sich angewöhnen könnten, mir Kaffee zu bringen.«

»Das werde ich.«

Er nickt und verschwindet in seinem Büro, noch immer ohne auch nur die Spur eines Lächelns.

Verdammt.

Der Mann ist eiskalt.

Als ich heute Morgen zur Arbeit kam – ich habe einen Job! –, habe ich ein vollständiges Willkommenspaket vorgefunden. Eine Schlüsselkarte, den Log-in für das Computersystem, eine neue E-Mail-Adresse. Die Leiterin der Personalabteilung warf mir einen mürrischen Blick zu und murmelte irgendetwas von *Das geht zu schnell.* Vielleicht hatte sie Überstunden machen müssen, um alles Notwendige für mich vorzubereiten.

Als ich kam, fand ich Henry bereits im Büro vor, obwohl ich zu früh dran war. Und die vielen Kaffeebecher auf seinem Schreibtisch zeugten davon, dass er bereits eine ganze Weile dort verbracht hat.

Ich schnappe mir meinen Laptop und meinen Block. Als ich das Büro betrete, sitzt Henry an seinem Schreibtisch. Es ist nicht das erste Mal am heutigen Tag, dass wir über die Arbeit reden, aber wir werden jetzt zum ersten Mal aktiv meine Aufgaben besprechen.

Er nickt mir zu, als ich hereinkomme, sieht jedoch nicht von seinem Bildschirm hoch. Okay. Ich nehme ihm gegenüber Platz und öffne meinen Laptop mit der Liste meiner Fragen.

»Es sind ein paar Reisen für mich gebucht. Gehen Sie alles durch und sorgen Sie dafür, dass Transport und Unterkunft organisiert sind.«

»Schon dabei.« Damit habe ich bereits begonnen.

»Kümmern Sie sich um meine Einladungen zu Veranstaltungen und so. Wir werden sie einmal wöchentlich zusammen durchgehen.«

Ich schreibe es mir auf. »Notiert.«

»Was gehört noch zu Ihrem Job? Reservierungen für Mittag- und Abendessen, Catering für Veranstaltungen, Telefonate. Begleitung zu Terminen – manchmal werde ich Sie dabeihaben wollen.« Plötzlich schaut er mit seinen unerklärlich grünen Augen zu mir hoch. »Sind Sie gut darin, mitzuschreiben?«

»Ja.« Ich versuche angesichts dieser elementaren Frage nicht gekränkt zu sein.

»Gut. Ich werde Sie dann darüber informieren. Was noch? Die Koordination mit dem Architektenteam, das Weiterleiten von Entwürfen. Das Führen eines Registers all unserer Kunden – ich glaube, das hat Sara begonnen, die vor Ihnen hier gearbeitet hat … Gucken Sie mal, ob Sie es finden. Sie hat mich immer über die Geschichte und die persönlichen Details eines Kunden informiert, bevor ich mich mit ihm getroffen habe. Das war hilfreich.«

Ich schreibe alles auf. »Sara hat mir die Informationen hinterlassen, ja.«

Ich habe einen kleinen Spickzettel von ihr gefunden. Mit einer Menge hilfreicher Informationen, von denen mir einige recht … bizarr vorkamen. So hat sie *präzise* aufgeschrieben, was Henry gerne zu Mittag isst und von welchen Restaurants in der Nachbarschaft ich sein Essen kommen lassen soll. *Bestelle nicht öfter als zweimal in der Woche ein Sandwich bei Reuben. Immer mit Weizenvollkornbrot, und auf keinen Fall mehr als zwei Gurken. Niemals etwas mit Sesam.* Das Wort »Sesam« hat sie unterstrichen. Außerdem hat sie seine Schuh- und Konfektionsgröße notiert. Wo er seine Kleidung reinigen lässt. Ehrlich gesagt wirken ihre Notizen auf mich entweder panisch oder besessen.

Ist er ein so furchterregender Chef?

Bisher macht er mir keine Angst, auch wenn ich ihn noch nicht ein Mal habe lächeln sehen.

Auch wenn die anderen im Büro eindeutig Abstand halten.

»Sie wissen Bescheid, also werde ich nicht detailliert darauf eingehen, was ich auf Architekturseite von Ihnen brauche. Ich vertraue darauf, dass Sie Baupläne katalogisieren und dafür sorgen können, dass meine AutoCAD-Software immer auf dem neuesten Stand mit den aktuellen Entwicklungen des Unternehmens ist.«

Bei dieser Aussicht steigt Freude in mir hoch. »Ja, das kann ich.«

»E-mailen Sie mir, wenn Sie Fragen haben.«

Obwohl ich direkt vor der Tür sitze? Das kommt mir … übertrieben vor, aber was weiß ich schon? Ich habe noch nie als Assistentin gearbeitet, ganz zu schweigen davon, jemals selbst eine gehabt zu haben.

»Alles klar.«

Henry widmet sich wieder seinem Bildschirm, und es ist offensichtlich, dass unser Gespräch beendet ist. Ich sehe auf die Fragen hinunter, die ich aufgeschrieben habe … und merke, dass ich keine einzige davon stellen kann. Im Wesentlichen hat er mir gerade gesagt, dass ich die meisten Antworten selbst finden muss.

In der Woche zwischen dem Vorstellungsgespräch und meinem ersten Tag habe ich alles gegoogelt, was es zum Aufgabenbereich einer Assistentin zu wissen gibt. Tipps und Tricks, Dinge, die man tut oder auf keinen Fall tut. Anscheinend dreht sich alles darum, seine Bedürfnisse vorauszuahnen und seine Gedanken zu lesen.

Tja. Dann wird es wohl Zeit, dass ich Gedankenleserin werde.

— • —

Als ich am Abend das Büro verlasse, ist es schon spät.

Ich habe den ganzen Tag damit zugebracht, seinen Kalender zu organisieren – hallo Farbcodierung! – und mir jedes Fitzelchen Information durchzulesen, das Sara mir hinterlassen hat. Außerdem habe ich dem gesamten Büro eine E-Mail geschrieben, um mich vorzustellen und darum zu bitten, dass sämtliche nicht essenziellen Sachen zukünftig mir geschickt werden und nicht Henry.

Zwei Personen von siebenundzwanzig haben mit einem *Hallo! Willkommen!* geantwortet.

Ein guter Anfang.

Ich warte auf den Aufzug und massiere mir dabei den Nacken, der ein wenig wehtut, weil ich den ganzen Tag auf den Bildschirm gestarrt habe. Meine Füße schmerzen auch von den Absätzen. Anscheinend verlernt man es, den ganzen Tag in hochhackigen Schuhen zu laufen, wenn man es mal ein paar Wochen nicht gemacht hat.

Rykers' Assistentin Christine bleibt neben mir stehen. Sie lächelt mich an. »Guter erster Tag?«

»Ja. Auch wenn es … echt viel ist.«

»Das stimmt«, sagt sie lachend. »Hier ist eine Menge los. Kein Ort zum Faulenzen, das kannst du mir glauben.«

»Das glaube ich.« Ich widerstehe dem Drang, meine Haare aus dem straffen Pferdeschwanz zu befreien. Mein Kopf tut weh. »Arbeitest du schon lange für Rykers?«

»Acht Jahre. Fast seit Gründung des Unternehmens.«

»Wow.« Sie kennt das Studio bestimmt in- und auswendig. »Und wie viele Assistentinnen hatte Mr. Marchand in dieser Zeit?«

Wir betreten den Aufzug, und Christine drückt auf den Knopf für das Erdgeschoss. Ihr Gesichtsausdruck wird nachdenklich und unsicher, und ich kann ihn nicht so recht deuten. »Sechs«, meint sie schließlich. »Ich sage das nicht, um dich zu entmutigen, aber sie bleiben meist nicht lange.«

Wow.

Worauf habe ich mich da eingelassen?

Ich schenke ihr mein gewinnendstes Lächeln. »Warum nicht? Ich möchte nicht die gleichen Fehler machen.«

»Er ist … anspruchsvoll«, erklärt sie. »Nicht alle Assistentinnen können da mithalten oder haben die Stärke, damit umzugehen, wenn er sie korrigiert.«

Um sich das vorzustellen, muss man nicht viel Phantasie haben. Den ganzen Tag habe ich nur die ausdruckslose, nichtssagende Maske gesehen, die er zu tragen scheint. Nichts von dem Mann, der Spaß daran hatte, mich während des Vorstellungsgesprächs zu provozieren.

»Hat sich deshalb kaum jemand die Mühe gemacht, mir heute auf meine Mail zu antworten und sich vorzustellen?«, frage ich, als die Erkenntnis eintritt. »Weil sie glauben, dass ich sowieso nicht lange bleibe?«

»Hm, ich weiß nicht, warum«, sagt sie vorsichtig, »aber es könnte sein, ja.«

Ich erschaudere. Ich hatte geglaubt, ein Job als Assistentin sei unter meiner Würde – dass ich den ganzen Tag Däumchen drehen würde. Aber wenn ich Christine Glauben schenke, kann ich mich glücklich schätzen, wenn ich die sechswöchige Probezeit überstehe.

»Wow.«

»Lass dich davon nicht entmutigen. Ich bin mir sicher, du machst das großartig. Er hat dich selbst eingestellt, oder? Normalerweise überlässt er die Vorstellungsgespräche der Personalabteilung.«

Ich muss mir das Lachen verkneifen. Ich wäre niemals eingestellt worden, wenn die Personalabteilung mein Anschreiben richtig gelesen hätte. »Du hast recht.«

Christine verabschiedet sich von mir, als wir auf die Straße treten. Es ist nach sieben, und ich bin so müde, dass ich nur noch auf Autopilot funktioniere. Ab in die U-Bahn, rein mit den Kopfhörern, hoch die Treppen. Dann schließe ich die Tür meiner kleinen Wohnung auf und ziehe mir endlich die Schuhe aus.

Ich ignoriere den Haufen Schmutzwäsche in der Ecke und gehe stattdessen direkt in die Küche.

»Hi, Süße«, sage ich zu der Zimmerpalme. »Ich bin wieder zu Hause. Wie war dein Tag?«

Sie antwortet nicht, aber die Blätter scheinen ein bisschen weniger zu hängen als gestern. »Richtig gut, was?«

Sie stimmt mir stumm zu, und ich seufze angesichts meiner eigenen Albernheit.

Sechs Assistentinnen in acht Jahren. Sie bleiben also kaum länger als ein Jahr. Ich frage mich, warum seine letzte Assistentin gegangen ist. Ihren penibler Aufzeichnungen zufolge muss sie eine exzellente Assistentin gewesen sein. Das sind große Fußstapfen, in die ich da trete.

Ich fläze mich mit einer Schüssel Nudeln auf die Couch. Meine Wohnung mag klein sein, aber sie gehört mir. Jeder Quadratzentimeter davon. Das erste Stück *Ich*, das ich jemals wirklich hatte. An den Wänden hängen kunstvoll gerahmte Baupläne. Ich habe Jahre gebraucht, um sie zu finden, manche davon sind Kopien alter Versionen, andere künstlerische Drucke. Eine Seitenansicht des Kolosseums mit den imposanten Säulen und der genialen Konstruktion, die dafür sorgt, dass es heute noch steht, fast zweitausend Jahre nach seinem Bau. Das Empire State Building. Die Sagrada Familia. Lauter Bauten, die ich liebe, seit ich denken kann.

Es war immer mein Traum gewesen, selbst einmal ein Baudenkmal zu entwerfen. Inzwischen kommt mir das albern vor. Nur sehr wenige Architekten erreichen so etwas.

Mein Handy piepst. Eine Nachricht von Jessie. Sie ist Barkeeperin im Norden Manhattans und arbeitet immer abends.

Jessie Moore: *Ich weiß, du hast gesagt, ich soll ihn nicht fragen, aber ich habe es trotzdem gemacht. Travis hätte definitiv Lust auf ein Blind Date mit dir. Und bevor du Nein sagst: Du warst ewig nicht mehr mit einem Typen aus!*

Ich werfe das Telefon weg. Sie nervt mich schon seit Monaten mit ihrem süßen Kollegen. Sagt mir ständig, ich solle mich weniger auf meine Karriere konzentrieren und mehr auf das Glücklichsein. Ich bräuchte eine *Work-Life-Balance* und *Liebe* in meinem Leben.

Als hätte ich Zeit für so etwas. Ich bin mitten in den wichtigsten Jahren meiner Karriere und habe Probleme. Ich habe absolut keine Zeit für Flirts oder Affären und ganz sicher nicht für eine echte Beziehung. Verdammt, wenn ich wirklich Henry Marchands anscheinend sehr anspruchsvollen Anforderungen gerecht werden will, dann werde ich in nächster Zeit wahrscheinlich noch nicht mal viel Zeit für meine Freunde haben.

Im Fernsehen läuft eine miese Serie, und ich bin schon fast auf der Couch eingeschlafen, als mein Handy klingelt. Als ich den Namen auf dem Display lese, bin ich schlagartig wach.

»Hallo?«

Henrys Stimme klingt tief vor Ärger. »Mein Kalender ist weg.«

»Was?«

»Er ist komplett aus dem System verschwunden. Haben Sie aus Versehen irgendwo draufgedrückt? Auf Löschen anstatt auf Synchronisieren?«

»Nein.« Ich denke an den Augenblick zurück, als ich die Änderungen gemacht habe, die ich vornehmen wollte. Was habe ich gedrückt …? Ich kann mich nicht erinnern. Ich hatte noch nie zuvor mit diesem System gearbeitet, doch es war mir einfach vorgekommen, sogar intuitiv. »Ich weiß es nicht. Ich glaube nicht.«

»Aber er ist weg. Komplett.«

»Ich bringe das in Ordnung«, verspreche ich, auch wenn ich keine Ahnung habe, wie. »Jetzt sofort. Ich kann – «

»Ich bin noch im Büro.«

Er ist noch im Büro? Es ist fast Mitternacht. Das Handy zwischen Schulter und Ohr geklemmt, greife ich nach meiner Hose. »Ich bin in zwanzig Minuten da. Keine Sorge – «

Er hat bereits aufgelegt.

– 5 –
HENRY

Ich seufze und widerstehe dem Drang, mir mit der Hand durchs Haar zu fahren. Das ist eine Komplikation, die ich definitiv nicht gebrauchen kann. Die kommenden Tage werden arbeitsreich genug werden, ohne ein plötzliches Ratespiel, wo ich wen wann zu treffen habe.

Vielleicht war es ein Fehler, Faye einzustellen. Ich bin davon ausgegangen, es sei einfacher, zu lernen, was eine Assistentin macht, als Architektur zu lernen. Dass sie den Assistentinnenteil während der Arbeit lernen würde. Aber vielleicht habe ich da falschgelegen. Wie so oft, wenn es um Assistentinnen geht. Die verdammte Rykers hat gleich beim ersten Mal einen Glücksgriff gelandet.

Ich widme mich wieder dem Architekturmodell auf meinem Bildschirm. Irgendetwas fehlt, irgendetwas an der geschwungenen Außenfassade funktioniert nicht. Erst habe ich geglaubt, es läge an einem Problem mit den Proportionen, aber das auszugleichen, hat auch nicht geholfen.

Der Aufzug gibt ein *Pling* von sich. Ich schließe das Fenster mit dem Projekt und öffne stattdessen die Datei des Bürogebäudes, das wir in der Bronx entwerfen.

Faye steht im Türrahmen. Das schwarze Kleid und die passenden Pumps, die sie heute während der Arbeit getragen hatte, hat sie gegen eine dunkle Jeans und einen übergroßen Pullover getauscht.

Ihr Gesicht sieht irgendwie nackt aus … ohne Make-up. Und ihre dunklen Haare fallen ihr lang und offen über den Rücken.

Ich schaue sie stirnrunzelnd an. Sie sieht wunderschön aus – eine weitere Ablenkung, die ich nicht gebrauchen kann. Natürlich ist mir das schon bei ihrem Vorstellungsgespräch aufgefallen. Aber da hat sie ihre Schönheit wie eine Rüstung getragen, mit präzise geschwungenem Eyeliner und zurückgebundenen Haaren. Dieses Mal wirkt sie eher entwaffnet – sie so zu sehen, wie sie wahrscheinlich an einem Sonntagmorgen aussieht.

Sie betritt unaufgefordert mein Büro, den Laptop unter dem Arm. »Noch einmal: Es tut mir leid. Ich gucke mir das noch mal an und habe es im Nu wiederhergestellt.«

»Sehen Sie zu, dass das klappt.«

Sie setzt sich an meinen großen Besprechungstisch, immer noch unaufgefordert. Mein Büro bekommen abgesehen von mir nur wenige Menschen zu Gesicht. Ich sehe, wie sie den Blick schweifen lässt, während sie den Laptop hochfährt. Er wandert über die Bücherregale hin zu dem großen Modell in der Ecke. Es ist zugedeckt, aber es stört mich irgendwie trotzdem, dass sie es ansieht.

Dieses Projekt ist nur für meine Augen bestimmt.

Sie fokussiert sich wieder auf ihren Bildschirm, tippt mit den Fingern auf der Tastatur herum. Ich schaffe es nicht, mich wieder auf meinen eigenen Bildschirm zu konzentrieren.

»Arbeiten Sie immer so spät noch?«, fragt Faye mit vergnügter Stimme. Ich kann nicht einschätzen, ob der heitere Unterton echt ist oder nicht. »Es ist nach Mitternacht.«

»Ja, oft. Eine Menge Leute verlassen sich darauf, dass wir unsere Deadlines einhalten.« Ich runzele erneut die Stirn. Warum gebe ich ihr freiwillig mehr Informationen preis?

Sie nickt, tippt weiter. »Das kann ich mir vorstellen.«

»Deshalb darf es auch nicht passieren, dass Kalender verschwinden.«

Fayes Schultern verspannen sich, aber sie erwidert nichts. Ein paar Minuten lang arbeiten wir beide in angespannter Stille, dann seufzt sie auf. »Er ist wieder da. Ich habe uns beide aus Versehen von diesem Kalender abgemeldet. Es war einfach wiederherzustellen. Alles ist noch intakt.«

Ich öffne das E-Mail- und Kalenderprogramm. Sie hat recht. Alle Informationen zu meinem Termin um acht Uhr sind wieder zugänglich. Meine Finger fliegen über die Tastatur, und ich mache schnell einen Screenshot, für den Fall, dass sie noch einmal so etwas macht.

»Sehen Sie zu, dass das nicht noch einmal passiert.«

»Das wird es nicht«, sagt Faye. Ihre Stimme drückt klares Missfallen aus – als wäre sie von mir enttäuscht. Ich schaue sie stirnrunzelnd an und sehe, dass sie das Gleiche tut. »Es tut mir leid. Es war ein simpler Fehler.«

»Kein Fehler ist simpel.«

Sie verschränkt die Arme vor der Brust. Die Ärmel ihres Pullovers sind so lang, dass sie ihre Hände bedecken. Ein verletzlicher Look, der im kompletten Gegensatz zu der grimmigen Entschlossenheit auf ihrem Gesicht steht. »Es tut mir leid, aber ich finde, ein Fehler am ersten Tag ist erlaubt.«

»Das ist er. Deshalb mache ich auch keine große Sache daraus.«

Faye verdreht die Augen – sie verdreht mir gegenüber tatsächlich die Augen! – und geht zur Tür hinüber. »Verschleißen Sie deshalb Ihre Assistentinnen so schnell?«

Ich starre sie an. Das hat sie gerade nicht zu mir gesagt. Talentiert hin oder her, wunderschön hin oder her, das ist einfach … bedrohlich nahe.

Sie hält meinem Blick stand. Einer von uns wird nachgeben müssen, und ihr Blick sagt mir, dass sie es nicht vorhat.

Wenn sie glaubt, dass ich derjenige sein werde, weiß sie nichts über mich.

Das geht eine ganze Weile so.

Faye wendet den Blick nicht ab, aber ihre Lippen kräuseln sich zu einem Lächeln. »Ich hätte nicht gedacht, dass ich am ersten Tag ein Wettstarren mit meinem Chef haben würde.«

»Das hätte Ihr Chef auch nicht gedacht.«

Ihr Lächeln wird noch breiter. Das ist ein wundervoller Anblick, wie ihr Gesicht sich von schön zu fast schon strahlend verwandelt. Verdammte Scheiße. Warum habe ich es für eine gute Idee gehalten, sie einzustellen?

»Ich glaube, wir verlieren beide nicht gerne«, sagt sie.

»Das ist offensichtlich.« Ich lehne mich in meinem Stuhl zurück, versuche, in dieser Situation irgendein Maß an Autorität zu finden, ohne den Blickkontakt abzubrechen. Es ist albern – so verdammt kindisch –, aber ich kann trotzdem nicht weggucken.

»Lassen Sie uns einen Deal machen«, schlägt sie vor.

»Während Sie mich in diesem Spiel als Geisel halten?«, frage ich. »Ich verhandele nicht mit Terroristen.«

Ihr Lächeln wird – fast unmöglich – noch breiter. »Ich weiß, dass ich vielleicht wieder Fehler begehen werde. Ihr Sandwich ohne Weizenvollkornbrot bestelle, zum Beispiel. Den Kaffee zu heiß mache. Aber ich will, dass Sie mir die vollen sechs Wochen Probezeit zugestehen. Mir eine echte Chance geben.«

»Und die Probezeit nicht abbreche?«

»Genau.«

Ich tue so, als würde ich nachdenken, trommele mit den Fingern auf die Tischplatte. Der Deal, den sie vorschlägt, ist sinnlos.

Ich hatte nie vor, die Probezeit abzubrechen, erst recht nicht nach diesem kleinen Auftritt hier. Er ist unverschämt … und sehr unterhaltsam. Faye Alvarez ist anders als jede Assistentin, die ich jemals hatte. Da ist keine Furcht in ihrem Blick und keine Abneigung gegen meine direkte Art.

»In Ordnung«, sage ich langsam. »Wenn Sie meinen Aufgaben zustimmen. Sie haben mehr praktische Erfahrung als jede Assistentin, die ich je hatte.«

»Benutzen Sie mich«, sagt sie zustimmend und errötet wie auf Kommando. Ja, sie hat gehört, wie das klang – genauso wie ich. Ich ignoriere es.

»Gut. Sie haben Ihre sechs Wochen, Miss Alvarez, trotz aller Fehler, die Sie währenddessen vielleicht begehen werden. Jetzt raus aus meinem Büro, bevor ich dazu gezwungen bin, Sie bis zum Sonnenaufgang anzustarren.«

Faye nickt und schnappt sich ihren Laptop. Sie geht rückwärts aus dem Büro, um den Blickkontakt weiterhin nicht abzubrechen. Ich ziehe eine Augenbraue hoch, und sie zuckt leicht mit den Achseln. Dabei fällt ihr noch mehr von ihrem vollen Haar über die Schulter. Es glänzt im Licht der Deckenleuchten.

»Ich bin ehrgeizig«, sagt sie mit entschuldigendem Unterton. »Gute Nacht, Mr. Marchand.«

»Gute Nacht.«

Die Tür fällt hinter ihr zu, und ich starre sie noch ein paar Sekunden ungläubig an. Tja, Faye Alvarez. Ich bin auch ehrgeizig.

Und ich gewinne immer.

— • —

Am nächsten Tag benimmt sie sich mustergültig.

»Hier ist Ihr Cortado, Mr. Marchand, aus dem Café die Straße runter, das Sie so mögen. Ich habe Mittagessen für Sie bestellt – einen Mohnbagel mit Schweizer Käse und Pastrami.«

Ich schaue auf den Becher in meiner Hand hinunter. Woher weiß sie das?

»Und Tanner vom Exon-Projekt hat angerufen. Er muss Ihren Vierzehn-Uhr-Termin leider um fünfzehn Minuten verschieben. Ich habe Ihren Termin mit den Architekten danach entsprechend nach hinten geschoben, damit das passt.«

»Haben Sie für heute Abend eine Limousine gebucht?«

»Ja. Sie werden um 18:45 Uhr abgeholt.« Kurze Pause. »Und Sie möchten sicher keine Reservierung zum Abendessen?«

»Nein. Darum kümmere ich mich selbst.« Ich werfe einen Blick auf meinen Kalender und entdecke einen neuen Termin, den sie für jeden Montagmorgen hinzugefügt hat. »Sie haben einen laufenden Termin für uns eingerichtet?«

Faye nickt. Sie steht gerade und stolz vor mir. Heute trägt sie ein dunkelblaues Kleid und ihre Haare zu einem komplizierten Dutt zurückgebunden. Sie sieht vollkommen professionell aus – keine Spur von der streitlustigen Frau im Schlabberlook, die sie gestern Nacht war. Ist auch am besten so. Noch mehr davon, und ich wüsste nicht … Damit das hier funktioniert, muss zwischen uns absolute Professionalität herrschen.

»Ja«, sagt sie. »Um Ihren Terminkalender für die Woche durchzugehen und damit ich Sie fragen kann, was Sie so beschäftigt. Dadurch werde ich Ihre Bedürfnisse besser vorausahnen können.«

Meine Bedürfnisse vorausahnen? »In Ordnung.«

»Gut.« Auf ihrem Gesicht macht sich ein Hauch Erleichterung breit. Dachte sie, ich hätte etwas dagegen? Dann fegt sie in ihren nudefarbenen High Heels aus meinem Büro. Es ist heute nicht nur keine Spur von der lässigen Faye zu sehen, sondern auch keine Spur von ihren Albernheiten. Bei denen ich mitgespielt habe – die mir sogar gefielen.

Kopfschüttelnd widme ich mich wieder meinen E-Mails. *Krieg deinen Arsch mal wieder hoch, Marchand.*

Zwei Stunden später zwitschert ihre Stimme aus der Gegensprechanlage. »Ihre Mutter ist am Telefon. Soll ich sie durchstellen?«

Verdammt. Ich bin diesem Anruf seit Tagen aus dem Weg gegangen, aber ich kann mich nicht ewig verstecken.

»Ja.«

Die samtige Stimme meiner Mutter meldet sich. »Hallo, *chéri.*«

»*Maman.*«

»Ich bin froh, dass du Zeit hast, mit mir zu reden. Du bist immer so beschäftigt, *Henri*. Das kann nicht gut für dich sein.«

»Ich habe immer Zeit für dich.«

Sie lacht über die leere Schmeichelei. »Jetzt lügst du aber.«

»Ist zu Hause alles in Ordnung? Geht es Dad gut?«

»Jaja. Er hat gerade ein großes Geschäft im Mittleren Westen abgeschlossen. Ich habe vergessen, wo.« Ich sehe sie förmlich vor mir, wie sie abwinkt. *In Detroit*, liegt mir auf der Zunge. *Er hat endlich das Rhett-Projekt unter Dach und Fach.* Doch es ist nutzlos. »Er wird eine Woche dort sein und die Details ausarbeiten. Immer am Arbeiten, immer am Arbeiten … genauso wie du.«

»Ja.«

»Du warst jetzt schon eine ganze Weile nicht mehr zu Hause. Du weißt, dass du uns allen fehlst.«

Nach New York fährt man von Paradise Shores aus nur ein paar Stunden, würde ich am liebsten sagen. *Ihr könnt mich alle gerne hier besuchen.*

»Ich komme bald nach Hause. Du weißt doch, dass ich zur Hochzeit da sein werde.«

»Ja, aber da sehen nicht nur wir uns als Familie.« Mom seufzt. »Deshalb rufe ich übrigens auch an. Deine Schwester ist ein nervliches Wrack. Sie will das ja unbedingt alles allein organisieren. Wie oft habe ich ihr schon gesagt, sie soll meine Partyplanerin beauftragen, aber nein, das muss ihre Show sein … *Klein*, sagt sie die ganze Zeit, *im engsten Kreis* … dafür haben wir zu viele Gäste!«

»Lily möchte es auf ihre Art machen«, erwidere ich. »Lass sie und Hayden doch ihren Tag planen, wie sie wollen. Wenn sie es klein wollen, ist das okay.«

»Ja, aber es werden Erwartungen an die Familie gestellt. Oh, ich dachte, du würdest das verstehen, Henri …«

»Das tue ich, aber wir beide wissen, dass man Lily nicht davon abbringen kann, wenn sie sich etwas in den Kopf gesetzt hat.«

Sie seufzt erneut, dramatisch wie eh und je. Ich bin so langsam mit der Geduld am Ende.

»Wen bringst du mit? Ich frage und frage, aber du hast anscheinend keine Antwort. Du bist natürlich mit Begleitung eingeplant. Genauso wie deine Brüder.«

Meine jüngeren Brüder haben bestimmt jemanden gefunden – genauso unter Druck gesetzt von Mom wie ich.

»Ich werde jemanden mitbringen. Hör auf, dir Gedanken zu machen.«

»Gut, gut. Du weißt, dass sich deine Großmutter sonst Sorgen macht. Du bist fast sechsunddreißig, Henri.«

Danke für die Information.

»Ich weiß, Mom. Ich muss jetzt auflegen. Ich habe in fünf Minuten einen Termin.«

»Oh, wirklich?« Nein. »Dann mach's gut, Henri. Sag mir Bescheid, sobald du einen Namen kennst. Lily braucht ihn für die Tischkarten, weißt du?«

»Ich weiß.«

»Tschüss, *chéri.*«

»Tschüss. Ich rufe dich bald wieder an.«

Ich lehne mich in meinem Stuhl zurück und spüre, wie ich Kopfschmerzen bekomme – kein Wunder. Meine Schwester macht sich ganz sicher keine Gedanken darüber, wen ich mitbringe. Das kommt alles von Eloise Marchand, unserer lieben Mutter, der Perfektionistin.

Vielleicht meint sie es nur gut, aber dadurch ist es nicht einfacher zu ertragen.

Das Schlimmste ist ja, dass sie recht hat. Ich habe niemanden, den ich zur Hochzeit mitbringen kann, und war seit Monaten nicht mehr mit einer Frau verabredet. Meine letzte Beziehung, wenn man sie denn so nennen möchte, endete schlecht. Avery wollte mehr, als ich bereit war zu geben, auch wenn ihr das von Anfang an klar gewesen war.

Du liebst deine Arbeit mehr als mich!

Ja, weil ich sie überhaupt nicht geliebt habe. Und ich *musste* an dem Entwurf und dem Modell für das Projekt arbeiten, deren Deadline jetzt kurz bevorsteht. Schließlich habe ich nicht so viel Zeit in einen Entwurf gesteckt, um dann vor der Ziellinie aufzugeben. Und genau deshalb habe ich keine Zeit für Frauen. Es war noch nie einfach – und meine Versuche, es zu vereinfachen, verletzten sie nur, anstatt sie aufzuklären, was eigentlich mein Ziel war.

Meine Gedanken schweifen zu der dunkelhaarigen Frau, die vor meinem Büro sitzt. Zu dem Feuer in ihren Augen, als sie mich gestern Nacht herausgefordert hat, ihr eine faire Chance zu geben. Zu ihrem offensichtlichen Ehrgeiz und ihrer Ambition. Zu ihrem flinken Mundwerk und den Kurven, die sich unter ihren seriösen Bürokleidern abzeichnen.

Ich stoppe diesen Gedankengang. Er war sowieso schon viel zu lang. Fühle ich mich tatsächlich zu meiner eigenen Assistentin hingezogen? Das ist mir noch nie passiert, und ich werde ganz sicher nicht jetzt damit anfangen.

– 6 –
FAYE

»Eine Woche ist geschafft«, sagt Jessie und hebt ihr Glas, um mit mir anzustoßen. »Fehlen nur noch fünf.«

»Bis zur Festanstellung, ja. Kannst du dir das vorstellen? Ein Vollzeitvertrag ... ich glaube, ich werde mir den einrahmen. Ihn mir zu Hause an die Wand hängen.«

Jessie grinst mich an. »Tätowier ihn dir.«

»Für immer das Eigentum von Henry Marchand.« Ich verdrehe die Augen. »Nein danke. Ich nehme gerne das Gehalt und die Arbeit – aber mehr brauche ich nicht von dem Typ.«

»Ist er wirklich so schlimm?«

Ich sehe meine Freundin an, die in ihrem Job als Barkeeperin regelmäßig mit Widerlingen zu tun hat. »Nein«, sage ich ehrlich. »Eigentlich ist er nicht schlimm. Er ist eher ... nervtötend. Hat hohe Ansprüche, denen man kaum gerecht werden kann. Und der Mann lächelt niemals.«

Jessie nickt. »Also ist er die männliche Version von dir selbst.«

»Was?«

»Komm schon, Faye.« Sie lacht. »Du bist der ehrgeizigste Mensch, den ich kenne.«

»Na ja, okay, das haben wir vielleicht gemeinsam. Aber das ist auch wirklich das Einzige. Im Gegensatz zu ihm lächele ich.«

»Ihr beide liebt Architektur und habt hohe Ansprüche.«

»Ich habe keine unverhältnismäßig hohen Ansprüche an die

Menschen um mich herum. Guck mich nicht so an, Jess. Die habe ich nicht.«

»Erinnerst du dich noch an den letzten Typen, mit dem du ein Date hattest? Du hast dich über seine Tischmanieren beschwert. Ganz zu schweigen von deinem letzten Freund.«

Ich will nicht an Aiden erinnert werden. »Ja, okay, vielleicht sind wir uns in einigen Dingen wirklich ähnlich. Aber Henry ist irgendwie *Furcht einflößend*, und ich nicht. Ich merke, dass viele im Büro Angst vor ihm haben.«

»Angst?«

»Na ja, vielleicht übertreibe ich. Sie kauern nicht panisch in einer Ecke oder so. Aber mir ist aufgefallen, dass sie alles tun, um seine Deadlines einzuhalten. Und niemand kreuzt zu einem Meeting mit ihm auf, ohne *extrem* gut vorbereitet zu sein.«

»Hast du Angst vor ihm?«

Ich denke an unser Wettstarren und daran, wie er sich bei seinem Anruf als alter Sack vorgestellt hatte. »Nein. Er wirkt manchmal einschüchternd, aber eigentlich nicht wirklich Furcht einflößend.«

»Ich finde ihn ziemlich Furcht einflößend«, sagt Jessie. »Dass er dich aufgrund dieses Anschreibens eingestellt hat, bedeutet eindeutig, dass er ein Psychopath ist.«

Ich lache, und sie stimmt ein. »Da hast du wahrscheinlich recht. Ich fasse es immer noch nicht, dass er das gemacht hat.«

»Ich auch nicht. Hauptsache, es hat funktioniert, Süße.« Sie bindet sich ihre roten Haare zu einem hohen Pferdeschwanz zusammen. »Hast du noch mal über meine Nachricht nachgedacht?«

Ich vergrabe das Gesicht zwischen meinen Händen. »Ich hatte gehofft, du hättest es vergessen.«

»O nein, ganz sicher nicht. Was meinst du? Willst du nächste Woche mal mit Travis was trinken gehen? Das würde dir guttun. Nur ein paar Drinks mit einem süßen und interessanten Typen.«

Ich widerstehe dem Drang, die Augen zu verdrehen. »Wenn er so toll ist, warum hast du ihn dir dann nicht schon selbst gekrallt?«

»Ich?« Jessie hält sich die Hand vor die Brust. Die pure Unschuld. »Du weißt, dass ich niemals was mit einem Kollegen anfangen würde. Es gehört sich einfach nicht.«

»Klar.«

»Außerdem habe ich mir schon Steve reserviert, unseren Lieferboten. Der hat richtig stramme Oberarme. Voll mein Typ. Aber hier geht es nicht um mich, sondern um dich – und um Travis.«

»Okay, okay. Wahrscheinlich hast du recht.« Ich nehme noch einen Schluck Wein. »Ich war zu lange raus aus dem Spiel.«

»Ja! Ich kümmere mich um alles. Nächste Woche, in Ordnung?«

»Ich bin dabei. Solange es nicht mit meiner Arbeit für Mr. Eisklotz kollidiert natürlich.«

»Nein, Gott bewahre. Du musst noch fünf Wochen durchhalten.«

»Das werde ich.« Vor meinem Geiste taucht vollkommen ungebeten sein Gesicht auf. Nicht die teilnahmslose Maske, die er bei der Arbeit trägt, sondern sein Grinsen, als er bei unserem Wettstarren damit geprahlt hat, nicht zu wissen, was Verlieren überhaupt ist. »Dafür werde ich sorgen.«

— • —

Es ist erst zehn Uhr am Montagmorgen, und Henry hat bereits wieder seine Ärmel hochgekrempelt. Er trägt keine Krawatte, seine Haare sind wie immer perfekt zurückgekämmt, aber diese Arme …

Ich schüttele den Kopf über mich selbst. Ich stand noch nie auf Unterarme. Der Anblick seiner gebräunten Haut, der starken Muskeln und der großen Hände sollte mich kaltlassen – und zwar aus mehreren Gründen. Anscheinend brauche ich das Date mit Jessies Kollegen ganz dringend, wenn ich schon so auf meinen eigenen Chef reagiere.

Henry sitzt an dem großen Konferenztisch in seinem Büro. »In Ordnung. Hier haben Sie Ihr Montagsmeeting. Lassen Sie uns die kommende Woche durchgehen.«

Ich öffne meinen Laptop und arbeite mich nacheinander durch die Fragen, die ich mir notiert habe. Er hat diese Woche einen straffen Terminplan, bis zum Rand voll mit Meetings mit Kunden, Investoren und Partnern.

Henry hört sich alles an und gibt mir kurze sachliche Antworten. *Ja. Nein. Verschieben Sie das. E-Mailen Sie Rykers, und fragen Sie sie, ob sie das übernehmen kann.*

Sein Blick ist unbeirrbar, seine Art genauso sachlich und formell wie immer, wenn es um die Arbeit geht. Ich verstehe, dass das Menschen verunsichern kann, aber für mich sorgt es einfach nur für Klarheit in allen Belangen. Ich, die Assistentin. Er, der Chef.

Ich denke, man braucht schon Eier, um Leute so zu behandeln. Ganz ohne Small Talk und Nettigkeiten. Er mag vielleicht unerträglich sein, aber der Mann ist effektiv.

»Ich habe noch ein paar kurze Fragen. Ich stelle gerade die letzten Dinge für Ihre Reise nach Chicago in ein paar Wochen fertig. Möchten Sie von Ihrer Wohnung oder vom Büro aus zum Flughafen gebracht werden?«

»Um wie viel Uhr geht der Flug?«

»Um zehn Uhr morgens.«

»Dann vom Büro aus. Ich komme an dem Tag früher.«

»Die Founders' Association hat noch einmal um eine Präzisierung bezüglich der Einladung zur Founders' Gala in zwei Wochen gebeten. Wir müssen eine Entscheidung treffen, möglichst schnell.«

Er trommelt mit den Fingern auf die Tischplatte. »Sagen Sie denen, ich komme mit Begleitung.«

»Mache ich.« Ich bekämpfe meine Neugier und notiere schweigend die Antwort.

»Nächsten Monat haben Sie ein persönliches verlängertes Wochenende eingetragen. Sie haben diesbezüglich nichts erwähnt, aber brauchen Sie dafür irgendetwas? Soll ich irgendetwas buchen? Vorbereiten?«

»Nein.«

»Alles klar. Letzter Punkt: Kyle Renner vom Architektenteam wünscht ein Vieraugengespräch bezüglich einer seiner Entwürfe. Es schien ... ihm sehr wichtig zu sein.«

Henry stöhnt leise auf. »Ja, ich weiß. Das will er schon seit Wochen. Gucken Sie, ob Sie ihn diese Woche noch reinquetschen können. Nicht mehr als fünfzehn Minuten.«

»Mache ich.« Ich notiere es mir. »Haben Sie noch etwas hinzuzufügen? Vielleicht Feedback zu meiner Leistung letzte Woche?«

»Kein Feedback. Bitte reservieren Sie für Freitag um sieben einen Tisch für zwei in einem netten Restaurant.«

»Wird gemacht. Welchen Kunden laden Sie ein?«, frage ich, während ich es in seinen Kalender eintrage. Er geht regelmäßig mit Kunden essen, wie in der Branche üblich. Ich würde nur zu gern erleben, wie er plaudert und Small Talk hält. Der Mann lächelt doch nie.

»Es ist ein persönliches Essen.«

»Ah«, sage ich leise und vermeide den Blickkontakt. Vielleicht ein Date. So gern ich Henry beim Plaudern erleben würde, noch mehr würde mich seine Version des Datens interessieren. Mit was für Frauen geht er aus? Mit blonden Models, die jemanden mit richtig viel Kohle suchen? Mit Architekturprofessorinnen?

Henry räuspert sich. Es klingt fast, als wäre es ihm unangenehm, aber sein Blick ist stählern wie immer. »Wählen Sie eins meiner Stammrestaurants aus – die Informationen finden Sie sicher in den Notizen Ihrer Vorgängerin. Es muss von meiner Wohnung aus zu Fuß zu erreichen sein.«

Ich senke den Blick, um meine Überraschung zu verbergen. »Wird gemacht. Ich e-maile Ihnen die Details, wenn alles reserviert ist.«

Wow. Er will also einen Treffer landen. Vielleicht tut er das immer. Mit seinem fordernden Blick und seinen fordernden Fragen wirkt er nicht wie ein Mann, zu dem man nach einem netten Abendessen mit Drinks und allem Drum und Dran Nein sagt. Ich kann es mir fast bildlich vorstellen – ihn den ganzen Abend zu necken für ein so seltenes Lächeln und zu wissen, dass er im Bett genauso anspruchsvoll sein würde. Dass er –

Was? Nein. Reiß dich zusammen, Faye.

Ich schließe meinen Laptop. »Ist das alles, Mr. Marchand?«

»Ja.« Er trommelt auf diese nervtötende Weise mit den Fingern auf die Tischplatte. »Genauer gesagt nein. Ich möchte, dass Sie mich morgen zu der Inspektion der Rexfield-Baustelle begleiten.«

»Wirklich?«

Mein Erstaunen muss offensichtlich sein, denn in seinen grünen Augen flackert Belustigung auf. »Ja, wirklich. Und bringen Sie andere Schuhe mit. Diese Absätze sind ein Sicherheitsrisiko.«

Ich muss meine Begeisterung herunterschlucken. »Mache ich. Und … danke, Sir.«

»Danken Sie mir nicht. Sie sind zum Arbeiten dabei – ich werde Sie bitten, Notizen zu machen.« Er erhebt sich vom Tisch. »*Jetzt* sind wir fertig mit dem Meeting.«

Trotz dieser Verabschiedung bin ich den Rest des Tages aufgeregt. Ich war seit Monaten nicht mehr auf einer Baustelle, nicht seit Elliot Ferris und dem Century Dome. Es geht dort immer rau zu, aber das Gefühl ist einmalig – zu wissen, dass du gerade an einem Ort stehst, an dem eines Tages Menschen wohnen und arbeiten werden, mit all ihren Hoffnungen und Träumen.

Am nächsten Tag komme ich in einem Hosenanzug zur Arbeit und habe ein Paar Loafer in der Tasche. Es soll ja nicht heißen, dass ich keine Anweisungen befolge. Eine halbe Stunde vor dem Termin verlässt Henry sein Büro. Er trägt Timberland-Stiefel, aber ansonsten sieht er wieder tadellos aus in seinem dunkelblauen Anzug.

Er mustert mich, und sein Blick bleibt an meinen Schuhen hängen.

»Keine Absätze«, sage ich. »Wie von Ihnen vorgegeben.«

»Das sind Bootsschuhe.«

Ich schaue auf meine dunkelblauen Loafer hinunter, die ich in einem Outlet außerhalb der Stadt zu einem Schnäppchenpreis ergattert habe. »Wirklich?«

»Ja.«

»Oh. Ich war noch nie in meinem Leben auf einem Boot.«

Den Blick, den er mir zuwirft, kann ich nicht entschlüsseln. Ohne meine Absätze fühle ich mich klein neben ihm. Er ist über einen Kopf größer und muskulös. Ich verstehe immer noch nicht, wie er diese Figur aufrechterhalten kann, wenn er doch praktisch vierundzwanzig Stunden am Tag im Büro verbringt.

Henry bricht den Blickkontakt ab. »Los geht's.«

Schweigend durchqueren wir das Bürogebäude, und schweigend

fahren wir mit dem Aufzug nach unten. Die Situation ist nicht gerade angenehm, aber auch nicht angespannt. Draußen am Bordstein wartet der Wagen auf uns.

Henry öffnet mir mit einem Blick die Tür, der mir wohl sagen soll: *Gewöhn dich nicht dran.*

Keine Sorge, Kumpel, denke ich und schenke ihm ein strahlendes Lächeln.

Er erwidert es nicht und setzt sich neben mich. »Ich gehe davon aus, dass Sie sich mit dem Rexfield-Projekt befasst haben.«

»Ja, habe ich.«

Er lässt die Hand über das weiche Leder der Tür gleiten und sieht aus dem Fenster, während die Stadt an uns vorbeigleitet. Die Baustelle ist ebenfalls im Norden Manhattans, also wird die Fahrt nicht lange dauern. »Lassen Sie hören.«

Ich tue, wie mir geheißen, und zähle alles auf, woran ich mich erinnere.

»Es ist ein fünfzehnstöckiges Gebäude. Soll Ende des Jahres fertig sein. Wurde von uns entwickelt, aber vom Rexfield-Konzern in Auftrag gegeben. Die Arbeiten wurden an Sanders & Sons vergeben. Es wird ein ganz gewöhnliches New Yorker Bürogebäude«, füge ich gedankenlos hinzu.

Henry kneift die Augen zusammen. »Ganz gewöhnlich?«

Verdammt. Aber ich werde jetzt nicht lügen. »Ja. Der Entwurf soll in die Nachbarschaft passen. Ähnliche Farben und eine ähnliche Struktur wie die anderen Gebäude der Straße. Es muss den Bebauungsvorschriften entsprechen. Für das Interieur wollte Rexfield etwas Funktionelles. Sie sind schließlich ein Pharmaunternehmen«, sage ich und lasse meine Stimme ein wenig entschuldigend klingen. »Sie haben kein Interesse an einem Gebäude, das es ins *Architectural Digest* schafft.«

Er nickt langsam. »Sie haben nicht unrecht. Aber ich warne Sie: Bezeichnen Sie niemals irgendeinen unserer Entwürfe als *Standard* oder *gewöhnlich* im Beisein von Kunden. Oder im Beisein von irgendjemandem im Büro.«

»Werde ich nicht.« Ich überlege, ob ich mich entschuldigen soll, entscheide mich jedoch dagegen. Nichts an dem, was ich gesagt habe, war falsch.

»Wir sind da.« Er steigt zuerst aus und öffnet mir wieder die Tür. Die galante Geste muss tief in ihm verwurzelt sein. Draußen steht die Sonne hoch am Himmel. Für Mai ist es außergewöhnlich warm.

Martin von Sanders & Sons wartet an der Baustelle. Er schüttelt Henry überschwänglich die Hand.

»Ich freue mich, dass Sie es einrichten konnten, Mr. Marchand. Wir haben Ihnen heute viel zu zeigen.«

»Ich freue mich darauf. Das ist meine neue Assistentin, Miss Alvarez.«

Martin schüttelt mir die Hand. »Es ist mir ein Vergnügen. Und wie Sie beide sehen werden, sind wir voll im Zeitplan.«

Henry nickt – als hätte er nichts anderes erwartet –, und wir beginnen unseren Rundgang durch das skelettartige Gebäude. Martin glänzt mit einem nahezu enzyklopädischen Wissen. Er kann jede Frage beantworten, die Henry ihm stellt, selbst die überraschenden.

Ich frage mich, ob das Voraussetzung für eine Zusammenarbeit mit Marchand & Rykers ist.

Ich mache mir zu allem Notizen. Henry verzichtet auf jegliche Hilfestellung in Form von Unterlagen oder Plänen. Weiß er alles auswendig? Ziemlich unwahrscheinlich, aber bei ihm würde es mich auch nicht überraschen.

Martin führt uns durch die einzelnen Etagen des Rohbaus und hebt sich den Ausblick vom oberen Stockwerk für den Schluss auf. In den Entwürfen zum Gebäude habe ich gelesen, dass hier oben die Büros der Geschäftsführung entstehen werden.

Der Termin dauert viel länger, als ich in Henrys Kalender eingeplant habe. Er ist ins Gespräch mit Martin vertieft, und ich will ihn nicht unterbrechen, aber er wird auf keinen Fall pünktlich bei dem anberaumten Mittagessen mit einigen der Architekten sein.

»Danke«, sagt er schließlich zu Martin. »Sie arbeiten bei diesem Projekt mit Rhett aus meinem Studio zusammen. Arbeitet er zu Ihrer Zufriedenheit?«

Martins Augen weiten sich. »Ja. Ja, absolut, Sir. Er ist sehr engagiert.«

Ich widerstehe dem Drang, das Gesicht zu verziehen. *Engagiert*, du lieber Himmel. Das ist normalerweise nicht gerade der feuchte Traum eines Bauunternehmers.

Henry nickt. »Bitte stellen Sie sicher, dass das Projekt weiterhin im Zeitplan bleibt.«

Als wir schließlich die Baustelle verlassen, ist es bereits nach eins. Henry seufzt und schüttelt sich Staub vom Ärmel seines Jacketts. Die Sonne scheint direkt auf ihn herunter, und in ihrem Licht leuchtet sein Haar kastanienbraun. Auf seinem kantigen Kinn zeichnen sich leichte Stoppeln ab, als würden sie nach der morgendlichen Rasur bereits nachwachsen. Ich versuche, den Blick abzuwenden, aber es fällt mir schwer. Er ist wirklich ein beeindruckendes Exemplar Mann.

Ein Date, sage ich mir selbst. *Du musst wieder da raus. Travis.*

»Was ist Ihr Eindruck?«

Ich werde aus meinen Gedanken gerissen und blinzele kurz. »Von dem Projekt?«

»Nein, von Martins wunderschönen blauen Augen«, erwidert er trocken.

Ich sehe zu ihm hinüber. Er macht Witze. »Es ist ungewöhnlich, dass das Projekt voll im ursprünglichen Zeitplan ist. Sie haben großartige Bauunternehmer.«

»Oder großartige Boni«, sagt er.

»Ja. Aber ... der Entwurf des obersten Stockwerks irritiert mich ein wenig.«

Er dreht sich zu mir um. Ich dachte, ich wäre inzwischen an seinen nüchternen Blick gewöhnt, doch jetzt fühlt es sich an, als wäre es viel zu viel, seine gesamte Aufmerksamkeit zu bekommen.

»Erzählen Sie«, befiehlt er.

»Der Ausblick ist phantastisch. Das absolute Highlight des gesamten Grundstücks. Die Etage nur für Büroräume der Geschäftsführung zu verwenden, fühlt sich an wie Verschwendung.«

»Was würden Sie stattdessen vorschlagen?«

»Ein Sitzungszimmer, das auch als Besprechungsraum fungieren kann. Nichts Langweiliges, sondern ein Ort, an dem man sich mit Investoren trifft. Neue Medikamente vorstellt. Man müsste irgendwie das natürliche Licht nutzen – für eine schöne Räumlichkeit, wie einen Vorführungssaal.«

»Atriumähnlich?«

»Ja.«

»Sie könnten dort auch Veranstaltungen abhalten«, fügt Henry hinzu. »Das ist eine gute Idee. Daran hätte Rhett denken sollen. Es ist nicht überraschend, dass das Unternehmen dort Büros für die Geschäftsleitung haben will – für sich selbst also –, aber es ist die Aufgabe eines Architekten, Vorschläge zu machen. Besser zu sein als der Kunde.«

»Ja.«

Er sieht mich eine ganze Weile lang an. »Gut gemacht.«

Zu meinem Entsetzen glühen meine Wangen bei dem Lob wie die eines Schulmädchens. Um diese Tatsache zu überspielen, krame ich mein Handy aus meiner Tasche und öffne seinen Terminkalender. »Der Termin dauerte länger als erwartet.«

»Ja.«

»Sie haben nur zwanzig Minuten bis zur nächsten Besprechung und keine Zeit für ein übliches Mittagessen.«

»Sie haben keinen Plan B vorbereitet? Kommen Sie schon, Miss Alvarez.« Henry schüttelt mit missbilligendem Blick den Kopf. »Meine Nachsicht hat Grenzen.«

Mir fällt die Kinnlade herunter. »Entschuldigung? Aber das ist … wie hätte ich ahnen können, dass dieser Termin länger dauert?«

In diesem Augenblick nehme ich die Belustigung in seinem Blick wahr. Er ist so gut darin, sie hinter seiner undurchdringlichen Miene zu verstecken – doch seine Augen verraten ihn. »Das war nur ein Scherz«, sagt er. »Lassen Sie uns unterwegs etwas holen. Ich habe Lust auf Kebab.«

Er muss meine Überraschung bemerkt haben, denn er zieht eine Augenbraue hoch. »Was? Sie glauben, ich esse kein Streetfood?«

Darauf habe ich absolut keine Antwort, außer die naheliegendste. »Nein, aber jetzt bin ich neugierig darauf, es zu sehen. Nach Ihnen, Sir.«

– 7 –
HENRY

Nur um ihren Gesichtsausdruck zu sehen, wähle ich die schäbigste Imbissbude aus, die ich finden kann.

»Lassen Sie uns hier essen«, sage ich und bleibe vor einem abgeranzten kleinen Kebab-Laden stehen. Auf dem Gehweg befinden sich ein paar Sitzgelegenheiten. Es riecht nach Fritten und gegrilltem Fleisch.

Zwischen ihren Augenbrauen bildet sich eine subtile Falte. »Hier?«

»Ja«, sage ich und frage mich, ob sie meinen Bluff bloßstellen wird.

Natürlich nicht. Nicht Faye Alvarez. Sie ist genauso kampfbereit wie ich.

»Ich liebe Kebab«, erwidert sie nur und geht zur Theke, um zu bestellen. Amüsiert beobachte ich, wie sie den größten Kebab auf der Karte ordert, inklusive Pommes.

»Das Gleiche für mich«, sage ich und bezahle für uns beide in bar. »Wir essen hier.«

Faye sieht mich mit gerunzelter Stirn an. »Aber Ihr Termin? Wir müssen los.«

»Der Termin ist mit den Architekten im Studio. Im Büro. Wir können uns die zehn Minuten nehmen, um zu essen.«

Sie nickt, aber mit großen Augen. In den letzten Minuten habe ich sie mehrfach überrascht, und ich muss zugeben, dass es mir

Spaß macht. Sie ist immer so selbstsicher und so überzeugt in ihrer Meinung von mir, dass es mir unmöglich ist, sie nicht zu piesacken. Wir sitzen direkt an einer belebten New Yorker Straße, an der noch nicht mal Bäume stehen. Das ist sicher nicht der Ort, an dem ich normalerweise esse, aber die unerschütterliche Faye zu erschüttern, ist es wert.

Sie schlägt ihre wohlgeformten Beine, die selbst unter ihrer Anzughose als solche auszumachen sind, übereinander und guckt mich stirnrunzelnd an. »Sie haben Ihren Standpunkt klargemacht«, sagt sie. »Sie essen in Schnellimbissen. Ich habe Sie unterschätzt.«

Ich fahre mit dem Finger über den Metalltisch. »Sie sind begeistert von dem Rexfield-Gebäude.«

»Wirklich? Ich dachte, ich hätte Sie verärgert, indem ich es als gewöhnlich bezeichnet habe.«

»Nein, nicht das Gebäude selbst. Sie waren begeistert davon, auf der Baustelle zu sein.« Ich habe die Begeisterung in ihren dunklen Augen gesehen, als wir Martin folgten, auch wenn sie versuchte, es hinter einer coolen Maske und gewissenhaftem Notizenmachen zu verstecken. Aber sie ist nicht so gut darin, ihre Gefühle zu verbergen, wie ich.

Faye nickt langsam. Ihre langen Haare hat sie heute zu einem straffen Dutt zurückgebunden. Ganz anders als in jener Nacht, als sie mit wallender Mähne ins Büro gekommen ist. Der Dutt betont ihr herzförmiges Gesicht und ihre vollen Lippen nur noch mehr.

»Ja, das stimmt. Ich kann es nicht beschreiben … aber ich war schon immer gerne auf Baustellen. Ich glaube, es liegt an den Möglichkeiten, wissen Sie? An den Fortschritten, die jeden Tag passieren. Stein auf Stein …« Sie schüttelt den Kopf. In ihrer Stimme liegen Überzeugung und Gefühl. Sie brennt für diese Branche. »Es ist schwer zu beschreiben, aber ich bin mir sicher, Sie wissen, was ich meine. Sie stehen auch drauf.«

Ich ziehe eine Augenbraue hoch. »Tue ich das?«

»Ja«, sagt sie mit herausforderndem Blick. »Zumindest glaube ich das.«

»Und was lässt Sie das glauben?«

»Ich habe im Laufe der Jahre viele Architekten und Bauunternehmer getroffen. Für die meisten zählt nur die Kohle, und sie würden eine Baustelle wie diese hier gar nicht erst besuchen. Sie würden jemanden schicken. Sie aber wissen alles über dieses Projekt«, sagt sie. »Entweder haben Sie ein unfehlbares Gedächtnis, oder Sie finden es wirklich interessant.«

Ich wende den Blick von ihr ab. Ihre Worte enthalten viel Wahres, mehr Wahres, als die meisten Menschen glauben würden. Das war der Grund, warum ich überhaupt den gleichen Beruf ergriffen habe wie mein Vater. Zu bauen bedeutet, etwas Dauerhaftes zu erschaffen. Etwas zum Leben zu erwecken, etwas, das dich vielleicht sogar überleben wird.

Aber für meinen Vater waren Geld und Vermächtnis immer das Wichtige. Nicht die Architektur – nicht die Kunst.

»Ich habe Spaß daran«, sage ich vorsichtig. »Und ich stelle fest, dass es oft effektiver ist, wenn ich mich selbst kümmere.«

»Um alle daran zu erinnern, wer der Chef ist?«, fragt Faye mit neckendem Unterton. Es überrascht mich immer wieder, mit welcher Leichtigkeit sie zwischen professionellem und freundschaftlichem Ton wechseln kann.

»Genau«, entgegne ich. »Da kommt das Essen.«

Sie sieht mich einen Augenblick lang schweigend an, als könnte sie immer noch nicht glauben, dass ich jetzt einen Kebab essen werde. Also nehme ich einen großen Bissen, um ihr zu zeigen, wie falsch sie liegt.

Sie verdreht die Augen und widmet sich ihrem eigenen Essen. Ihre Skepsis bringt mich fast zum Lachen. Als wäre ich irgendein Bonze von der Upper East Side, der mit einem silbernen Löffel im Mund geboren wurde und sich niemals die Hände schmutzig machen würde. Ha. Wenn sie wüsste.

Sie trinkt einen Schluck Limonade. »Ich habe es Ihnen noch nicht gemailt, aber ich habe für Freitag um sieben einen Tisch im Salt reserviert.«

Verdammt. Dieses Abendessen hätte ich fast vergessen.

Chelsea Moreno wohnt in dem Apartmentgebäude neben mir und macht ständig Andeutungen, wenn wir uns morgens zufällig am Taxistand treffen. Ich weiß so gut wie nichts über sie, abgesehen davon, dass sie in der Modebranche arbeitet, gerne Yoga macht und zweimal im Monat zum Friseur geht, um sich die platinblonden Haare nachfärben zu lassen. Sie interessiert mich nicht besonders. Aber nach dem Anruf meiner Mutter letzte Woche wurde es Zeit, zu handeln.

Ganz zu schweigen davon, dass ich dringend meine Assistentin aus dem Kopf bekommen muss.

»Ich war schon im Salt«, sage ich zu ihr. »Ich weiß, wo es ist.«

Ihre Stimme klingt eine Spur zu unschuldig. »Also ein gutes Restaurant für ein Date?«

Diese Frau. »Miss Alvarez …«

»Ich frage nur für den späteren Gebrauch. Damit ich weiß, wo ich für Ihre persönlichen Termine reservieren kann.« Sie schnappt sich eine Fritte und lässt sie zwischen ihren schlanken Fingern baumeln. »Um die bestmögliche Assistentin zu sein.«

Ich widerstehe dem Drang zu grinsen. »Ja, ein gutes Restaurant für ein Date«, sage ich und denke an die sanfte Beleuchtung und die lauschigen Nischen, die genügend Privatsphäre für tiefgründige Gespräche bieten. Faye würde in dieser Umgebung umwerfend aussehen.

»Also haben Sie am Freitag eins?«

»Sie sind unmöglich.«

»Entschuldigung. Zu persönlich?«

Ich esse den letzten Bissen meines Kebabs. Sie sieht alles andere als zerknirscht aus. Normalerweise würde mich diese Art von Unverfrorenheit tierisch ärgern, stattdessen stelle ich fest, dass ich fasziniert bin. Eine Frau wie sie … kann einfach nicht Single sein. Sie trägt keinen Ring am Finger, aber sie muss jemanden haben – einen Freund oder zwei. Frauen, die intelligent sind und so aussehen wie sie, bleiben nicht lange alleine.

»In dieser Branche sind Beziehungen schwierig«, sage ich stattdessen und lehne mich zurück. »Bei dem Arbeitspensum, das wir haben.«

»Ja. Deshalb habe ich auch kein …« Sie schüttelt den Kopf, überlegt es sich anders. »Sie haben recht.«

»Deshalb haben Sie auch kein was?«

»Tatsächlich habe ich am Freitag auch ein Date. Wir werden also beide in romantischer Mission unterwegs sein.« Sie wendet den Blick ab und errötet ganz leicht. Ein ungewohnter Anblick – ist sie doch sonst immer die Selbstsicherheit in Person. Dann muss es ernst sein.

Es stört mich. Sollte es nicht, aber es stört. »Mit wem?«

»Meine Freundin will mich mit jemandem verkuppeln.«

»Sie haben ein Blind Date?« Was zum Teufel? Diese Frau ist in jeder Hinsicht perfekt. Warum muss sie mit irgendeinem Nichtsnutz verkuppelt werden?

»Ja.« Sie seufzt mit noch immer geröteten Wangen. »Aber man muss ja was tun, oder?«

Ich zerknülle meine Serviette und sammele unseren Müll ein. »Sind Sie fertig?«

»Ja.«

»Dann los. Ich will nicht *viel* zu spät kommen.«

Faye nickt. Das charmante Rosé auf ihrem olivfarbenen Teint verschwindet schnell und wird von einer Maske ersetzt, die ich inzwischen als ihre professionelle Rüstung kenne. Auf dem Rückweg zum Büro schweigen wir größtenteils, abgesehen von ein paar arbeitsbezogenen Bemerkungen.

Und verdammt nochmal, jetzt will ich wissen, mit wem sie ausgeht. Ich versuche mir Faye bei einem Date vorzustellen. Was würde sie tragen? Die Haare offen? Ich wette, sie würde dieses strahlende Lächeln gnadenlos einsetzen. Ihn mit ihrem Scharfsinn locker in die Tasche stecken.

Der arme Kerl. Ich bezweifele, dass er sie befriedigen kann, sie mit ihrem Ehrgeiz und ihrer Entschlossenheit.

Oder vielleicht kann er es – vielleicht befriedigt er sie viel zu gut. Und zu meiner Überraschung missfällt mir dieser Gedanke noch viel mehr.

— • —

Es funktioniert nicht.

Irgendetwas fehlt – mit der Fassade stimmt etwas nicht. Verdammt.

Ich fahre mir mit den Händen über das Gesicht. Der Abgabetermin ist in weniger als zwei Monaten, und ich bin genauso weit weg davon, den Entwurf zu finalisieren, wie vor Wochen.

Die Stadt New York hat den Bau eines neuen Opernhauses ausgeschrieben. Es handelt sich dabei um eines der größten Bauprojekte der neueren Stadtgeschichte, und im Geiste des künstlerischen Wettbewerbs dürfen Architekten aus aller Welt Entwürfe einreichen. Anfang Juli müssen alle fertigen Pläne und Modelle abgegeben sein.

Eine solche Gelegenheit bekommt man nur einmal im Leben.

Zweifellos werden die größten Namen der Welt ihre Entwürfe einreichen, aber es ist ein blinder Wettbewerb. Die Richter werden keine Ahnung haben, ob sie gerade Frank Gehrys Entwurf vor sich haben oder meinen. Und das könnte sich voll und ganz zu meinen Gunsten auswirken.

Allerdings nur, wenn ich den perfekten Entwurf vorlege.

Und bisher funktioniert diese Fassade einfach nicht.

Woran es liegt, kann ich nicht genau sagen. Ich starre auf das Modell vor mir hinunter. Es ist einfach gehalten, geschwungen wie eine sich im Wind kräuselnde Flagge, bestehend aus einem einzigen Blatt gebogenen Stahls. Es ist innovativ, energieeffizient … wunderschön. Aber noch nicht ganz fertig.

Ich brauche ein zweites Paar Augen.

Verdammt. Ich kann niemanden fragen. Meine alten Freunde vom College arbeiten über die Stadt verteilt in Studios, und sie sind alle geldgierige Mistkerle. Super, um mal zusammen ein Bier zu trinken – aber nicht für das hier. Nicht für ein Projekt, das über Erfolg und Misserfolg eines Architekten und eines Architekturstudios entscheiden kann. Ich vertraue ihnen nicht.

Und die Architekten in meinem eigenen Studio sind Geier. Hervorragend in ihrem Job, alle – sonst hätte ich sie nicht eingestellt –, aber für das hier kann ich sie nicht einspannen. Die meisten von ihnen wissen gar nicht, dass ich noch selbst entwerfe, ganz zu schweigen davon, dass ich vorhabe, meinen eigenen Entwurf als Beitrag des Studios zum Opernprojekt einzureichen.

Über die Gegensprechanlage ertönt Fayes Stimme. »Rykers ist hier, um mit Ihnen zu reden.«

Ich werfe das Tuch über das Modell und gehe durch das Büro, um mich an meinen Schreibtisch zu setzen. Es ist ungewöhnlich, dass meine Partnerin mich unangekündigt aufsucht. Wir beide leben nach unseren Kalendern und Routinen.

»Schicken Sie sie rein.«

Die Tür öffnet sich, und Marlena Rykers kommt herein. Sie ist Mitte vierzig und eine ernst zu nehmende Größe. Vor ewigen Zeiten haben wir als Juniorarchitekten im selben Studio angefangen und uns schnell hochgearbeitet, bis wir an die Grenzen des Unternehmens stießen. Sie wollte unabhängig sein, ich sehnte mich ebenfalls danach. Wir hatten beide genügend Kapital, um uns selbstständig zu machen – sie aus ihrer Scheidung, ich aus meinem Treuhandfonds.

Zwischen uns gibt es keine Nickligkeiten. Wir beide wollen Geld verdienen, wir beide wollen, dass das Unternehmen wächst. Sie konzentriert sich auf ihre Entwürfe, ich mich auf meine, und das Team teilen wir uns auf. Es funktioniert gut.

»Marchand«, grüßt sie, während sie mir gegenüber Platz nimmt.

»Rykers.«

»Der Pitch für Priority Media steht an.«

Da erzählt sie mir nichts Neues. »Ja.«

»Wir haben Kyle und Terri damit beauftragt, aber ich glaube nicht, dass sie es schaffen.«

Ich lehne mich zurück und trommele nachdenklich mit den Fingern auf die Tischplatte. Die beiden leiten eine unserer Architekturabteilungen und sind normalerweise eine super Kombination. »Das ist ein Problem.«

»Sie zanken sich wie die Kinder«, sagt Rykers und winkt missbilligend ab. »Wir beide wissen, dass der Pitch zu wichtig ist, um ihn zu versauen.«

Das ist er in der Tat. Wenn Marchand & Rykers Priority Media bekommt, werden wir jahrelang etwas zu bauen haben. Die Multi-Media-Plattform will eine neue Zentrale in New York, und ihr steht dafür ein Budget von mehreren Millionen zur Verfügung.

»Können wir es jemand anderem geben?«

»Ich habe das schon überprüft. Im Moment haben wir niemanden dafür übrig. Aber wir könnten Rebecca gelegentlich miteinbeziehen, und ich werde mit Kyle und Terri reden. Ihnen sagen, sie sollen sich zusammenreißen oder wir ziehen sie komplett davon ab.«

Deshalb mag ich Rykers. Sie ist direkt und kaltschnäuzig. »Wenn das nicht funktioniert, lass es mich wissen. Ich glaube, ich habe vielleicht eine Lösung«, sage ich. Denn in einer Hinsicht liegt sie falsch: Wir haben eine weitere Architektin im Büro, auch wenn sie nicht als solche eingestellt wurde.

Rykers nickt. Sie sieht geschäftsmäßig wie immer aus, wirkt jetzt aber nachdenklich. »Gehst du nächste Woche zum Founders' Ball?«

»Ja.«

»Gut. Einer von uns sollte dort sein.«

Ich ziehe eine Augenbraue hoch. »Halte ich dann für uns beide den Kopf hin?«

»Ja. Du bist sowieso besser im Networking. Ich schrecke eh nur alle ab.«

Ha. Da mag etwas Wahres dran sein, und das heißt schon etwas, wenn man bedenkt, wie sinnlos ich viele dieser Veranstaltungen finde. Und wenn mein Date am Freitag gut läuft, kann ich vielleicht sogar jemanden mitbringen, wie es bei solchen Events erwartet wird.

Aber irgendwie macht das die Aussicht darauf noch öder. Sich an allen Fronten durch den Small Talk kämpfen zu müssen – sowohl mit den anderen Gästen als auch mit der Begleitung.

Da werde ich eine Lösung finden müssen.

– 8 –
FAYE

Am späten Donnerstagabend sitze ich immer noch im Büro. Keine große Überraschung. Henry Marchand arbeitet jeden Tag lange, und als seine Assistentin mache ich es genauso. Es ist anstrengend – der Mann scheint sich einfach nie auszuruhen.

Ich unterdrücke ein Gähnen und klicke mich durch meinen Posteingang. Alle Mails sind beantwortet … alles ist organisiert. Sein Terminkalender ist bereit für den nächsten Tag. Ich habe alle Telefonate getätigt, die ich tätigen musste, allen Leuten geantwortet, denen ich antworten musste. Es gibt nichts mehr für mich zu tun. Mein Handy leuchtet auf, und ich lese Jessies Nachricht.

Jessie Moore: *Travis freut sich total auf morgen. Das merke ich!*

O Mann. Der Typ selbst hat mir bisher nur zwei Nachrichten geschrieben – eine, um die von mir vorgeschlagene Zeit zu bestätigen, und eine, um den Treffpunkt zu bestätigen. Dass Jessie jetzt als Überbringerin fungieren muss, gefällt mir nicht.

Faye Alvarez: *Die Sache ist dir zu wichtig. Das ist ungesund.*

Sie antwortet mit einer ganzen Reihe von Emojis, die mir eindeutig zeigen, was sie davon hält.

Jessie Moore: *Was wirst du anziehen?*

Darüber habe ich mir bisher noch keinerlei Gedanken gemacht. Ehrlich gesagt habe ich jeden Tag weniger Lust auf dieses Date. Wie wahrscheinlich ist es überhaupt, bei einem Blind Date die große

Liebe zu finden? Aber mit einer Sache hatte Jessie recht: Ich hatte zu lange kein Date mehr, und es wird mal wieder Zeit.

Das mit Aiden ist jetzt über zwei Jahre her. Und in der Zwischenzeit habe ich mich nur auf die Arbeit fokussiert, bis Elliot Ferris mich schließlich aufgrund seines verletzten Stolzes feuerte. Er konnte einfach niemanden in seinem Team haben, der maßgeblich am Bau des Century Dome beteiligt war, ohne es auch nur irgendwie anzuerkennen. Es war ein Risiko, und ich wurde auf eine Art und Weise entlassen, die mich ruinieren sollte.

Ich schüttele den Kopf. Darüber will ich jetzt nicht nachdenken.

Die Uhr auf meinem Computer sagt, es sei fast sieben. Wenn Henry nichts mehr braucht, gehe ich jetzt nach Hause.

Ich drücke auf den Knopf der Gegensprechanlage. »Brauchen Sie noch irgendetwas, bevor ich nach Hause gehe, Mr. Marchand?«

Normalerweise antwortet er sofort, aber jetzt ist es fast eine Minute lang still, bevor seine Stimme ertönt: »Ja. Kommen Sie rein.«

Stirnrunzelnd betrete ich sein Büro. Er sitzt nicht an seinem Schreibtisch. Stattdessen steht er vor dem Modell in der Ecke, das ich jetzt zum ersten Mal ohne Tuch sehe. Es ist definitiv keines der aktuellen Projekte von Marchand & Rykers, denn diese kenne ich inzwischen auswendig.

So etwas wie dieses Modell habe ich noch nie gesehen.

Das Gebäude ist an die Form einer Geige angelehnt, mit eleganten Kurven aus Stahl. Auch wenn es sich um ein kleines Modell handelt, wird deutlich, dass das Bauwerk sehr groß werden soll. Eine Treppe führt zu einem Eingang, der sich in einer der Kurven verbirgt.

Es ist wunderschön. Hat etwas Elegantes.

Dezentes.

Mein Blick wandert langsam zu Henry hinüber. Zum ersten Mal wirkt sein Gesichtsausdruck überhaupt nicht formell und nüchtern.

Er fährt sich mit der Hand über die kantige Kontur seines Kinns. »Ich will Ihre Meinung.«

»Meine Meinung?« Ich trete näher, betrachte die akribischen Details. Ist das ein weiterer Test?

»Ja.« Seiner Stimme ist deutlich anzuhören, dass er sich gerade alles andere als wohl mit der Situation fühlt. »Sie hatten gute Anmerkungen zu dem Rexfield-Projekt bezüglich des obersten Stockwerks.«

Ah. Er meint, dass ich vielleicht etwas sehen könnte, was ihm bisher entgangen ist. Es ist unter Architekten nicht unüblich, sich gegenseitig nach Input zu fragen. Doch so wie er gerade dasteht, so steif und unbehaglich, ist klar, dass es für *ihn* durchaus unüblich ist.

»Dafür müsste ich die Pläne für das digitale Modell sehen«, sage ich leise. »Aber das Äußere ist atemberaubend.«

»Mhm.«

»Finden Sie nicht?«

»Ich finde, irgendetwas fehlt«, sagt er vorsichtig, »und ich weiß nicht, was.«

Ich beuge mich tiefer über das 3-D-Modell, betrachte die Details noch eingehender. Es ist von allen Seiten wunderschön. Mein erster Instinkt sagt mir, dass überhaupt nichts fehlt. Aber nachdem er mich darauf hingewiesen hat, sehe ich, was er meint. Es ist kalt in seiner Schönheit. Es ist eindeutig ein künstlerisches Gebäude – ein Gebäude, das man aus der Ferne bewundert.

»Ich würde Holz hinzufügen«, sage ich spontan.

»Holz?«

Ich ignoriere den gekränkten, versnobten Unterton in seiner

Stimme. »Ja. Ein natürliches Element als Anker für das … leichte Fließen der Kurven. Die Treppe hier zum Beispiel? Die könnte man aus Holz machen. Und dieser Teil hier könnte aus dunklem Holz sein.« Ich deute auf das Modell, sehe das Gebäude bildlich vor mir. »Ich würde ein wenig mit dem digitalen Modell herumspielen und schauen, wie es den Effekt verändert.«

Er verschränkt die Arme vor der Brust. Drückt noch immer Ablehnung aus. Ich merke, dass ihm mein Vorschlag, eine natürliche Komponente einzubauen, nicht gefällt. Aber er widerspricht nicht, starrt nur auf das Modell hinunter, als hielte es sämtliche Antworten bereit.

»Wofür ist das Gebäude?«

Henry sieht mir in die Augen, spannt den Kiefer an, entspannt ihn wieder. »Es ist ein Opernhaus.«

Oh. Ich sehe ihn mit neu entdecktem Respekt an. »Sie haben vor, an dem Architekturwettbewerb der Stadt teilzunehmen.«

»Ja.« Er wirft das Tuch über das Modell und lässt all die schönen Kurven wieder verschwinden. »Das habe ich vor.«

Verdammt.

Ich trete einen Schritt näher. »Weiß noch irgendjemand davon?«

»Niemand hier im Studio. Und ich würde Sie gerne daran erinnern, dass Sie mit Ihrem Vertrag eine Geheimhaltungsvereinbarung unterzeichnet haben.«

Gott, dieser Typ. »Ich werde es niemandem erzählen.«

Henry nickt und geht zu seinem Schreibtisch hinüber. »Gut.«

Das ist seine typische Art, mir zu sagen, dass unser Gespräch beendet ist. Ich gehe zurück zur Bürotür, wobei mein Blick unwillkürlich wieder zu dem Modell in der Ecke hinüberwandert. Ich wusste nicht, dass Henry selbst noch entwirft. Die meisten Architekten seines Kalibers lassen all das ihre Teams machen.

Also hatte ich recht, als ich ihn vor einigen Tagen gefragt habe, ob er es ebenfalls liebe.

Jedes akribische Detail an diesem Modell macht deutlich, dass die Architektur auch sein Lebenselixier ist.

— • —

Als ich vor meinem Date mit Travis mit Jessie telefoniere, malt sie sich alles in den buntesten Farben aus. »Das wird *so* phantastisch.«

»Bestimmt.« Mit der Hand streiche ich mein Kleid glatt – es ist rot, ausgestellt und perfekt für ein Date – und verdrehe angesichts ihres Optimismus die Augen.

»Das klingt so, als ob du es nur mir zuliebe sagst.«

Ich lache. »Ich bin mir nur nicht so sicher wie du. Aber ich freue mich wirklich darauf. Jetzt lass mich in Ruhe, er kann jede Minute hier sein.«

»Okay, okay. Wir sehen uns morgen im Fitnessstudio. Ich kann es gar nicht abwarten, alles zu hören!«

Wir verabschieden uns, und ich lasse mein Handy zurück in meine Handtasche gleiten. Ich warte schon ein paar Minuten hier vor der Bar, doch von Travis ist bisher nichts zu sehen. Ich gehe hinein und setze mich an die Theke. Die Bar ist halb voll, Kellner servieren schicke Cocktails in filigranen Gläsern. Er hat die Location vorgeschlagen, und da er Barkeeper ist, habe ich bereitwillig zugestimmt.

»Einen Martini bitte.«

Der Barkeeper lächelt mir zu und fängt mit routinierten Bewegungen an, den Drink zu mixen. Der heutige Abend eignet sich gut, um wieder ins Dating-Game einzusteigen, um jemanden Neues kennenzulernen. Gut. Sehr gut sogar.

Henry hat auch gerade sein Date. Ich habe mir das Salt im Internet angesehen, und es ist ein wunderschönes Restaurant. Seine Begleitung ist bestimmt genauso wunderschön. Als ich Henry Marchand gegoogelt habe – ich konnte einfach nicht anders –, spuckte die Suchmaschine nur ein einziges Foto von ihm mit Begleitung aus. Darauf hatte er einen Smoking an, und die Frau an seinem Arm war einfach nur umwerfend. Schlank und mit großen Rehaugen. Die Bildunterschrift war spöttisch. *Der Sohn eines berühmten New-England-Architekten versucht, in der New Yorker Szene ein Zeichen zu setzen.*

Auf dem Foto starrt Henry auf die Art und Weise in die Kamera, die mir inzwischen nur zu gut bekannt ist – als wollte er sie herausfordern, ein Bild von ihm zu machen. Seine grünen Augen blicken dabei gleichgültig, als würde ihn nichts auch nur im Geringsten berühren. Diesen Blick kenne ich. Er macht ihn zu einem herausfordernden Chef.

Ganz zu schweigen von einem großartigen Architekten. Sein Opernhaus ist beeindruckend. Es hat mich in den Fingern gejuckt, noch näher zu treten, die Pläne zu sehen und es auf meinem Computerbildschirm zum Leben zu erwecken. An genau solchen Projekten habe ich bei Elliot Ferris gearbeitet, an den ganz großen Projekten. Er nahm an jedem weltweiten Architekturwettbewerb teil, wodurch wir auch das Century-Dome-Projekt bekamen.

Der bloße Gedanke an den Dome schnürt mir die Kehle zu. Fünf Jahre lang habe ich alles, was ich hatte, in dieses Projekt gesteckt, und dann heimste Elliot Ferris alle Lorbeeren ein. Alle – und feuerte mich ohne jegliches Empfehlungsschreiben.

Verdammt. Ich sollte nicht darüber nachdenken. Nicht über Fehler der Vergangenheit, nicht über Henry mit seinem unnachgiebigen Blick und seinem Auge für Architektur.

Der Barkeeper nickt mir zu. »Wartest du auf jemanden?«

»Ja«, antworte ich. »Hat sich wohl verspätet.«

»Keine Angst. Sollte er immer noch nicht da sein, wenn du mit dem Drink hier fertig bist, geht der nächste aufs Haus«, sagt er und zwinkert mir zu.

Ich erwidere sein Grinsen. Zumindest einer hier weiß den Aufwand zu schätzen, den ich heute Abend mit meinem Kleid und meinem Make-up betrieben habe. »Danke.«

Die Minuten vergehen, und von Travis ist immer noch nichts zu sehen. Er hat mir bisher noch nicht mal geschrieben, um mir zu sagen, dass er sich verspätet.

Henry würde niemals zu spät kommen. Er war heute Abend zweifellos pünktlich bei seinem Date. Ich überlege, was er wohl trägt – wie sein Anzug sich an seine breiten Schultern und starken Arme schmiegt. Dann verbiete ich mir diese Gedanken.

Ich bin nicht bei einem Date mit Henry Marchand, und werde es auch nie sein.

Als Travis schließlich auftaucht, ist er fast eine halbe Stunde zu spät. Er lächelt mich zur Begrüßung schief an und sieht genauso aus wie auf dem Foto, das Jessie mir geschickt hat. Ungefähr so groß wie ich, braunhaarig, schlaksig. Ganz süß, auf eine jungenhafte Art.

»Faye?«

»Die bin ich.«

Er riecht nach Rauch, als er sich zu mir herunterbeugt, um mich auf die Wange zu küssen. »Ich bin froh, dass du heute Abend Zeit hast.«

»Ebenso«, sage ich trocken.

Travis entschuldigt sich nicht für sein Zuspätkommen, und auch der Rest des Abends macht das nicht wieder gut. Nach einer Stunde langweile ich mich zu Tode, während ich versuche, einer

Geschichte über den schlechten Videospielegeschmack seines Mitbewohners zu folgen – und kläglich scheitere.

Ich räuspere mich. »Macht dir der Job als Barkeeper Spaß?«

»Nee. Na ja, ist schon okay. Ich kann halt meine Rechnungen damit bezahlen.« Er grinst keck. »Aber ich sehe mich in Zukunft definitiv woanders.«

»Wirklich? Wo denn?«

»Ich weiß nicht, ob du das verstehen würdest.«

»Versuch's mal«, entgegne ich und bin zum ersten Mal seit einer Stunde wirklich gespannt. »Was willst du stattdessen machen?«

Er rückt näher und lächelt mich an, als würde er mir jetzt gleich ein Riesengeheimnis erzählen. »Letzte Woche habe ich diese großartige Dokumentation über Neil Armstrong gesehen. Die war so cool. Ich meine, er war so cool. Was er gemacht hat, weißt du? Mann, dieser Typ hat wirklich etwas mit seinem Leben *gemacht*, weißt du? Und die Dokumentation hat das wirklich gut gezeigt, also so richtig detailliert.«

»Okay«, sage ich langsam. »Also möchtest du Dokumentarfilmer werden?«

Er lacht. »Nein. Astronaut.«

»Wow.«

»Ja. Ich denke, das ist echt viel Arbeit, aber irgendwo muss man ja anfangen. Ich weiß, ich habe diese Entscheidung so gut wie gerade erst getroffen, doch ich bin fest entschlossen.«

»Das kann ich mir vorstellen.«

»Ich habe mir schon ein paar Bücher dazu bestellt. Na ja, eins. Einführung in die Physik. Bestimmt ein guter Anfang.«

O Gott.

Was zur Hölle hat sich Jessie dabei gedacht, mich mit diesem Typen verkuppeln zu wollen? Wir könnten nicht unterschiedlicher sein. Er ist eine leere Leinwand und noch dabei, herauszufinden, was er mal werden soll. Daran gibt es nichts auszusetzen, aber ich habe keinerlei Interesse daran, mit jemandem wie ihm auszugehen.

Und als er mich schließlich fragt, was ich beruflich mache – die erste Frage, die er mir überhaupt stellt –, verwechselt er Architektin mit Archäologin …

Als ich mich verabschieden will, zieht Travis eine Augenbraue hoch. »Schon? Es ist noch nicht mal zehn.«

»Ich muss früh raus«, sage ich und lege zwei Zwanziger für meine Getränke auf den Tisch. »Danke für den Abend.«

»Sicher, dass du gehen musst? Jessie hat eine Menge netter Sachen über dich erzählt, aber sie wurde dir damit gar nicht gerecht.« Sein Lächeln wird plötzlich anzüglich, seine Augen funkeln. »Ich wohne ganz in der Nähe, weißt du?«

Ja … es wird definitiv Zeit zu gehen.

»Ich muss wirklich los. Danke für den Abend.«

»Hat Spaß gemacht«, sagt er. »Bis bald.«

Trotz der typisch stickigen New Yorker Luft atme ich mehrmals tief ein, als ich die Bar verlasse. Jessie, meine liebe, verrückte, impulsive Freundin Jessie. Sie muss wahnsinnig gewesen sein, dieses Date vorzuschlagen. *Astronaut.* Er will mithilfe eines Physikbuchs und nach einer Woche Recherchen Astronaut werden.

Ich gehe die Straße entlang und beobachte die Menschen um mich herum. New York ist immer voller Leute, schläft nie, ruht sich nie aus. Als ich meinen Eltern damals eröffnet habe, herziehen zu wollen, reagierten sie verständnislos. *Warum? Dort geht es doch nur um Geld und um Arbeit und die Menschen auf der Straße lächeln sich nie an.* Ich hatte Schwierigkeiten, es ihnen zu beschreiben. Ich liebe meine Eltern. Ich liebe die Kleinstadt in Ohio, in der ich aufgewachsen bin. Aber sie fühlte sich nicht groß genug an für meine Träume oder für den Menschen, zu dem ich auf dem College wurde.

In meiner Handtasche vibriert mein Handy. Wahrscheinlich Jessie, die nicht anders kann, als nachzufragen, wie das Date läuft. Ich überlege, ob ich die Mailbox drangehen lassen soll – sie wird enttäuscht sein, wenn ich ihr sage, dass ich mit Travis nichts anfangen kann.

Schließlich angele ich das Telefon doch aus der Tasche und werfe einen Blick auf das Display. Es ist nicht Jessie.

Es ist Henry.

– 9 –
HENRY

»Weißt du, es ist schwierig, wenn man so viel unterwegs ist«, sagt Chelsea. »Es wird auf Dauer ganz schön einsam. Und wenn ich dann zu Hause bin, fühlt es sich auch nicht wirklich nach *zu Hause* an, weißt du? Ach, natürlich weißt du das. Du arbeitest ja selbst viel.«

»Ja, das stimmt.«

Sie wirft sich eine gelockte Haarsträhne über die Schulter. »Ich mag Männer, die viel arbeiten. Die ehrgeizig sind. Und das bist du bestimmt.«

»Ich mag meine Arbeit, ja.« Farbe beim Trocknen zuzugucken, wäre unterhaltsamer gewesen als dieses Gespräch. Seit einer Stunde redet Chelsea praktisch ununterbrochen und ignoriert all meine Versuche, über irgendetwas auch nur ansatzweise Interessantes zu reden.

»Ich habe mich vor dem heutigen Abend über dich informiert. Ich weiß, das sollte man nicht tun«, sagt sie und klimpert mit ihren professionell verlängerten Wimpern, »aber ich bin einfach zu ehrlich. Ich *muss* es beichten.«

Gott, steh mir bei. »Und, was hast du gefunden?«

Sie beugt sich über den Tisch. »Na ja, ich wusste schon vorher, dass du beeindruckend bist, und die Suche hat es bestätigt. Du hast mit siebenundzwanzig dein eigenes Unternehmen gegründet und zähltest schnell zu den größten Namen in Manhattan. Du hast den

Hugh D. Lehn Award gewonnen. Dein Vater ist auch Architekt, richtig?«

»Ja.« Mit den Augen suche ich das Restaurant nach dem Kellner ab. Ich muss endlich diese Rechnung bezahlen und das hier beenden.

»Hast du deshalb den gleichen Beruf gewählt?«

»Ich habe …«

»Denn genau deshalb liebe ich Mode. Meine Mutter war ein berühmtes Model, weißt du? Wunderschön. Alle sagen, ich sehe aus wie sie, aber ich finde das gar nicht.« Chelsea lächelt. Ein klebrig süßes Lächeln. »Findest du, ich sehe aus wie sie? Meine Mom ist Cindy White.«

Der Name sagt mir nur sehr entfernt etwas. »Ich bin mir sicher, die Ähnlichkeit ist verblüffend.«

Ihr Lächeln wird ein wenig zögerlicher. Allerdings nur ein wenig. »Weißt du, wie sehr ich mich gefreut habe, als du mich zum Essen eingeladen hast?«

Tatsächlich? Als ich sie gefragt habe, sah sie leicht gelangweilt aus. Woher kommt also der plötzliche Sinneswandel? Durch die Google-Suche nach meiner Vermögenslage und Geschichte?

»Ich bin froh, dass du zugesagt hast.«

Chelsea wirft mir ein weiteres erprobtes Lächeln zu und fängt an, sich über etwas so Nichtiges zu beschweren, dass ich es nur noch mit teilnahmsloser Miene über mich ergehen lassen kann. Den ganzen Abend über hat Chelsea Fotos gemacht, von dem Restaurant, von unserem Essen, von unseren Drinks. Immerhin hat sie nicht versucht, ein Foto von uns beiden zu machen.

Ich schiele auf meine Armbanduhr. Es ist halb zehn. Faye hat jetzt auch gerade ihr Date. Ihr *Blind* Date. Es fällt mir viel zu leicht, mir vorzustellen, wie sie auf einem Barhocker sitzt und den armen

Kerl, mit dem man sie verkuppeln will, mit funkelndem Blick herausfordert.

Auf was für Männer steht sie wohl? Vor meinem geistigen Auge verwandelt sich der Typ, den sie anlächelt, von einem muskelbepackten Sportfreak in einen hochgewachsenen Investmentbanker. Beides fühlt sich nicht richtig an. Faye ist … *mehr.* Zu gut für einfältige Männer, die nicht mit ihrer Intelligenz mithalten können.

Oder aber sie verstehen sich gut, und sie errötet bei ihm wie bei mir, als ich sie nach ihrem Date gefragt habe. Dabei bringt das schummerige Licht an der Bar sicher ihren olivfarbenen Teint perfekt zum Strahlen.

Chelsea labert immer noch vor sich hin. Noch vor ein paar Monaten wäre sie genau die Art von Frau gewesen, mit der ich gerne getrunken, gegessen und geschlafen hätte. Eine Begleiterin für Veranstaltungen. Sie hätte gewusst, was von ihr erwartet wurde. Eine bequeme Art der Vereinbarung, immer unausgesprochen. Unterhaltsame Gespräche, wenn auch nicht besonders tiefgründig. Beide Parteien sich dessen bewusst, dass es etwas Lockeres ist.

Jetzt fühlt sich der Gedanke daran, noch eine Stunde damit zuzubringen, so zu tun, als würde mich ihre neue Birkin-Tasche interessieren, wie Folter an. Ganz zu schweigen von der Vorstellung, einen ganzen Abend mit ihr beim Founders' Ball zu verbringen.

Nein, sie ist überhaupt keine aussichtsreiche Kandidatin.

Stattdessen stelle ich mir vor, Faye säße mir heute hier im Salt gegenüber. Sie würde irgendetwas Unverschämtes sagen, und ich würde sie genauso überraschen, indem ich nicht so reagiere, wie sie es erwartet.

Endlich gelingt es mir, Blickkontakt mit einem Kellner aufzunehmen. Chelsea lächelt mich an, als ich bezahle, und scheut keine Mühe, dem Kellner klarzumachen, dass das vegane Gericht, das sie hatte, nicht zu ihrer Zufriedenheit war.

Als wir das Restaurant verlassen, hakt sie sich bei mir unter. Mit einer Frau auszugehen, die neben mir wohnt, war eindeutig ein Fehler. Das hätte ich wissen müssen, aber ich habe es trotzdem gemacht, getrieben von dem Druck, eine Begleitung für den Ball zu finden – ganz zu schweigen von der Hochzeit meiner Schwester in ein paar Wochen.

»Du bist sehr trainiert«, sagt sie und lässt die Hand über meinen Arm gleiten. Ich widerstehe dem Drang, mich von ihr loszumachen, und sehe sie an. Sie schaut mit flirtendem Blick zu mir hoch. »Ich wusste gar nicht, dass Architekten so muskulös sind. Du arbeitest aber nicht selbst auf dem Bau, oder?«

»Normalerweise nicht, nein. Aber ich bleibe aktiv.« Ich gehe jeden Morgen ins Fitnessstudio. Und nicht zu vergessen die vielen Stunden beim Segeln. Das Hantieren mit den Tauen ist nichts für Weicheier. »Hier muss ich mich von dir verabschieden, Chelsea.«

Es gelingt ihr wie auf Kommando, die Enttäuschung auf ihrem Gesicht in etwas zu verwandeln, das einem Grinsen ähnelt. Sie ist es eindeutig gewöhnt, ihre Reize einzusetzen und damit zu punkten. »Gehst du nicht nach Hause?«

»Ich muss noch mal ins Büro.«

»An einem Freitagabend?«

»Ja.«

»Ich finde es toll, dass du so viel arbeitest«, sagt sie, doch der Versuch bleibt halbherzig. »Danke für den Abend, Henry.«

»Danke dir.« In ihrem Blick liegt nichts als Kalkül. Für sie bin ich einer von vielen, und wir wissen beide, dass da nichts Echtes zwischen uns ist.

»Ich bin mir sicher, wir hatten beide einen netten Abend, aber ich werde dich nicht noch mal anrufen, und ich bin mir sicher, du mich auch nicht.«

Jetzt fällt ihr wirklich die Kinnlade herunter. »Wow. Ich … okay. Das ist unhöflich.«

»Nein, es ist ehrlich.«

Sie schüttelt den Kopf. »Na gut. Weißt du, wie viele Männer mit mir ausgehen wollen?«

»Viele, da bin ich mir sicher.« Aber ich gehöre definitiv nicht dazu. »Gute Nacht, Chelsea. Pass auf dich auf.«

Der Blick, den sie mir zuwirft, wirkt eher beleidigt als verletzt. Dann verschwindet sie in ihrem Apartmentgebäude.

Zum ersten Mal seit Stunden atme ich tief durch und mache mich auf den Weg zum Büro. Ich weiß, dass ich die nächsten Stunden sowieso nicht schlafen können werde, und es juckt mich in den Fingern, ein paar Änderungen am Opernhaus auszuprobieren. Der Abend hat mich wieder daran erinnert, warum ich die Dating-Szene in New York hasse. Chelsea datet zweifellos zehn Typen zur gleichen Zeit und hat mit Sicherheit erwartet, ich würde das Gleiche tun.

Alles ist so kompliziert – absolut alles –, dabei will ich doch nur Einfachheit.

Meine Gedanken wandern wieder zu Faye und ihrem Date, wie ein Hund, der sich in seinen Knochen verbissen hat. Ist sie wie Chelsea und will sich auch nur austoben? Das kann ich mir nicht vorstellen. Aber ich kann sie mir vorstellen, wie sie verliebt ist und sich ihre Wangen wieder so wunderschön röten. Wahrscheinlich ist sie noch bei ihrer Verabredung. Wenn es gut läuft, küsst er sie vielleicht gerade.

Ich wähle ihre Nummer.

Ich weiß, dass ich sie nicht anrufen sollte. Ich habe keinen legitimen Grund, es zu tun. Sie hat meinen Terminkalender perfektioniert, und alles, was ich für das Wochenende brauche, ist erledigt.

Faye geht nach dem zweiten Klingeln dran. »Mr. Marchand? Ist alles in Ordnung?«

»Ja.«

»Hat mit Ihrer Reservierung alles geklappt?«

»Ja, hat es.«

Kurze Pause. »Was gibt es dann?«

»Haben Sie den Transfer für meine Chicago-Reise gebucht?«

»Ja, habe ich.«

»Ich habe keine Infos bekommen.«

»Nein, ich hatte vor, das am Montag bei unserem Meeting mit Ihnen zu besprechen.« Wieder eine kurze Pause. »Brauchen Sie sie früher?«

»Ja, ich brauche sie sofort«, sage ich und balle die Hand zur Faust. Ich weiß, dass ich mich gerade wie ein Arschloch benehme.

»In Ordnung. Ich leite sie Ihnen per E-Mail weiter.«

»Gut.« Ich zwinge mich dazu, die Hand zu entspannen. Ich will, dass sie weiterredet. »Ich hoffe, dadurch wird Ihr Abend nicht zu sehr gestört.«

»Oh, Sie stören nicht«, sagt Faye seufzend, und die Enttäuschung in ihrer Stimme löst etwas in mir. »Ich glaube, das war mein erstes und letztes Blind Date.«

Etwas in mir entspannt sich. »So schlimm?«

»O Gott, ja. Was ist mit Ihnen? Sind Sie schon mit Ihrem fertig, Sir?«

Ich muss über das *Sir* lächeln, das sie einer Frage anhängt, die sie gar nicht stellen sollte. »Ja.«

Ihre Neugier ist sogar durch das Telefon spürbar. »Es war auch nicht gut«, sage ich. »Ich bin im Büro.«

»Arbeiten Sie an Ihrem Projekt?«

»Ja.«

Faye zögert kurz. »Ich bin in der Nähe. Brauchen Sie irgendetwas? Etwas zu essen vielleicht? Ich kann sicher einen Kebab-Laden für Sie finden.«

Ich habe gerade im Salt zu Abend gegessen, was sie genau weiß. Die Antwort darauf ist also ein klares Nein.

Eigentlich.

»Holen Sie genug für zwei.«

— • —

Als das *Pling* des Aufzugs ertönt, habe ich gerade die Änderungen an dem digitalen Modell vorgenommen, die Faye vorgeschlagen hatte. Das Holz kommt mir öde vor – es ist einfach ein zu schlichtes Material –, aber je länger ich es ansehe, desto weniger stört es mich. Ich bin mir immer noch nicht sicher, ob es passt, doch mit einer Sache hatte Faye auf jeden Fall recht: Das Gebäude braucht mehr natürliche Aspekte, um das Design zu erden.

Ich habe meine Bürotür offen gelassen, und Faye kommt mit einer großen Papiertüte in der Hand herein.

»Hey«, sagt sie mit einem angedeuteten Lächeln. Sie trägt die Haare offen. Sie fallen ihr in schwarzen Wellen über die Schultern und umrahmen ihr Gesicht. Ihre Züge wirken irgendwie weicher als bei der Arbeit. Rosige Lippen und lange Wimpern.

Und sie trägt ein Kleid.

Keines ihrer Bürokleider – nein, dieses Kleid schmiegt sich an ihre Brust, betont ihre Taille und fällt dann über ihre kurvigen Hüften. An den Füßen trägt sie Riemchensandalen mit Absätzen. Ich zwinge mich dazu, den Blick auf die braune Papiertüte zu lenken, bevor sie merkt, dass ich sie anstarre.

»Was haben Sie geholt?«

»Burger.« Sie stellt das Essen auf dem Konferenztisch ab. Der Geruch von Pommes und gegrilltem Fleisch weht herüber, und mir läuft das Wasser im Mund zusammen. Das Essen im Salt ist großartig, doch die Portionen sind winzig. »Der hier ist für Sie.«

Ich nehme den Burger entgegen, den sie mir reicht. Auf der Verpackung steht etwas geschrieben. Faye sieht, wie ich die Schrift beäuge. »Oh, ich habe einen mit Bacon genommen. Ich weiß, dass Sie den gerne essen. Aber ohne Sesam. Den mögen Sie ja nicht.«

»Ich mag keinen Sesam?«

Sie zuckt entschuldigend mit den Schultern. »Das stand in den Notizen, die mir Ihre letzte Assistentin hinterlassen hat.«

»Das ist mir neu.« Ich sehe stirnrunzelnd auf meinen Burger hinunter und denke an Sara. Sie war gegen Ende einfach überaufmerksam. Wahrscheinlich habe ich mich irgendwann mal darüber beschwert, dass die Sesamkörner immer überall herumfliegen.

»Dann streiche ich diese Information wieder aus meinem Gedächtnis. Hier, nehmen Sie ein paar Pommes.« Faye schiebt mir die Tüte zu. Ich beobachte amüsiert, wie sie sich mit einem zufriedenen Seufzer auf einen der Stühle am Konferenztisch sinken lässt. Ihre Außer-Dienst-Persönlichkeit wirkt entspannt … offen. Keine Assistentin vor ihr war jemals so in meiner Gegenwart.

Als der gnadenlose Mistkerl, der ich nun mal bin, nutze ich das sofort aus.

»Das Blind Date war also so schlimm?«

»Furchtbar. Er kam fast eine halbe Stunde zu spät. Und dann hat er nur über sich geredet und zwischendrin nur kurz innegehalten, um etwas zu trinken oder mir anzügliche Komplimente zu machen.«

»Ungehobelt.«

»Ja.« Sie streicht sich die Haare hinters Ohr und beugt sich hinunter, um in ihren Burger zu beißen. »Und als ich erwähnte, dass ich Architektin bin, hat er eine Anspielung auf Indiana Jones gemacht.«

Ich knirsche mit den Zähnen. »Sie machen Witze.«

»Nein. Er dachte allen Ernstes den halben Abend lang, ich wäre Archäologin.«

»Wer hat das Date noch mal organisiert?«

»Meine beste Freundin. Sie ist toll, aber manchmal kann sie Männer überhaupt nicht einschätzen.«

»Das ist offensichtlich.« Jeder halbwegs intelligente Mensch wüsste sofort, dass so ein Mann Faye nicht genügen würde. Sie war ihm sicher in jeder Hinsicht überlegen.

Faye sieht mich an und kneift ein wenig die Augen zusammen. Das Feuer in ihrem Blick ist zurück. »Sie wirken zufrieden.«

Es hat keinen Sinn, das abzustreiten. »Das bin ich.«

»Warum?«

»Ich kann doch nicht zulassen, dass meine Assistentin sich ablenken lässt, oder?«

Faye verdreht die Augen und geht zum Mülleimer hinüber, um das Burgerpapier wegzuwerfen. Nach Aussagen von mir die Augen zu verdrehen, scheint ihr Ding zu sein. Das hat schon seit Jahren niemand mehr in meiner Gegenwart gemacht, nicht seitdem meine Geschwister aus dem Teenageralter raus sind. »Was ist mit Ihrem Date?«, fragt sie. »Nicht gut?«

»Nein.«

Faye nickt bestärkend. Es ist offensichtlich, dass sie mehr hören will. Ich lasse die Finger über die Tischkante gleiten und überlege. Diese entspannte Atmosphäre zwischen uns … gefällt mir zu sehr. Das ist nicht gut für mich, geschweige denn für sie.

»Ich hätte den Abend lieber damit zugebracht, Farbe beim Trocknen zuzusehen.«

Sie zuckt zusammen. »Autsch. Die arme Frau. Das klingt nicht schmeichelhaft.«

»Sie wird darüber hinwegkommen«, sage ich. »Ich bin mir sicher, es stehen bei ihr schon Dutzende andere Männer Schlange. Das hat sie selbst so gesagt.«

»Hat sie nicht.«

Ich nicke ernst. »Das hat sie in der Tat.«

Faye geht mit nachdenklichem Blick zu dem Modell in der Ecke hinüber. »Also sind Sie hierhergekommen.«

»Offensichtlich.«

Sie beugt sich tiefer über das Opernhaus, und durch ihre langen Haare kann ich ihr Gesicht nicht mehr erkennen. Es ist verstörend, zu sehen, wie sie es so genau studiert. Etwas, an dem ich jetzt schon fast ein Jahr arbeite. Und ihre Augen sind die ersten, die es sehen. Ich bin mir immer noch nicht sicher, ob es ein Fehler war, sie ins Boot zu holen.

Aber sie hat gute Ideen, und die Deadline steht vor der Tür.

»Was würden Sie noch ändern?«

Faye streicht sich das Haar zurück und sieht zu mir hoch. »Am Entwurf?«

Sie beißt sich leicht auf die Lippe und betrachtet das Modell mit verhangenem Blick. Den Blick kenne ich. Sie liebt den Designprozess genauso wie ich.

»Ich muss darüber nachdenken«, sagt sie langsam. »Holz hinzufügen … dabei bleibe ich.«

»Ich habe es ausprobiert.«

»Ja?« Ihre Augen weiten sich freudig. »Mit AutoCAD?«

»Ja.« Ich öffne das digitale Bauprogramm auf meinem Computer und zeige ihr den Entwurf. »Aber ich bin nicht überzeugt.«

»Nein, nein, nicht so … fügen Sie das Holz stattdessen *hier* hinzu.« Sie beugt sich über meine Schulter und zeigt auf den Teil des Entwurfs, mit dem ich von Anfang an Probleme hatte. Die Rückseite der Metallkurve, wo sich die beiden Teile treffen. »Das würde das gesamte Ding verankern.«

»Hm, ich versuche es«, sage ich. Sie ist mir so nahe, dass ihre Haare meine Wange streifen. Sie riecht nach Frau, nach warmer Haut und Blumen und Hitze.

»Und hier … das könnten Sie begrünen. Eine kleine Veränderung, aber sie wird den Eindruck vermitteln, dass diese Metallwelle aus dem Boden wächst.« Sie hat recht. Ihre Änderungen sind klein – doch sie könnten dem Ganzen mehr Balance geben. Das ist genau das zweite Paar Augen, das ich für dieses Projekt gebraucht habe.

»Miss Alvarez, als ich Sie eingestellt habe, habe ich deutlich gemacht, dass ich Ihnen keine architektonische Arbeit anbieten kann.«

Faye tritt einen Schritt zurück, nimmt ihre Haare und ihren Duft mit. Zwischen ihren Augenbrauen erscheint eine kleine Furche. »Dessen bin ich mir bewusst.«

»Trotzdem haben Sie bewiesen, dass Sie wertvollen Input liefern können. Ich schicke Ihnen morgen die AutoCAD-Pläne, und wenn Sie Zeit haben, hätte ich gerne Ihr Feedback zum Bau.«

Ihre Augen leuchten vor Freude und Kreativität auf. »Mit Vergnügen.«

»Die Deadline ist in weniger als zwei Monaten.«

»Das können wir schaffen«, sagt sie und nickt sich selbst zu. Ich stelle amüsiert fest, wie schnell daraus ein Wir wurde, kommentiere es aber nicht. »Und niemand anderes im Studio ist daran beteiligt oder weiß überhaupt davon, korrekt?«

»Ja.«

Sie nickt wieder, und ein Lächeln umspielt ihre vollen Lippen. Ein Lächeln, das ich kenne – aus Freude über eine Herausforderung.

»Packen wir es an.«

– 10 –
FAYE

Jessie macht neben mir Dehnübungen. Wir sind beide verschwitzt von unserer Spinning-Stunde. »Okay«, sagt sie. »Also wird das nichts mit Travis.«

Ich verkneife mir angesichts ihrer treffenden Zusammenfassung das Lachen. »Nein. Und ich glaube, das wusstest du auch schon vorher.«

»Nein.«

»*Jessie.*«

»Okay, ja, ich dachte mir schon, dass er nicht deinem üblichen Beuteschema entspricht. Ich wusste, dass wahrscheinlich nicht die große Liebe draus wird. Aber das heißt ja nicht, dass du dich nicht ein wenig amüsieren könntest.«

Ich beuge mich nach vorn, um die Rückseiten meiner Beine zu dehnen. »Ich kann mich mit niemandem amüsieren, mit dem ich mich nicht verstehe.«

»Klar kannst du. Das Einzige, was Steve und ich gemeinsam haben, ist unglaublicher Sex.«

Dieses Mal lache ich wirklich. »Und das ist großartig, aber ich kann das nicht.«

»Warum denn nicht?« Sie stemmt die Hände in die Hüften und sieht mich prüfend an. »Wann hattest du das letzte Mal Sex mit einem Mann? Sei ehrlich!«

»Es fehlt mir nicht.«

»Lüg mich nicht an, Faye Alvarez.« Sie setzt sich und beugt den Oberkörper nach vorne, um mit den Fingern an ihre Zehen zu kommen. Der Spinning-Kurs hat mir geholfen, den Kopf freizubekommen. Wie immer.

»Okay«, sage ich. »Es fehlt mir. Ich hatte seit über einem Jahr keinen Sex.«

»Ein Jahr.« Sie wirft in einer dramatischen Geste die Hände in die Luft. *»Ein Jahr.«*

»Das weißt du doch längst«, sage ich. »Ist jetzt keine bahnbrechende Neuigkeit.«

»Ja, aber du musst daran erinnert werden, wie ungewöhnlich das ist – und dass es Zeit ist, etwas dagegen zu tun. Arbeiten ist super, aber es ist nicht alles.«

Ich lege mich auf die Yogamatte und starre an die Decke. »Glaub mir, ich weiß das. Es ist inzwischen so schlimm, dass ich mich langsam sogar schon von meinem Chef angezogen fühle.«

»Von dem Arsch, der aus irgendwelchen Gründen beschlossen hat, dir eine Chance zu geben?«

»Ja.«

Jessie setzt sich kerzengerade hin. »Der dich an einem *Freitagabend* anruft, obwohl er genau weiß, dass du ein Date hast?«

»Ja.«

»Sorry, aber er sollte deine Arbeitszeiten respektieren.«

»Ich bin die persönliche Assistentin von jemandem, der wahrscheinlich mehrere Millionen im Jahr verdient. Meine Arbeitszeiten sind *rund um die Uhr*. Er bezahlt mir weiß Gott genug, damit ich immer in Bereitschaft bin.«

»Trotzdem hätte er nicht anrufen sollen.«

»Ich weiß.« Und vor allem nicht wegen so einer Kleinigkeit. Einen absurden Augenblick lang hatte ich sogar den Verdacht, er hätte gar nicht deswegen angerufen, sondern nur, um mein Date zu unterbrechen.

»Siehst du, wenn du regelmäßig Spaß im Bett hättest, würde es gar nicht erst so weit kommen, dass du dich auf so eine höchst unangebrachte Weise in deinen Chef verknallst.«

Ich stöhne auf. »Ich weiß nicht, ob deine Logik brillant ist oder total gestört.«

»Brillant. Für dich war das Glas immer schon halb voll.«

»Du hast recht«, sage ich schließlich. »Er hätte nicht anrufen sollen.«

»Ganz genau.«

»Ja, er ist gut aussehend und intelligent und hat eine Leidenschaft für die gleichen Dinge wie ich. Na, und wenn schon? Er ist mein Chef. Ich hatte ein Sauglück, dass er mir den Job gegeben hat. Das weiß ich.«

Jessie nickt. »Das darfst du auf keinen Fall vermasseln. Er ist tabu. Zu gefährlich.«

»Ich werde die Professionalität in Person sein.«

»Die Definition von professionell.« Jessie nickt. »Und du hältst die Augen offen nach anderen gut aussehenden, intelligenten Männern.«

Ich grinse sie an. »Wie schwierig kann es schon sein, uninteressiert zu sein? Am Montag werde ich ihn kaum eines Blickes würdigen.«

»So will ich das hören.«

— • —

Wie sich herausstellt, ist es ziemlich schwierig, uninteressiert zu sein, wenn dein Chef aussieht wie Henry Marchand.

Bei unserem Montagsmeeting ist er kühl und reserviert, hat die Haare zurückgekämmt und eine Lass-uns-den-Kram-erledigen-Miene aufgesetzt. Ich wünschte, ich wäre immun dagegen. Gegen alles – gegen die Art und Weise, wie er jeden Raum einnimmt, als wäre es seiner, als hätte er ihn *gebaut*, gegen den Ehrgeiz, der ihm aus allen Poren strömt. Aber ich bin es nicht. Ich sitze ihm gegenüber und vergesse pflichtbewusst, dass andere Männer überhaupt existieren.

Henry nickt zu der Liste hinüber, die ich vorbereitet habe. Unser Treffen am Freitagabend erwähnt er mit keiner Silbe, und jegliche Vertrautheit zwischen uns ist verschwunden. Es ist, als wäre sie nie da gewesen.

»Dann los«, sagt er.

Ich gehe die kommende Woche durch. Henry nickt oder widerspricht an den passenden Stellen, trommelt dabei mit den Fingern auf der Tischplatte herum.

»Verschieben Sie den 14-Uhr-Termin am Mittwoch«, sagt er. »Da wollen sich stattdessen die Investoren von Corporeal mit mir treffen. Ich lade sie zum Mittagessen ein.«

»Eine Reservierung?«

»Ja.«

»Ich kann im Rema anrufen. Das ist genau gegenüber – Sie könnten nach einer Stunde wieder hier sein.«

»Gut. Reservieren Sie einen Tisch für ein Uhr.«

»Mache ich. Und was ist bezüglich der Founders' Gala am Freitag? Sie werden heute noch einmal anrufen und fragen, mit wem Sie kommen.« Ich fahre mit dem Finger den Rand meines Laptops nach und denke an sein schreckliches Date letzten Freitag. Ob er eine Liste mit Frauen hat, aus der er nach Belieben auswählt? *Ene, mene, muh und raus bist du,* wen nehme ich denn heute Abend …

Henry kneift fast unmerklich die Augen zusammen. »Es werden Leute vom Opernprojekt dort sein.«

»Die perfekte Gelegenheit zum Networking also.«

»Ja«, sagt er, und seine Stimme wird einen Hauch weicher. »Deshalb möchte ich, dass Sie mich begleiten.«

»Ah.«

In seinen Augen flackert Belustigung auf, als glaubte er nicht, dass ich zustimmen würde. Als wollte er mich ködern – ein weiterer Test, um herauszufinden, ob ich die Herausforderung meistere oder nicht. Ich straffe die Schultern.

»In Ordnung.«

Henrys Lippen verziehen sich zu einem angedeuteten Lächeln. »Hervorragend. Ich nehme an, Ihnen liegen sämtliche Informationen vor. Melden Sie sich als meine Begleitung an.«

»Mache ich.« Ich schließe den Laptop und schwanke zwischen dem Bedürfnis nach Klarheit und der Angst, zu viel preiszugeben, wenn ich danach frage. »Treffen wir uns dort?«

»Ich hole Sie ab. Schicken Sie mir Ihre Adresse.«

Der Gedanke, dass Henry Marchand in seiner Limousine vor meiner Wohnung in Brooklyn vorfährt … Unvorstellbar. »Okay.«

Henry steht auf und rückt seine Manschetten zurecht, durch und durch Geschäftsführer und Chefarchitekt. »Es ist eine berufliche Veranstaltung, Miss Alvarez. Sie werden also dafür bezahlt.«

»Ja. Gut.«

»Ich werde Ihnen in Kürze die Pläne für das Opernhaus schicken. Wenn Sie Zeit finden, hätte ich gerne ein Feedback von Ihnen.«

»Absolut.« Ich schnappe mir meine Sachen und gehe in Richtung Bürotür. »Noch etwas?«

Er bleibt neben seinem Schreibtisch stehen und sieht mich

durchdringend an. Ich weiß nicht, was ich davon halten soll – ich weiß nicht, was ich von *ihm* halten soll. »Nein, das ist alles. Danke.«

Ich schließe die Tür hinter mir und atme tief durch.

Dieser Job ist vollkommen anders, als ich gedacht hätte. Henry Marchand ist vollkommen anders. Hundertprozentig professionell, jemand, der seine Abende damit verbringt, Großprojekte zu entwerfen. Der Professionalität und Perfektion erwartet – am meisten von sich selbst –, aber trotzdem irgendwo unter der unterkühlten Fassade einen Sinn für Humor hat. Der glaubt, seine Assistentin als Begleitung mit zu einer Gala zu nehmen, sei vollkommen professionell.

Auf jeden Fall finde ich dazu nichts in den Notizen meiner Vorgängerin. Bei der Vorstellung muss ich fast lachen, während ich mich auf meinen Schreibtischstuhl sinken lasse.

Ich öffne die Pläne, die er mir geschickt hat. Arbeite mich Schicht für Schicht durch das Opernhaus und mache mich mit seiner inneren Struktur vertraut. Es ist wunderschön. Um den Hauptsaal windet sich eine gigantische Treppe, die zu den verschiedenen Etagen führt. Flure und Gänge, einige davon verborgen, für das Personal und die Musiker, Sänger und Schauspieler.

Die Bestuhlung in der Oper selbst ist in verschiedenen Ebenen entworfen, und die Decke greift die Kurven der Außenfassade auf. Das Publikum wird unter schimmernden Metallwellen sitzen.

Ich tauche noch tiefer ein. In das Fundament, die Pläne für Rohrleitungen und Elektrik. Ich fühle mich ihm nahe, während ich mich mit seinem Werk befasse, in dem Wissen, dass er der Einzige ist, der bisher daran Hand angelegt hat. Die Arbeit daran fühlt sich so persönlich an, wie sich Arbeit für mich noch nie angefühlt hat.

Vielleicht, weil ich weiß, dass ich die Erste bin, der er das Projekt gezeigt hat.

Oder weil klar ist, dass seine Liebe zur Architektur über die bloßen Zahlen und Daten hinausgeht, sogar über das Ansehen. Und er hat *mich* um *meinen* Input gebeten.

Ich mache Notizen zu dem Gebäude und halte mich nicht zurück. *Mit dem Backstage-Grundriss stimmt etwas nicht. Ist da genug Platz für mehr als fünfzig Menschen während der Show?*

Ich übe Kritik an der Sitzanordnung auf Ebene vier und der Skulptur, die er für den Vorraum entworfen hat. Die Wandleuchten wirken altmodisch. Ich gehe bis ins kleinste Detail. Versuche so zu denken, wie eine Jury vielleicht denken wird.

Auf unserem Flur erklingen Schritte, und ich klicke schnell Henrys Pläne weg.

Es ist Kyle Renner, Chefarchitekt und bürointernes Arschloch. Er hat keinen Termin. Ich straffe die Schultern und wappne mich für eine Auseinandersetzung. Wenn es hier im Büro jemanden gibt, der mehr als deutlich macht, dass er nicht glaubt, dass ich bleiben werde, dann ist das Kyle.

Er hält vor meinem Schreibtisch inne und sieht auf mich herunter. »Hallo Faye.«

»Hi. Wie kann ich Ihnen helfen?«

»Ich möchte mit Mr. Marchand reden.«

»Ich verstehe. Erwartet er Sie?«

Kyle lächelt mich an, aber es wirkt nicht freundlich. Ich bekomme eine Gänsehaut angesichts der offensichtlichen Bevormundung in seinem Blick. »Ja, er erwartet mich. Er hat mir schließlich eine E-Mail geschrieben, dass ich herkommen soll.«

Ich schenke ihm ein ebenso ausdruckslos-höfliches Lächeln und drücke auf den Knopf der Gegensprechanlage. »Sir?«

»Ja?«

»Kyle Renner ist hier.«

»Schicken Sie ihn rein.«

Die Tür öffnet sich automatisch, und Kyle stolziert mit hochgezogener Augenbraue an mir vorbei, als wollte er sagen: *Siehste? Hab ich doch gesagt!*

Die Tür schließt sich hinter ihm, und ich verdrehe die Augen. Elliot Ferris' Studio war größer als dieses hier und voller noch größerer Egos. Bauunternehmer, Entwickler, Architekten … lauter unerträgliche Wichtigtuer. Als ich selbst noch Architektin war, war es einfach gewesen, Gleiches mit Gleichem zu vergelten.

Aber als Assistentin … Leute wie Kyle haben Spaß daran, die wenige Überlegenheit, die sie haben, auszuspielen.

Zehn Minuten später öffnet sich die Tür erneut. Kyles Gesicht ist rot vor Wut – wirklich knallrot –, und ich sehe Henry an seinem Schreibtisch. Er ist die Ruhe in Person.

Was zur Hölle ist passiert?

Kyle bleibt neben meinem Schreibtisch stehen, außerhalb des Sichtbereichs der offenen Tür. Seine Stimme klingt wütend. »Ich sehe schon, Sie verfolgen einen anderen Ansatz als Ihre Vorgängerinnen. Ich habe Sie eindeutig unterschätzt, *Faye.*«

Ich starre ihm nach, wie er den Flur entlangstürmt, und spüre, wie sich meine Wangen ebenfalls vor Wut röten. Wie kann er es wagen, so mit mir zu reden?

»Miss Alvarez? Kommen Sie bitte kurz rein?«, ruft Henry.

Ich stehe auf und lehne mich gegen den Türrahmen, immer noch erschüttert von dem Austausch eben. »Sie sehen deutlich ruhiger aus als er.«

Seine Lippen kräuseln sich fast unmerklich, als könnte er nichts dagegen tun. »Er hat die Neuigkeiten nicht besonders gut aufgenommen.«

»Oh.«

»Ich habe ihn von dem Priority-Media-Projekt mit Terri abgezogen.«

Jetzt bin ich überrascht. »Aber der Pitch ist nächste Woche.«

»In der Tat.« Henry trommelt mit den Fingerknöcheln auf seinem Tisch herum. »Wie gut kennen Sie das Projekt?«

»Es ist die Renovierung des Gebäudes aus der Mitte des Jahrhunderts in Downtown Manhattan. Könnte dem Unternehmen eine Menge Sichtbarkeit verleihen. Ein großer Auftrag.« *Und einer, den Terri wahrscheinlich nicht allein bewältigen können wird*, denke ich. So ein Pitch für ein Projekt ist eine beängstigende Erfahrung, und es ist fast unmöglich, alles allein zu schaffen.

»Ich will, dass Sie Kyles Platz einnehmen.«

Meine Augenbrauen schnellen in die Höhe. »Um mit Terri zusammenzuarbeiten?«

»Ja.«

»Aber Sie haben mich nicht als Architektin eingestellt«, sage ich halbherzig und wiederhole damit seine Worte, auch wenn sich in mir freudige Erregung breitmacht. Erst sein eigenes Projekt, und jetzt das hier …

»Dessen bin ich mir bewusst. Aber Kyle hat gezeigt, dass er nicht effektiv mit Terri zusammenarbeiten kann, und wir haben niemanden anders.«

»Wird Rykers damit einverstanden sein?«

In Henrys Augen blitzt es kurz auf. »Ja, dafür werde ich sorgen.«

Ich denke an die anderen im Büro. Das wird nicht gut ankommen, nicht in einem Team mit zwanzig Architekten, für die ich bisher nur eine von Henrys zahlreichen Assistentinnen war, namenlos und austauschbar. Ich glaube nicht, dass irgendjemand von ihnen meinen wahren Hintergrund kennt. Niemand hat es je für nötig gehalten, zu fragen.

Aber ich habe schon deutlich Schlimmeres überstanden und würde es auch wieder tun, wenn ich dafür Arbeiten machen darf, die ich liebe. Eine Chance auf einen Pitch … Wenn ich das hier gut mache, könnte ich vielleicht befördert werden, wenn im Architektenteam eine Stelle frei wird, und die Restaurantreservierungen endgültig hinter mir lassen.

»Und?«, fragt Henry. »Ich dachte, Sie würden sich über diese Chance freuen.«

Ich lächele ihn an, langsam und ehrlich. »Oh, ich freue mich innerlich.«

Seine Lippen kräuseln sich erneut, und in diesen dunkelgrünen Augen leuchtet Belustigung auf. »Organisieren Sie ein Treffen mit Terri.«

»Mache ich. Und … meine anderen Aufgaben werden nicht darunter leiden.«

»Da bin ich mir sicher«, sagt er, und das Lächeln lauert noch immer in seinen Mundwinkeln.

– 11 –
HENRY

Ich lasse die Hand über den weichen Ledersitz der Limousine gleiten. Seit einer halben Stunde sind wir im dichten Stadtverkehr unterwegs, um zu der Adresse zu gelangen, die Faye mir geschickt hat. Ich hatte also reichlich Zeit, nachzudenken, besonders darüber, ob es schlau oder schrecklich dumm von mir war, sie zu bitten, mich zu begleiten.

Genau genommen ist eine Begleitung nicht unbedingt notwendig. Ich war schon auf unzähligen solcher Veranstaltungen allein. Dennoch wird es erwartet, und es macht den ganzen Networking-Prozess einfacher und angenehmer, wenn man mit der richtigen Begleitung unterwegs ist. Viele der Frauen, die ich in der Vergangenheit gedatet habe, sind ständig auf solchen Events unterwegs und kennen sich dementsprechend aus.

Ich habe keine Ahnung, ob Faye das kann. Es ist ein Schuss ins Blaue.

Ich zupfe am Ärmel meines Smokings und betrachte stirnrunzelnd die Baustelle, an der wir gerade vorbeifahren. Ich weiß, wer hier baut, und es ist niemand, für den ich besonders viel Respekt übrighabe. Elliot Ferris.

Er ist bekannt für zwielichtige Geschäftsmethoden, besonders in den Vororten und noch weiter draußen. Er entwickelt regelmäßig Sozialwohnungsbauten und macht dann einen enormen Gewinn durch steigende Mieten, oft mit strikten Mietverträgen, die seine

Mieter zwingen, ihre Miete pünktlich zu bezahlen. Bauträger wie er verdienen diesen Namen nicht. Ganz zu schweigen davon, dass er auf irgendeine Weise Faye verletzt hat, indem er sie ohne Empfehlungsschreiben entließ.

In ihrem Bewerbungsschreiben war sie ganz klar der Meinung gewesen, es spräche gegen sie. Dabei war das Fehlen einer Empfehlung von Elliot die eigentliche Empfehlung. Sie hatte den Elitarismus der Branche perfekt angeprangert.

Mein Telefon klingelt, und meine Laune wird noch schlechter, als ich sehe, wer anruft.

»Hallo Dad.«

»Henry«, sagt er in geschäftsmäßigem Ton. »Hast du die Unterlagen gelesen, die ich dir zu dem Chicago-Projekt geschickt habe?«

»Ja, habe ich.« Und meiner Meinung nach handelt es sich dabei um einen ausgesprochen dämlichen Deal.

»Und? Du hast dich diesbezüglich nicht wieder bei mir gemeldet, Sohn. Es ist fast so, als wolltest du nicht mit mir zusammenarbeiten.« Er lacht, als wäre das ein ungeheuerlicher Gedanke.

»Ich habe ein paar Bedenken«, sage ich vorsichtig. »Ich fliege nächste Woche hin, um mich mit deinen Partnern zu treffen und Antworten auf meine Fragen zu bekommen.«

»Gut, gut. Es geht nichts über Augen vor Ort.« Er hält inne, und ich stelle mir vor, wie er in seinem Büro zu Hause in Paradise Shores sitzt, hinter sich Regale, bis zur Decke gefüllt mit politischen Biographien. »Bei dem Projekt ist garantiert, dass sich das eingesetzte Kapital rentiert. Ich tue dir einen Gefallen, indem ich dir anbiete, dabei mitzumachen.«

Natürlich sieht er das so. Mit seinem Kapital braucht mein Vater keine finanzielle Rückendeckung von Marchand & Rykers.

Aber das Projekt ist altmodisch, nicht im richtigen Stadtviertel und außerdem … fühlt es sich unmoralisch an. Dieses Argument wird bei ihm allerdings nicht ziehen.

»Ich weiß das Angebot zu schätzen«, sage ich. »Ich melde mich bei dir, wenn ich nächste Woche da war und mit dem Team gesprochen habe.«

»Gut, gut. Vielleicht fliege ich auch rüber, wenn du da bist.« Kurze Pause. »Es ist Zeit für dich, den nächsten Schritt zu machen, Sohn. Du hast dich bisher gut geschlagen, aber ich will dich ganz oben sehen. Und komm mal nach Hause, in Ordnung? Das würde deine Mutter glücklich machen.«

Ich beiße die Zähne zusammen. »Ich komme zu Lilys Hochzeit in zwei Wochen.«

Er seufzt, als hätte er sein jüngstes Kind ganz vergessen. Es würde mich nicht überraschen, wenn es tatsächlich so wäre. »Erinnere mich nicht daran. Ich weiß, dass ich irgendeine Art von Rede halten muss, und sie wird mich durch den Fleischwolf drehen, wenn ich es vermassele.«

Bei dem Gedanken kann ich mir ein Grinsen nicht verkneifen. Meine kleine Schwester ist unerbittlich und sie hat sich gegen unseren Vater durchgesetzt, was ihre Liebe zu Hayden angeht, den Michael Marchand als Jugendlichen nicht unbedingt als *ehrbar* bezeichnet hätte.

»Du hast noch zwei Wochen, um an der Rede zu arbeiten.«

»Ja. Mach's gut, Junge.«

»Du auch«, sage ich sinnloserweise, denn er hat schon aufgelegt.

Michael Marchand lässt keine andere Meinung gelten als seine eigene. Wenn irgendetwas nicht so gemacht wird, wie er es für richtig hält, kann es nur falsch sein. Dass er mir einen Teil seines

Projekts angeboten hat, war ein symbolischer Akt. Das weiß ich genauso gut wie er. Es war seine Art, mir endlich Anerkennung zu zeigen.

Aber mit dem Chicago-Projekt stimmt etwas nicht. Das habe ich im Gefühl, und ich glaube nicht, dass ich durch den Besuch dort meine Meinung ändern werde.

Ich bin mies gelaunt, als die Limousine schließlich vor einem großen Backsteingebäude in Brooklyn hält. Verärgert trommele ich mit den Fingern auf dem Ledersitz herum. Das Letzte, worauf ich jetzt Lust habe, ist, den Abend mit entfernten Bekannten und Fremden zu verbringen und so zu tun, als würde mich ihr belangloser Small Talk interessieren.

Ich schreibe eine kurze SMS: *Bin draußen.*

Kaum habe ich auf Senden gedrückt, öffnet sich bereits die Tür, und Faye steigt neben mir ein. »Ich habe unten gewartet«, erklärt sie und streicht sich das Kleid glatt. »Damit wir nicht zu spät kommen.«

Keine Frau, die ich je in New York zu einem Date abgeholt habe, hat das jemals getan. Und keine davon sah aus wie sie. Ich reiße den Blick von ihr los und nicke dem Fahrer zu. »Wir können.«

Sie sieht aus wie eine Mischung aus der Büro-Faye und der Date-Faye. Atemberaubender denn je. Sie hat sich die Haare ein wenig aus dem Gesicht zurückgesteckt, aber sie fallen ihr in seidig-glänzenden schwarzen Wellen über die Schultern und den Rücken.

Ihr Kleid hat den Ton von dunklem Gold. Selbst im Sitzen sehe ich, dass es figurbetont ist, sich auf eine Art und Weise jeder einzelnen Kurve anschmiegt, die meine sowieso schon nicht vorhandene Geduld auf die Probe stellen wird.

Ein Teil von mir vermisst die Büro-Faye mit der Arbeitsmaske auf dem Gesicht und den unscheinbaren knielangen Bleistiftröcken und Blazern. Diese Faye macht es mir einfacher, meine sinnlose Anziehung zu leugnen.

Sie räuspert sich leise. »Ist alles in Ordnung?«

Verdammt. Ich bin so aus dem Lot – durch den Anruf, durch sie –, dass ich sie noch nicht mal begrüßt habe. Ich gebe mir Mühe, meine Stimme sanft klingen zu lassen. »Ja. Danke, dass Sie heute Abend mitkommen.«

»Für das Studio tue ich alles«, sagt sie. »Ich bin die Gästeliste durchgegangen und habe mindestens zehn Small-Talk-Eisbrecher auswendig gelernt.«

Ich merke, wie ein wenig Anspannung von mir abfällt. »Lassen Sie hören.«

Sie räuspert sich überdramatisch. »Achtung: ›Haben Sie schon mal darüber nachgedacht, warum der Plural von Band manchmal Bände ist und manchmal Bänder?‹«

»Das ist grauenhaft.«

»Jap«, erwidert sie vergnügt. »Auf der Webseite, die ich gefunden habe, gibt es dreißig von denen.«

»Sind die alle so Shakespeare-haft?«

»Einige sind tatsächlich gut«, sagt sie nachdenklich. »Der hier gefällt mir: ›Wissen Sie, was? Wir haben etwas gemeinsam. Sie wissen nicht, was ich als Nächstes sagen werde, und ich ehrlich gesagt auch nicht.‹«

Ich schüttele den Kopf und beuge mich nach vorn. »Pete? Halten Sie hier an. Miss Alvarez steigt hier aus.«

»Was! Nein!«

Pete lacht – und bestätigt damit meinen Verdacht, dass er die Gespräche, die ich in der Limousine führe, immer mithört – und fährt weiter. Faye lacht auch, und mir fällt auf, wie selten ich sie bisher habe lachen hören. »Okay, okay, die beiden werde ich also nicht verwenden.«

»Danke«, sage ich trocken, aber ich bin amüsiert. Vielleicht wird der heutige Abend doch nicht so schlimm.

Die Gala findet in einem der weniger bekannten New Yorker Museen statt – mit Blick auf den Central Park. Es ist ein wunderschönes Gebäude und normalerweise voller Schulklassen und Touristen. Heute Abend wurde ein roter Teppich ausgerollt, und davor stehen Menschenmassen – Veranstalter, Fotografen, Security. Eigentlich ist die Founders' Gala eine ziemlich kleine Wohltätigkeitsveranstaltung, dennoch werden die Leute von solchen Glamour-Events angezogen wie die Fliegen. Pete hält vor dem Gebäude.

»Miss Alvarez …«, sage ich und wende mich ihr voll zu. Ihre langen Wimpern fliegen hoch, als sie meinen Blick erwidert. »Es kann sein, dass Elliot Ferris heute Abend hier ist.«

In ihren Augen funkelt Entschlossenheit. »Ich weiß. Ich habe ihn auf der Gästeliste gesehen.«

Die Botschaft ist deutlich: *Ich komme damit klar.* Ich nicke und strecke die Hand nach dem Türgriff aus. »Dann los.«

Faye steigt nach mir aus, streicht sich in einer Bewegung die Haare und das Kleid glatt. Ich biete ihr meinen Arm an, und sie hakt sich unbefangen bei mir unter – als wären wir schon tausendmal so gegangen. Als gehörten wir zusammen. Zwei Hälften eines Paares. Ich sehe zu ihr hinunter, aber sie schaut geradeaus, ein vages Lächeln auf den Lippen.

Ich bin schon mit Dutzenden Frauen auf Veranstaltungen angekommen – warum fühlt es sich mit ihr so anders an? Ihr Körper, der sich neben meinem bewegt – es ist ein ganz anderes Gefühl.

Wir bleiben für das obligatorische Foto stehen, bevor ich uns weiter in Richtung Museum schiebe. Ich hatte noch nie Spaß daran, für die Kameras zu posieren. Überlassen wir das den Leuten, die den Ruhm genießen.

Das Museum gehört zu den stolzesten Gebäuden der Stadt, und es ist immer wieder beeindruckend. Das gigantische Marmorfoyer und die zahlreichen Galerien machen es zu einer hervorragenden Gala-Location. Heute Abend erblickt man aber nur Seide, Taft und Krawatten, so weit das Auge reicht. Die Geräusche von Gesprächen und Gelächter mischen sich mit der Musik eines Streichquartetts.

Ich sehe wieder zu Faye hinunter. Sie ist ungewöhnlich still, lässt alles auf sich wirken.

»Etwas zu trinken?« Ich winke einem Kellner. Er kommt mit einem Tablett voller Champagnergläser, in denen kleine Blasen in goldener Flüssigkeit tanzen.

Faye und ich bedienen uns. »Danke.«

Ein Schluck reicht mir, um zu merken, dass es kein besonders guter Champagner ist. Er schmeckt säuerlich und hat zu viel Kohlensäure.

Faye sieht amüsiert aus. »Sie runzeln die Stirn. Entspricht er nicht Ihren Standards?«

Es ist ein wenig beunruhigend, wie gut sie mich lesen kann. Die ehrliche Antwort ist Nein. Ich habe viele Sommer bei der Familie meiner Mutter in Frankreich verbracht, inklusive ein paar Reisen in die Region Champagne.

»Ich habe Angst, das zu beantworten«, sage ich. »Dann beschuldigen Sie mich nur wieder des Elitedenkens.«

Sie schüttelt den Kopf, aber ihre Augen funkeln belustigt. »Es wäre unklug von mir, das hier zu tun, wo Ihre Kontakte gebraucht werden.«

»In der Tat.«

»Und wo ich es zu schätzen wüsste, wenn Sie mich nicht den Wölfen zum Fraß vorwerfen würden.«

Ich schnaube. »Sehr klug.«

Wir gehen in die Südgalerie hinüber. Vertraute Gesichter. Auf solchen Veranstaltungen sieht man immer dieselben Leute. Sie leben wie Schmetterlinge, flattern von einem Event zum nächsten, fast als wäre es ihr Beruf, sich in Abendgarderobe zu schmeißen.

Ein Mann mit buschigem Schnurrbart hält uns mit dem mühelosen Lächeln eines erfahrenen Galagastes an. »Henry? Wie lange ist das her? Ein Jahr? Zwei?«

»Jack! Wie geht es dir?«

»Ach, du weißt schon. Zu viel Wein und zu viele Scheidungen«, scherzt er und lacht über seine eigene Zügellosigkeit. »Ich bin jetzt bei der dritten.«

»Das habe ich gehört«, erwidere ich.

»Ich kenne Henrys Vater sehr gut«, sagt Jack mit einem verschwörerischen Funkeln in den Augen zu Faye. »Einer der besten Männer der Ostküste.«

Einer der *reichsten*, würde ich ihn am liebsten korrigieren, nicht der besten. Doch in diesen Kreisen ist das eine in der Regel ein Synonym für das andere.

Faye zündet ihr strahlendes Lächeln. »Wie schön, einen Freund der Familie kennenzulernen«, sagt sie freundlich. »Kannten Sie Henry schon als Kind?«

Ich werfe ihr einen warnenden Blick zu – was soll das für ein Thema sein? –, aber sie ignoriert mich, und Jack nickt, von ihrem Megawattlächeln voll und ganz in den Bann gezogen. Ich kann dem Mann seine Schwäche nicht übel nehmen. Ich habe dieselbe.

»O ja. Ich habe viele Geschichten von Michael gehört. Und ich habe dich damals auch ein paar Mal getroffen, oder?« Er nickt mir zu. »Groß, schlaksig, immer am Meer. Ein guter Junge, aus dem ein guter Mann wurde.«

Ich weigere mich, Faye anzuschauen, der die Belustigung mit Sicherheit ins Gesicht geschrieben steht. »Klingt nach mir«, sage ich stattdessen. »Jack, das ist Faye Alvarez.«

Faye schüttelt Jack die Hand. Seine Augen funkeln, während er sie mustert. Der Typ steht auf hübsche Frauen.

»Das hast du gut gemacht, Henry. Frauen wie sie wachsen nicht auf Bäumen.«

Es ist als Kompliment gemeint, dennoch spüre ich, wie Fayes Arm sich an meinem verspannt. Ich erinnere mich an ihr Anschreiben – daran, wie sehr sie es hasst, nur nach ihrem Äußeren beurteilt zu werden, seien es ihre Schönheit oder ihre hispanischen Züge, ihre dunklen Haare und ihre olivfarbene Haut.

Ihr Lächeln strahlt noch immer pure Freundlichkeit aus.

»Du hast recht«, sage ich. »Sie ist eine außerordentlich talentierte Architektin.«

Jack zieht die Augenbrauen hoch. »Ist das so? Wie faszinierend – wie großartig!«

Ich weiß genau, was er außerdem denkt, aber nicht sagt. *Wie überraschend.*

»In der Tat.«

»Lass dir das gesagt sein, Junge: Halte sie fest. Wenn ich mal eine Frau mit Köpfchen gefunden hätte, hätte ich nicht so viele Scheidungen hinter mir.«

Er lacht über seinen eigenen Witz. Ich entschuldige uns, und wir gehen weiter durch die Galerie in die nächste hinüber. In der Mitte eines Tisches mit Fingerfood steht eine kunstvolle Eisskulptur. Faye sagt nichts, und ich habe Angst, dass sie vielleicht beleidigt ist. Dass das zu viel war.

»Wenn ich es mir recht überlege«, sage ich, »mochte ich den alten Onkel Jack nie so richtig.«

Faye kichert, und die Anspannung verfliegt. »Ich kann mir beim besten Willen nicht vorstellen, warum.«

Die nächste Stunde wird unerträglich langweilig. Wir sprechen mit Leuten, die ich nicht wiedersehen will, über das Wetter – ungewöhnlich warm für die Jahreszeit – und über Urlaubspläne. Ich finde heraus, dass Mr. Damien Glover, der im Ausschuss des Opernprojekts sitzt, gerne Tennis spielt und dass seine Lieblingsoper *L'elisir d'amore* ist.

»Donizetti war ein Meister der Komödie«, sage ich. »Lucrezia Borgia ist eines meiner Lieblingsstücke.«

Seine Augen leuchten auf.

Ansonsten finde ich aber nichts Interessantes mehr über ihn heraus, und bald schon wird er von anderen Gästen in Beschlag genommen. Auch wenn ich einen guten Eindruck bei ihm hinterlassen will, wird die Jury die Projekte dennoch aufgrund der Leistung bewerten, nicht aufgrund des Namens, der dahintersteckt. Ich könnte ihr absoluter Lieblingsmensch sein, und es würde trotzdem keine Rolle spielen.

Irgendwann im Laufe der vergangenen Stunde hat Faye sich allein unter die Leute gemischt. Jetzt suche ich nach ihr in der Menge.

Sie ist nicht schwer zu finden. Das goldene Kleid umspielt ihre Kurven und betont ihre Figur auf eine Art und Weise, die sowohl geschmackvoll als auch verführerisch wirkt. Durch den Kontrast der goldenen Seide zu ihrem dunklen Haar, das sich in Wellen über ihren Rücken ergießt, ist Faye leicht in der Menge auszumachen.

Gerade spricht sie mit einer kleinen Gruppe – drei oder vier Personen –, und sie hören ihr alle zu. Sie steht mit dem Rücken zu mir, aber ich kann mir gut vorstellen, wie ihr Gesicht aussieht. Lebhaft, enthusiastisch, ein müheloses Lächeln auf den Lippen, mit dunklen Augen, die vor Scharfsinn leuchten. Sie gestikuliert mit den Händen. Mit Menschen zu interagieren, scheint ihr leichter zu fallen, als es mir jemals von der Hand ging.

Sie ist hochintelligent und viel zu gut aussehend.

Wäre sie nicht meine Assistentin, würde ich sie zu einem Date einladen. Das ist eine unliebsame Erkenntnis, aber ich halte nichts von Lügen, vor allem nichts davon, mich selbst zu belügen.

Das spielt jetzt sowieso keine Rolle. Ihr Talent und ihre Arbeitsmoral sind zu wichtig für mich und für das Studio, ebenso für Faye selbst. Dass ich mich zu ihr hingezogen fühle, ist nicht nur unnötig, sondern auch verdammt gefährlich. Damit muss ich selbst klarkommen.

Ich nehme einen Schluck Champagner – er ist immer noch zu sauer – und beobachte sie, wie sie sich die Haare aus dem Gesicht streicht. Abgeschieden in dieser Ecke der Galerie ist es mir ein Leichtes, für ein paar Minuten der Aufmerksamkeit zu entgehen, mich den Gönnern und Schmeichlern und den Erwartungen zu entziehen.

Eine vertraute Stimme stört mein friedliches Alleinsein. »Hallo Henry. Lang ist's her.«

Verdammt. Ich hätte wissen müssen, dass sie hier ist. Avery, mit der ich vor Monaten Schluss gemacht habe. Die so wütend auf mich war, als ich ihr sagte, dass ich mir keine Zukunft mit ihr vorstellen könne – obwohl ich von Anfang an ehrlich zu ihr gewesen war.

Sie trägt die Haare hochgesteckt und hat ein Martiniglas in der Hand. Ich habe keine Ahnung, wie sie es geschafft hat, auf einer Veranstaltung mit schlechtem Champagner an einen Martini heranzukommen, aber sie wusste schon immer, wie sie das bekommt, was sie will.

»Hallo Avery. Wie geht es dir?«

Sie mustert mich aus ihren mit Mascara umrandeten Augen. »Hervorragend. Ich habe den Winter in Aspen und den Großteil des Frühlings in Costa Rica verbracht.«

»Wie aufregend.«

»Ja«, erwidert sie kühl. »Die gemeinnützige Organisation meiner Familie. Ich bin mir sicher, du erinnerst dich. Dein Gedächtnis war immer tadellos.«

»Ja, ich erinnere mich.« Genauso wie ich mich daran erinnere, wie wütend sie war, als sie mich beschuldigte, sie an der Nase herumgeführt zu haben, und ich ihr dann all die Male, die ich die Unverbindlichkeit unserer Beziehung deutlich gemacht hatte, in Erinnerung rief.

»Ich bin mit Oscar Lang hier«, sagt sie betont beiläufig. »Ich bin jetzt schon fast fünf Monate mit ihm zusammen.«

Der Name kommt mir vage bekannt vor. Ich glaube, irgend so ein Wall-Street-Typ. »Glückwunsch.«

»Er hat ein Haus in den Hamptons. Wahrscheinlich werden wir den Sommer dort verbringen.«

»Dir hat es da ja immer gefallen.«

Ihre Augen blitzen auf, als fühlte sie sich beleidigt, obwohl ich doch nur eine Tatsache ausgesprochen habe. Ich versuche, mir lustige Gespräche zwischen uns in Erinnerung zu rufen, Witze und Neckereien, aber ich erinnere mich an keine. Unsere gesamte Beziehung hatte auf Höflichkeit basiert.

»Erzähl mal, Henry«, säuselt sie. »Wer ist die glückliche Frau in deinem Leben? Oder gibt es mehrere? Ich weiß, du bist nicht der Typ, der sich gerne bindet.«

Nicht an dich jedenfalls, denke ich unwillkürlich.

»Ich bin nicht – « Ich spüre, wie sich jemand bei mir unterhakt, und als ich hinunterschaue, lächelt mich Faye an.

»Hier bist du! Ich habe dich verloren, und jetzt habe ich dich unterbrochen. Tut mir leid, Henry.« Sie nickt Avery zu. »Ich glaube, wir kennen uns noch nicht. Ich bin Faye.«

Avery schüttelt ihr die Hand, und die Feindseligkeit steht ihr ins teilnahmslose, kalte Gesicht geschrieben. »Avery.«

»Es ist mir ein Vergnügen.«

»Mir auch. Also ist *das* deine Begleitung? Oder sogar deine Freundin?« Sie lächelt Faye herablassend an. »Sei vorsichtig mit dem, Süße. Er ist nicht der Typ, der sich bindet. Es könnte gut sein, dass er dir das Herz bricht.«

Faye erwidert das Lächeln zuckersüß. »Da habe ich keine Angst. Seit wir uns kennen, ist Henry der perfekte Gentleman.« Sie sieht mit ihren dunklen Augen zu mir hoch, schmiegt sich enger an mich. Sie spielt ihre Rolle mühelos. »Oder sollte ich?«

»Angst haben? Nein.«

Sie kichert auf eine Weise, wie ich es nie zuvor von ihr gehört habe. Dann sieht sie Avery mit scharfem Blick an. »Er ist wirklich etwas Besonderes, oder?«

»Das kann man wohl sagen«, entgegnet Avery, »wenn man auf ein durchgeplantes Leben voller Routine steht. Oh, guck nicht so mürrisch, Henry. Sie weiß doch bestimmt längst, dass du nicht gerade der spontane Typ bist.«

Fayes Finger graben sich in meinen Arm, aber ihre Stimme klingt ruhig. »Da sind wir wohl geteilter Meinung. Ein Mann kann so organisiert sein, wie er will, solange er so gut im Bett ist wie Henry. Aber das muss ich dir natürlich nicht erzählen.«

Was? Ich muss mir auf die Lippe beißen, um ein Grinsen zu unterdrücken. Das alles ist über die Maßen unangebracht, und nach Averys aufgerissenen Augen zu urteilen, hat sie keine Ahnung, was sie darauf erwidern soll. Mit den eigenen Waffen geschlagen.

»Ja. Nun gut. Ich glaube, ich gehe dann mal.« Ein paar Meter weiter bleibt sie noch einmal stehen und dreht sich zu uns um, als wollte sie noch etwas hinzufügen, aber sie überlegt es sich anders und verschwindet mit klappernden Absätzen in der Menschenmenge.

Faye lässt sofort meinen Arm los. Ihre Wangen sind gerötet, ihr Blick wirkt besorgt. »Gott. War das zu viel? Der letzte Teil …«

Ich kann nicht anders – ich breche in Gelächter aus. Diese Frau ist wahnsinnig und leidenschaftlich und eine Kämpferin, wie sie im Buche steht.

Ihr Gesicht entspannt sich. »Sie hat mich Süße genannt, und ich habe Rot gesehen. Ich konnte sie nicht gewinnen lassen.«

»Das haben Sie weiß Gott nicht. Faye, können Sie mich zu all diesen Veranstaltungen begleiten? Dann werden sie nie wieder langweilig sein.«

»Also bin ich jetzt für Ihre Unterhaltung zuständig, was? Ich dachte, ich bin zum Arbeiten hier.« Sie lächelt noch immer, als sie mit dem Kinn in die Richtung deutet, in die Avery verschwunden ist. »Eine Ex-Freundin?«

»Ja.«

»Ich gehe davon aus, es endete nicht gut.«

»Nicht besonders, nein. Sie wollte mehr als ich.«

Faye nickt. »Ich wollte sie nicht wütend machen. Aber dann hat sie Sie praktisch als Langweiler bezeichnet …«

»Sie ist nicht wütend. Ihr Stolz ist nur verletzt. Machen Sie sich keine Sorgen darum.« Noch nie hat eine Frau mich so verteidigt wie sie.

Faye seufzt und dreht sich so, dass wir nebeneinanderstehen und die Menschenmenge beobachten. »Haben Sie hier heute Abend Spaß?«

»Ungemein«, sage ich trocken. »Ich kann mir keinen Ort vorstellen, an dem ich lieber wäre.«

Sie schnaubt. »Ich glaube, ich kann mit niemandem mehr reden.«

»Es sieht bei Ihnen auf jeden Fall einfach aus.« Ein Außenstehender, der sie beobachtet, würde nie auf den Gedanken kommen, es würde ihr nicht leichtfallen. Faye senkt den Blick, ihre langen Wimpern berühren ihre Wangen. Sie trägt heute Abend mehr Make-up als sonst, glaube ich. Ihre Lippen sehen üppig aus – tiefrot und voll. Es wäre so einfach, ihr Kinn anzuheben und von ihnen zu kosten.

Ich reiße meinen Blick los und lasse ihn stattdessen über die Menschenmenge schweifen. Ich will sie wieder zum Lächeln bringen – zum Lachen sogar. »Was denken Sie? Das sind doch die Leute, über die Sie in Ihrem Anschreiben hergezogen haben.«

Fayes Augen weiten sich. »Danke, dass Sie mich daran erinnern.«

»Über einige von ihnen übrigens zu Recht.«

»Finden Sie?«

»Ja«, erwidere ich und genieße ihre Verwunderung. »Ich frage mich, welche weiteren Klischees wir hier finden … hmmm. Sehen Sie das Paar dort drüben?« Diskret deute ich mit dem Kinn in Richtung eines streitenden Paares in der gegenüberliegenden Ecke. Die Frau ist aufgebrezelt ohne Ende, ihr Gesicht von zu viel Botox viel zu straff. Ihr Mann sieht sie an, während sie vor sich hin schimpft.

»Ja?«

»Er schläft mit dem Au-pair-Mädchen und sie mit dem Poolboy.«

Fayes Lippen kräuseln sich zu einem verruchten Grinsen. »Das ist eine furchtbare Unterstellung.«

»Ich weiß. Vielleicht streiten sie auch nur darüber, ob es angemessen ist, ihren neuen Hund Tripp den Dritten zu nennen, oder ob das Tripp junior verletzen würde.«

Sie lacht, und ihre Augen leuchten belustigt auf. »Der Typ da drüben hat ein Haus in den Hamptons, bis unters Dach mit Hypotheken belastet, aber er betrachtet es als Investition in seine *Marke.*«

»Die Frau da drüben in der Ecke? Mit den braunen Haaren? Nach außen hin widmet sie ihr Leben der Nächstenliebe, doch wenn man genauer nachforschen würde, käme heraus, dass über die Hälfte sämtlicher Spenden in ihre Kosmetikanwendungen fließt.«

»Mhm«, murmelt Faye. »Und die Leute am großen Tisch da drüben haben alle irgendwelche Elite-Universitäten bestochen, um ihre Kinder mit durchschnittlichen Noten und zu Schrott gefahrenen Luxusautos dort unterzubringen.«

»Das ist keine Bestechung, Miss Alvarez, das sind *großzügige Spenden.*«

Sie verdreht die Augen. »Natürlich. Vergeben Sie mir und meinem vorlauten, unzivilisierten Mundwerk.«

»Ich werde es in Erwägung ziehen.«

Ihr Lächeln wirkt wieder etwas sanfter – anders als das Megawatt-Strahlen, das sie ganz nach Belieben an- und ausknipsen kann. Jetzt liegt ehrliche Heiterkeit in ihrem Blick.

Sie hat genauso viel Spaß an so einem geistigen Wettstreit wie ich.

»Sie sind nicht so, wie ich erwartet habe«, sagt sie.

»Nein?«

»Nein. Ganz und gar nicht.«

Es fällt mir schwer, nicht näher zu treten, ihr Haar durch meine Finger gleiten zu lassen und zu prüfen, ob es sich genauso seidig anfühlt, wie es aussieht. Ihre verlockenden Lippen zu berühren und ihr zu sagen, dass sie auch anders ist, als ich erwartet habe.

»Tja«, sage ich stattdessen. »Menschen zu erstaunen, ist mein Lebensinhalt.«

Faye verdreht wieder die Augen. Seltsam, dass mich das nicht wütend macht, sondern vielmehr reizend auf mich wirkt. »Immer diese Übertreibungen.«

Ich biete ihr wieder meinen Arm an. »Noch einmal stürmen?«

»Jetzt zitieren Sie schon Heinrich V.?«

»Ich wusste, dass Sie es erkennen«, sage ich und führe uns durch die Hauptgalerie. Sie hat zwar Architektur studiert, aber auch Englische Literatur belegt. Ich habe ihren Lebenslauf gelesen. Wir schieben uns an einer weiteren gigantischen Eisskulptur vorbei und bleiben beim Streichquartett stehen. Die Hände der Musiker fliegen nur so über die Instrumente, und wie immer bin ich tief beeindruckt angesichts so viel reinen Talents.

»Stellen Sie sich vor, für all diese Gäste spielen zu müssen«, sage ich leise, »in dem Wissen, dass keiner von ihnen wirklich zuhören wird.«

Faye antwortet nicht. Ihr Arm verspannt sich an meinem, ihr Rücken ist kerzengerade. Mein Blick folgt ihrem zu dem Mann, der auf der anderen Seite der Galerie steht. Graue Haare, rundliche Figur, Schlupflider. Elliot Ferris.

Für den Bruchteil einer Sekunde habe ich das Gefühl, Faye hätte Angst vor ihm, aber dann sehe ich, wie sich ihre Wangen röten und das Feuer in ihren Augen lodert. Sie hat keine Angst. Sie ist wütend.

Und er kommt direkt auf uns zu.

– 12 –
FAYE

Elliot Ferris, wie er leibt und lebt.

Mit seinem verschlagenen Blick und der typischen Krawatte, ein Glas Champagner in der Hand. Ohne Zweifel ist das schon sein drittes oder viertes. Und er kommt auf uns zu.

Arschloch. Er hat mich jahrelang ausgebeutet, uns Architekten gegeneinander aufgehetzt im Rangeln um Positionen. Ich habe für ihn Stunden über Stunden an Plänen gesessen. Seinen Namen unter Projekte gesetzt, die ich entworfen habe. Und noch schlimmer … der Century Dome. Ein Projekt, für das er sämtliche Anerkennung komplett für sich in Anspruch nimmt, obwohl er selbst in seinen besten Tagen niemals in der Lage gewesen wäre, dieses Gebäude zu entwerfen.

Denn wer hat es tatsächlich entworfen? *Ich.* Ohne auch nur ansatzweise gewürdigt zu werden.

Es kostet mich die gesamte Anstrengung, die ich aufbringen kann, um ruhig zu bleiben, eine ungerührte Miene aufzusetzen und die pure Verachtung, die ich für diesen Mann empfinde, zu verbergen.

Er bleibt mit geschürzten Lippen vor uns stehen. »Henry Marchand«, sagt er langsam, »und Faye Alvarez. Das hätte ich jetzt nicht erwartet.«

»Elliot Ferris«, erwidert Henry. Seine Stimme klingt höflich, aber der eisige Unterton entgeht mir nicht. »Miss Alvarez arbeitet in meinem Studio.«

Elliot zieht die Augenbrauen hoch, und er sieht mich mit abschätzendem Blick an. »Ach, wirklich, Miss Alvarez? Wie interessant.«

»Es ist ein herausragendes Studio.«

»Ja, ich habe gute Dinge über Ihr kleines Unternehmen gehört, Marchand. Sie sitzen irgendwo Uptown, richtig?« Elliot lächelt. *Sie gehören nicht zu den ganz Großen.*

»An der Upper West Side, ja.«

»Wie geht es Ihrem Vater? Ich habe ihn in letzter Zeit selten gesehen, aber er mochte die New Yorker Szene ja sowieso nie richtig.«

»Es geht ihm gut.«

»Wussten Sie, dass Miss Alvarez hier früher für mich gearbeitet hat?« Elliot grinst Henry an und zwinkert mir dann zu, als teilten wir ein Geheimnis. Auf gewisse Weise stimmt das sogar. Ich habe nie jemandem von dem Dome-Projekt erzählt und davon, wie sein Studio überhaupt an den Auftrag gekommen ist. Ich hasse diesen Mann zwar abgrundtief, doch ich bin klug genug, ihn auch zu fürchten.

»Das weiß er«, sage ich kurz angebunden.

Henry schaut zu mir herunter. »Ja.«

»Sie waren wirklich vielversprechend, Faye. Es ist eine Schande, dass es für Sie in meinem Unternehmen nicht funktioniert hat. Ich bin mir sicher, Sie hätten einiges erreichen können.« Elliots Lächeln ist überheblich, und ich merke, wie ich vor Wut erröte. Das ist das zweite Mal heute Abend, dass jemand herablassend mit mir spricht. Und das ist zweimal zu viel.

»Ich war …«

Henry fällt mir ins Wort, und ich schlucke die Beleidigung hinunter, die ich Elliot gerade an den Kopf werfen wollte. »Faye ist eine hervorragende Architektin. Ich bin mir sicher, das wissen Sie.

Danke, dass sie bei Ihnen erste Erfahrungen machen konnte, Ferris. Und danke, dass Sie sie gehen lassen haben. Ich schulde Ihnen was.«

Elliots Augen verengen sich unter den Schlupflidern. Ich weiß, dass er es überhaupt nicht leiden kann, wenn er sich überflügelt fühlt – oder sogar deklassiert. Und es ist offensichtlich, dass Henry gerade beides tut.

Sein Lächeln wird abfällig. »Schön, dass Sie das so sehen. Und anscheinend ist sie Ihnen ja nützlich. Nehmen Sie immer Ihre Angestellten zu diesen Veranstaltungen mit?« Er zwinkert mir erneut zu. »Sie hätten protestiert, wenn ich gefragt hätte.«

Ich zwinge mich dazu, ruhig zu bleiben. »Tja, bei Ferris Properties war nie so ganz klar, was Arbeit ist und was Vergnügen.«

Das waren seine eigenen Worte – das hat er tatsächlich einmal so zu mir gesagt –, und das weiß er auch. Ich sehe, wie die Belustigung aus seinem Blick verschwindet und purem Hass weicht. Ich kann ihm gefährlich werden, und genau daran habe ich ihn gerade erinnert.

Henry sieht es auch. Er beeilt sich, das Gespräch zu beenden.

»Genießen Sie den Rest des Abends, Ferris. Wir sehen uns.« Er spricht mit kühler Gleichgültigkeit in der Stimme, mit der Art von Ablehnung, die man von klein auf lernen muss, fast ohne jeglichen Blickkontakt.

Ferris hört den Unterton ebenfalls. Er ist ein erfolgreicher Grobian, jedoch kein Aristokrat, und ich denke nicht, dass er daran gern erinnert wird.

»Marchand«, sagt er kurz angebunden und verschwindet, ohne noch ein weiteres Wort an mich zu richten.

Ich atme langsam die Luft aus, die ich angehalten habe. Das war zu knapp. Und Henry hat alles miterlebt, all seine Worte und Anspielungen, die abschätzigen Kommentare.

»Alles okay?«, fragt Henry mit ruhiger Stimme. Er führt mich in Richtung Treppe.

»Ja«, antworte ich, aber es fühlt sich an, als würde ich innerlich brennen. »Wie kann er es *wagen*? Vor Ihnen auch noch? Und seine Anspielungen bezüglich Ihnen und mir und bezüglich mir und ihm … ich würde niemals … das *müssen* Sie wissen.«

»Das weiß ich.«

»Und dass Sie mich und Ihre Entscheidung, mich einzustellen, verteidigen mussten.« Ich schlage die Hände vor mein Gesicht, das sich vor Wut und Scham ganz heiß anfühlt. »Es tut mir leid. Ich fürchte, Sie haben sich heute Abend jemanden zum Feind gemacht, ganz unverschuldet.«

Und ich weiß, dass es nicht besonders schön ist, Elliot Ferris zum Feind zu haben.

Lange Finger umfassen meine Handgelenke und ziehen meine Hände sanft, aber bestimmt von meinem Gesicht weg. Henrys Haut fühlt sich warm und trocken an.

»Faye, ich mochte Elliot Ferris noch nie, und er mochte mich noch nie. Das reicht weit zurück auf die Rivalität zwischen ihm und meinem Vater. Es ist nicht Ihre Schuld, okay?«

»Oh«, sage ich. »Das wusste ich nicht.«

»Natürlich nicht. Und ich habe meine Entscheidung, Sie einzustellen, verteidigt, weil es die *richtige* Entscheidung war. Sie müssen mich nicht von Elliot Ferris' Fehlverhalten überzeugen.«

»Er ist wirklich ein Arschloch, oder?«

Henrys Mundwinkel gehen wieder nach oben. Mir wird bewusst, wie nahe er bei mir steht, viel näher als sonst, und dass seine Hände noch immer meine Handgelenke umfassen. »Ja, das ist er wirklich.«

Ich schlucke schwer. »Warum stehen wir an der Treppe?«

Henry lässt meine Hände los und tritt einen Schritt zurück. »Ich denke, es ist Zeit, hier abzuhauen. Doch bevor wir gehen, will ich Ihnen noch etwas zeigen, damit dieser Abend keine komplette Pleite für Sie war. Waren Sie schon mal in diesem Gebäude hier?«

»Oft.«

Er wirkt amüsiert von meinem Ton. »Aber waren Sie auch schon mal auf dem Dach?«

»Nein. Das ist nicht öffentlich zugänglich, oder?«

»Sicher nicht. Aber wir gehören nicht zur Öffentlichkeit, nicht heute Abend.« Er beginnt, die Treppe hinaufzugehen, und schaut zu mir herunter. »Wir sind Mäzenen der schönen Künste.«

Ich muss lächeln, während ich ihm die Treppe hinauf folge. Ich weiß, was er vorhat. Er will mich von Elliot ablenken, von der Vergangenheit, von dem unschönen Gespräch.

Wir erreichen die dritte Etage. Er ist nicht ansatzweise aus der Puste, im Gegensatz zu mir, obwohl ich wirklich oft Sport mache. Wie bleibt dieser Mann bloß so in Form?

»Hier geht es lang.« Er hält vor einem Korridor inne und schielt um die Ecke. Hier oben ist kein Mensch. Wir gehen durch eine Galerie mit Tellern aus der Bronzezeit.

»Haben Sie das schon mal gemacht?«

»Ja. Ich glaube, es ist diese Tür … nein, die da.« Er bleibt vor einer Holztür stehen, an der ein großes, rotes Schild hängt. *Zutritt nur für Personal.*

Er geht direkt darauf zu und drückt die Klinke hinunter. Die Tür öffnet sich, und dahinter liegt eine schmale Stahltreppe. »Bingo.«

»Ähm … leiden Sie plötzlich unter Analphabetismus?«

Henry schnaubt. »Nein. Aber manchmal muss man die Regeln brechen. Kommen Sie.«

Überrascht, geschockt und mehr als nur ein bisschen neugierig folge ich ihm die enge Stahltreppe hinauf. Das hätte ich niemals von ihm erwartet, nicht von dem reservierten, nüchternen, unterkühlten Henry Marchand. *Obwohl*, meldet sich eine leise Stimme in mir, *es für Männer wie ihn auch keine Konsequenzen hat, die Regeln zu brechen. In dieser Hinsicht ist er genau wie Elliot Ferris.*

Ich schiebe den Gedanken weg. Sie sind beide privilegiert, aber das sind dann auch schon alle Gemeinsamkeiten.

Am oberen Ende der Treppe befindet sich eine Stahltür. Henry bleibt vor ihr stehen. »Bitte sei nicht abgeschlossen«, murmelt er.

Und siehe da … die Tür öffnet sich, als er die Klinke hinunterdrückt. Uns schlägt die warme New Yorker Nachtluft entgegen. Es ist heiß für Ende Mai, der Sommer kommt jeden Tag näher.

»Et voilà«, sagt er ruhig. Wir stehen auf dem Dach des Museums. Um uns herum ragen die Hochhäuser der Stadt in den dunklen, sternenlosen Nachthimmel auf. Dort drüben liegt der Central Park, eine riesige dunkle Fläche.

»Das ist wunderschön.«

»Warten Sie, bis Sie das hier sehen.« Ich folge Henry über das Dach, zu der Glaskuppel in der Mitte. Durch das Glas können wir die Gäste der Gala und die Museumsexponate sehen.

»Wenn Sie genau hier stehen und durch das Glas schauen …« Er zeigt mir, wie ich mich hinstellen soll. »Schauen Sie durch diese Fensterscheibe hier. Genau hier.«

Ich gehorche, und sofort verändert sich die Perspektive. Die Welt dort unten ist plötzlich viel näher – ich sehe die Leute unter mir verblüffend klar und deutlich. »Was ist das? Eine Lupe?« Ich trete einen Schritt zurück und schaue mir die Scheibe an. Sie sieht gekrümmt aus, das Glas an dieser Stelle dicker als an den anderen.

Henry nickt. »Es war ein kleiner Insider-Witz des Architekten, hier eine Scheibe einzusetzen, die als Fernglas fungiert. Perfekt für Spionagezwecke.«

Ich muss grinsen. »Das ist … niederträchtig.«

»Und nur vor hundert Jahren so möglich. Können Sie sich vorstellen, was das heutzutage für ein Gerichtsverfahren nach sich ziehen würde?«

»Ein astronomisches.« Ich gucke erneut durch das Glas. Ich kenne die Leute unter uns nicht, aber das spielt keine Rolle. Solche Kuriositäten sind es, die alten Gebäuden Leben einhauchen. Wir nutzen gerade eine Funktion, die als Geheimnis entworfen wurde, von jemandem aus längst vergangenen Zeiten. Der Architekt ist längst tot, doch das hier lebt weiter und wurde heute Abend wieder zum Leben erweckt.

»Wie haben Sie davon erfahren?«

Henry federt auf den Fersen vor und zurück. »Einer meiner alten Architekturprofessoren in Yale ist heute ein guter Freund von mir. Als ich meine Karriere in New York angefangen habe, in einem dieser Studios wie dem von Ferris, hat er mich zu einem Kaffee eingeladen und mich dann mit hierhergenommen.«

»Er wusste davon.«

»Sein Urgroßvater war der Architekt.«

»Das ist unmöglich.«

»Dass Architekten Kinder bekommen?« Henrys Augen funkeln belustigt. »Nein, das ist durchaus möglich.«

Ich verdrehe die Augen, aber innerlich werde ich geflutet von Ehrfurcht und Neid. Meine Universität war großartig, und ich hatte Glück, dort studieren zu können. Doch keiner meiner Professoren hatte solche Verbindungen oder solche Ahnen.

Außerdem bin ich fasziniert. Henry hat noch nie über sich selbst gesprochen, und heute Abend habe ich mehr über ihn erfahren, als ich je für möglich gehalten hätte.

»Was glauben Sie, warum hat er Ihnen das hier gezeigt?«

Henry lehnt sich gegen einen kleinen Sockel. Er wirkt nachdenklich, und sein Blick wandert von mir zur Skyline hinüber. Die Lichter der Stadt funkeln um uns herum wie Sterne. »Ich glaube, er wollte mich daran erinnern, warum wir das tun. Warum wir entwerfen und warum wir bauen.«

Ich schlinge die Arme um meinen Oberkörper, obwohl mir überhaupt nicht kalt ist. Ich sollte nicht weiter nachbohren – wir sind schließlich keine Freunde –, aber ich kann nicht anders. »Dachte er, Sie würden Gefahr laufen, das zu vergessen?«

Eine ganze Weile erwidert Henry nichts. Er schaut noch immer hinaus auf die Stadt, als wäre er eine Million Kilometer weit weg. »Sie haben für ein Studio wie Ferris Properties gearbeitet. Sie wissen, wie das ist.«

Ich nicke, denke an den ständigen Druck, Profit zu machen. Alles aus jedem Projekt herauszuquetschen – und dabei gelegentlich minderwertige Ergebnisse an Kunden und Bauunternehmen abzuliefern. Das hatte ich immer gehasst, und die meisten anderen Architekten auch. Ein Wettlauf mit der Zeit und dem Budget und Elliot Ferris' Ambitionen.

»Der schnöde Mammon.«

Er nickt. »Was ist bei Ihrem letzten Job wirklich passiert?«

Ich schließe die Augen und versuche, die Erinnerungen zu ignorieren. Dass ich jeden Tag bis Mitternacht gearbeitet habe, ohne für die Überstunden bezahlt zu werden. Dass ich dazu gezwungen wurde, mich um Projekte zu bewerben, manchmal mit Abgabeterminen, die noch am selben Tag waren. An die Demütigung, wenn Elliot dein Projekt vor versammelter Mannschaft in der Luft zerriss. Daran hatte er immer Spaß. Es kam nicht nur einmal vor, dass Juniorarchitekten danach unter Tränen Reißaus nahmen.

Ihnen wurde dann üblicherweise am nächsten Tag gekündigt.

Ich selbst habe drei solcher Verrisse überstanden, ohne auch nur eine einzige Träne zu vergießen. *Du willst das hier*, habe ich mir immer wieder gesagt, während er alles von den Grundrissen bis zur Materialwahl kritisierte. *Du bist gut darin.*

Und der Century Dome …

Unten auf der Straße rast ein Krankenwagen mit Blaulicht und Martinshorn vorbei. »Er herrscht, indem er Angst erzeugt«, sage ich. »Und nicht auf gute, inspirierende Art und Weise, sondern so, dass sich bei dem kleinsten Fehler niemand sicher sein kann, ob er morgen noch einen Job hat.«

Henry nickt, als hätte er nichts anderes erwartet. »Er wirkt nicht wie ein besonders versierter Chef.«

»Nein, das ist er wahrhaftig nicht.« Ich werde von weiteren Erinnerungen übermannt. Ich weiß, dass ich aufhören sollte, zu reden, dass Henry das alles nicht zu wissen braucht. Das hier ist mein neuer Job und die Chance, meine Karriere wieder aufleben zu lassen. Aber er hat gefragt.

Und ich habe noch nie mit jemandem außer Jessie darüber geredet.

»Er hat das Century-Dome-Projekt bekommen, bevor ich dort angefangen habe. Es sollte demnächst in den Bau gehen, doch er war damit nicht zufrieden. Also habe ich es umgestaltet. Ich war so glücklich, dort zu sein – daran zu *arbeiten* –, dass ich es ohne sein Wissen gemacht habe.«

»Ich kann mir vorstellen, dass er sich darüber nicht gerade gefreut hat.«

»Zuerst nicht. Aber er liebte meine Entwürfe. Sie wurden praktisch über Nacht in den Dome implementiert. Vor meinen Änderungen war der Entwurf durchschnittlich. Und mit Änderungen meine ich erhebliche Veränderungen. Das Ding sah vorher komplett anders aus.«

Seine Lippen kräuseln sich leicht, doch sein Blick bleibt ernst. »Daran habe ich keinen Zweifel.«

»Und ich habe das Projekt geleitet. Wurde befördert. Es war ein Traumjob, trotz der ständigen Schimpftiraden, Änderungen in letzter Minute und Elliots Jähzorn. Ihm geht es nur um Ansehen und Geld. Er will der Beste sein, auch wenn alles nur eine Mogelpackung ist.«

Henry nickt. »Er genießt kein besonders hohes Ansehen unter Architekten.«

»Am Ende war ich wahrscheinlich eine zu große Belastung für ihn. Der Century Dome war eingeweiht, und ich wusste zu viel. Ich wurde zwar miteinbezogen, bekam aber keinerlei Anerkennung dafür. Er konnte es sich nicht leisten, dass ich anfange zu reden. Und nach dem Motto ›Angriff ist die beste Verteidigung‹ hat er mich dann ohne Empfehlungsschreiben gefeuert und mich bei meinen Kollegen diskreditiert.«

Henrys Kiefer ist angespannt, doch er fragt nicht nach Einzelheiten. Er schüttelt nur den Kopf. »Der Mann ist eine Schande für unseren Beruf.«

»Ja.«

»Das war Ihr Projekt, und Ihr Name wird nirgends erwähnt.«

Er versteht mich. Natürlich versteht er mich. Meine Eitelkeit und mein Stolz, der Teil von mir, der seit Kindheitstagen davon geträumt hat, sind durch diese ganze Sache zutiefst verletzt worden. Davon, dass etwas, dem ich Jahre meines Lebens gewidmet hatte, am Ende in keinerlei Verbindung zu mir stand.

»Nein.«

»Ich bin überrascht, dass Sie vorhin noch so höflich zu ihm sein konnten.«

Ich werfe ihm ein schiefes Lächeln zu. »Na ja, Sie haben mir geholfen. An einem Punkt hätte ich ihn am liebsten geschlagen.«

Henry zieht eine Augenbraue hoch. »Gewaltbereit, Miss Alvarez?«

»Nur, wenn ich provoziert werde.«

»Zu Recht«, sagt er. Seine Kieferpartie spannt sich wieder an, und sein Blick wird noch ernster. »Hat er sich Ihnen gegenüber je unangemessen verhalten?«

Ich weiß, was er meint. Ich habe das Wort in meinem Anschreiben verwendet – *lüstern*. »Ständig. So war er eben.« Ich schüttele den Kopf und denke an die verschlagenen Kommentare und die lüsternen Blicke. »Er hat Bemerkungen vom Stapel gelassen. Andeutungen. Aufforderungen – ja. Aber ich habe ihn immer wieder zurückgewiesen, und er hat dann auch nichts versucht. Ich glaube, er wusste, dass ich sonst kündigen und er den Dome verlieren würde.«

Henry nickt. Als Silhouette vor den Lichtern der Stadt, mit der nächtlichen Brise, die sein dichtes Haar zerzaust, sieht er aus wie nicht von dieser Welt. So groß in seinem Smoking und mit diesem eindringlichen Blick, der schon fast wehtut. »Gute Antwort«, sagt er knapp.

»Wie bitte?«

»Ja. Wenn Sie das anders ausgedrückt hätten, müsste ich jetzt runtergehen und mir diesen Kerl vorknöpfen.«

»Gewaltbereit, Mr. Marchand?«

»Nur, wenn ich provoziert werde«, wiederholt er meine Antwort von vorhin. Der samtige Unterton in seiner Stimme ist wieder da, und ich bin gefangen in seinem Blick. Ich will nicht wegsehen.

Wir könnten nicht aus unterschiedlicheren Welten stammen. Das Machtgefälle zwischen uns ist gigantisch. Dennoch habe ich das verstörende Gefühl, dass mich nie jemand besser verstanden hat.

Henrys Mundwinkel heben sich zu einem richtigen Lächeln. Es lässt seine markanten Züge weicher werden und bringt den leisesten Hauch eines Grübchens zum Vorschein. Lächelt er deshalb nie? Weil er nicht zu menschlich aussehen will?

Nein, denke ich. *Weil es ihn wahnsinnig attraktiv aussehen lässt.*

Das Lächeln bringt seine Augen zum Strahlen. »Schon wieder ein Wettstarren, Faye? Sie benehmen sich wirklich wie zwölf.«

»Wirklich? Dann schauen Sie doch weg.«

»Nein«, sagt er leise. »Ich glaube nicht.«

Und um uns herum funkeln die Lichter der Stadt, als würden sie zustimmen.

– 13 –
HENRY

Am Montag erwähnen Faye und ich in einer Art stillschweigendem Abkommen weder die Founders' Gala noch unser vertrautes Gespräch auf dem Dach. Würden wir darüber reden, würden wir damit die Freundschaft zwischen uns anerkennen, so zaghaft sie auch sein mag, etwas, das im Büro nichts zu suchen hat.

Faye ist so gut auf unser Montagsmeeting vorbereitet wie immer. »Am Mittwoch um zehn haben Sie den Termin mit Montgomery. Ich schicke Ihnen morgen die Unterlagen, sobald die Architekten damit fertig sind.«

»Gut. Und falls sie morgen nicht fertig sind, haben Sie meine Erlaubnis, darauf zu drängen«, sage ich. Ein paar meiner Angestellten bitten gerne um Fristverlängerungen – als hätten nicht alle Beteiligten Deadlines einzuhalten.

Faye nickt und tippt auf der Tastatur ihres Laptops herum. Sie trägt die Haare heute zu einem hohen Pferdeschwanz gebunden, was an anderen Frauen vielleicht streng aussehen würde, bei ihr aber nur ihre schönen Gesichtszüge zusätzlich betont. Ihre Haut wirkt makellos wie weiche Seide. Ich frage mich, ob das wohl überall so ist – und schiebe den Gedanken sofort wieder beiseite. Sie ist tabu.

Und ich habe ganz sicher nicht vor, zu einem Elliot Ferris zu werden.

»Für Ihre Reise nach Chicago am Donnerstag ist alles organisiert, genauso wie Ihre Termine vor Ort. Ich bereite die Reiseunterlagen vor und lege Ihnen die Mappe am Mittwoch auf den Schreibtisch.«

Ich glaube, ich habe mich noch nie so wenig auf eine Reise gefreut, aber ich habe es meinem Dad versprochen, dass ich mir das Projekt zumindest einmal anschauen werde. Ich könnte Faye bitten, mitzukommen. Dann wäre sie an meiner Seite, würde sich Notizen machen und genau zuhören. Wenn sie auch das sehen würde, was ich befürchte zu sehen, wäre ihr Feedback außerordentlich wertvoll.

»Ich bin Donnerstag die meiste Zeit außer Haus, das wissen Sie ja«, fährt Faye fort. »Ich hinterlasse eine Abwesenheitsnotiz auf meinem Telefon und auf Ihrem. Ich denke nicht, dass wir viel verpassen werden, aber sicher ist sicher.«

Ah, der Pitch mit Terri.

Fayes Wangen sind vor Aufregung leicht gerötet.

»Wie läuft es denn? Die Zusammenarbeit mit Terri?«

»Super«, sagt sie. »Ich verstehe nicht, was Kyle für ein Problem mit ihr hatte. Der Entwurf, an dem sie gearbeitet haben, ist elegant und erfüllt die Vorgaben des Kunden. Ich glaube, der Pitch wird sehr gut laufen.«

»Daran habe ich keinen Zweifel. Sie werden das gut machen.« Faye ist kompetent, mutig und professionell – wenn sie will. Es war richtig, Kyle von dem Projekt abzuziehen. Der Mann hat Talent, ist aber manchmal auch eine echte Nervensäge.

Bei meinen Worten leuchten Fayes Augen auf. *Gefährlich*, flüstert die Stimme in meinem Kopf erneut. Dieses Leuchten macht sie einfach zu schön. Und es fühlt sich einfach zu gut an, dass meine Worte so etwas in ihr auslösen.

»Danke. Ist das alles für diese Woche?«

Ich lasse meine Finger über die Eichentischkante gleiten. »Sind der Mittwochnachmittag und -abend noch frei?«

Eine unnötige Frage. Ich weiß es genau.

»Ja.«

»Dann würde ich da gerne mit Ihnen über das Opernhaus reden. Planen Sie am Nachmittag eine Stunde für uns ein.«

Sie nickt und sucht ihre Sachen zusammen. »Unbedingt. Hat der Abend im Museum Sie inspiriert?«

Ich denke an ihre vor Staunen geweiteten Augen, als ich ihr das Vergrößerungsglas auf dem Dach gezeigt habe. An den Mut und die Stärke, mit der sie von ihrer Zeit bei Elliot Ferris erzählt hat. Daran, wie ihr Körper in diesem goldenen Kleid aussah, wie sie sich an meinem Arm anfühlte, und an die Unverfrorenheit, mit der sie Avery zurechtgewiesen hat.

»Sehr«, entgegne ich.

Faye wirft mir ein Lächeln zu. »Dann werde ich zusehen, dass ich meine Notizen bis Mittwoch fertig habe.«

Ich sehe ihr nach, wie sie mein Büro verlässt und die Tür hinter sich schließt. *Gefährlich*, sage ich mir wieder. *Es ist zu gefährlich.* Dennoch kann ich nichts dagegen tun, dass ich sie will.

— • —

Am Nachmittag erklingt Fayes Stimme durch die Gegensprechanlage und unterbricht mich beim Lesen eines Investitionsangebots.

»Ja?«

»Ihre Schwester ist am Telefon?« Es klingt wie eine Frage – und ich kann mir vorstellen, warum. Ich habe meine Familie ihr gegenüber nie erwähnt oder ihr gesagt, wer durchgestellt werden darf und wer nicht, weil normalerweise niemand außer meiner Mutter wahnsinnig genug ist, mich im Büro anzurufen. Meine Schwester hat das noch nie gemacht. Ich runzele die Stirn und male mir alle möglichen furchtbaren Szenarien aus.

»Stellen Sie sie durch.«

Ich höre den unverkennbaren Piepton. »Hey Lils.«

»Ich weiß, normalerweise rufe ich dich nicht bei der Arbeit an – es tut mir wirklich leid. Aber ich muss das jetzt fertig machen, und ich will dich nicht drängen, aber es wird echt schon eng.«

Ihre fröhliche Stimme klingt wie eh und je und erinnert mich an Sonnenschein, aufgeschlagene Knie und Sommerferien am Meer. Sie mag inzwischen eine erwachsene Frau mit ihrem eigenen Unternehmen sein, doch sie ist immer noch meine kleine Schwester.

»Was brauchst du?«

»Nur eine vage Information darüber, wen du zu meiner Hochzeit mitzubringen gedenkst. Und bevor du seufzt – wage es nicht, Henry Marchand –: Ich setze dich nicht unter Druck wie Mom. Es ist mir egal, wen du datest oder nicht datest. Du kannst auch gerne alleine kommen, oder mit einem Mann, wenn sich deine Vorlieben geändert haben, oder mit mehreren – nein. Nicht mit *mehreren* Frauen. Aber du weißt, was ich meine.«

Ich muss grinsen. »Ja, ich weiß.«

»Es ist übernächstes Wochenende, und ich muss heute die wirklich finale Bestellung beim Cateringservice abgeben. Also rufe ich an, um dich wissen zu lassen, dass du nach dem heutigen Tag niemanden mehr mitbringen kannst, der bestimmte Dinge nicht essen darf oder kann.«

Ich schnaube. »Was ist, wenn ich morgen die Liebe meines Lebens treffe und sie zufällig Veganerin ist? Oder laktoseintolerant?«

»Nein, keine Chance. Dann musst du dir eine andere suchen.«

»Das ist brutal, Lily.«

»So bin ich halt«, sagt sie mit einem Lächeln in der Stimme. »Du bleibst das ganze Wochenende, richtig?«

Angesichts dieser Frage bekomme ich ein schlechtes Gewissen. Meine Familie ist so daran gewöhnt, dass ich komme und gehe und Familienveranstaltungen für Geschäftsreisen und Termine kurzhalte, dass sie sichergehen müssen.

»Ja, auf jeden Fall.«

»Gut. Ich dachte, wir könnten an einem Tag ein bisschen mit der Frida rausfahren. Nur wir Kinder.«

»Plus Hayden?« Ihr Ehemann in spe war praktisch mit uns aufgewachsen, und auch wenn er zwischenzeitlich fast zehn Jahre nicht da war, weiß ich, dass er für meine Brüder zur Familie gehört.

»Nein. Vielleicht. Ich weiß nicht?« Lily seufzt. »Dieses ganze Hochzeitsding ist so stressig. Ich freunde mich immer mehr mit Haydens ursprünglichem Vorschlag an, einfach durchzubrennen.«

»Wage es nicht. Ich habe mir zwei Tage dafür freigenommen.«

Ihr schallendes Gelächter ertönt aus dem Hörer. »Keine Angst. Ich werde die Hochzeit nicht absagen. Und ich kann ein Last-Minute-Namenskärtchen basteln für wen immer du auch mitbringst. Also lass dich deswegen nicht von Mom stressen, wenn sie dich anruft.«

»Danke.«

»Klar. Musst du jetzt weiter an der Weltherrschaft schmieden?«

»Ja. Irgendwie muss ich dafür arbeiten. Dabei sollte man meinen, die Welt will beherrscht werden, so kaputt wie sie ist.«

Lily lacht wieder. »Okay, dann lasse ich dich jetzt in Ruhe.«

»Mach's gut, Lily. Versuch dich nicht zu sehr zu stressen.«

»Mache ich.« Sie hält kurz inne. »Du klingst glücklich, Henry. Weiter so.«

Verblüfft starre ich den Telefonhörer in meiner Hand an. Sie hat aufgelegt, also muss ich nicht mehr antworten, aber trotzdem … Lily ist immer geradeheraus, doch ich kann mich nicht erinnern, dass sie schon einmal so meine Stimmung kommentiert hätte.

Wenigstens hat sie mich nicht bedrängt, ihr zu sagen, wen ich mitbringen würde. Vor ihrem Anruf hatte ich eigentlich beschlossen, allein hinzugehen – ich habe bisher nur sehr wenige Frauen meiner Familie vorgestellt, und das nervige Verhalten meiner Mutter wird das sicher nicht ändern –, aber der Anruf hat mich auf eine Idee gebracht.

Die Deadline für das Opernhaus ist eine Woche nach der Hochzeit. Das würde so oder so knapp werden, auch wenn ich mir nicht die vier Tage freinehmen würde. Ich würde während meiner Zeit zu Hause sowieso daran arbeiten müssen. Und Faye hat bereits bewiesen, dass sie eine großartige Begleitung ist. Wie effizient wäre es, beides zu kombinieren?

Gefährlich, warnt mich mein Unterbewusstsein. Angesichts dessen, wie angezogen ich mich von ihr fühle, wäre es nicht klug, das zu tun. Es wäre riskant. Möglicherweise ziemlich dumm. Aber … je mehr ich darüber nachdenke, desto besser gefällt mir die Idee.

Am späten Mittwochnachmittag klopft Faye an meine Tür, um mit mir am Opernhausprojekt zu arbeiten. Sie hat sich ihren Laptop unter den Arm geklemmt und ist mit Zeichen- und Pauspapier bepackt. Alles an ihr schreit Professionalität. Die maßgeschneiderte Hose, der Blazer, der entschlossene Blick auf ihrem Gesicht.

Sie legt ihre Sachen auf dem Konferenztisch ab. »Ich dachte, wir könnten direkt anfangen mit –« Sie hält inne, als sie meinen Gesichtsausdruck sieht. »Ist alles in Ordnung?«

»Ist es zu spät, um Chicago abzusagen?«

»Nein. Wir werden vielleicht nichts erstattet bekommen, aber das sollte kein Problem sein.« Sie zuckt mit den Achseln. »Sie werden sich damit aber definitiv nicht bei dem Unternehmen beliebt machen, mit dem Sie den Termin haben.«

»Mhm.«

»Sie wollen nicht hinfliegen? Ich dachte, das Projekt könnte wichtig für das Studio sein.«

Ich trommele mit den Fingern auf der Armlehne meines Stuhls herum. »Extrem wichtig.«

»Ich weiß nicht viel darüber. Im System sind keinerlei Unterlagen dazu. Ich habe nachgesehen«, fügt sie verlegen hinzu. »Mit wem treffen Sie sich wirklich?«

Es ist schön, so mit ihr zu reden. Diese Dinge zu teilen. Das habe ich noch nie mit Assistentinnen gemacht, aber von denen war natürlich auch keine wie Faye.

»Ich treffe mich mit Investoren, die versuchen, ein großes Grundstück auf der East Side von Chicago zu kaufen.«

Der Blick aus ihren dunklen Augen trifft meinen. »Ah.«

»Ja.«

»Wenn der Kaufvertrag unter Dach und Fach ist, werden sie Mieter zwingen, aus ihren Häusern und Wohnungen auszuziehen, und diese dann abreißen, nehme ich an.« Ihre Stimme klingt kalt – kälter, als ich sie je zuvor gehört habe. Sie weiß über diesen Prozess besser Bescheid, als ich erwartet hätte, und sie ist zu demselben Schluss gekommen wie ich.

»Das denke ich auch, ja. Erzwungene Gentrifizierung.«

»Was wollen sie dort stattdessen bauen?«

»Wohnhäuser, eine Mall und einen kleinen Park.«

»Hm.« Faye sieht auf das Pauspapier hinunter, aber ihre Schultern sind angespannt. »Das wirkt nicht wie ein Projekt, das Marchand & Rykers normalerweise macht.«

»Nein, das stimmt. Dass ich mich mit dem Investor treffe, ist eine Art Gefallen für einen Freund.«

Sie nickt und sieht mir wieder in die Augen. »Und was denken Sie? Glauben Sie, es ist eine gute Gelegenheit?«

»Sie offensichtlich nicht.«

»Na ja, finanziell wäre es bestimmt eine große Chance. Aber ich finde, dieses Studio sollte sich auf … andere Projekte konzentrieren. Auf solche, an denen wir bereits arbeiten.«

Prestige-Projekte, meint sie. Wolkenkratzer und Bürogebäude, Parks und Skulpturen. Unsere Projekte mit Bedacht auszuwählen, war die einzige Regel, die Rykers und ich aufgestellt hatten, als wir unsere Namen und unser Kapital in diesem Studio vereinten.

Ich seufze. »Ich widerspreche Ihnen nicht. Das Projekt fühlt sich … anstößig, um nicht zu sagen unmoralisch an.«

Ihre Augen leuchten auf. Ich habe wieder etwas gesagt, dem sie zustimmt. Ich hasse es, wie verlockend das ist, wie sehr ich es auf die Probe stellen will, um zu sehen, was sie hören möchte.

»Glauben Sie, Sie werden es durchziehen?«

»Nein. Ich glaube, ich kann diesen Vertrag nicht unterschreiben. Aus genau den Gründen, die Sie aufgeführt haben. Aber wenn ich mich da rausziehe, werden einige Leute wütend auf das Studio sein.«

Und auf mich.

»Also werden Sie hinfliegen und es so aussehen lassen, als hätten Sie es zumindest ernsthaft in Erwägung gezogen. Sehr schlau.« Sie lächelt mich an. »Sie lassen sie behutsam abblitzen. Das hätte ich nicht von Ihnen erwartet.«

»Nein?«

Faye sieht wieder ein wenig verlegen aus, als hätte sie zu viel gesagt. »Es ist nur so, in der Branche haben Sie einen gewissen … Ruf.«

Ich sehe sie mit hochgezogener Augenbraue an. »Ich habe einen gewissen Ruf?«

»Ja, und das wissen Sie auch.«

Ich muss mich zusammenreißen, um angesichts ihres konsternierten Untertons nicht zu grinsen. Sie schlägt die Beine übereinander. Das Licht in meinem Büro spiegelt sich in ihrem dunklen Haar. Sie trägt es nun zu einem tief sitzenden Dutt geknotet, doch ich weiß, wie es aussieht, wenn es ihr offen über die Schultern fällt. Wie würde es sich ausgebreitet auf meinem Kissen machen?

Ich beschließe, mitzuspielen. »Sagen wir, ich weiß es nicht. Klären Sie mich auf.«

Faye seufzt. »In Ordnung, aber ich bitte um Erlaubnis, hier inoffiziell reden zu dürfen.«

»Erlaubnis erteilt.«

Sie holt tief Luft, als müsste sie ihren Mut zusammennehmen. »Sie können rüpelhaft sein. Sie sagen nicht Bitte und Danke. Wenn jemand die Deadline nicht einhält, schimpfen Sie mit demjenigen wie mit einem Kind. Wenn Sie durch das Büro gehen, setzen sich alle noch ein bisschen gerader hin. Sie kommen zu keinerlei geselligen Veranstaltungen des Studios.«

»Natürlich nicht. Niemand würde mich dort haben wollen.«

Sie verdreht die Augen. »Das mag stimmen, aber es tut nichts zur Sache. Es ist nur so … Sie sind dafür bekannt, streng zu Menschen zu sein. An meinem ersten Tag hier wurde mir im Grunde genommen gesagt, dass meine Chancen schlecht stehen. Dass ich nicht lange bleiben werde.«

Ich runzele die Stirn. »Wer hat das zu Ihnen gesagt?«

»Das spielt keine Rolle«, entgegnet sie mit einem kleinen triumphierenden Lächeln auf den Lippen. »Und, habe ich jetzt meine

Chance auf eine Karriere zerstört, indem ich ehrlich geantwortet habe?«

»Nein. Ich bezahle Sie unter anderem dafür, ehrlich zu sein.«

Sie tippt auf den Entwurf vor ihr. »Auch wenn Sie es nicht gerne hören? Ich weiß, dass Sie nichts von meinem Vorschlag hielten, Holz hinzuzufügen.«

»*Besonders* wenn ich es nicht gerne höre.« Ich stehe vom Schreibtisch auf, gehe hinüber zu dem Modell in der Ecke und ziehe das Tuch herunter. Und wieder übermannt mich das Gefühl, dass irgendetwas fehlt. Dank Fayes Beiträgen sind wir jetzt dabei, dies in den Plänen zu ändern, aber wir müssen schnell sein, damit ich vor dem Abgabetermin noch ein anderes Modell in Auftrag geben kann.

»Warum haben Ihre vorherigen Assistentinnen alle gekündigt? Oder wurden sie entlassen?« Fayes Ton ist neckend und neugierig. Sie klingt wie auf der Gala. Es war berauschend, sie den ganzen Abend an meiner Seite zu haben. Als ich sie später bei ihrer Wohnung abgesetzt hatte, hätte ich sie am liebsten nicht gehen lassen sollen, um die Vertrautheit zwischen uns nicht zu verlieren.

»Fragen Sie, damit Sie ihre Fehler vermeiden können?«

Fayes Blick wirkt jetzt belustigt. »Vielleicht. Brauche ich Tipps?«

»Nein. Sie sind besser als jede zuvor«, sage ich. Es stimmt – und andererseits auch nicht. Rina war professionell und hocheffizient gewesen. Hat außerhalb des Beruflichen nie auch nur ein Wort mit mir gewechselt, und ich war nicht überrascht gewesen, als sie von einem größeren Studio abgeworben wurde. Felicity hatte ihren Job auch gut gemacht. Aber keine von ihnen war Faye – und keine von ihnen verstand etwas von Architektur.

Sie lächelt wieder. Nicht ihr erprobtes Megawatt-Lächeln, das ihre perfekten Zähne in Szene setzt. Es ist vielmehr ein kleines Kräuseln ihrer Lippen, das ihre Gesichtszüge zum Leuchten bringt.

Gott, sie ist wunderschön.

»Wie sind Sie dazu gekommen?«, frage ich. »Zur Architektur?«

Sie zuckt mit den Achseln, und ihr Lächeln schwindet ein wenig. »Ich weiß nicht genau. Ich hatte schon als Kind Spaß am Bauen und Erschaffen. In der Schule hatte ich eine tolle Lehrerin, die mein Interesse an Geschichte und insbesondere historischen Gebäuden sah und mir vorschlug, Architektur zu studieren. Das habe ich dann auch gemacht.«

Vor meinem geistigen Auge sehe ich eine jüngere Faye, die mit wallenden dunklen Haaren über Architekturbüchern gebeugt in einer großen Bibliothek sitzt und alles über Winkel, Strukturen und Städteplanung lernt.

»Und Sie waren gut darin.«

»Ja.« Sie zuckt erneut mit den Achseln. In ihrem Blick liegt keine falsche Bescheidenheit, aber auch kein Hochmut. »Genauso wie Sie bestimmt. Sollen wir jetzt anfangen? In ein paar Wochen ist Abgabetermin.«

Ich reiße meinen Blick von ihr los und sehe wieder auf das Modell hinunter. Das Opernhaus. Deadlines. Es fällt mir schwerer denn je, mich wieder zu verschließen und rein professionell zu bleiben. Ich weiß nicht, wie sie das so einfach kann – hin- und herspringen zwischen freundschaftlichem Geplauder und Arbeit. In ihrer Nähe habe ich das Gefühl, ständig daran zu scheitern.

»Ja. Sie sagten, Sie hätten sich Notizen gemacht?«

Sie nickt, und wir machen uns direkt daran, das Opernhaus umzugestalten. Die meisten ihrer Vorschläge sind gut – über einige werde ich nachdenken müssen. Und es ist reizend, wie sie versucht, ermutigend zu sein.

»Dieser Backstage-Bereich ist zu klein, glaube ich. Wenn Sie das äußere Treppenhaus einen halben Meter schmaler machen, könnten Sie den Bereich vergrößern, ohne dafür irgendwelche baulichen Elemente opfern zu müssen.« Sie sieht zu mir hoch, als befürchtete sie, mich beleidigt zu haben. »Aber es ist wirklich clever. Sehr gut ausgeführt.«

Ich schenke ihr ein schiefes Lächeln. »Ich kann mit Kritik umgehen, Miss Alvarez.«

»In Ordnung.« Danach arbeitet Faye ihre Liste ab. Sie kommentiert so gut wie jeden Teil des Entwurfs. Ich notiere mir ein paar Sachen, die mir auffallen. Sie hat ein gutes Auge, und sie hat keine Anmerkungen zu Dingen, die ausschließlich den Stil betreffen. Sie kann also auch gut bearbeiten.

Es ist schon fast neun Uhr abends, als mir auffällt, dass sie diskret ein Gähnen unterdrückt. Ich schließe meinen Laptop. »Ich glaube, wir sind für heute fertig. Wir haben viel geschafft. Das Projekt läuft uns nicht weg.«

Faye steht auf und dehnt sich geschmeidig von einer Seite zur anderen. »Werden Sie ein neues Modell in Auftrag geben, wenn wir fertig sind?«

»Ja.«

Sie kommt zu mir herüber, und wir blicken stumm auf das Modell hinunter. Es ist Voraussetzung für die Abgabe – die Jurys solcher Projekte lieben ein publikumswirksames Auftreten. Von den acht Mitgliedern der Jury haben vier überhaupt kein architektonisches Wissen. Um sie zu gewinnen, muss man sie auf den ersten Blick beeindrucken.

»Wer hat das hier für Sie gemacht?«, fragt sie und beugt sich tiefer über das Modell, um die Details zu studieren. Sie ist mir so nahe, dass mir ihr Duft erneut auffällt, genauso deutlich wie bei der Gala. Seife und Shampoo und ein Hauch von Blumen. Mein Blick fällt auf ihren Nacken unter ihrem tief sitzenden Dutt. Er sieht zart aus und die Haut weich. Wie einfach wäre es, sie an mich zu ziehen und meine Lippen darüberwandern zu lassen.

Sie dreht sich zu mir um und sieht mich fragend an – was war noch mal ihre Frage gewesen? –, aber als sie meinen Gesichtsausdruck sieht, ändert sich ihrer ebenfalls. Ich kann keinen professionellen Gedanken mehr fassen.

Fayes Mund öffnet sich leicht. Ich sollte etwas sagen und dieser unerwarteten Intimität zwischen uns ein Ende setzen, doch ich bekomme kein Wort heraus.

Ein Lächeln zuckt auf ihren Lippen. »Schon wieder ein Wettstarren, Sir?«

Das *Sir* klingt neckend, und ich muss ebenfalls lächeln. »Nein. Ich habe mich nur gerade gefragt, wie Sie nach Hause kommen, wenn Sie so lange im Büro sind.«

Ich habe mich nichts dergleichen gefragt, aber jetzt, da es heraus ist, klingt es plausibel.

»Mit der U-Bahn«, antwortet sie. »Wir können ja nicht alle alte, reiche Säcke sein.«

»Nach acht Uhr bezahlt das Studio ein Taxi.«

Sie zieht eine Augenbraue hoch. »Ist das eine neue Regel?«

»Nein, die gibt es schon ewig.«

»Lügner.«

Ich mache ein paar Schritte von dem Modell weg und vergrabe die Hände in meinen Hosentaschen. Der Abstand tut mir gut – mein Kopf fühlt sich direkt wieder klarer an. »Wenn Sie für mich so spät noch arbeiten, bezahlt das Studio Ihr Taxi. Es spielt keine Rolle, seit wann es diese Regel gibt.«

»Ich komme schon alleine klar.«

Ich runzele die Stirn. Muss sie alles diskutieren? »Es ist ein Bonus. Nutzen Sie ihn.«

Sie verdreht mal wieder die Augen und packt ihre Sachen zusammen. »Wir werden nächste Woche viel hieran arbeiten müssen, wenn Sie aus Chicago zurück sind. Der Abgabetermin ist im Juli?«

»Ja.«

Sie runzelt die Stirn. »Ihr langes Wochenende ist nächste Woche, richtig? Da nehmen Sie den Donnerstag und Freitag frei, oder?«

»Ja«, wiederhole ich. Sie spricht mit mir, als wären wir ein Team. Als wären wir Freunde, als hätte sie Spaß an dem geistigen Wettstreit. Es ist lange her, seit ich mich jemandem so verbunden gefühlt habe.

»Wir werden nächste Woche auch einige Abende daran arbeiten müssen, meinen Sie nicht?«

Ich räuspere mich. »Ja. Diesbezüglich …«

»Ja?«

»Würden Sie sich der Herausforderung gewachsen fühlen, noch einmal meine Begleitung zu geben?«

Faye zieht die Augenbrauen hoch. Ihre Augen funkeln wieder. Es ist das ehrgeizige Leuchten, das wir beide gemeinsam haben. Sie würde niemals eine Herausforderung ablehnen, vor die ich sie stelle.

»Also gehe ich davon aus, dass Sie zufrieden mit meiner Performance bei der Gala waren.«

Ich nicke und denke an ihre trockenen Kommentare. »Ja. Nächstes Wochenende fahre ich zu einer Hochzeit, und es wird von mir erwartet, mit Begleitung zu kommen. Wir wären drei Nächte weg und könnten die Tage dafür nutzen, an dem Projekt zu arbeiten.«

»Eine Hochzeit«, wiederholt sie langsam.

»Ja. Natürlich würde ich Sie für Ihre Überstunden bezahlen. Großzügig.«

Sie räuspert sich und errötet. »Hätte jeder seine eigene Unterkunft?«

»Ja. Getrennte Schlafzimmer.«

»Das ist …«

»Unkonventionell? Ja. Denken Sie darüber nach. Wir können darüber reden, wenn ich aus Chicago zurückkomme.«

Faye wirft sich ihre Tasche über die Schulter. »In Ordnung. Mache ich.«

»Und nehmen Sie sich ein Taxi für den Heimweg.«

Sie nickt und geht in Richtung Tür, wo sie noch einmal stehen bleibt und meinen Blick sucht. »Eine letzte Frage. Wessen Hochzeit ist es?«

»Die meiner Schwester«, antworte ich. Ihre Augenbrauen schießen in die Höhe, und es fällt mir schwer, meine ungerührte Miene beizubehalten. Sie wird im Laufe der nächsten Woche noch weitere Fragen haben, so viel steht fest. »Gute Nacht, Miss Alvarez. Und viel Erfolg bei Ihrem Pitch morgen.«

»Danke«, murmelt sie, und die Tür schließt sich mit einem leisen Klicken hinter ihr.

Ich atme tief durch und bin mir nicht sicher, ob das, was ich da gerade ins Rollen gebracht habe, einfach nur unglaublich dämlich und unverantwortlich ist oder das Beste, was ich seit Jahren gemacht habe.

– 14 –
FAYE

Ich greife nach meinem Handy und deaktiviere den Wecker. Es ist erst kurz vor sechs, aber ich bin hellwach und weiß genau, dass ich keinen Schlaf mehr finden werde. Da kann ich auch genauso gut aufstehen. Ich schwinge die Beine aus dem Bett und gehe die paar Schritte bis zur Küche. Mache Kaffee. Sage meiner Zimmerpalme Hallo.

Gott, die Nacht war so eine Geduldsprobe. Ich habe mich nur hin und her gewälzt, und das Gedankenkarussell hat nicht aufgehört, sich zu drehen. Ich glaube, ich habe keine zwei Stunden geschlafen.

Heute ist der Pitch. Meine erste Chance seit Monaten, eine echte Architektin zu sein, das Studio gemeinsam mit Terri zu repräsentieren. Für Elliot Ferris habe ich ständig Pitches gemacht, trotzdem bin ich aufgeregt.

Terri hat sich, nachdem Kyle von dem Projekt abgezogen worden war, absolut professionell verhalten – und ich mich ebenfalls. Ehrlich gesagt war ich nicht gerade überrascht, dass Kyle der faule Apfel bei dieser Zusammenarbeit war. In dieser Branche gibt es zahllose Leute wie ihn, die bei allem, was sie sagen und tun, ständig unterschwellige Machtspielchen abspulen. Total ermüdend.

Aber das ist nicht der einzige Grund, warum ich nicht schlafen konnte.

Spielen Sie meine Begleitung.

Oh, wobei denn, Henry?

Bei der Hochzeit meiner Schwester.

Der Mann hat doch vollkommen den Verstand verloren.

Ich versuche unter der Dusche nicht nur meine Müdigkeit, sondern auch meine Ängste und Bedenken vom warmen Wasser wegspülen zu lassen. Er hat mich um einen Gefallen gebeten, als mein Chef, als jemand, der kurz nach der Hochzeit eine wichtige Deadline hat. Wir haben die Founders' Gala mit Bravour gemeistert. Warum sollten wir nicht auch ein gemeinsames Wochenende meistern?

Die Frau, die mir aus dem Badezimmerspiegel entgegenblickt, ist entschlossen, ziemlich müde, aber fest entschlossen. Irgendwie habe ich es geschafft, diesen Job zu bekommen. Ich werde es nicht riskieren, ihn wieder zu verlieren, nur weil mein Chef zufällig verboten gut aussieht und über einen ganzen Raum gebieten kann wie ein ruhmreicher Herrscher der Antike.

Wenn es etwas gibt, das ich schon immer gut konnte, dann ist es, einen Plan zu entwickeln. Eine Strategie. So habe ich mit all meinen Nebenjobs das Studium geschafft, so bezahle ich jeden Monat meinen Studienkredit ab. So habe ich stundenlang in der Bibliothek alles über Baukonstruktion und Statik gepaukt.

Wenn Henry Marchand sich eine Begleitung für die Hochzeit seiner Schwester wünscht, werde ich der Inbegriff des perfekten Dates sein. Und wann immer möglich, werde ich an seinem Opernhaus arbeiten und ihm helfen, dieses wunderschöne Bauwerk noch zu verbessern. Ich muss nur sicherstellen, dass ich im Gegenzug auch etwas von ihm bekomme – etwas, das meiner Karriere weiterhilft.

Und dass ich verberge, wie sehr ich mich sinnloserweise zu ihm hingezogen fühle.

Kinderleicht.

Als ich auf dem Weg zur Arbeit bin, ruft meine Mutter an. Wie immer wird mir beim Klang ihrer vertrauten Stimme warm ums Herz. Weder sie noch mein Vater verstehen besonders viel von Architektur, aber sie haben mich stets vorbehaltlos unterstützt.

»Viel Glück heute, Süße«, sagt sie. »Wir sind uns ganz sicher, dass du das schaffst.«

Mein Vater meldet sich zu Wort. »Tritt ihnen in den Hintern, *mija.*«

Ich fühle mich von Liebe erfüllt, als wir schließlich auflegen. Das Gespräch mit ihnen hat mir in Erinnerung gerufen, dass mein letzter Besuch bei ihnen zu lange her ist.

Ich spüre den Rhythmus New Yorks unter meinen Füßen. In der Sommersonne gibt die Stadt alles. Überall erklingt Musik aus offenen Fenstern, und es riecht nach Sonnenmilch auf heißer Haut. An solchen Tagen ist es einfach, sich zu erinnern, warum ich hergekommen bin. Warum ich mich so von dem Tempo, von den Menschen, von der Energie dieser Stadt angezogen fühlte. Diese Stadt hat schon alles erlebt, und ich hatte mit zweiundzwanzig überhaupt noch nichts erlebt.

Um mich herum ragen Wolkenkratzer wie Riesen in den Himmel. Unzählig und unerschütterlich sind sie Zeugen der Vision von Architekten und Erbauern. Wenn sie gut konstruiert sind, werden sie noch lange nach mir hier sein. Die Ziegelsteinbauten zwischen ihnen sogar ganz sicher.

Terri wartet schon auf mich, als ich ins Büro komme. Sie trägt ihren blonden Bob glatt und akkurat, ein strenger Look, der sie noch professioneller wirken lässt. Sie hat unsere Unterlagen ausgedruckt und unsere Präsentation auf gleich zwei USB-Sticks gespeichert.

»Sicher ist sicher.«

»Auf jeden Fall.« Ich blättere die ausgedruckten Seiten durch und zähle sie erst einmal und dann noch mal.

»Mach dir keine Sorgen«, sagt sie. »Es sind genügend für jedes Vorstandsmitglied. Plus fünf Extrakopien, nur für den Fall.«

Eine Frau ganz nach meinem Geschmack. Terri wirkt nicht so, als würde sie sich irgendetwas gefallen lassen, und es ist offensichtlich, warum Kyle ein Problem mit ihr hatte. Sie lässt sich nicht einschüchtern.

Sie deutet auf den Stuhl neben ihrem Schreibtisch, und ich nehme Platz. »Wir sind den Pitch jetzt so oft durchgegangen, dass wir ihn in- und auswendig kennen. Weißt du, was du sagen wirst?«

Ich nicke. Sie übertreibt ein wenig, aber das stört mich nicht. Der Frau wurde eine persönliche Assistentin mit einem angeblichen Architekturabschluss an die Seite gestellt, mit der sie das monatelange Projekt innerhalb einer Woche fertigstellen sollte. »Ja. Wenn du mit dem Hauptteil fertig bist, schlüssele ich die Finanzen auf. Wir haben alle Zahlen und Folien dafür.« Ich lege eine Hand auf die Mappen, die sie vorbereitet hat. »Und mach dir keine Sorgen: Ich werde die Gesamtkosten für sie hervorheben. Und noch mal hervorheben.«

»Gut.« Sie lässt sich in den Stuhl mir gegenüber sinken und fummelt an einem der USB-Sticks herum. »Das ist unser Alleinstellungsmerkmal. Wir werden deutlich unter dem Budget unserer Konkurrenz liegen. Zumindest *glaube* ich das.«

»Es ist ein gutes Projekt. Du und Kyle habt da etwas wirklich Schönes entwickelt.«

Ein angedeutetes Lächeln erscheint auf ihrem Gesicht. »Letztendlich ja. Wir sollten uns dieses Projekt unbedingt holen, Faye.«

»Ich weiß«, sage ich. Und es ist so. Wir werden sowohl Rykers als auch Henry Rede und Antwort stehen müssen, wenn wir es nicht schaffen – so funktionieren Studios dieses Kalibers. Keine halben Sachen und keine Fehler machen.

Perfektion bekommt keinen Applaus, sie wird erwartet.

Terri streckt ihren Nacken. »Lass uns losfahren. Ich will mir auf dem Weg noch einen Kaffee holen und wäre lieber zu früh als zu spät dort. Wir treffen uns mit Rykers vor Ort.«

»Sie kommt mit?«

»Ja, sie hat mir gerade geschrieben, dass sie dabei sein wird.« Terris Stimme klingt angespannt. Wenn einer der Partner bei dem Pitch dabei sein will … handelt es sich anscheinend um eine größere Sache, als ich bisher angenommen habe.

Schweigend verlassen wir das Büro, unsere Absätze klappern im Gleichklang über den Marmorboden. Einige der anderen Architekten sehen uns nach. Dean steht hinter seinem Arbeitsplatz, um uns viel Erfolg zu wünschen, aber er ist einer der wenigen. Im Hintergrund sehe ich Kyle an seinem Schreibtisch, der uns entschieden ignoriert.

Im Aufzug schaue ich auf dem Handy nach, ob Henry pünktlich in Chicago gelandet ist. Jap. Vor vierzig Minuten. Hervorragend.

Ich habe alles in seinem Kalender vorbereitet – die Namen der Leute, mit denen er sich trifft, den Ort, alles bis hin zum verdammten Mittagessen. Dennoch bleibt der Vibrationsalarm an meinem Handy an. Das Assistentinnen-Credo ist mir inzwischen in Fleisch und Blut übergegangen. Ich versuche, all seine Bedürfnisse vorauszuahnen.

Terri räuspert sich neben mir. »Weißt du, du hast mich echt überrascht, Faye.«

»Oh?«

»Ein Abschluss in Architektur, und du arbeitest als Assistentin. Ich wusste das gar nicht, als du hier angefangen hast.«

Sie sagt das sicherlich ganz ohne böse Hintergedanken, trotzdem liegt ein Hauch von Schärfe in ihrer Stimme. Ausdruck des gleichen stummen Konkurrenzdenkens, das hier das gesamte Büro zu durchdringen scheint.

Ich zucke mit den Achseln. »Ich wollte einen Tapetenwechsel und hatte schon eine Weile ein Auge auf Marchand & Rykers geworfen. Man lernt eine Menge, wenn man mit den Besten zusammenarbeitet.«

»Mhm. Ja. Es ist ein tolles Studio.«

Ich verkneife mir ein Grinsen. Natürlich gefällt ihr die Erklärung, die ihren Job noch mehr so aussehen lässt, als wäre er schwer zu kriegen. »Definitiv.«

»Hat Marchand irgendetwas erwähnt, ob er dich dauerhaft ins Architektenteam holen will?« Ihr Blick ist wachsam und verrät nichts. Ich habe im Pausenraum schon öfter mitbekommen, wie bei einem Kaffee gnadenloser Büroklatsch betrieben wird, und ich habe keinerlei Absichten, dort zum Thema zu werden.

»Nein, hat er nicht«, entgegne ich vorsichtig. »Ich arbeite ja auch erst einen Monat hier. Ich bin noch in der Probezeit.«

»Ich bin mir sicher, die bestehst du mit Bravour.« Terri nickt der Empfangsdame zu. »Rufen Sie uns bitte ein Taxi.«

Die Taxifahrt verläuft schweigend. Ich nehme an, Terri geht im Kopf noch einmal durch, was sie sagen will. Genauso wie ich. Ich weiß, dass ich das schwache Glied in dieser Situation bin. Der Einzige, der sich für mich verbürgt hat, ist Henry. Er hat mir zwar die Tür einen Spaltbreit geöffnet, aber ich bin diejenige, die sie jetzt ganz aufstoßen muss.

Mein Handy vibriert in meiner Tasche. Henry Marchand. Normalerweise schickt er eine E-Mail oder ruft an. Textnachrichten sind für eine schnelle Kommunikation zwischendurch.

Henry Marchand: *Viel Erfolg bei Ihrem Pitch. Legen Sie sich ins Zeug.*

Es ist eine kurze Nachricht, doch ich lese sie zweimal. Ich kann mir nicht vorstellen, dass er je seinen anderen Assistentinnen – oder seinen Angestellten – per Textnachricht ermunternde Worte geschickt hat. Kann man mit seinem Chef befreundet sein?

Kann man, beschließe ich. Aber nur befreundet. Die Schmetterlinge, die manchmal wie wild in meinem Bauch herumflattern, wenn ich in seiner Nähe bin, ignoriere ich. Und ich denke ganz bestimmt nicht über den Abend auf dem Museumsdach nach, als es sich anfühlte, als wären wir eins. Ich fasse meine Antwort ebenfalls kurz.

Faye Alvarez: *Danke. Viel Spaß in Chicago, der Stadt, in der die Sprühfarbe erfunden wurde.*

Drei Pünktchen erscheinen auf meinem Display. Er schreibt etwas. Was habe ich da bloß gerade abgeschickt?

Henry Marchand: *Ich habe keine Ahnung, warum Sie so etwas wissen. Verbringen Sie Ihre Abende damit, kuriose Fakten auswendig zu lernen?*

Ich lächele – teils aus Belustigung, teils vor Erleichterung über seine Antwort. Ich habe etwas Albernes geschrieben, aber er spielt einfach mit.

Faye Alvarez: *Wenn es um Wissensspiele und Quizabende geht, bin ich eine Macht.*

Henry Marchand: *Schicken Sie mir noch einen.*

Ich überlege, worüber er sich amüsieren könnte. Angesichts unseres gemeinsamen Interesses ist das leicht, auch wenn es nichts mit Chicago zu tun hat.

Faye Alvarez: *Architektur war mal olympisch.*

Das hatte ich mal in der Schule gelesen, und aus irgendeinem Grund habe ich es immer behalten. Die Antwort folgt nicht sofort, ich sehe aber, dass er etwas tippt. Ist er gerade auf dem Weg zu einem Termin? Sitzt er wie ich in einem Auto?

Henry Marchand: *Das wusste ich. Das Empire State Building generiert mehr Einnahmen durch die Aussichtsplattform als durch sämtliche Büros im Gebäude zusammengenommen.*

Verdammt. Das wusste ich nicht. Ein Lächeln breitet sich auf meinem Gesicht aus, während ich auf seine Worte hinuntersehe. Haben wir jetzt einen neuen Wettbewerb, in dem wir uns gegenseitig Fakten um die Ohren hauen? Es ist so albern und kindisch und großartig.

Wie kann ich das toppen? Ich grübele nach, suche nach Dingen, die er vielleicht nicht weiß, Fakten über Gebäude, Bauten ... Architekturgeschichte.

Faye Alvarez: *Bei den Inkas wurden Brücken als heilig angesehen. Jeder, der versuchte, sie zu zerstören, wurde sofort getötet.*

So. Das wissen nur wenige Leute. Daumen drücken, dass er nicht dazugehört. Eine Stimme unterbricht mich beim Schreiben.

»Du bist nie außer Dienst, oder? Selbst wenn er nicht in der Stadt ist?« Terri sieht zu mir herüber, und meine Daumen fliegen über das Display. »Setzt Marchand dir so sehr zu?«

Ich lasse das Handy sinken. »Er ist ein guter Chef.«

»Er ist direkt, ja.« Ihr Blick wird neugierig. »Viele von uns waren überrascht, als er dir dieses Projekt gegeben hat.«

Das kann ich mir vorstellen, bei den Blicken, die mir die anderen Architekten zugeworfen haben. »Er kennt meinen Hintergrund.«

Terri nickt erneut und sieht dann aus dem Fenster. Ich merke, dass sie gerne noch mehr sagen würde, aber glücklicherweise bohrt sie nicht weiter nach.

Henry hat geantwortet. Mit einem weiteren Fakt.

Henry Marchand: *In Cincinnati gibt es ein komplettes unterirdisches U-Bahn-System mit Tunneln, Gleisen und Stationen, das nie in Betrieb genommen wurde.*

Das wusste ich auch nicht. Das muss ich nachher mal googeln, um mehr darüber zu erfahren. Jetzt hält unser Taxi an, und ich folge Terri, die vorgeht, Hände schüttelt und mich als ihre Kollegin vorstellt. Gemeinsam halten wir in der Lobby höflich Small Talk mit den anderen Architekten.

»Rykers ist da«, flüstert sie mir zu. »Wir sind als Nächstes dran.«

Ich straffe die Schultern und gehe noch einmal die Zahlen durch, die ich gleich vorstellen werde. Ich schaffe das. »Wir sind bereit«, flüstere ich zurück. »Lass uns ihnen in den Hintern treten.«

Ihre Augen weiten sich vor Belustigung, aber sie nickt. »Dann los.«

Seite an Seite folgen wir Marlena Rykers in den Besprechungsraum, bereit, alles auf eine Karte zu setzen.

– 15 –
HENRY

Chicago ist furchtbar.

Es ist am ersten Tag furchtbar, als ich das Projekt sehe, in das ich laut meinem Vater investieren soll. Es ist am zweiten Tag furchtbar, als ich seinen Partnern erkläre, dass ich dieses Projekt nicht annehmen und nicht darin investieren werde.

Und es ist jetzt furchtbar, als ich einem Mann meine Gründe erklären muss, der absolut nicht versteht, warum ich das ausschlage, was er für Großzügigkeit hält.

»Das kann nicht dein Ernst sein, Henry.« Mein Vater wirft mir einen vernichtenden Blick zu. Einen Blick, den ich nur zu gut kenne. Er ist für die Menschen reserviert, die er nicht respektiert. Ich habe gesehen, wie er ihn Kellnern zugeworfen hat, meiner Tante, meiner kleinen Schwester, als sie als Teenager Reality-TV geguckt hat.

»Es ist mein Ernst. Du hast mich gebeten, herzukommen und mir das Projekt selbst anzuschauen. Das habe ich getan. Und ich bin nicht daran interessiert.«

Er stützt die Hände auf den Tisch. Der Teller vor ihm bleibt weiterhin unberührt, ist es schon, seit wir diese Unterhaltung begonnen haben. »Ich habe dir hiermit einen *Gefallen* getan, Junge. Piers und Rolfe haben mir geglaubt, als ich mich für dich verbürgt habe.«

»Das verstehe ich. Aber ich habe nie gesagt, dass das für mich eine beschlossene Sache ist. Ich habe dir erzählt, dass ich es selbst sehen will, bevor ich eine Entscheidung treffe.«

Sein finsterer Blick wird noch finsterer. »Du hättest wenigstens höflich sein können. Ich habe dich anders erzogen.«

Ich lege Messer und Gabel weg. Das Essen in meinem Mund schmeckt plötzlich nicht mehr. »Ich *war* höflich. Ich habe mir ihre Präsentationen angehört. Ich habe mir die Planungen angesehen. Die Finanzen. Ich habe alles sorgfältig und eingehend geprüft, bevor ich ihnen – aus Respekt vor dir auf sehr höfliche Art und Weise – gesagt habe, dass das Projekt nichts für mich und mein Studio ist.«

»New York hat dir den Kopf vernebelt. Du hast ein kleines Studio. Diese Prestigeprojekte, die du machst – die sind schön und gut, wenn du eine solide Basis hast, auf der du stehst.« Er schüttelt den Kopf. »Aber es sind solche Projekte wie dieses hier, die das Geld reinbringen. Genug Geld, um tausend von deinen Parks zu finanzieren. Glaubst du, du stehst über diesen Dingen?«

Dieses Gespräch führt zu nichts.

»Mein Studio, meine Entscheidungen«, sage ich in dem Wissen, dass es ihn tierisch ärgern wird. Er war derjenige gewesen, der mir einst gesagt hatte, ich würde mich erst weit nach oben arbeiten müssen, bevor er es in Erwägung ziehen würde, mit mir zusammenzuarbeiten.

Er schlägt mit der Hand auf den Tisch, so dass unsere Weingläser zittern und die Gäste an den Nebentischen uns neugierige Blicke zuwerfen. »Verdammt nochmal, Henry. Du bist kein Kind mehr, das mit irgendwelchen Modellen herumspielt. Es wird Zeit, bei den Großen mitzuspielen. Wir bauen, um Profit zu machen.«

Ich denke an Elliot Ferris und sein überhebliches Grinsen.

Ich denke an Faye und ihre wunderschönen Augen, die vor Freude über ein neues Designelement aufleuchten.

»Ich werde auf meine Weise bei den Großen mitspielen. Wenn du glaubst, ich würde solche Projekte für unter meinem Niveau halten, lass dir eines ganz klar gesagt sein: Sie sind es.« Ich hole Luft und beobachte, wie sein Blick eisig und distanziert wird. Er ignoriert meine Reaktion auf seine Missbilligung vollkommen. »Wir wissen beide, dass die Geschäftspraktiken von Piers and Rolfe widerlich sind, auch wenn du es nicht zugeben wirst. Leute auf die Straße zu setzen, die dort seit Jahrzehnten leben – das ist *verachtenswert*. Das Flächennutzungsgesetz wird in ein paar Monaten reformiert, und wenn es nicht zu ihren Gunsten ausfällt, hat das Projekt sowieso keine Chance. Ich bin der Meinung, du solltest dich auch davon zurückziehen, Dad.«

»Wie kommt es dann, dass meine eigenen Leute keine Haken an dem Ganzen gefunden haben? Warum bist du der Einzige?«

Das bezweifele ich. Die Leute, mit denen er sich umgibt, haben ein Talent dafür, Geld zu verdienen, nicht gute Entscheidungen zu treffen – aber das kann ich nicht sagen.

»Warum haben Piers and Rolfe nur dich gefragt?«, kontere ich. »Sie suchen nicht nach weiteren Investoren, oder?«

Er verschränkt die Arme vor der Brust und erwidert nichts. Er starrt mich einfach nur aus zusammengekniffenen grauen Augen an. Die Wut rollt in Wellen über ihn hinweg, donnernd und schwarz. Wir haben zwar noch längst nicht aufgegessen, aber es ist mehr als deutlich, dass das Abendessen vorbei ist.

»Du kommst zu Lilys Hochzeit nächstes Wochenende.«

Es ist eine Feststellung, keine Frage, trotzdem nicke ich. »Natürlich komme ich.«

»Es würde ihr das Herz brechen, wenn du nicht kämst.«

»Ich *komme*.« Das Letzte, was ich jetzt noch brauche, ist eine Predigt darüber, wie ich mich meinen jüngeren Geschwistern gegenüber zu verhalten habe, insbesondere Lily, deren Hochzeit ich um nichts in der Welt verpassen würde.

Seine Stirn liegt noch immer in Falten. »Rhys hat sich länger nicht gemeldet.«

»Es geht ihm gut. Er kommt natürlich auch.«

Dad nickt kurz. Seine Beziehung zu seinem mittleren Sohn war noch nie gut, und ich muss oft den Vermittler spielen. Einer der vielen Vorteile, der Älteste zu sein.

»Gut.« Er winkt der Kellnerin und verlangt mit einer universellen Geste die Rechnung. »Du solltest dich auf den Weg zum Flughafen machen.«

Ah, der Platzverweis also. Er ist immer noch angepisst.

»Das werde ich.«

Das Schweigen zwischen uns ist angespannt, während wir auf die Rechnung warten. Mein Vater setzt seine Unterschrift darunter – ich hüte mich, meine eigene Kreditkarte zu zücken, nur um dann wieder undankbar genannt zu werden –, und wir stehen auf. Ich bin einen Kopf größer als er, überrage ihn schon, seit ich sechzehn bin. Und es stört ihn immer noch.

»Bringst du eine Frau mit zur Hochzeit?«

»Ja.«

»Gut. Deine Mutter macht sich schon Sorgen. Es ist nicht normal, dass das jüngste Kind zuerst heiratet.«

»Ich habe ihr immer gesagt, sie soll sich da bezüglich mir keine zu großen Hoffnungen machen«, warne ich.

Dad winkt ab. »So ist sie halt. Jetzt entschuldige mich, ich muss heute Abend noch weiterarbeiten.«

Es fällt mir schwer, das mit unbewegter Miene hinzunehmen, aber es gelingt mir. »Okay. Bis nächstes Wochenende.«

Wir schütteln uns die Hände. Die Gefühle, die in ihm brodeln, sind ihm nur allzu deutlich anzusehen, von den angespannten Schultern bis zu dem missbilligenden Blick in seinen Augen, der sagt: *Undankbar. Nicht gut genug.*

Ich ignoriere es auf dem Weg zum Flughafen. Ich ignoriere es in der Lounge, wo ich mich stattdessen auf das Glas Whiskey in meiner Hand konzentriere. Meine Entscheidung steht. Ich habe keinerlei Zweifel. Das muss dieser unmögliche, unerträgliche Mann einfach in seinen Dickschädel bekommen. Aber trotz alledem wird der Flug zurück nach New York genauso furchtbar, wie der gesamte Trip war.

Im Wagen auf dem Weg ins Büro lese ich meine E-Mails. Die neueste ist von Marlena Rykers. Sie hat mir eine viel längere E-Mail von Priority Media weitergeleitet und selbst nur zwei kurze Sätze dazugeschrieben.

Der Pitch war erfolgreich. Das Priority-Media-Projekt gehört uns!

Ich muss grinsen, und ehe ich mich's versehe, rufe ich Faye im Büro an.

– 16 –
FAYE

Das *Pling* meines Computers sagt mir, ich hätte Post. Es ist eine E-Mail von Terri mit dem Betreff: WIR HABEN DAS PROJEKT! BEHALTE ES NOCH FÜR DICH. WIR SEHEN UNS MONTAG.

Das Grinsen, das sich auf meinem Gesicht ausbreitet, fühlt sich gigantisch an. Wir haben es geschafft. Es war zwar nicht mein Entwurf und ich war nur die Vertretung in letzter Minute, aber dennoch: *Wir haben das Projekt bekommen.*

Während ich noch die E-Mail lese, beginnt mein Telefon zu klingeln. Es ist Henry. Immer noch grinsend nehme ich den Hörer ab. »Hallo, Sir.«

»Ich habe gerade die guten Nachrichten erfahren«, sagt er. »Gut gemacht, Miss Alvarez. Das Projekt wurde an Marchand & Rykers vergeben.«

»Das Projekt war praktisch fertig, als ich dazukam.«

Seine Stimme klingt plötzlich dunkler. »Sie hatten eine Woche, um sich vorzubereiten, und haben abgeliefert. Nehmen Sie das Kompliment an.«

Ich spüre, wie ich rot anlaufe, sowohl aus Freude über das Projekt als auch über seine Worte. »Danke, dass Sie mir die Chance gegeben haben.«

»Das war kein Gefallen. Ich wusste, dass Sie es können.« Seine Worte klingen nett, aber es schwingt noch ein anderer Unterton mit. Ein zu scharfer.

»Sind Sie gerade in New York gelandet?«

»Ja.«

»Wie war es in Chicago?«

Das Zögern ist kaum auszumachen, doch es ist da. »Es ist vorbei.«

Ah, also hat er das Angebot abgelehnt.

Ich sollte nicht nachbohren, aber dann denke ich daran, was er mir neulich erzählt hat, über das Gewicht, das auf seinen Schultern lastet. Nicht alles zu wissen, ist keine Entschuldigung dafür, sich nicht darum zu kümmern.

»Wie hat es Ihr Freund aufgenommen?«

Ein weiteres Zögern. »Nicht besonders gut.«

Das Schweigen zwischen uns zieht sich hin. Ich weiß, was ich einem Freund in dieser Situation sagen würde – kein Problem. Nicht jedoch meinem Chef, der manchmal so professionell ist, dass es an Unhöflichkeit grenzt, und manchmal so vertraut, dass ich das Gefühl habe, wir wären Freunde.

»Sie mussten Ihrer Intuition folgen«, sage ich schließlich. »Mehr kann man nicht machen. Und fürs Protokoll: Ich finde, Sie haben die richtige Entscheidung getroffen.«

Er räuspert sich. Ein männlicher Laut, der tief aus der Kehle kommt. Es ist so einfach, sich seine Lippen direkt an meinem Ohr vorzustellen, seine tiefe Stimme wie raue Seide. »Ich bin gleich im Büro.«

»In Ordnung.«

Und dann legt er auf. Ich lasse mich zurück in meinen Stuhl sinken und sehe auf die Uhr. Anscheinend muss ich heute auch länger arbeiten. Dieses Mal aber freiwillig. Ich konzentriere mich auf die Spesenabrechnungen. Auf die Tagesordnung des Treffens mit den hausinternen Architekten nächste Woche. Auf Henrys Terminkalender. Aber als der Aufzug schließlich mit einem *Pling* seine Ankunft ankündigt und er den Flur entlang auf mich zukommt, trommelt mein Herz wie wild in meiner Brust.

Ich bin mir sicher, dass er auf jeden anderen wie immer wirken würde. Seine Frisur sitzt, sein Anzug ist selbst nach dem Flug noch makellos. Seine breiten Schultern symbolisieren Stärke – die Fähigkeit, die Welt zu tragen.

Aber als sein Blick meinen trifft, wird mir augenblicklich klar, dass etwas nicht stimmt.

»Sir?«

Er schließt kurz die Augen und kneift sich in den Nasenrücken. Ich weiß, was jetzt passieren wird. Er wird mir sagen, ich solle nach Hause gehen, meinen Freitagabend genießen, und dann wird er sich selbst in seinem Büro einschließen, wie er es so häufig tut. Weit weg vom Leben, von Essen und Gelächter und Gesprächen. Ob er Freunde hat? Falls ja, habe ich noch keinen von ihnen gesehen.

Er nickt in Richtung seiner Bürotür. »Kommen Sie mit.«

»Natürlich.«

Mit weichen Knien stehe ich auf und folge ihm. Er geht direkt zum Bücherregal, öffnet einen der kleineren Schränke und holt eine halb volle Flasche mit bernsteinfarbenem Schnaps heraus.

»So schlimm war der Trip?«

Henry guckt über die Schulter zu mir herüber. Die Falte zwischen seinen Brauen sieht aus wie in seine Haut eingemeißelt. »Sie hatten recht.«

»Ja?«

»Wegen des Chicago-Projekts. Es war unmoralisch.«

Ich lasse mich auf einen der Stühle am Besprechungstisch sinken. Ich habe den Tisch noch nie voll gesehen. Meistens führt

Henry Vier-Augen-Gespräche. »Ich erinnere mich nicht, eine so starke Meinung zum Ausdruck gebracht zu haben.«

»Hm«, macht er. »Haben Sie aber. Es stand Ihnen deutlich ins Gesicht geschrieben, als wir darüber geredet haben.«

»Aber Sie wussten es auch schon vorher.«

Henry schenkt sich einen Fingerbreit Whiskey ein. Die Emotionen, die von ihm ausgehen, kann ich nicht ganz zuordnen. »Wollen Sie auch einen?«

»Ich bin im Dienst.«

Er wirft mir einen ungläubigen Blick zu. »Es ist Freitagabend. Sie sollten längst zu Hause sein.«

Ich befeuchte meine Lippen. Das hier ist eine Seite an ihm, die ich noch nicht kenne. Er wirkt leicht aus der Balance gebracht. Die Risse in seiner Rüstung deuten auf tiefe Emotionen und Leidenschaft.

»Vielleicht. Aber ich hatte noch zu tun.«

»Hm«, macht er wieder. Der Ton kommt tief aus seiner Kehle. Ich sehe zu, wie er ein weiteres Glas Whiskey einschenkt. »Sie sind eine der effizientesten Assistentinnen, die ich je hatte. Irgendwie bezweifele ich das.«

Ich lehne mich auf dem Stuhl zurück und beobachte, wie er beginnt, sich beiläufig und dennoch gewissenhaft die Ärmel hochzukrempeln. Zentimeter für Zentimeter gebräunter, muskulöser Unterarm kommen zum Vorschein.

Peinlich berührt davon, dass er anscheinend weiß, dass ich seinetwegen länger geblieben bin, ignoriere ich die Anspielung. »Aber Effizienz reicht nicht, wenn Sie sie immer wieder feuern.«

Er sieht mich an, sagt jedoch nichts, sondern stellt einfach nur das Glas vor mir hin. Er hat wieder diesen herausfordernden Blick aufgesetzt. Ich halte ihm stand, während ich an dem Whiskey nippe. Er brennt in meiner Kehle, aber ich lasse es mir nicht anmerken. Seine Augen verdunkeln sich.

»Sie haben mich doch nicht für eine Frau gehalten, die nur bunte Cocktails trinkt, oder?«

Er lehnt sich mit verschränkten Armen an seinen Schreibtisch. Es ist unmöglich, seine Statur nicht wahrzunehmen – er ist so viel größer und kräftiger als ich. »Doch, aber Sie sind viel zu ehrgeizig, um es zuzugeben.«

»Man soll nicht von sich auf andere schließen.«

»Sie kennen sich mit Fakten aus«, sagt er. »Dann lassen Sie mal hören.«

Ich lecke mir über die Lippen und lasse den Blick von seiner einschüchternden Gestalt über die Bücher im Regal, quer durchs Zimmer bis hin zu dem Modell in der Ecke schweifen, an dem er immer so hingebungsvoll arbeitet.

»Sie könnten jede Frau zur Hochzeit Ihrer Schwester nächste Woche mitbringen«, sage ich. »Das ist ein Fakt.«

»Fragwürdig.«

»Meine Frage ist: warum ich?«

»Das habe ich Ihnen doch gesagt. Die Deadline für das Opernhaus ist in weniger als drei Wochen. Wir müssen so viel wie möglich ungestört daran arbeiten.«

Ich schnaube und sehe auf das Glas in meiner Hand hinunter, anstatt ihm ins Gesicht zu schauen. Mein Herz klopft rasend schnell. »Und Sie wollen, dass ich Ihr Date spiele.«

»Ja.« Er zieht das Wort in die Länge.

»Und was habe ich davon?«

Er zögert. »Miss Alvarez?«

»Ich arbeite als Ihre persönliche Assistentin. Sie zu der Founders' Gala zu begleiten, war bereits ein Gefallen von meiner Seite. Warum sollte ich so intensiv an Ihrem Projekt mitarbeiten, dass ich sogar mein Wochenende dafür opfere? Ich werde Ihre Freunde und Ihre Familie anlügen müssen, wissen Sie?« Ich hebe mein Glas in seine Richtung, und meine Stimme nimmt Fahrt auf, als ich sehe, wie sich seine Augen verengen. Gut. Ich will ihn in der Defensive. Das macht es leichter, zu ignorieren, wie sehr ich mich von ihm angezogen fühle. »Soweit ich das beurteilen kann, geht das weit über die übliche Jobbeschreibung meiner Stelle hinaus.«

Er hüllt sich in Schweigen, hat die Arme vor der Brust verschränkt und kneift jetzt noch mehr die Augen zusammen. Ich sollte weggucken. Sein Blick ist zu intensiv. Aber ich kann nicht. Wie ein Kaninchen vor der Schlange.

»Gut«, sagt er schließlich.

»Gut?«

»Sie stehen für sich selbst ein. So sollte es sein. Sehr gut. Sagen Sie mir, was Sie wollen.«

Eine Verhandlung.

Ich stehe auf und gehe zu seinem Kopierer hinüber. Ich versuche, Zeit zu schinden, denn die brauche ich unbedingt. Meine Gedanken rasen. Er sieht schweigend zu, wie ich nach einem Blatt Papier greife.

Und dann tue ich das Unvorstellbare. Ich setze mich an seinen Schreibtisch. Auf seinen Stuhl. Ohne hochzusehen, um zu gucken, ob er Einspruch erhebt, greife ich nach einem seiner Kugelschreiber und beginne zu schreiben.

Ich höre, wie er um den Schreibtisch herumgeht. Er beugt sich über meine Schulter und sieht zu, wie ich schreibe. Sein Duft – nach Aftershave, Mann und Leder – bringt mich fast aus der Fassung. *Konzentrier dich, Faye.*

»Sehr offiziell«, kommentiert er.

»Warum nicht?« Ich unterstreiche den Titel. Ich setze hier einen umfassenden Vertrag auf, einen, bei dem man mich nicht erneut ausnutzen wird.

»Exzellente Handschrift.«

Ich verkneife mir das Lächeln und schreibe weiter. Unter Vertragspartner setze ich zuerst meinen vollen Namen. *Faye Lucinda Alvarez.*

Dann seinen. Nach *Henry* zögere ich. Ich sollte wissen, ob er einen Zweitnamen hat, oder?

Henry weiß genau, warum ich innehalte. »Lassen Sie ihn weg.«

»Haben Sie keinen, oder wollen Sie ihn mir nicht verraten?«

»Das ist irrelevant.«

Ich nicke und schreibe weiter. »Also wollen Sie ihn mir nicht verraten. Sie wissen aber, dass ich mir jetzt erst recht das Schlimmste vorstelle.«

»Das denke ich mir«, sagt er trocken.

Ich lehne mich zurück und sehe zu ihm hoch. Er starrt unbewegt auf mich hinunter, die Hände auf die Stuhllehne gelegt. »Zu meinen Bedingungen: Ich will, dass mein Name im Zusammenhang mit dem Opernhaus erwähnt wird.«

Sofort wird seine Miene ablehnend.

Ich hebe die Hand. »Bevor Sie Nein sagen: Ich versuche hier nicht, irgendetwas an mich zu reißen. Es ist Ihr Projekt. Aber ich habe ein paar Änderungen gemacht, und ich möchte, dass das anerkannt wird. Sie können mich als Junior-Architektin angeben. Als Assistenz-Architektin. Aber bei der Abgabe erscheint mein Name.«

Das Lodern in seinen Augen wird weniger und verschwindet schließlich. »Ich bin nicht Elliot Ferris.«

»Das weiß ich.« Die beiden Männer haben wirklich absolut nichts gemeinsam. »Aber ich will Klarheit. Nichts Uneindeutiges.«

»Ihr Name wird im Angebot stehen, inklusive Ihres Zweitnamens«, sagt er. »Junior-Architektin in assistierender Funktion. Ist das akzeptabel?«

»Ja.« Ich tippe mit dem Kugelschreiber auf die Tischplatte. Er hat viel zu bereitwillig zugestimmt.

»Reicht Ihnen das als Ansporn, das Projekt fertigzustellen?«

»Ja.« Ich runzele die Stirn, denke an die Zukunft und meine unsichere Position hier. Ich kann nicht für immer als persönliche Assistentin arbeiten. »Nein. Wenn Sie das Projekt tatsächlich gewinnen, möchte ich, dass Sie darüber nachdenken, mich als eine der Junior-Architektinnen an Bord zu holen, die den Bau leiten.«

Er nickt langsam. Das Licht fällt auf die scharfe Silhouette seines Kiefers und den Hauch eines Bartschattens, der sich darauf abzeichnet. »Ich werde darüber nachdenken.«

»*Ernsthaft* darüber nachdenken.«

Was auch immer da gerade in seinen Augen aufblitzt, ist nichts Erfreuliches. Habe ich irgendwie seine Ehre infrage gestellt? Aber ich muss an alles denken. Und ich weiß genau, wie es in dieser Branche läuft …

»Ja. Ich denke ernsthaft darüber nach. Ich bin nicht Elliot Ferris«, wiederholt er.

»Und bezüglich dieser Hochzeitssache …«

»Das machen wir, damit wir nicht mehrere Tage Arbeit am Projekt verlieren.«

»Ja, genau.« Meine Hand hält über dem Papier inne, und ich sehe zu ihm hoch. Er ist mir so nahe. Die Hand auf der Rückenlehne des Stuhls ist nur wenige Zentimeter von meinem Gesicht entfernt. Groß und gebräunt und kräftig und stark.

Konzentration.

»Was genau erwarten Sie diesbezüglich von mir? Dass wir so tun, als wären wir ein Paar?«

»Sie wollen Spielregeln haben?«

»Ja.«

Er schnaubt. »Wir gehen miteinander aus, die Hochzeit meiner Schwester findet statt, und ich habe Sie eingeladen.«

So wie er das sagt, klingt es simpel. Als würde er jede Frau, mit der er ein paar Mal ausgegangen ist, nach Lust und Laune einfach so mal eben seiner gesamten Familie vorstellen. Bin ich verrückt, weil ich das Gefühl habe, es wäre eine große Sache? Ich weiß, dass es nichts bedeutet, aber der Gedanke daran macht mich trotzdem nervös.

»Also spiele ich eine Rolle.«

»Wenn Sie es so sehen wollen. Ja.«

»Wir können nicht erwähnen, dass wir zusammenarbeiten.«

»Nein.«

»Und das ist wirklich okay für Sie? Ihre Familie zu täuschen, nur damit wir mehr Zeit haben, an dem Modell zu arbeiten?« In meiner Stimme klingt keine Kritik mit, nur Verwunderung. Ich denke an meine eigenen Eltern, die so hart gearbeitet haben, damit ich aufs College gehen kann. An ihr glückliches Lächeln. Sie haben bisher keinen meiner Freunde kennengelernt. Was für eine Beziehung hat Henry zu seinen Eltern?

Er starrt mich an. Ich merke, dass meine Worte ins Schwarze getroffen haben. Seine Miene wirkt angestrengt professionell.

»Halten Sie mich wieder für unmoralisch?«

Am liebsten würde ich unter diesem Blick schrumpfen, mich drehen und winden, mich verstecken. Doch ich halte ihm stand.

»Nein, aber ich glaube, ich bin nicht über die ganze Geschichte im Bilde.«

Er nickt einmal kurz, und sein volles Haar fällt ihm dabei in die Stirn. Meine Hand würde es am liebsten zurückstreichen, um zu prüfen, ob es sich so weich anfühlt, wie ich es mir vorstelle.

»Sie sind scharfsinnig.«

»Das ist das dritte Kompliment, das Sie mir heute Abend machen. Sind Sie sicher, dass es Ihnen gut geht?«

Seine Augen leuchten auf, und die Spannung zwischen uns lässt ein wenig nach. Sein Blick wandert von mir zu dem Vertrag auf dem Tisch. »Stellen Sie den Vertrag fertig, Miss Alvarez.«

Ich schreibe die Bedingungen und Konditionen nieder, die wir besprochen haben. Es ist schwer, sich in seiner Gegenwart auf das Schreiben zu konzentrieren, so überlebensgroß, wie er sich hinter mir aufgebaut hat.

»Und die Vergütung«, wirft er ein. »Sie werden für die Überstunden bezahlt, die Sie an dem Wochenende machen.«

Ich füge es hinzu. »Nehmen wir unsere Büro-Laptops mit?«

»Ja. Brauchen Sie ein Kleid?«

Die Frage lässt mich innehalten. »Für die Hochzeit?«

»Ja.«

»Ich weiß nichts über den Dresscode oder die Location. Oder über irgendetwas sonst, wenn wir schon dabei sind. Bleiben wir im Land?«

Seine Lippen zucken belustigt. »Ja. Die Zeremonie ist drinnen, die Feier draußen. Abendgarderobe. Sie tun mir einen Gefallen, also bezahle ich auch, wenn Sie ein Kleid für den Anlass benötigen.«

Ich schlucke. Das hier läuft schneller aus dem Ruder, als ich befürchtet habe, und diese ganze Sache mit dem Vertrag war auch noch meine Idee.

Meine Hand hält unter meinem Namen inne. Noch nicht ganz bereit zu unterschreiben. »Eine letzte Sache noch.«

»Schießen Sie los.«

»Was auch immer an diesem Wochenende passiert – ich möchte nicht, dass es Einfluss auf Ihre Beurteilung meiner beruflichen Leistung hat, wenn Sie nach den sechs Wochen Probezeit darüber nachdenken, mich fest einzustellen.«

Er schweigt. Meine Worte haben eingeschlagen wie eine Atombombe, und mir wird erst klar, wie man sie auch verstehen könnte, als ich seinen überraschten Blick sehe.

»Was ich damit sagen will, ist – «

»Ich weiß. Stattgegeben.« Er deutet mit dem Kinn auf das Blatt Papier vor mir. »Zeit für Ihre Unterschrift, Miss Alvarez.«

Ich lecke mir über die Lippen. Ich hätte noch eine Million weiterer Dinge miteinbeziehen können, nur um zu gucken, ob er sie mir gewährt. Das hier ist eine gute Gelegenheit für mich. Und es ist leichtsinnig und unprofessionell und verrückt. Und irgendwie habe ich den Verdacht, dass ich auch dann zur Hochzeit seiner Schwester gehen wollen würde, wenn er meine Bedingungen abgelehnt hätte, nur um einen Blick hinter Henrys Fassade zu erhaschen.

»Kommen Ihnen doch Zweifel?«

Ich unterschreibe mit Schwung und schiebe ihm den Vertrag hin. »Niemals.«

Mit gekräuselten Lippen beugt er sich über das Papier, um zu unterschreiben. Dabei kommt sein Gesicht meinem so nahe, dass ich die Hitze seiner Haut spüre. Mit kräftigen Zügen unterschreibt er den Vertrag.

»So«, murmelt er. »Wir haben also eine Abmachung.«

»Mhm.«

»Die Verhandlungen waren gar nicht so schwierig, oder?«

Aus dieser Nähe wirken seine Augen überwältigend grün, nur unterbrochen von einigen hellbraunen Sprenkeln. Er sieht auf meine Lippen herunter, und mein Gesicht bewegt sich wie von selbst auf ihn zu wie eine Sonnenblume auf das Sonnenlicht.

Er beugt sich noch näher herab, die Hitze seines Atems streift meine Lippen. Das Adrenalin, das von unseren Vertragsverhandlungen noch immer in meinen Adern pulsiert, lässt mein Blut jetzt förmlich brodeln. Wir sind uns zu nahe. Wir sind uns nicht nahe genug.

Und dann treffen sich unsere Lippen.

Es fühlt sich an, als würde ein Damm gebrochen von einer Macht, die stärker ist als wir beide. Meine Selbstbeherrschung schmilzt dahin und löst sich auf wie Nebelschwaden. Von Henrys Seite spüre ich keinerlei Zögern. Seine Lippen pressen sich nachdrücklich gegen meine, verlangend, und mein Mund gehorcht. Ich erhöhe den Einsatz und lasse meine Zunge leicht über seine Unterlippe gleiten.

Er stöhnt auf, und als der Kuss intensiver wird, löst sich etwas in mir. Das Einzige, was noch wichtig ist, sind er und ich und diese Verbindung. Er schmeckt nach Whiskey und Hitze und küsst mich so leidenschaftlich wie ich ihn. Schwielige Finger neigen meinen Kopf noch weiter nach hinten, bevor sie sanft über meine Wange streichen. Eine unerwartet zärtliche Berührung, die sich kühl auf meiner brennenden Haut anfühlt.

Schließlich beendet Henry den Kuss und richtet sich in einer plötzlichen Bewegung auf.

Ich starre zu ihm hinauf, und er starrt zu mir herunter.

»Verdammt«, sagt er leise. Die Hand auf dem Schreibtisch ballt sich zur Faust. Seine Kieferknochen arbeiten, die professionelle Rüstung bekommt Risse. »Das ist … unpassend.«

Meine Kehle ist trocken. An der Stelle, an der eben noch seine Hand auf meiner Wange lag, fühlt sich die Haut heiß an. *Unpassend* ist ein schwaches Wort für das Verlangen, das durch meinen Körper pulsiert. »In der Tat.«

Sein Blick bohrt sich wieder in meinen. Es ist mir unmöglich, wegzuschauen, wenn er so lodert wie jetzt. »Das war nicht geplant. Dafür habe ich dich nicht eingestellt.«

»Ich weiß«, entgegne ich, auch wenn mir das tatsächlich nicht klar war. Nicht, bis er es eben gesagt hat. Etwas in mir entspannt sich.

»Faye«, sagt er. Meinen Vornamen aus seinem Mund zu hören, lässt mich vor Wonne erschaudern. »Ich habe eine Grenze überschritten. Das tut mir leid. Was auch immer du jetzt tun willst – du hast meine volle Unterstützung. Aber ich will, dass du weißt, das wird nie wieder passieren.«

Eine Welle der Enttäuschung steigt in mir auf, ungebeten, jedoch unaufhaltbar. Nie wieder von ihm berührt zu werden, ist absolut nicht das, was ich will, egal, wie unpassend es aufgrund unserer beruflichen Beziehung wäre.

Henrys Augen weiten sich, während er mein Gesicht studiert. »Das wolltest du nicht hören«, murmelt er.

Es ist unvernünftig. So riskant.

Aber ich zucke mit den Achseln. »Vielleicht nicht. Bist du sicher, dass du dich fernhalten kannst?«

Sein Blick lodert wie flüssige Glut, und ich schaffe es nicht, wegzusehen. Das konnte ich bei ihm noch nie. Die Spannung zwischen uns lädt sich immer mehr auf, bis ich spüre, wie sie über meine Haut tanzt und meine Nerven in Brand steckt. *Leben*, flüstert mein Körper, wie er es so oft tut, wenn Henry in der Nähe ist. *So fühlt es sich an zu leben.*

»Du verhöhnst mich. Bist du sicher, dass das weise ist, Faye?«

Ich befeuchte meine Lippen und schlucke, weil sich meine Kehle plötzlich noch trockener anfühlt. Offenbar hat unsere Geschichte längst begonnen – klopfende Herzen, der Duft seines Rasierwassers und verbotene Küsse in Büros –, doch ich merke es erst jetzt, als ich schon mittendrin bin.

»Weisheit kommt mit dem Alter, also verlasse ich mich da auf dich.«

Henry zieht eine Augenbraue hoch, und ein Lächeln umspielt seine vollen Lippen. Dieser Mann ist sowieso schon unverschämt gut aussehend, und jetzt, wo ich seinen Mund noch immer auf meinem spüre …

»Das ist gefährlich. Ich glaube, ich habe bewiesen, dass ich diese besondere Situation nicht gerade unter Kontrolle habe.« Er sieht auf die Tischplatte hinunter, wo seine Hand direkt neben meiner liegt. Unsere Körper berühren sich nicht, aber die Luft zwischen uns fühlt sich an wie elektrisch aufgeladen und scheint unendlich viele Möglichkeiten bereitzuhalten. »Genauso wenig wie du anscheinend.«

Es ist eine Frage – wenn auch als Feststellung formuliert. Und ich weiß, dass ich jetzt die Möglichkeit hätte, zu gehen, die richtige Entscheidung zu treffen, seine Bürotür hinter mir zu schließen und am Montag weiterzumachen, als wäre nie etwas passiert. Das bietet er mir gerade an.

Wir können so tun, als hätten wir diese Grenze nie überschritten.

»Es ist unpassend«, wiederhole ich. »Ich glaube, es ist ein bisschen so wie ein Wettstarren. Wir werden einfach rausfinden müssen, wer von uns zuerst wegsieht.«

»Aber natürlich«, murmelt er. »Du bist genauso ehrgeizig wie ich.«

»Das vergisst du immer wieder.«

»Auf eigenes Risiko, offensichtlich.« In seinen Augen funkelt etwas auf, etwas, das ich nicht zuordnen kann. Dunkle Genugtuung verbindet sich in meinem Magen mit Freude. Er beugt sich zu mir herunter, nahe genug, um mich glauben zu lassen, er würde mich vielleicht wieder küssen. Meine Augen schließen sich reflexartig. Was immer er will, ich bin dabei. In mir ist kein Funken gesunden Menschenverstands oder Widerstandskraft mehr vorhanden.

Ich höre sein tiefes Lachen. »Ich habe schon mal gesagt, dass ich nie verliere. Gehen Sie nach Hause, Miss Alvarez. Am Montag fangen wir noch mal neu an.«

Dieser verdammte Mistkerl. Ich öffne die Augen und sehe ihn lächeln. Er denkt, er hätte mich am Schlafittchen.

Ich stehe langsam auf, wobei meine Hüfte seine streift, und im Vorbeigehen lasse ich die Hand seinen Unterarm hinabgleiten. Er kneift die Augen zusammen. Sein Lächeln ist jetzt vollständig verschwunden und purem Verlangen gewichen. »Gute Nacht, Mr. Marchand«, sage ich. »Ein schönes Wochenende.«

Ich spüre seinen Blick auf mir, bis die Tür hinter mir zufällt.

– 17 –
HENRY

Das Fitnessstudio war mal meine Ruheoase.

Wenn ich Gewichte gehoben, an der Beinpresse gearbeitet oder Kilometer auf dem Laufband abgerissen habe, habe ich einfach an nichts gedacht. Es gab nur mich und mein Ziel. Mehr zu heben, länger zu laufen.

Diese friedlichen Zeiten sind vorbei. Seit Freitag – wenn ich ehrlich zu mir selbst bin, bereits seit Längerem – wandern meine Gedanken zu Faye, wann immer sie die Chance bekommen. Dann spielt es auch keine Rolle, dass es sieben Uhr morgens ist oder mir schon vor Anstrengung die Lunge wehtut.

Ich hätte sie nicht küssen sollen, denke ich zum hundertsten Mal. Was ist nur in mich gefahren? Ich bin kein geiler Teenager, und ich bin auch nicht Elliot Ferris, trotzdem … habe ich sie geküsst, in meinem Büro, an meinem eigenen verdammten Schreibtisch.

Ich stelle den Steigungswinkel am Laufband noch ein bisschen höher. Das hier ist der Teil meines Trainingsprogramms, den ich am meisten hasse, aber ich lasse ihn trotzdem nie aus. Dinge zu tun, die ich nicht tun will, ist mein Spezialgebiet. Dinge anzupacken. Regeln zu befolgen, an die eigenen Grenzen zu gehen, Dinge, wie das persönliche *Vergnügen* dem größeren Plan unterzuordnen. In meiner Familie bekommt man Selbstdisziplin praktisch mit der Muttermilch eingeflößt.

Und doch hat Faye sie mit nur einem Blick ins Wanken gebracht.

Diese verdammte Frau. Sie ist genauso stur wie ich, hat keine Angst, ihre Meinung zu sagen, und sie weiß ganz genau, wie man Grenzen auslotet. Keine Frau, mit der ich je etwas hatte, hätte sich so verhalten wie sie am Freitag – einen Vertrag aufgesetzt. Sich an meinen Schreibtisch gesetzt. Ihre Zukunft ausgehandelt.

Ich laufe, bis mir die Beine fast wegsacken, bis mir die Lunge aus der Brust zu springen droht. Es ist, als wollte ich mir die Selbstdisziplin beweisen, die Faye am Freitag versuchte zu zerstören. Stein auf Stein werde ich die einzelnen Schichten wieder aufbauen müssen. Sie hat mich herausgefordert, mich von ihr fernzuhalten. Ich werde gewinnen, und es wird mir höllisch Spaß machen, mit ihr auf diesem schmalen Grat zu wandern.

Als ich ins Büro komme, ist fast noch niemand da. Wie üblich. Ich verbringe die ersten zwei Stunden damit, am Opernhaus zu arbeiten und E-Mails zu beantworten. Unendlich langsam schieben sich die Zeiger der Uhr in Richtung zehn, wenn Faye mit ihrem Laptop unterm Arm vor meiner Tür stehen wird, bereit für unser Montagsmeeting.

Meine Selbstkontrolle hat der freudigen Erwartung in mir nichts entgegenzusetzen, wie es scheint.

Um Punkt zehn Uhr klopft sie an meine Bürotür. Heute ist sie ein Traum in Rot in einem figurbetonten Kleid mit dazu passendem Blazer. Ihre Haare trägt sie zum Pferdeschwanz gebunden.

Der Blick, den sie mir zuwirft, ist unentzifferbar. Ich erwidere ihn, und wir starren uns an, bis sie schließlich lächelt. Das Lächeln löst etwas in meiner Brust – den Teil von mir, der unsicher war, wie sie sich nach Freitag in meiner Gegenwart verhalten würde.

»Okay«, sagt sie. »Sollen wir anfangen?«

Wir gehen ihre Liste mit Dingen für die kommende Woche durch. Viel steht nicht drauf, schließlich werden wir beide am Donnerstag und Freitag nicht im Büro sein. Ich verspüre den überwältigenden Drang, sie diesbezüglich zu triezen.

Schließlich klappt Faye ihren Laptop zu und streicht sich eine entflohene Haarsträhne hinters Ohr. »Eine Sache gibt es noch.«

»Ja?«

»Ich will mehr Informationen zum Wochenende. Wenn ich dein Date sein soll, will ich wissen, worauf ich mich einlasse. Dauert diese Hochzeit wirklich vier Tage?«

Ich lehne mich in meinem Stuhl zurück. »Ja und nein. Es kommen Leute von außerhalb, und deshalb stehen von Freitag bis Sonntag Sachen auf dem Programm. Abendessen, Spiele, Brunch, so etwas.«

»Und am Donnerstag?«

»Abendessen mit meiner Familie.«

Ich sehe ihr an, dass sie überrascht ist. Interessant. »Okay«, sagt sie, aber ihre Stirn ist leicht gerunzelt.

»Du willst noch mehr Informationen.«

Sie macht eine Geste, als wollte sie sich das Haar zurückstreichen, hält jedoch auf halbem Wege inne, als erinnerte sie sich plötzlich daran, das bereits getan zu haben. »Ja. Ich plane gerne. Ich organisiere. Was, wenn man uns fragt, wie wir uns kennengelernt haben? Wo arbeite ich, wenn wir nicht zusammenarbeiten? Ich brauche Details.«

Ich unterdrücke ein Lächeln. »Du willst ganz sichergehen.«

»Ja.«

Ich sehe von ihr hinüber zur Bürotür, um sicherzustellen, dass sie auch wirklich geschlossen ist, trotzdem fühle ich mich nicht wohl, hier darüber zu reden. An dem Ort, an dem wir beide professionell sein müssen. »Komm heute Abend bei mir vorbei«, sage ich stattdessen. »Dann machen wir einen Schlachtplan, und du kannst alles fragen, was du willst.«

Ihre Augen weiten sich. »Bei dir zu Hause?«

»Ja.«

Es ist riskant, aber ich muss uns beiden beweisen, dass wir das Richtige tun – dass wir die Finger voneinander lassen können. Das *ich* immer noch Selbstkontrolle besitze.

Sie kneift die Augen zusammen. »Ich verstehe, was du vorhast.«

»Wirklich? Und was habe ich vor?«

Sie schüttelt den Kopf. »Spielt keine Rolle. Ich werde da sein. Um sieben?«

»Ja. Ich gehe davon aus, dass du die Adresse hast?«

Faye steht auf, und unsere Blicke treffen sich einen langen, atemlosen Moment lang. »Ja«, sagt sie. »Ich habe sie. Glaubst du, wir schaffen das?«

»Zu zweit allein zu sein?«

Sie nickt und klemmt sich den Laptop unter den Arm. Ich fahre mit der Hand die Tischkante meines Schreibtischs entlang und sehe ihr direkt in die Augen. »Du hast uns vor die Herausforderung gestellt, die Finger voneinander zu lassen. Wenn ich mich richtig erinnere, hast du auch behauptet, du würdest gewinnen.«

Ein Grinsen umspielt ihre Mundwinkel. Ein Grinsen, das mich dazu bringt, ebenfalls grinsen zu wollen. »Habe ich«, sagt sie. »Wir werden sehen, wer gewinnt.«

— • —

Pünktlich um sieben steht Faye vor meiner Wohnungstür.

Ihre Haare fallen ihr offen und lang über die Schultern. Schwarze Strähnen umrahmen ihr Gesicht. Für so eine kleine Frau hat sie eine riesige Präsenz. Wenn sie da ist, will ich nichts anderes anschauen.

Sie nickt mir sachlich zu und geht an mir vorbei. »Das ist also deine Wohnung.«

»Ja.«

»Nicht weit vom Büro.«

»Praktisch.«

Sie hängt ihre dünne Jacke auf einen der Haken im Flur und geht dann wie selbstverständlich ins Wohnzimmer. Ich bleibe etwas zurück und beobachte stumm, wie sie sich umsieht. Ihre wilde Schönheit lässt meine neutral gestaltete Wohnung langweilig wirken.

»Ha«, sagt sie schließlich. »Sie ist ganz anders, als ich erwartet hätte.«

»Inwiefern?«

Sie bleibt am Couchtisch stehen, und ihr Blick wandert zu einem großen Buch über römische Architektur der Antike hinüber. »Sie hat … Persönlichkeit.«

Ha. Amüsiert vergrabe ich die Hände in den Hosentaschen und sehe sie einfach nur an. Sie schaut hoch und scheint sich ihrer Worte bewusst zu werden. »Sorry. Das kam nicht so raus, wie ich es gemeint habe.«

»Das höre ich nicht zum ersten Mal«, sage ich. Mein angeblicher »Mangel an Persönlichkeit« ist immer wieder Thema bei Freunden und Verwandten. *Mach dich mal locker. Lächele. Warum so ernst?*

»Warst du schon mal dort?«, frage ich und deute mit dem Kinn auf das Buch.

»In Italien? Nein.«

»Es würde dir gefallen.«

Ein kleines, verträumtes Lächeln huscht über ihr Gesicht. Es verändert ihre Mimik und lässt ihre Alarmbereitschaft kurzzeitig verschwinden. »Daran habe ich keinen Zweifel«, murmelt sie.

Sie ist so wunderschön, wenn sie die Deckung fallen lässt, und das brennende Verlangen, das ich verspüre, kenne ich so nicht von mir. Ich möchte diese weiche Seite an ihr wieder und wieder zum Vorschein bringen, in ruhigen Momenten, wenn wir ganz unter uns sind.

Ich räuspere mich. »Ein Glas Wein, und dann fangen wir mit deinen Fragen an. Weiß?«

»Ja, bitte.«

Sie lehnt sich gegen die Kücheninsel, während ich den Weinkühlschrank öffne und eine Flasche Sancerre heraushole. Er ist leicht und unkompliziert, das genaue Gegenteil von dem Gespräch, das wir gleich führen werden, da bin ich mir sicher.

»Also ...«, fängt sie an.

»Also«, wiederhole ich und öffne die Flasche. »Einigen wir uns auf eine Geschichte. Das willst du doch, oder?«

Sie setzt sich auf einen der Barhocker an der Kochinsel und lässt eine Hand über die Marmorplatte gleiten. »Kochst du?«

»Manchmal«, antworte ich ruhig.

»Diese Küche ist penibel sauber. Hast du sie mit Bleiche geschrubbt, bevor ich kam?«

»Die Reinigungskraft kommt zweimal die Woche.«

Sie nickt, als hätte sie nichts anderes erwartet, und lässt den Blick schweifen. Über den offenen Kochbereich, die großen Fenster, die Sofas, die einladend im Wohnzimmer warten. Ich frage mich, was sie von meiner Wohnung hält – was sie über mich aussagt. Schließlich sind wir Architekten. Formen und Silhouetten sind nie rein funktionell.

»Wo ist die Hochzeit?«

»In Paradise Shores«, antworte ich. »Das ist ein Küstenstädtchen in New England.«

»Ah«, macht sie. Ein winziges Wort, das so viel aussagt. Ich kann mir gut vorstellen, was sie denkt. Sie nimmt das Weinglas entgegen, das ich ihr reiche, und dreht nachdenklich den Stiel zwischen den Fingern hin und her. »Glaubst du, ich passe da ins Bild?«

Ich wäre nie darauf gekommen, sie könnte nicht passen. »Absolut.«

»Bist du dort aufgewachsen?«

»Ja.«

Sie gleitet vom Barhocker hinunter und geht mit dem Weinglas in der Hand zu den großen Sofas, die im angrenzenden Wohnzimmer stehen. Sie sind alle grau. In der ganzen Wohnung ist kaum eine andere Farbe zu sehen. Ich schaue zu, wie sie eine Hand über die hohe Rückenlehne gleiten lässt. »Wenn wir das machen wollen, müssen wir mehr übereinander wissen.«

Ich bedeute ihr mit einer Geste, sich zu setzen. Sie nimmt Platz – so weit entfernt von mir wie möglich. Clever. Trotz der Distanz ist sich mein Körper schmerzhaft dessen bewusst, dass sie hier ist, bei mir, in meiner Wohnung. Allein. *Kontrolle,* halte ich mir vor Augen. *Grenzen.*

»Du hast recht«, sage ich. »Erzähl mir, wo du herkommst.«

Sie seufzt, und ihr Blick schweift von mir zu dem eleganten Kamin. Nicht zum ersten Mal wird mir klar, wie wunderschön sie wirklich ist. Sie hat es sogar in ihrem Anschreiben erwähnt – dass sie deshalb nicht ernst genommen würde. Ihre Bemerkung, dass die Menschen immer nur ihr hübsches Gesicht sehen würden und nicht den scharfen Verstand dahinter, macht mich in ihrem Namen wütend.

»Ich komme aus einer Kleinstadt im Mittleren Westen«, sagt sie. »Der Name sagt dir sicher nichts.«

»In Ohio, richtig?«

»Ja. Meine Eltern sind phantastisch. Als sie mich bekommen haben, waren sie noch total jung, und das Geld war knapp, aber sie haben für mich immer ihr Bestes gegeben.« Trotziger Stolz liegt in ihrem Blick – als wartete sie darauf, dafür verurteilt zu werden. Hat sie diese Erfahrung in der Vergangenheit machen müssen?

»Da bin ich mir sicher.«

»Mein Vater kam als Einwanderer aus Mexiko, als er ein Teenager war. Er hat jeden Job angenommen, den er kriegen konnte.« Ein liebevolles Lächeln erhellt ihr Gesicht. »Ihn rufe ich an, wenn ich ein Problem habe, egal welches. Er weiß, wie man einen Geschirrspüler repariert, wie man einen Kratzer im Lack loswird … einfach alles.«

»Klingt, als wäre er großartig.«

Sie nickt. »Das ist er. Meine Mom ist im Mittleren Westen geboren und aufgewachsen. Als ich noch klein war, hat sie ihren Abschluss als Lehrerin gemacht, und seitdem arbeitet sie in der Grundschule.«

»Wie fanden sie es, als du ihnen gesagt hast, dass du nach New York ziehst?«

»Sie haben mich unterstützt. Ich meine … sie haben so gut wie keine Ahnung von dem, was ich tue, trotzdem haben sie mich immer in meiner Entscheidung bestärkt.«

Was sie erzählt, klingt bezaubernd. »Hast du Geschwister?«

»Nein, Einzelkind.« Sie zieht ihr Knie unter ihrem Seidenrock hoch. Ihre Pumps stehen verlassen auf dem Teppich. »Aber das läuft hier gerade falsch herum. Ich habe Fragen an *dich*.«

Ich wappne mich innerlich. »In Ordnung.«

»Erzähl mir von deinen Eltern.«

»Mein Vater ist Entwickler und Architekt wie ich. Meine Mom arbeitet nicht. Sie … sie ist damals aus Frankreich gekommen, um meinen Dad zu heiraten, und war viele Jahre lang einfach nur Mutter.«

Faye setzt sich aufrechter hin. »Du bist Halb-Franzose?«

»Im Prinzip ja.«

»Hm.« Sie nimmt einen Schluck Wein. Ihr Blick wirkt hellwach. Es ist nicht schwer, sich vorzustellen, was sie gerade denkt. Wir beide haben einen Fuß in einer anderen Kultur, in einer anderen Sprache, aber die Geschichten und Erfahrungen unserer Eltern könnten nicht unterschiedlicher sein. Es handelt sich also um eine Gemeinsamkeit, die eigentlich nur den Unterschied zwischen uns noch mehr betont – den Unterschied, den sie bereits in ihrem Bewerbungsschreiben beschrieben hat.

»Sprichst du Französisch?«

»Ja. Ich musste, um mich mit meinen Cousins unterhalten zu können.«

»Ich hoffe doch sehr, dass das keine Voraussetzung für die Hochzeit ist.«

Ich schnaube. »Nein. Alles wird auf Englisch sein, keine Sorge.« Der Großteil der französischen Seite unserer Familie ist gar nicht eingeladen. Lily wollte schließlich eine kleine Hochzeit.

Faye nickt und lässt ihre Finger über das Sofa wandern. Ihre Hand ist schlank, leicht gebräunt, ohne jegliche Ringe. Ich frage mich, wie sie sich auf meiner Haut anfühlen würde. Ich frage mich, was sie über mein Studio und meine Wohnung denkt nach dem, was sie mir gerade darüber erzählt hat, wie sie aufgewachsen ist. Aus ihrer Sicht könnte das alles … protzig wirken. Denkt sie deshalb schlechter von mir?

Aber dann nickt sie, streicht sich das Haar zurück und wirft mir einen Blick zu, der so herausfordernd wirkt, dass er sämtliche Gedanken verpuffen lässt.

»Also, Henry Marchand … wie genau haben wir uns kennengelernt?«

Ich räuspere mich. »Über gemeinsame Bekannte.«

»Mhm, das ist gut. Bei einer Dinnerparty.«

»Sicher.«

»Wir saßen nebeneinander und haben beide festgestellt, wie klein doch die Portionen waren. Du hast angeboten, mich nach Hause zu bringen. Auf dem Weg haben wir noch bei einem Kebab-Laden in Brooklyn angehalten.«

Ich ziehe eine Augenbraue hoch. »Wow, du bist ziemlich detailliert.«

»Deshalb bin ich auch eine so gute Assistentin.«

»Dann fahr unbedingt fort.«

Ihre Wangen röten sich auf eine wunderschöne, wilde Weise, aber sie hält meinem Blick stand. »Du hattest einen riesigen Kebab, ich einen kleineren, und wir haben uns eine Portion Pommes geteilt. Gesprochen haben wir über unsere gemeinsame Liebe zur Architektur.«

»Klingt so, als würden wir das so machen.«

Ein Lächeln umspielt ihre Lippen. An ihrem Blick erkenne ich ganz klar, wie sie sich an unser Mittagessen an der Kebab-Bude erinnert. »Ja, oder?«

»Was haben wir nach dem Kebab gemacht?«

»Wir haben kein Taxi mehr gerufen, sondern sind gelaufen. Spätabends, fast den ganzen Weg bis zu meiner Wohnung. Wir haben darüber gesprochen, wie viel du arbeitest, dass du schon immer so ehrgeizig bist. Ich habe meinerseits von meinen durchlernten

Nächten in der College-Bibliothek erzählt, davon, mich wie eine Versagerin gefühlt zu haben, wenn ich für meine Arbeiten mal kein A bekam. Während wir gingen, haben sich unsere Hände berührt. Erst zufällig, dann absichtlich.« Sie hält inne, trinkt noch einen Schluck Wein. »Und dann kamen wir bei meiner Wohnung an.«

»Hm, da war es sicher schon spät«, sage ich.

»O ja.« Ihre Augen funkeln, herausfordernd und feurig. »Und? Was hast du als Nächstes gemacht?«

Ich lege den Arm auf die Rückenlehne des Sofas, meine Hand berührt jetzt fast ihre Schulter. »Ich habe dir die Haare aus dem Gesicht gestrichen – du hast sie offen getragen, so wie jetzt – und dich nach deiner Nummer gefragt. Natürlich hast du sie mir gegeben.«

»Natürlich«, sagt sie lächelnd.

»Dann habe ich dich gefragt, ob du am kommenden Wochenende mit mir ausgehen würdest. So richtig, als Date. Nur wir beide.«

Sie befeuchtet ihre Lippen. »Du würdest mich nicht küssen? Oder mit reinkommen?«

Bei ihren Worten steigt brodelndes Verlangen in mir hoch. So eine einfache Frage, aber so eine gewaltige Antwort. Mit aller Macht versuche ich zu verdrängen, wie weich sich ihre Lippen auf meinen anfühlten und wie sich ihr Körper an meinen drängte.

Es gelingt mir nicht.

»Ich hätte es nicht erzwungen. Schließlich hätten wir uns ja gerade erst kennengelernt. Aber ganz unter uns kann ich dir ja sagen, dass ich es sehr gerne getan hätte.«

Sie nestelt am Saum ihres Rockes herum. »Ach?«

»Unbedingt.«

Ihr übliches selbstbewusstes Wesen gerät gerade ins Wanken, und das ist mehr als betörend. Ich muss mir ein Lächeln verkneifen, als ich ihr ins Gesicht sehe. Ihre Lippen sind leicht geöffnet, ihr Blick wirkt glasig …

Ich rücke näher. »Ist die Geschichte gut genug für unser Kennenlernen, Faye?«

»Ja. Ja, ich denke, das wird funktionieren …« Sie verstummt, ihre Finger tanzen über die Rückenlehne des Sofas.

»Wir haben uns erst vor Kurzem kennengelernt, also ist das alles noch ziemlich frisch. Wir müssen nicht jedes Detail voneinander wissen, um das überzeugend rüberzubringen.«

»Clever.«

»Danke«, sage ich mit einem angedeuteten Lächeln. »Du bist offensichtlich nervös deswegen. Das brauchst du nicht zu sein.«

Faye will protestieren – ich kann es in ihren Augen sehen –, doch sie sagt nichts. Stattdessen leert sie ihr Weinglas. »Vielleicht bin ich das, aber das ist nichts, womit ich nicht klarkommen würde.«

»Hier.« Ich greife nach ihrem leeren Glas und stehe auf. »Ich bin sofort wieder da, und dann kannst du mich alles fragen, was du willst, um deine Nerven zu beruhigen. In Ordnung?«

»In Ordnung.« Sie nickt und macht es sich am anderen Ende des Sofas gemütlich. Ich ignoriere das Gefühl, dass sie hierhin gehört. In mein Leben, in meine Wohnung und auf meine Couch.

Es wird von Minute zu Minute schwieriger.

– 18 –
FAYE

Schweigend beobachte ich, wie Henry den Kühlschrank öffnet und uns Wein nachschenkt. Er wirkt hier so entspannt – in seiner eigenen Wohnung, in seinem eigenen Territorium –, wie ich ihn im Büro noch nie erlebt habe. Es ist entwaffnend und wirkt sich nicht gerade positiv auf meine Selbstbeherrschung aus. Der Kuss im Büro läuft seit Freitag in Dauerschleife in meinem Kopf.

Mit energischem Schritt kommt er zurück zum Sofa. Er trägt einen Pulli und eine Bundfaltenhose. Der strenge Gesichtsausdruck von sonst ist ein wenig weicher geworden. Etwas, das einem Lächeln ähnelt, umspielt seine Lippen. Kaum zu glauben, dass ich mal dachte, er könnte gar nicht lächeln.

»Henry Marchand, der Kellner«, sage ich leise. »Niemand würde mir glauben, wenn ich erzählen würde, dass du so häuslich sein kannst.«

»Würdest du?«

»Es jemandem erzählen? Natürlich nicht. Dennoch gibt es mir zu denken …«

»Was?«

»Ob die Person, die du im Büro, in unseren Meetings, bist, nicht vielleicht ein wenig Scharade ist.« Ich winke ab. »Du weißt, dass du die Partner und Architekten einschüchterst. Ich glaube, das gefällt dir. Aber ich bin mir nicht sicher, ob das wirklich du bist.«

Er zieht eine Augenbraue hoch. »Das ist eine gewagte Behauptung. Wenn es keine Scharade ist, feuere ich dich jetzt vielleicht an Ort und Stelle.«

Ich bin tatsächlich nervös. Aber nicht vor Angst. Nichts, was ich je an ihm entdeckt habe, zeigt etwas anderes als einen durch und durch anständigen Mann, einen, der sich unter mehreren Schutzschilden verbirgt.

»Das würdest du nie tun«, stichele ich.

»Nein?«

»Du brauchst mich, unbequem hin oder her.«

Plötzlich funkeln seine Augen, und die Hitze tanzt von mir zu ihm und wieder zu mir zurück. »Da hast du recht. Wie kannst du gleichzeitig unbequem und unersetzbar sein?«

»Das ist ein Talent.« Ich befeuchte wieder meine Lippen. Mir läuft ein Schauer über den Rücken, als sein Blick von meinen Augen über meine Wange zu meinem Ohr und meinem Haar wandert. In unserem Gespräch geht es um nichts, und doch kommt es mir so bedeutsam vor. Er hebt die Hand und streicht mir die Haare hinters Ohr. Die Bewegung ist unglaublich zart, so als wollte er mir genug Zeit geben, den Rückzug anzutreten.

Ich tue nichts dergleichen. Stattdessen rücke ich auf dem Sofa näher an ihn heran, und die Wärme seines Körpers spiegelt die Wärme wider, die sich in mir selbst ausbreitet. Ich tue etwas, das ich nicht tun sollte, und zum ersten Mal seit Ewigkeiten denke ich nicht an die potenziellen Konsequenzen.

Seine Mundwinkel heben sich zu einem ironischen Lächeln. »Wir sind nicht besonders gut darin, brav zu sein, oder?«

»Nein«, sage ich und schmiege die Wange an seine Hand. Meine Haut fühlt sich unter seiner Berührung heiß an, als hätte ich zu viel Sonne abbekommen, dennoch kriege ich nicht genug davon. »Aber wir sind sehr gut darin, ungezogen zu sein.«

Sein trockenes Lachen klingt so schön, es spült über meine Sinne hinweg, und er überwindet die letzte Distanz zwischen uns. »Solange wir die Besten in irgendetwas sind.«

Mein zweiter Kuss mit Henry ist ganz anders als der erste. Er ist von Anfang an langsam und intensiv, seine Lippen bewegen sich auf meinen, eine Hand wandert in meine Haare, und die andere liegt auf meinem Rücken.

Ich vergrabe meinerseits endlich die Finger in seinem Haar. Es ist genauso weich, wie ich es mir vorgestellt habe, gleitet durch meine Finger hindurch wie braune Seide. Seine Lippen lösen sich für einen Augenblick von meinen, und ich nutze die Gelegenheit, noch näher an ihn heranzurücken, so dass ich fast auf ihm sitze.

»Wir sollten das nicht tun«, sage ich, auch wenn mein Körper überdeutlich ungehorsam ist.

»Absolut nicht«, stimmt er mir zu und lässt die Lippen über meine Wange gleiten, über meinen Kieferknochen, bis er den Punkt unter meinem Ohr gefunden hat. Das Sofa bewegt sich unter mir, als ich mich rittlings auf seinen Schoß setze. Er fühlt sich riesig unter mir an mit seiner breiten Brust, seinem starken Nacken und all den Muskeln.

»Du bist so durchtrainiert«, sage ich, und mir droht die Stimme zu versagen. »Wie kannst du nur so durchtrainiert sein?«

Sein Lachen fühlt sich warm an meinem Hals an. »Willst du mein Trainingsprogramm haben?«

Meine Hüften drängen sich ihm entgegen, und ich erschaudere, als seine großen Hände von meinen Hüften über meine Taille und meine Rippen bis hin zur Unterseite meiner Brüste wandern. »Ja«, flüstere ich. »Vorzugsweise auf Video. Und oberkörperfrei.«

Henrys Hände halten nicht inne, während er sich zurücklehnt und mich mit einem Blick ansieht, der seine Augen fast schwarz vor Verlangen wirken lässt. »In diesem Satz waren mindestens zwei Verstöße gegen deinen Arbeitsvertrag.«

Ich sehe auf seine Hände hinunter, mit denen er meine Taille jetzt so fest gepackt hält, dass ich mich frage, ob ich davon wohl blaue Flecken bekommen werde, und auf seine Erektion unter mir. »Das sagt der Richtige.«

Sein Blick verschließt sich, und er versucht, die Hände wegzuziehen, aber ich lasse ihn nicht. Ich drücke mich noch enger an ihn und halte seinen Mund mit meinem gefangen. Vergrabe die Hände in seinem Pullover und ziehe ihn näher an mich, bis sich seine Lippen wieder genauso drängend und gierig bewegen wie meine. Ich habe jetzt die Kontrolle. Er lässt mich den Takt vorgeben.

Ich habe keine Ahnung, wie lange ich ihn küsse, doch irgendwann muss ich innehalten, um nach Luft zu schnappen. Henry grinst mich an – ein echtes und ungehemmtes Lächeln. Er sieht so gut aus, dass es mir erst recht den Atem raubt.

Seine starken Hände wandern über meine Seiten, über meine Oberschenkel, bis runter zu meinen Waden und wieder hinauf zu meinen Armen. Ich sitze zwar oben, aber nur, weil er mich lässt. Ich erschaudere bei dem Gedanken daran, wie stark er ist. Wie es sich wohl anfühlen würde, wenn wir die Positionen tauschen würden – wenn er die Kontrolle hätte.

»Faye, du bist so …« Er schüttelt den Kopf und sucht nach Worten. »Du fühlst dich genauso gut an, wie ich es mir vorgestellt habe.«

Er hebt mein Kinn an, seine Lippen wandern hinunter zum Ausschnitt meines Kleides, und es ist mir egal, ob das hier die schlechteste Entscheidung meines Lebens ist. Seine Berührung fühlt sich einfach zu gut an. Ich packe seine Schultern und halte mich an ihm fest.

Es ist so einfach, sich vorzustellen, wie sich das hier ohne Klamotten anfühlen würde. Wir beide, die es immer und immer wieder tun würden. Erst wie die Teenager auf dem Sofa herummachen, bevor wir es ins Schlafzimmer verlagern, wo alles intensiv und langsam und schnell zugleich wird.

Ich vergrabe meine Finger in seinen Schultern. Der weiche graue Pulli, den er anhat, ist ganz anders als die strengen Anzüge, die er im Büro trägt. »Du siehst so gut aus in deinen Anzügen«, murmele ich. »Den grauen mag ich am liebsten.«

Sein Mund wandert den Weg zurück nach oben, bis er wieder auf meine Lippen trifft. Die Art und Weise, wie er mich küsst, lässt keine Zweifel, wie das hier enden wird. »Du siehst phantastisch aus im Büro«, sagt er. »Jeden Morgen denke ich mir: Sie kann auf keinen Fall heute wieder so gut aussehen. Jeder hat mal einen schlechten Tag. Aber verdammt, du schaffst es jeden Tag aufs Neue, dich selbst zu übertreffen.«

Meine Lippen kräuseln sich unter seinen zu einem Lächeln. Seine Komplimente rauschen durch mich hindurch wie eine Flutwelle. »Du bist befangen.«

»Ja, eindeutig.«

»Also, ich stehe auf dich in deinen Anzügen in deinem großen Büro …« Ich lasse die Finger über seinen Kieferknochen gleiten und sehe ihm tief in die dunkelgrünen Augen. Mein Magen zieht sich zusammen angesichts des lodernden Feuers in seinem Blick. »Und du stehst auf mich in meinen Bleistiftröcken und Blusen. Ich glaube, wir sind ein ganz schönes Klischee, *Sir.*«

Seine Augen leuchten amüsiert auf. »Das ist ein ganz gewöhnlicher Fetisch.«

»Bezeichnest du uns gerade als gewöhnlich?«

Mit den Händen packt er meine Oberschenkel, ich werde hochgehoben, umgedreht, und im nächsten Moment liege ich unter ihm auf dem Sofa. Sein Körper ist überall – groß und stark und gleichzeitig leicht auf mir. Er ist immer noch hart. Ich spüre ihn deutlich an meinem Oberschenkel, durch die dünnen Stoffschichten zwischen uns hindurch. Alles in mir fokussiert sich auf diesen winzigen Berührungspunkt. Erregung und Angst jagen einander.

»An dir ist rein gar nichts gewöhnlich, Faye Alvarez. Alles an dir ist außergewöhnlich, angefangen von dieser verdammten Bewerbung in meinem Posteingang.« Henry küsst mich mit der bestimmenden Zielgerichtetheit, die ich von ihm kenne. Starke Arme liegen neben meinem Kopf, sein Bizeps ist angespannt, und ich lasse eine Hand über seinen Rücken gleiten.

Ich ziehe ihn näher an mich, und meine Beine öffnen sich automatisch für ihn. Ich will ihn überall – ich will eins mit ihm werden.

Er unterbricht den Kuss. »Langsam. Wir haben es nicht eilig.«

»Nicht?«, ziehe ich ihn auf und strecke mich, um an seiner Lippe zu knabbern. »Wir sollten das hier überhaupt nicht tun. Wie lange können wir der Vernunft noch davonlaufen?«

Er streicht mir mit dem Finger über die Wange. Eine süße Geste, auch wenn das Verlangen in seinen Augen alles andere als süß ist. »Die Vernunft, was?«

Es ist, als hätte ich einen Eimer mit Eiswasser über ihm ausgekippt.

Er zieht sich zurück und sieht mich so lange an, dass ich mich frage, ob er ein weiteres Wettstarren vorhat.

»Henry?«

»Du hast recht«, sagt er. »Wir sollten das nicht tun.«

Er rutscht von mir herunter und zieht sich ans andere Ende des Sofas zurück. Wir sehen uns an, und ich weiß, dass mein Blick das gleiche Verlangen, die gleiche Lust widerspiegelt wie seiner.

Ich will, dass er mich bittet zu bleiben. Ich will, dass wir unsere Rollen im Büro, unsere Jobs, unser Ansehen vergessen. Ich will so tun, als wäre ich nicht nur seine praktischerweise ganz heiße persönliche Assistentin.

Aber das bin ich. Und er ist mein Chef.

Und ich brauche diesen Job.

Henry legt den Kopf in die Hände. Unser beider Atem geht schnell. »Scheiße«, flüstert er, »aber ich bin so angetörnt.«

»Ich weiß«, sage ich kläglich, denn mir geht es nicht anders.

Wenn ich mit Henry zusammen bin, fühlt es sich zum ersten Mal seit sehr langer Zeit an, als wäre ich so richtig lebendig. Und dabei spielen Erfolge oder Status keinerlei Rolle. Wir sind nur *wir*, wir beide, die einander perfekt verstehen.

»Tja«, sagt er. »Eins zu null für dich, nehme ich an.«

Anscheinend sieht er die Fragezeichen in meinem Blick, denn er fährt erklärend fort: »Du hast gefragt, ob ich in der Lage dazu sei, die Finger von dir zu lassen. Ich habe gesagt, ja, aber ganz offensichtlich …«

»Ich habe mitgemacht. Wenn überhaupt, verlieren wir beide einen Punkt.«

»Es liegt auf der Hand, dass wir nicht so stark sind, wie ich dachte. Ganz und gar nicht.«

»Mhm.« Ich beiße mir auf die Lippe und starre ihn an. Sein volles Haar ist noch immer zerzaust von meinen Händen. »Warum willst du wirklich, dass ich mit zu der Hochzeit komme?«

Sein Blick verfinstert sich. »Das fragst du immer wieder. Hoffst du, eine andere Antwort zu bekommen?«

»Vielleicht.«

Es kann nicht sein, dass es nur um die Arbeit geht. Alles, was dieser Mann tut, tut er wohlüberlegt. Und er ist viel zu schlau, um die

Auswirkungen und Folgen nicht zu verstehen. Ich übrigens auch. Wir spielen beide mit dem Feuer.

»Was glaubst du denn?«

Ich schüttele den Kopf. »Nein, die Frage gibst du nicht an mich zurück.«

Er lächelt und lässt dabei strahlend weiße Zähne aufblitzen. »Na ja«, sagt er. »Vielleicht, weil du so unglaublich unbequem bist.«

Das Kompliment bringt mich zum Lächeln. »Schön, dass ich zu Diensten sein kann.«

»Hm. Ja. Ich denke, wir sollten das jetzt hier abbrechen, bevor unsere Selbstbeherrschung vollständig flöten geht.«

Mit zitternden Knien stehe ich auf und folge ihm durch die Wohnung zur Tür. Er hat die Hände in die Hosentaschen gesteckt – sicher verwahrt –, und sein Pulli spannt sich über diesen unverschämt breiten Schultern. »Sicher, dass wir ein komplettes Wochenende zusammen meistern werden?«

»Müssen wir«, entgegnet er. »Die Deadline für das Opernhaus steht bevor, und außerdem muss ich mich an einen Vertrag halten.«

Oh. An meinen. An den, den er mir unterschreiben musste. Im Flur nehme ich meine Handtasche von dem Garderobenhaken und drehe mich zu ihm um. Er erwidert meinen Blick – er ist warm und fast schon liebevoll. An seiner Miene ist jetzt überhaupt nichts mehr teilnahmslos.

»Danke, dass du unterschrieben hast«, sage ich.

»Danke, dass du ihn aufgesetzt hast«, entgegnet er. »Wenn wir den Wettbewerb gewinnen, bekommst du all die Anerkennung, die dir gebührt, Faye. Darauf gebe ich dir mein Wort.«

Ich sehe auf meine Schuhe hinunter in dem kläglichen Versuch, meine Gefühle zu verstecken. Es gelingt mir nicht. Anerkennung.

Akzeptanz. Zusammenarbeit. All das, was es in meinem letzten Job nicht gab. *Oder in meiner letzten Beziehung.*

»Ich bin so froh, dass ich mich als deine Assistentin beworben habe«, sage ich schließlich. »Ich fasse es nicht, dass ich mit einer betrunken verfassten Bewerbung so ein Glück hatte.«

Henry streckt den Arm aus und streicht mir eine Haarsträhne hinter das Ohr. Ich halte still, mein gesamter Körper ist angespannt bei dieser zarten Berührung seiner Finger.

»Ich bin auch sehr froh darüber«, sagt er leise. »Jetzt geh, Faye, bevor ich die Kontrolle vollends verliere.«

Ich lächele. »In Ordnung, ich bin weg.«

»Und nimm ein Taxi nach Hause.«

»Okay«, flüstere ich und trete hinaus in den Hausflur. Henry schließt die Tür leise hinter mir. Den ganzen Heimweg lang spüre ich noch seine Hand auf meiner Wange, seine Lippen auf meinen.

– 19 –
FAYE

Meine Reisetasche ist gepackt. Meine Nägel sind lackiert. Meine Haare geföhnt. Meine Rüstung für den Kampf sitzt – ich könnte nicht besser vorbereitet sein –, trotzdem bin ich nervös, als ich vor dem Haus darauf warte, dass Henry mich abholt.

Inzwischen haben wir Juni, und die Temperaturen in New York sind perfekt. Die unerträgliche Schwüle und Hitze des Hochsommers lassen noch auf sich warten. Trotzdem ist mir irgendwie zu heiß. Mein Sommerkleid klebt an meiner Haut. Worauf habe ich mich bloß eingelassen mit diesem Wochenendtrip? Seine Familie kennenzulernen? Es ist wahnsinnig.

Ein großer grauer Wagen blinkt und kommt direkt vor mir zum Stehen. Ich straffe die Schultern und versuche, die Nervosität in mir auf Vorfreude umzupolen.

Die Fahrertür öffnet sich, und Henry steigt aus. Er trägt eine dunkelblaue Hose und ein weiches Leinenhemd anstelle seiner üblichen Anzüge, aber seine Haare sitzen wie immer perfekt. Es ist mir unmöglich, ihn anzuschauen und nicht daran zu denken, wie sich sein Körper an meinem anfühlt.

»Hi«, sage ich und schenke ihm ein strahlendes Lächeln. Ich kann nicht anders.

Er erwidert das Lächeln und beugt sich hinunter, um nach meiner Reisetasche zu greifen. »Du hättest nicht hier draußen warten müssen. Ich hätte angerufen, wenn ich da bin.«

»Ich stehe gerne am Straßenrand«, plappere ich los. »Einer meiner Lieblingsorte in der Stadt.«

Er schließt den Kofferraum. »Du bist unmöglich.«

»Unmöglich, unbequem, unersetzbar ... ich erarbeite mir hier gerade einen ganz schönen Ruf.«

»Wohlverdient, würde ich sagen.« Er startet den Wagen, und wir fahren los. Bald schon liegen die Skyline und die Straßen New Yorks hinter uns und werden ersetzt von vierspurigen Highways. Mit einer Hand hält Henry das Lenkrad, die andere hängt locker herunter.

Ich lehne mich im Beifahrersitz zurück und mustere ihn von der Seite. »Bist du aufgeregt?«

»Nicht besonders, nein.«

»Nicht mal wegen der Hochzeit deiner Schwester?«

Er sieht mir kurz in die Augen. »Wir reden viel über mich. Glaube nicht, ich hätte das nicht gemerkt.«

Ich blinzele irritiert. »Nein, tun wir nicht. Ich weiß praktisch nichts über dich. Du bist die Definition eines Buchs mit sieben Siegeln.«

Er zieht die Augenbrauen hoch. »*Nichts?* Du weißt eine Menge, Faye.«

»Ich weiß, dass du eine Schwester hast und in Yale studiert hast. Oh, und dass du am liebsten Bagels ohne Sesam isst.«

»Tja, das sind ja auch die wichtigsten Dinge«, sagt er mit ernster Stimme. »Aber die Sache mit dem Sesam ist extrem persönlich. Erzähl das niemandem.«

Ich lächele. »Ein Witz, Mr. Marchand?«

»Und dann auch noch vollkommen nüchtern erzählt.« Er sieht zu mir herüber, und in seinem Blick liegt eindeutig Belustigung. »Habe ich dich geschockt?«

»Du bist definitiv menschlicher als sonst.«

Seine Finger schließen sich um das Lenkrad, und er klopft nachdenklich mit dem Daumen gegen das Leder. »Du wirst mich dieses Wochenende Henry nennen müssen.«

»Richtig, lass uns ein paar Spielregeln aufstellen.«

»Ich dachte, die hätten wir schon«, sagt er. »Du hast einen Vertrag aufgesetzt.«

»Ja, aber ich dachte … na ja.« Ich runzele die Stirn, unschlüssig, wie ich fortfahren soll.

Er lächelt angesichts meines unbehaglichen Schweigens – ein echtes Lächeln. »Du hast doch sonst keine Angst davor, zu sagen, was du denkst, Faye. Jetzt bin ich neugierig.«

Ich räuspere mich. »Wo liegen die Grenzen? Glaubst du, wir müssen uns auf der Hochzeit berühren oder vor deiner Familie, um die Illusion aufrechtzuerhalten?«

»Die Illusion? Du verletzt mich, Faye.«

Ich verdrehe die Augen. »Du weißt, was ich meine.«

»Ja, klar. Hör zu, sie werden nicht versuchen, irgendeine Finte aufzudecken. Alle werden mit der Hochzeit beschäftigt sein, mit den Vorbereitungen, mit den Gästen von außerhalb. Wir werden das ganze Ding mit Leichtigkeit wuppen, mit jeder Menge Zeit, am Opernhaus zu arbeiten.«

»Mhm.«

»Aber wenn du mich berühren möchtest, hast du meine Erlaubnis«, sagt er mit einem lasziven Unterton in der Stimme. »Allerdings wird dir dann ein Punkt abgezogen.«

Am liebsten würde ich schon wieder die Augen verdrehen. »Ach ja, wir haben aus dieser *Sache* zwischen uns ja ein Spiel gemacht. Hätte ich fast vergessen.«

»Viel sicherer, als wie Erwachsene darüber zu reden«, stimmt Henry zu, so unbeschwert wie lange nicht mehr.

In meiner Brust breitet sich ein warmes Gefühl aus bei seinen Worten, der Bedeutung, der Art und Weise, wie wir miteinander reden. Außerhalb des Büros, mit der freien Straße vor uns, wirkt er viel mehr wie er selbst.

»Natürlich«, stimme ich zu. »Das Wunder der gegenseitigen Anziehung ist nichts, dem man mit Vernunft begegnen sollte.«

»Vor allem nicht, wenn es diverse Vertragsverletzungen, einen potenziellen Gerichtsprozess und ein karriereveränderndes Entwurfsprojekt beinhaltet.«

»Nicht zu vergessen einen Klassen-, Herkunfts- und Altersunterschied«, füge ich hinzu. »Im Ernst, wir sind ein wandelndes Klischee, Henry. Zum Scheitern verdammt.«

Sein Lächeln wird schief, verschwindet aber nicht. »Wie tragisch. Wir sollten in einem romantischen Film mitspielen, in so einer richtigen Schnulze.«

Ich kichere. »Irgendwie halte ich uns nicht für die Art von Charakteren, die die Zuschauer zum Weinen kriegen.«

»Ich definitiv nicht«, sagt er düster, und ich muss mir auf die Zunge beißen, um nicht zu fragen, was er damit meint. Dass ich bemitleidenswert bin? Oder dass er Mitgefühl nicht verdient hat? Ich weiß nicht, welche Option mir am wenigsten gefällt.

Ich schlüpfe aus meinen Schuhen, ziehe die Beine unter mich, wie ich es immer auf längeren Autofahrten tue, und überlege, wie ich am besten das Thema wechsele.

Henry sieht zu mir herüber. »Setz dich ordentlich hin.«

»Entschuldigung?«

Seine Stimme klingt eisig. Sie hat jetzt den kommandierenden Ton, den er im Büro gegenüber den Mitarbeitern anschlägt, die ihre Deadlines nicht einhalten. »Sitz nicht so.«

Widerstrebend richte ich mich auf. Alles in mir will gegen diesen Unterton in seiner Stimme rebellieren. »Okay«, sage ich. »Also bin ich deine Assistentin, nicht dein Date. Danke, dass du das klargestellt hast.«

Aus dem Augenwinkel sehe ich, wie sich Henrys Hände so fest um das Lenkrad schließen, dass die Knöchel weiß werden. Ich wende mich ab, konzentriere mich auf die Landschaft vor dem Fenster, auf die Hügel, Bäume, Häuser, und versuche, zu ignorieren, wie irrational verletzt ich bin. Ich lasse die Beine nebeneinanderstehen, falte die Hände im Schoß und sitze da wie ein gottverdammter Crashtest-Dummy.

Er ist kein realistischer Schwarm – er ist noch nicht mal ein Freund –, und ich werde gut daran tun, mir das hinter die Ohren zu schreiben. Ich habe einen Job zu erledigen und ein Projekt fertigzustellen. Wenn die Jury sich für unser Opernhaus entscheidet, habe ich die Chance, als Juniorarchitektin eingestellt zu werden, und die Chance auf eine Zukunft in dieser Branche. Diese Möglichkeit hängt wie die saftigste Karotte der Welt vor meiner Nase und spornt mich an.

Schließlich bricht Henry mit resignierter Stimme das Schweigen. »Hör zu, ich wollte dich nicht anschnauzen.«

»Ist schon in Ordnung.«

»Nein, ist es nicht.« Sein Kiefer mahlt. »Wahrscheinlich sollte ich es dir sowieso erzählen. Also, meine Schwester hatte vor längerer Zeit einen Autounfall.«

Ich lasse meine im Schoß gefalteten Hände sinken. »Oh, das tut mir leid.«

»Es ist nur … es ist wichtig, dass man gerade sitzt, weißt du? Dass der Gurt richtig sitzt. Der wurde für einen erwachsenen Menschen entworfen, der gerade sitzt. Scheint trivial, aber wenn etwas passiert, kann das den Unterschied machen.«

Ich höre die Worte, die er nicht hinzugefügt hat – *den Unterschied zwischen Leben und Tod.* Ich habe Angst zu fragen, doch ich muss einfach. »Geht es ihr gut?«

»Ja. Lily ist stark, und sie hat sich fast vollständig erholt. Aber es war viel zu knapp.« Er sieht kurz zu mir herüber, bevor er die Schultern strafft. »Sie humpelt jetzt. Keine große Sache, aber es wird dir auffallen.«

»Danke, dass du es mir erzählt hast«, sage ich leise. »Hast du deshalb so heftig reagiert?«

Seine Hände entspannen sich am Lenkrad. »Wahrscheinlich, ja.«

»Das ist verständlich«, entgegne ich. »Wie alt war sie, als das passiert ist?«

»Achtzehn. Ich war damals nicht zu Hause. Ich bin aus New York hingefahren, während sie noch im OP lag.«

Ein Teil von mir will den Arm ausstrecken und ihm tröstend die Hand auf die Schulter legen, aber Henry wirkt immer noch unzugänglich. Stattdessen versuche ich, die Situation aufzulockern. »Ich bin auf dem Land aufgewachsen, weißt du? Viele meiner Freunde haben sich lange Zeit gar nicht erst angeschnallt.«

Er zuckt theatralisch zusammen. »Bitte hör auf.«

»Erzählst du mir mehr über sie?« Ich lehne mich im Sitz zurück. »Wen heiratet sie?«

Ein Schmunzeln umspielt seine Lippen. »Sie ist die Jüngste. War schon immer sehr kunstversessen, sehr zum Missfallen unseres Vaters, aber sie war auch immer die Starke. Es war ihr schon immer egal, was unsere Eltern dachten. Vor ein paar Monaten hat sie ihre eigene Galerie eröffnet.«

»Wirklich?«

»Ja. Ein kleiner Laden in Paradise Shores, aber ein guter Anfang. Sie tut, was sie liebt. Und das wünsche ich mir auch für sie.«

Ich lächele angesichts der warmen Zuneigung in seiner Stimme. Nichts an Henry ist wirklich kalt oder abweisend, nicht so, wie ich früher geglaubt habe.

»Es war für sie sicher nicht einfach, mit drei älteren Brüdern aufzuwachsen. Aber sie hat sich nie beschwert.«

»Du hast noch zwei Brüder?«

»Ja.«

»Und du bist der Älteste?«

Er lächelt schief. »Das ist so offensichtlich, oder?«

»Ziemlich, ja. Das merkt man dir an.« Ich kann mir gut vorstellen, wie er die Führung übernommen hat, alles organisierte, der Vernünftige war. Ich wette, seine Geschwister schauen zu ihm auf.

»Das höre ich öfter«, sagt er.

»Kommen deine Brüder auch zur Hochzeit?«

»Ja. Und du solltest wissen, dass ich einer der Trauzeugen bin. Während der Zeremonie wirst du bei meinen Eltern und Cousins sitzen, aber für den Rest des Abends bin ich an deiner Seite. Ich hoffe, das ist kein Problem?«

Das warme Gefühl in meiner Brust verbreitet sich noch weiter, bis ich viel zu viele Emotionen fühle, alle vollkommen albern. Geschwister. Cousins. Ich bin als Einzelkind aufgewachsen, und es gab immer nur mich und meine Eltern, und auch wenn ich sie aus tiefstem Herzen liebe, zeichnen seine Worte ein zauberhaftes Bild.

»Natürlich nicht. Dann kennst du den Bräutigam auch gut?«

Er schnaubt. »Das kann man wohl sagen. Wir sind mit ihm zusammen aufgewachsen. Lily und Hayden trennt nur ein Jahr, und sie haben sich immer schon gut verstanden.«

»Das ist wundervoll.«

Er schweigt kurz, und ich frage mich, ob ich etwas Falsches gesagt habe, aber dann nickt er. »Ja, in gewisser Hinsicht ist es das wohl.«

»Findest du nicht?«

»Er … tja, er war auch bei diesem Autounfall dabei. Er war der Fahrer. Sagen wir mal so: Meine Eltern kamen damit nicht besonders gut klar. Und dann war er lange Zeit weg. Er war in der Navy, und meine Schwester war unglücklich.« Er winkt ab. »Aber das ist eine andere Geschichte.«

Ich bin neugierig, nicke jedoch. »Und wir treffen sie heute Abend?«

»Ja, zum Abendessen. Das wird aber keine große Sache, und wir haben vorher auch noch jede Menge Zeit.«

»Perfekt.«

Der Rest der Fahrt verläuft harmonisch, entweder in angenehmem Schweigen oder mit lockeren Gesprächen, die herrlich ungezwungen und entspannt sind. Je weiter wir die Stadt hinter uns lassen, desto weniger scheinen wir in unseren Bürorollen festzuhängen. Wir haben den Anzug und den Bleistiftrock abgestreift und sind einfach nur Henry und Faye – auf Augenhöhe.

Es ist beängstigend, wie sehr ich es genieße.

Als wir zwei Stunden später Paradise Shores erreichen, kehrt meine Nervosität zurück. Wir fahren an wunderschönen alten Häusern mit grünen Rasenflächen und großen Veranden vorbei. Alte Eichen stehen wie Wächter am Straßenrand, und ihre gedrehten Äste recken sich gen Himmel. Es gibt koloniale Gebäude. Georgianische. Viktorianische. Häuser mit Türmchen, Fensterläden, Veranden.

»Okay«, sage ich. »Ich verstehe, warum du für Architektur brennst, wenn du hier aufgewachsen bist.«

Henry lacht. »So was wie das hier habe ich noch nicht gebaut. Aber vielleicht irgendwann mal.«

Wir fahren an einem hübschen kleinen Platz mit einem Spielplatz vorbei, auf dem zwei Eltern ein lachendes Kind anschaukeln. Es ist die pure Idylle des alten Geldadels, die Hamptons auf Anabolika, hübsch wie eine Postkarte und genauso unerreichbar.

Und dann taucht das Meer vor uns auf. Versteckt hinter Bäumen und einer Promenade, doch dahinter schimmert das endlose und zeitlose Blau.

Henry atmet langsam aus. »Dieser Ort verändert sich nie«, murmelt er.

Wir fahren an der Küste entlang, durch einen kleinen Stadtkern hindurch, und am liebsten hätte ich das Fenster geöffnet und die Luft aufgesogen. Ich stelle mir vor, sie riecht nach kandierten Äpfeln, Meersalz und Geld.

Henry biegt in eine Auffahrt ab, und vor uns steht, direkt am Meer, ein kleines Häuschen mit blauen Fensterläden und blühenden Hortensien davor.

»Hier übernachten wir?«

»Ja.«

»Das ist kein Hotel«, protestiere ich.

Er lacht wieder und schaltet den Motor aus. Anscheinend haben wir geparkt. »Nein.«

»Ich dachte, wir sind in einem Hotel.«

Er öffnet den Kofferraum und holt unsere Taschen heraus. »Das Haus gehört meiner Schwester.«

Ich werde richtig nervös. »Wir treffen sie *jetzt*?«

»Nein, wir haben das Haus für uns.« Er schließt die Tür auf, und ich folge ihm hinein. Es ist wunderschön eingerichtet. Gemütlich, mit rustikalen, maritimen Details – und absolut nicht kitschig.

Eine große Küche und ein gemütliches Wohnzimmer. Zwei Schlafzimmer mit jeweils einem frisch bezogenen Doppelbett.

Ich bin überwältigt. »Sie haben dir ein ganzes Haus zur Verfügung gestellt? Haben sie nicht noch viele andere Gäste?«

Henry lächelt mich schief an. »Doch, aber ich bin nun mal der älteste Bruder, weißt du?«, sagt er theatralisch.

Ich muss lächeln. »Sie wohnt hier gar nicht?«

»Nein, sie wohnt mit ihrem Verlobten nebenan.«

»Ah«, sage ich leise und lasse die Hand über den derben Leinenstoff des Sofas gleiten. Wie viel Geld man haben muss, um so ein Strandhaus kaufen zu können. Der bloße Gedanke an die Summen ist schwindelerregend und kommt mir irgendwie so viel realer vor als die Millionen, die die Wolkenkratzer kosten, an deren Bau ich regelmäßig arbeite. Die werden von Konzernen bezahlt, nicht von Privatmenschen.

Henry sieht meinen Gesichtsausdruck und hält inne, seine Reisetasche noch in der Hand. Mit seinem vollen Haar und dem lässigen Leinenhemd wirkt er hier in diesem beigefarbenen Strandhaus, als wäre er einem Werbespot entsprungen. »Ist alles in Ordnung?«

»Ja. Ja, absolut.«

»Du musst dir keine Sorgen machen, okay? Wenn du an diesem Wochenende zu keinem Essen oder Event mitkommen willst, ist das deine Entscheidung. Ich zwinge dich zu nichts.«

Er bietet mir einen Ausweg aus dem Vertrag, den wir beide unterschrieben haben. Ich atme langsam aus und schüttele den Kopf. »Nein, ich bin bereit. Es wird sicher lustig. Ich wurde nur noch nie so der Familie eines Freundes vorgestellt, weißt du? Und ganz sicher nicht auf einer Hochzeit. Nicht dass du mein Freund wärst, natürlich. Du bist mein Chef.«

Henrys Mundwinkel heben sich zu einem Lächeln. »Du plapperst, wenn du nervös bist.«

»Tue ich nicht.«

»Doch, tust du. Es ist entzückend. Die große Faye Alvarez, die ehrgeizige und gnadenlose Architektin, wird nervös. Das ist eine Schlagzeile wert.«

Ich schüttele den Kopf und schnappe mir meine Tasche. »Arschloch.«

»Schon immer gewesen. Ich nehme das Gästezimmer«, sagt er, die Hand am Türrahmen. »Das Schlafzimmer gehört dir.«

»Danke.«

Er sieht auf die schwere Armbanduhr an seinem Handgelenk hinunter. Wenn man sich dieses Haus – diese Stadt – so anschaut, ist die Uhr vermutlich ein Familienerbstück, wahrscheinlich vermacht von George Washington persönlich als Dank für treue Dienste während des Unabhängigkeitskriegs. »Wir haben noch ein paar Stunden Zeit. Sollen wir auspacken und danach anfangen zu arbeiten? Ich hätte am Sonntag gerne den finalen Entwurf fertig, mit allen Änderungen.«

Der Gedanke daran heitert mich auf. Das Opernhaus ist wunderschön, und ich brenne schon seit Tagen darauf, es weiter zu perfektionieren. »Klingt gut. Und dann können wir –«

Es klopft an der Haustür. Ein fröhliches *Tock-tock-tock.* »Heeenry! Ich habe dein Auto kommen sehen!«

Henry seufzt. »Tja, vielleicht lernst du meine Schwester doch ein bisschen früher kennen als erwartet.«

»Ist sie das?«

»O ja.«

Ich streiche mein Kleid glatt und folge ihm zur Tür. Auf der Veranda steht eine Frau, ungefähr in meinem Alter, mit leuchtend rotbraunen Haaren und einem breiten Lächeln auf dem Gesicht. Sie fällt Henry um den Hals.

»Du hast es hergeschafft!«

»Natürlich«, sagt er und nimmt sie in den Arm. »Standest du am Fenster und hast gewartet, oder was?«

Sie lacht laut. »Ja. Es ist echt witzig. Ich war die ganze Zeit so beschäftigt mit den Hochzeitsvorbereitungen, und jetzt ist das Wochenende da, und es gibt überhaupt nichts mehr für mich zu tun. Mom und Ingrid haben nun übernommen.« Sie wendet sich mir zu, und ihr Lächeln wird noch breiter, auch wenn das fast nicht möglich ist. Ist diese Frau wirklich mit Henry verwandt? Sie scheint das komplette Gegenteil von ihm zu sein.

»Ich bin Lily«, sagt sie. »Henrys Schwester. Ich freue mich so, dich kennenzulernen.«

Ich strecke die Hand aus. »Ich bin Faye. Schön, dich kennenzulernen.«

Sie ignoriert meine Hand und umarmt mich stattdessen. »Das ist ein wunderschöner Name«, murmelt sie in meine Haare hinein. »Faye. Sehr einzigartig. Erinnert mich an mystische Feenwesen.«

Ich blinzele. »Tja, hm, ich fürchte, diese Erwartungen kann ich leider nicht erfüllen. Ich bin schrecklich klein für eine Fee.«

»Aber du bist genauso schön wie eine«, meint sie.

Ich muss lachen, bin peinlich berührt und überrascht. »Danke, sage ich mal.«

»Oh, das ist definitiv ein Kompliment.«

»Lily, bleib mal bei der Sache.« Henry klingt genervt, und ich verkneife mir ein Grinsen. Er klingt exakt, wie ich mir einen liebevollen älteren Bruder vorstelle. »Läuft mit den Vorbereitungen alles nach Plan? Gibt es noch irgendwelche Brände zu löschen?«

»Nein.« Sie strahlt. »Ich bin mir sicher, der Drops ist noch nicht gelutscht, doch im Moment ist alles perfekt. Aber da musst du *mir* glauben, nicht Mom. Du weißt, dass sie dir was ganz anderes erzählen wird. Dass meine Schuhe für die Zeremonie fälschlicherweise eierschalenweiß sind, nicht cremefarben, oder irgendetwas ähnlich Banales.«

»Ich werde sie ganz sicher nicht drauf ansprechen«, schnaubt Henry. »Geht es Hayden gut?«

»Absolut.« Lily dreht sich mit einem verschwörerischen Grinsen zu mir um. »Henry ist der Meinung, dass mein Verlobter noch kalte Füße kriegen wird und mich vor dem Altar stehenlässt oder so.«

»Das stimmt gar nicht«, protestiert Henry. »Nicht mal ansatzweise.«

»Natürlich nicht. Aber das ist mir egal. Es ist Teil deines ruppigen Charmes, aber das muss ich Faye natürlich nicht erzählen.«

Und dann werde ich Zeuge eines äußerst wundersamen Vorfalls, denn Henry – Henry Marchand persönlich – errötet. Möglicherweise ist das das Beste, was ich seit Jahren gesehen habe.

»Wegen seines ruppigen Charmes habe ich mich überhaupt erst in ihn verliebt«, erzähle ich Lily.

Sie zwinkert mir zu. »Das überrascht mich nicht.«

»Okay, okay«, mischt sich Henry ein. »Faye und ich wollen noch auspacken und uns kurz ausruhen, bevor wir zu Mom und Dad rübergehen.«

»Richtig. Das Abendessen wird um sieben serviert, aber vorher gibt es noch Drinks. Bis dann, Leute.«

Bevor sie sich umdreht, strecke ich die Hand aus und berühre sie leicht am Ellbogen. »Danke, dass wir in deinem Haus übernachten dürfen, übrigens. Es ist ein Traum.«

Ihre Augen funkeln wieder. »Bauchpinselei. Das mit uns fängt gut an, Faye. Ich werde dich mögen.«

Ich habe den Verdacht, dass ich sie auch mögen werde. »Bring Henry noch öfter zum Erröten«, sage ich, »und wir werden uns vorzüglich verstehen.«

Sie lacht, und dann lacht sie noch lauter, als Henry Anstalten macht, die Tür zu schließen. »In Ordnung, Lily. Bis später!«

»Ich kann es kaum erwarten!«

Als die Tür sich hinter ihr schließt, schaue ich Henry grinsend an. »Sorry. Ich konnte nicht anders.«

Er reibt sich den Nacken. »Natürlich werdet ihr zwei die dicksten Freundinnen sein, wenn das hier vorbei ist. Das hätte ich kommen sehen müssen.«

Ich lege ihm eine Hand auf den Arm. »Ich bin hier auf deiner Seite.«

»Danke«, sagt er trocken. »Schauen wir mal, ob wir diese Einstellung auf das Opernhaus übertragen können.«

Richtig. Wir sind zum Arbeiten hier, und die Art und Weise, auf die hier gerade die Grenzen verschwimmen, ist zwar witzig, aber auch gefährlich. »Nach Ihnen«, sage ich.

– 20 –
HENRY

Faye geht schweigend neben mir her, während sie aufmerksam den Blick über Strand und Promenade schweifen lässt. Vom Strandhäuschen bis zum Haus meiner Eltern am anderen Ende des Ocean Drive ist es nicht weit, und ich weiß, dass sie nicht deswegen hier ist, aber ich will ihr trotzdem Paradise Shores zeigen.

»Also«, sage ich schließlich. »Wie lautet das Urteil?«

Sie sieht zu mir hoch und streicht sich eine lange Haarsträhne hinter das Ohr. »Worüber?«

»Über den Ort hier«, erwidere ich. »Oder über meine Schwester. Such es dir aus.«

»Du weißt, dass das eine unmögliche Frage ist.«

»Wirklich?«

»Ja. Ich merke, dass du auf Komplimente aus bist. Wenn ich sie dir nicht gebe, bin ich unhöflich, aber wenn ich nachgebe, weißt du nicht, ob ich es ernst meine.«

Ich schnaube. »Vielleicht wollte ich auch nur ein bisschen plaudern.«

»Mhm. Dann können wir auch über alles Mögliche reden.« Sie dreht sich um und läuft rückwärts vor mir, ihre Schuhe in der Hand. Ich habe meine auch ausgezogen, und der Sand fühlt sich warm unter meinen Füßen an.

Die Sommerluft ist mir zu Kopf gestiegen, denn hier mit ihr ist es so einfach, sich eine andere Wirklichkeit vorzustellen. Eine, in der sie tatsächlich mir gehört – und wir jeden Tag am Strand spazieren gehen.

»Worüber?«, frage ich.

»Du willst, dass ich ein Gesprächsthema aussuche? Das kann gefährlich werden.«

Ich schnaube erneut. »Dessen bin ich mir bewusst. Vielleicht könnten wir uns wie Erwachsene über die Anziehung zwischen uns unterhalten.«

Sie tut so, als würde sie darüber nachdenken. »Vielleicht nicht. Vielleicht können wir über dich reden.«

»Schon wieder? Du machst aus mir noch einen Narzissten.«

»Dir gehört ein Unternehmen, das deinen Nachnamen trägt. Ich würde sagen, der Zug ist abgefahren.«

»Hm, Züge sind nicht so mein Ding«, erwidere ich, »aber Schiffe.«

Sie schüttelt den Kopf, doch in ihren Augen liegt Belustigung. »So meinte ich das nicht.«

»Nein, aber darüber sollten wir wirklich reden. Meine Familie segelt viel, und wir haben hier ein Segelboot liegen.«

»Natürlich habt ihr das«, sagt sie und verdreht die Augen. »Was kommt als Nächstes? Dass ihr mit den Kennedys verwandt seid?«

Ich winke ab. »Cousins zweiten Grades, aber das spielt keine Rolle. Lass uns dieses Wochenende segeln gehen. Ich fahre mit dir raus. Warst du schon mal auf einem Segelboot?«

Ihre Augen weiten sich. »Das ist nicht dein Ernst.«

»Doch. Komm mit mir segeln.«

»Nein, Henry, ich meine die Kennedy-Sache.«

»Das war ein Witz, obwohl ich glaube, dass meine Eltern auf der einen oder anderen Veranstaltung schon mal entfernte Verwandte getroffen haben.«

Sie kommt zurück an meine Seite. Für jeden Schritt, den ich mache, muss sie zwei tun. »Du willst segeln gehen?«

»Es ist Sommer. Warum nicht?« *Und*, denke ich, *weil ich dann mehr Zeit mit dir verbringen kann*. Zeit jenseits der strengen Vorschriften des Büros, wo uns die Titel »Assistentin« und »Chef« in blinkender Neonschrift um den Hals zu hängen scheinen.

»Ich war noch nie segeln.«

»Ich bringe es dir bei«, sage ich. Davon werde ich niemals genug bekommen – von dem Wind auf meiner Haut und dem Gefühl des rauen Tauwerks in meinen Händen. Es ist zu lange her.

Faye beißt sich auf die Lippe und erinnert mich damit daran, wie süß sie schmeckt. Ich muss den Blick abwenden, bevor ich in unserem imaginären Spiel einen weiteren Punkt verliere. »Die Zeit wird uns dann für die Arbeit fehlen«, sagt sie.

»Ja, das sind ein paar Stunden. Aber ich finde, wir beide arbeiten hart genug, und wir haben uns ein Wochenende mit ein bisschen Spaß verdient.«

Sie schüttelt den Kopf, und ihre glänzende Haarpracht funkelt in der Sonne. »Wer sind Sie und was haben Sie mit Henry Marchand gemacht?«

Ich lächele und spare mir die Antwort, die ich sowieso nicht kenne. Wenn ich mit ihr zusammen bin, fühle ich mich so sehr wie ich selbst wie schon lange nicht mehr. Und das will ich mir nicht so schnell wieder nehmen lassen.

Kurz bevor wir das Haus meiner Eltern erreicht haben, bleiben wir stehen, um uns unsere Schuhe wieder anzuziehen. Faye lehnt sich dabei gegen mich, um das Gleichgewicht zu halten. Diese winzige Berührung macht mich absurd glücklich. Ihr Witz, ihr Verstand, ihre Schönheit – alles an ihr ist berauschend. Sie ist eine Frau, die sich nichts gefallen lässt.

Mit einem entschuldigenden Lächeln sieht sie zu mir hoch. »Ich werde mit allen Namen durcheinanderkommen. Das ist bei mir immer so. Meine einzige Schwachstelle.«

»Deine einzige Schwachstelle, was?«

»Ja, und es wäre nicht sehr gentlemanlike von dir, wenn du andere darauf hinweisen würdest.«

»Das würde ich nie tun«, sage ich. »Lily ist die einzige Frau unter uns Geschwistern, und du hast sie bereits kennengelernt. An ihren Namen wirst du dich erinnern, da bin ich mir sicher. Ansonsten immer dran denken: ein Blumenname.«

»Idiot.«

»Und ich bin Henry«, sage ich feierlich. »H-e-n-r-y.«

»Nein, du bist ein ausgewachsenes Arschloch«, sagt sie und grinst noch breiter. »Warum ist mir das nicht früher aufgefallen?«

»Ich gebe mir viel Mühe, das zu verstecken.«

»Gib dir mehr Mühe«, entgegnet sie.

Ihre Neckereien und ihr ungezwungener Tonfall lösen ein wohliges Gefühl in meinem Inneren aus. Ich greife nach ihrer Hand und gehe mit ihr über den Rasen auf das Haus meiner Eltern zu. Es ist groß, im viktorianischen Stil gebaut und hat blaue Fensterläden. Der Inbegriff eines imposanten Paradise-Shores-Hauses.

»Hier bist du aufgewachsen?«

»Ja«, antworte ich. »Also, Rhys ist der grüblerische Bruder, Parker der lustige, nette. Es ist unmöglich, dass du sie verwechselst.«

Sie nickt. »Alles klar. Also Parker ist adoptiert, richtig?«

Ich kann nicht anders – ich muss lachen. Das war genau die Art von Witz, auf die meine Brüder stehen. Und sie hat sie noch gar nicht kennengelernt. »Ja, das könnte man so sagen. Aber möglichst nicht vor meinen Eltern.«

»Das würde ich nie tun.«

In der Ferne ertönt eine Stimme. »Henry? Bist du das? Hast du etwa gerade *gelacht*?«

»Ja!«

Es erklingt ein leiser Freudenschrei und dann wieder die Stimme meines Bruders. »Das habe ich seit 2007 nicht mehr gehört!«

»Sehr witzig. Sie übertreiben«, sage ich zu Faye.

Sie nickt, mit blitzenden Augen. »Ich weiß. Im Büro bist du ja ein Clown.«

Ich will etwas entgegnen, aber wir haben die Veranda erreicht und keine Zeit mehr. Es folgt ein großes Durcheinander aus Umarmungen, Vorstellungen und Händeschütteln.

»Das ist Faye«, sage ich, und sie schenkt ihnen allen ein breites Lächeln.

»Schön, euch kennenzulernen.«

Mein jüngster Bruder schüttelt ihr sofort die Hand, und etwas in mir entspannt sich. Er kann sich mit allem und jedem unterhalten, und niemand wird netter zu ihr sein als er.

Faye lässt meine Hand los, als meine Mutter mich umarmt. »Du siehst gut aus«, sagt sie zu mir.

»Danke.«

»Rhys.« Mein Bruder grinst mich schief an und zieht mich in eine angedeutete Umarmung. Er ist gebräunt, gebräunter als er sein sollte, und seine dunklen Locken sind komplett zerzaust. Anscheinend sieht man so aus, wenn man monatelang als Fotograf durch die Welt reist.

»Geh mal zum Friseur«, sage ich zu ihm. »Denk an die Hochzeitsfotos, Mann.«

Er sieht mich verständnislos an. »Das ist künstlerisch zerzaust. Das soll so.«

Ich lasse die Hand auf seiner Schulter liegen und nicke meinem jüngsten Bruder zu. »Parker.«

»Schön, dich zu sehen, Mann.«

»Dito.«

»Wo hast du sie denn bisher vor uns versteckt?« Er lächelt Faye an, und sie lacht.

»Ist Lily schon da?«

»Ja. Sie mixt mit Hayden Cocktails. Möchtet ihr einen?«

»Ja, bitte.« Faye wirft meiner Mutter ihr gewinnendstes Lächeln zu – das Megawatt-Lächeln, das Eis zum Schmelzen bringen könnte –, und es verfehlt seinen Effekt nicht. Meine Mutter lächelt zurück.

»Ich bin so froh, dass Sie hier sind, meine Liebe«, sagt sie. »Kommen Sie rein, ich führe Sie herum. Und Henry, dein Vater steht am Grill.«

Etwas in mir zieht sich bei ihren Worten und dem Blick, den sie mir zuwirft, zusammen. Zweifellos weiß sie von unserem Streit. Dad hat sich nicht mehr bei mir gemeldet, seit ich das Projekt in Chicago abgelehnt habe. Ich wusste, dass er wütend sein würde, aber ich hoffe, er hat so viel Anstand, das Ganze nicht an Lilys Hochzeitswochenende hervorzukramen.

Dad begrüßt uns beiläufig und dreht uns gleich wieder den Rücken zu, um sich auf die Hummerschwänze auf dem Grill zu konzentrieren. Der Rest von uns trinkt Aperol auf der Veranda, während sich unten am Strand leise die Wellen brechen.

Faye setzt sich am Tisch neben mich. »Dieses Haus ist wunderschön, Mrs. Marchand. Absolut atemberaubend.«

»Oh, nicht der Rede wert«, sagt Mom, aber ich weiß, dass sie die Komplimente gerne hört. Sie stand schon immer auf Schmeicheleien. »Ich werde Ihnen nach dem Essen alles zeigen.«

Meine Familie ist der Inbegriff der Höflichkeit, doch es ist offensichtlich, dass alle neugierig sind. Es ist sehr lange her, seit ich ihnen das letzte Mal jemanden vorgestellt habe, und Parker und Rhys sind beide aktuell Single.

Der Verlobte meiner Schwester sitzt Faye gegenüber und wirft ihr einen verschwörerischen Blick zu, als am Tisch eine hitzige Debatte über das neue Bauprojekt am Yachthafen entbrennt. »Keine Sorge«, sagt er zu ihr. »Die sind immer so. Nach einer Weile gewöhnt man sich dran.«

Faye lächelt. »Gar kein Problem. Tatsächlich bin ich auch Architektin. Meinetwegen könnten wir den ganzen Tag über Bauprojekte reden.«

Mein Vater hat das ganze Abendessen über kaum etwas gesagt, aber jetzt horcht er auf. »Sie sind Architektin?«

Am Tisch wird es still wie so oft, wenn er sich dazu herablässt, etwas zu sagen.

»Ja«, antwortet Faye, immer noch lächelnd. »Das war gleich die erste Gemeinsamkeit von Henry und mir. Und ich habe gehört, das Bauen liegt hier in der Familie?«

Sie ist nett und charmant. Wenn mein Vater darauf jetzt irgendwie fies reagiert …

»Warum haben Sie sich für die Architektur entschieden?«

Eine scheinbar einfache Frage, aber an ihm ist nichts einfach. Er wird auf jeden Fall irgendetwas finden, was er an ihrer Antwort kritisieren kann, und wenn es dabei nicht um Faye geht, dann um mich.

»Ich liebe es einfach. Bauten zu entwerfen, die alles überdauern, die Formen und Strukturen. Architektur ist Kunst, die wir bewohnen, Funktionalität und Schönheit vereint. Sie begleitet uns, seit wir die ersten Hütten errichtet haben.« Fayes Stimme klingt ernst.

»Sie ist der Versuch des Menschen, die Welt zu zähmen, in wiedererkennbaren Formen zu konservieren, um Bauten zu errichten, die überdauern. Ich wollte nie etwas anderes studieren.«

Man hört ihr die brennende Leidenschaft an. Ich greife unter dem Tisch nach ihrer Hand, und sie hält meine, ohne zu zögern, fest. Sie meint jedes Wort so, wie sie es sagt, aber sie hat damit auch eine Situation geschaffen, die mein Vater nicht gegen sie verwenden kann, ohne wie ein Banause dazustehen.

»Das hast du wunderschön gesagt«, meint Lily.

Dad sieht ungerührt aus. »Also sind Sie der neue Einfluss, was?«

»Entschuldigung?«

»Wussten Sie von seinem Trip nach Chicago letzte Woche?«

Ich schüttele den Kopf. »Hör auf, Dad. Das diskutieren wir jetzt hier nicht aus.«

Aber er hört nicht auf, und Faye auch nicht. Ich sehe genau, wie es in ihr *Klick* macht, als ihr klar wird, dass mein *Freund*, der dem Studio das Angebot gemacht hat, mein Vater ist. In ihren Augen lodert etwas auf, die gleiche ehrgeizige Kampfbereitschaft, die ich schon so oft in ihnen gesehen habe, und ich weiß, dass ich hier nicht Faye schützen muss, sondern meinen Vater.

Sie nickt. »Ich wusste von Chicago, ja.«

Dads Augen verengen sich zu Schlitzen, als er von ihr zu mir herübersieht. »Also war deine Entscheidung noch nicht mal deine eigene?«

»Doch, das war sie, und ich stehe immer noch dazu. Aber wir können uns nach dem Essen über Geschäftliches unterhalten.«

»Damit du mich wieder beleidigen kannst?« Er stellt sein Weinglas klirrend ab, und die Stimmung am Tisch sinkt rapide. Scheiße. Das ist genau die Situation, die ich vermeiden wollte. Der Blick meiner Mutter wandert zwischen mir und meinem Vater hin und her, und meine Brüder wappnen sich beide zum Kampf.

Das darf hier nicht aus dem Ruder laufen.

»Ich habe dir meine ehrliche Meinung zu dem Projekt gesagt, Dad. Es sollte keine Beleidigung sein, und es ist bedauernswert, dass du es als eine solche auffasst.«

Er fokussiert Faye. »Halten Sie das Projekt auch für unmoralisch? Das ist das Wort, das er benutzt hat. *Unmoralisch.*«

Wenn Blicke töten könnten, hätte meine Mutter jetzt meinen Vater auf dem Gewissen. »Michael! Reiß dich zusammen!«

Ich lege eine Hand auf den Tisch. »Dad, das ist jetzt das letzte Mal, dass wir darüber reden. Hör auf, dich lächerlich zu machen.«

»Es ist eine simple Frage«, sagt er, ohne sich um unsere Einwürfe zu kümmern.

Faye lehnt sich in ihrem Stuhl zurück und lässt meine Hand los, um die Arme vor der Brust zu verschränken. »Ich kenne keine Einzelheiten, aber ich halte es auch nicht für ein gutes Projekt, nein. Ihr Sohn ist Experte in solchen Dingen. Ich habe gesehen, wie seine Mitarbeiter ihn vergöttern, auch wenn sie gleichzeitig vor ihm Angst haben. Ich vertraue seiner Meinung. Wenn er sagt, es sei unmoralisch, ist es das auch, da bin ich mir sicher.«

Dads Augen weiten sich, und dann lacht er überrascht auf. »Ich verstehe, warum du sie mitgebracht hast, Henry. Verdammt. Wissen Sie, dass ihm sein Studio noch nicht mal allein gehört? Er hat eine Partnerin.«

Seine Stimme ist herausfordernd, als wollte er Faye erneut provozieren, aber was er sagt, trifft mich trotzdem. Ich weiß, dass er der Meinung ist, ich solle in meiner Karriere schon viel weiter sein – er ist viel strenger zu mir als zu meinen Geschwistern. Das war schon immer so.

»Komm schon, Dad, jetzt bist du echt unfair«, protestiert Lily. »Henry ist der Erfolgreichste von uns allen!«

»Ja, als ob ich das nicht wüsste.« Er wirft ihr einen scharfen Blick zu, der wiederum Hayden sichtbar wütend macht, bevor er sich erneut Faye zuwendet. »Also? Was denken Sie?«

»Nun, Sir, da Sie hier heute Abend kein Blatt vor den Mund nehmen, werde ich das auch nicht tun.« Sie legt ihre Serviette ab und streicht mit der Hand darüber, als würde sie sich zum Kampf rüsten. »Ich finde, das war ein überaus kluger Schachzug. Zusammen mit Rykers kann Henry die doppelte Anzahl von Prestigeprojekten mit seinem Namen in Verbindung bringen. Sie können mehr Mittel als Unternehmen an Land ziehen, abgesehen davon, dass Rykers sich auf eine ganz andere Art von Projekten konzentriert. Sie machen einander stärker. Ich habe gehört, Sie seien ein sehr erfolgreicher Architekt, aber heute Abend habe ich von diesem Geschäftsgespür noch nicht viel gesehen. Wenn Sie wirklich mehr über das Unternehmen Ihres Sohnes erfahren möchten, sollten Sie nach New York kommen. Das heißt, wenn er Sie überhaupt noch einlädt, so unhöflich, wie Sie waren. Und das, Sir, ist meine echte Meinung.«

Ich stehe unter Schock.

In ihrer Stimme lag nicht ein Hauch von Überheblichkeit, sondern nur pure Aufrichtigkeit. Sieht sie mich wirklich so?

Der gesamte Tisch ist verstummt, inklusive meines Vaters, der sie einfach nur anstarrt. Faye lächelt höflich und greift nach ihrem Weinglas. »Das Essen ist hervorragend, Mrs. Marchand. Vielen Dank für die Einladung.«

Meine Mutter schluckt. »Ich habe Sherry in die Soße getan. Das ist das Geheimnis.«

»Das muss ich mal ausprobieren.«

Dad trommelt mit den Fingern auf der Tischplatte herum, allem Anschein nach wieder die Ruhe selbst. Er hat den obersten Knopf seines Leinenhemdes geöffnet, und seine Haare sind noch genauso voll wie die seiner Söhne, nur inzwischen grau geworden.

Ich sehe ihm in die Augen und hoffe, dass er jetzt keine Beleidigungen mehr auspackt. Er war schon unhöflich genug zu Faye, aber sollte er beschließen, wirklich loszulegen …

Er tut es nicht.

»Nun«, sagt er schließlich. »Herzlich willkommen in Paradise Shores, Faye.«

Kollektives Aufatmen rund um den Tisch. Die Anspannung ist vorbei und mit ihr die Angst, ich würde davonstürmen, Dad sich in sein Arbeitszimmer zurückziehen und der Abend mit einem weiteren Streit enden.

Unter dem Tisch greife ich wieder nach Fayes Hand und drücke sie leicht. *Danke.* Faye sieht lächelnd auf ihren Teller hinunter und erwidert den Druck.

Nach dem Essen besteht meine Schwester darauf, Faye durch das Haus zu führen. Ich folge ihnen pflichtbewusst und sehe zu, wie Faye alles gezeigt bekommt.

»Das hier ist unser alter Hund Atlas. Und da hat Henry die Juniorenregatta gewonnen.« Sie bleiben vor einem Foto von mir stehen, auf dem ich, knochig und schlaksig, einen viel zu schweren Pokal in die Höhe stemme.

Faye grinst. »Warum überrascht es mich nicht, dass du gewonnen hast?«

»Weil ich immer gewinne.«

Lily verdreht die Augen und geht weiter, den Flur entlang, der zwischen Wohn- und Esszimmer verläuft. »Nicht alles, Henry. Bei Monopoly schlage ich dich.«

Ich nicke, doch als sie sich umdreht, sehe ich Faye an und schüttele den Kopf. »Ich lasse sie gewinnen«, forme ich lautlos mit den Lippen.

Wir bleiben vor dem Regal mit unseren Diplomen stehen. Dort hängen drei gleich aussehende aus Yale. *Henry Marchand, Architektur, Parker Marchand, Management, Lily Marchand, Kunst.*

Es gibt kein Diplom von Rhys, aber Faye fragt nicht nach. Sie tritt noch einen Schritt näher, um meines genauer zu studieren. »Du warst nicht Jahrgangsbester? Ich bin enttäuscht.«

Ich sehe sie kopfschüttelnd an, folge den beiden weiter durch die Ecken und Winkel meines Elternhauses und höre zu, wie sie sich unterhalten. Trotz des kleinen Dramas beim Essen breitet sich ein friedvolles Gefühl in mir aus, als ich Faye mit meiner Schwester beobachte. Ich will, dass sie sich mögen. Ich will, dass Faye dieses Haus mag.

Ich will, dass sie mich mag.

»Kommt schon«, sage ich schließlich. »Lasst uns noch einen letzten Cocktail trinken. Ich glaube, Parker hat was von Kartenspielen gesagt.«

Lily hakt sich bei Faye unter. »Henry fühlt sich nur ausgeschlossen. Hat er dich schon über morgen Abend ins Bild gesetzt?«

»Nein, hat er nicht.« Faye sieht mich mit hochgezogenen Augenbrauen an. »Was passiert morgen Abend?«

»Na ja, es ist kein klassischer Junggesellen- und Junggesellinnenabschied, aber Hayden und ich werden etwas getrennt machen. Die Jungs haben etwas vor – ich will gar nicht wissen, was –, und wir Mädels treffen uns bei mir zu Hause. Möchtest du auch kommen?«

»Sehr gerne. Danke für die Einladung.«

Meine Eltern haben sich schon zurückgezogen, aber der Rest

von uns versammelt sich um der alten Zeiten willen noch auf ein paar Runden Rommé.

Hayden zieht Lily auf seinen Schoß und ignoriert das Murren von Parker und Rhys. »Kommt schon, ich heirate sie am Samstag. Seid mal nicht so streng mit uns.«

Meine Schwester legt ihm eine Hand auf die Wange und lacht. »Keine Sorge, sie sind überglücklich, dass du bald zur Familie gehörst.«

Normalerweise sind solche zur Schau gestellten Liebesbekundungen nicht ihr Ding, aber ich kann es ihnen nicht verübeln. Lily und Hayden lieben sich schon seit Ewigkeiten, und jetzt bekommen sie endlich das Happy End, das sie verdient haben.

Als Faye mir gegenüber Platz nimmt, juckt es mir in den Fingern, das Gleiche zu tun. Ich möchte sie neben mir haben, bei mir. Ein gefährlicher Impuls. Sie legt meiner Familie gegenüber den gleichen entzückenden Ehrgeiz an den Tag wie bei mir, stelle ich fest, als sie Parker haushoch schlägt.

»Die Latte hing extrem tief«, kommentiert Rhys trocken, und wir lachen. Wenn wir so alle zusammen sind ... frage ich mich, warum ich nicht öfter nach Hause komme.

Wir spielen, bis unsere Gläser leer sind und die Sommersonne langsam am Horizont versinkt und das Meer leuchtend rot färbt. Faye ist ein Naturtalent. Sie passt perfekt in die Runde, lacht und scherzt, und ich bin derjenige, der schließlich zum Aufbruch mahnen muss.

»Okay, okay«, sage ich. »Wir machen uns auf den Weg. Lily – du brauchst deinen Schlaf.«

»Schönheitsschlaf«, wirft Parker ein. »Denk an deine bevorstehende Vermählung.«

Hayden schlägt Parker auf die Schulter. »Sag ihr das bloß nicht.

Ich glaube, ich könnte es nicht ertragen, wenn sie *noch* schöner würde.«

Wir stöhnen alle auf bei so viel Kitsch, und Rhys sieht ihn stirnrunzelnd an. »Das sind niedrig hängende Früchte. Sie hat ja schon deinen Ring am Finger.«

Lily hakt sich bei Hayden unter. »Komplimente sind immer willkommen. Also seid still. Danke, dass du hier warst, Faye. Es tut mir leid, dass sie sich so schlecht benehmen.«

Das sieht Faye offenbar nicht so. Sie scheint neben mir in Flammen zu stehen. Unsere Finger verschränken sich, und sie hat ein breites, echtes Lächeln aufgesetzt. »Überhaupt nicht. Es hat mir eine Menge Spaß gemacht. Wobei, es wäre noch schöner gewesen, hätte ich diese letzte Runde auch noch gewonnen.«

Rhys lächelt sie an. »Das konnte ich nicht zulassen, nicht mal für die Freundin meines großen Bruders. Tut mir leid.«

»Entschuldigung angenommen. Aber nächstes Mal gewinne ich.«

»Ich freue mich drauf, zu sehen, wie du es versuchst.«

Ich schüttele den Kopf über ihr Gequatsche. »Wir sehen euch alle morgen.«

Die Tür fällt hinter uns zu, und wir stehen allein in der warmen Abendluft. Faye hält noch immer meine Hand. Ihre Haut fühlt sich warm und weich an, ihre Finger schmal zwischen meinen. Ich will sie nicht loslassen.

»Komm«, sagt sie. »Wir gehen am Strand entlang.«

»Sicher? Der ist nicht beleuchtet.«

Ihr Grinsen ist noch immer breit und ein bisschen wild. »Schiss, Marchand?«

Ich muss lachen. »Nein. Ich habe hier Heimvorteil, falls du das vergessen hast.«

»Oh, definitiv nicht. Gott, deine Familie ist *riesig.*«

»Ja, wir sind einige Leute. Pass auf.« Ich halte sie fest, als wir um den Zaun herumgehen, den Rhys und ich vor vielen Jahren aus Treibholz gebaut haben, und die öffentliche Promenade betreten.

»Und du wirst so *innig geliebt*«, sagt sie seufzend. Unsere Hände schwingen locker zwischen uns.

Ihre Worte treffen mich wie ein Projektil. »Was meinst du?«

»Henry, sie alle hängen an deinen Lippen. Deine Brüder sehen zu dir auf, deine Schwester vergöttert dich, und deine Mom liebt dich abgöttisch.«

Zum Glück ist es dunkel, denn sonst würde sie sehen, wie ich zum zweiten Mal an diesem Tag erröte. Verdammt, wie schafft sie es nur, mich so zu entwaffnen?

»Die Sache beim Essen tut mir leid«, sage ich. »Ich wusste nicht, dass mein Dad dich so hinterhältig überfallen würde.«

»Du hast mir nie erzählt, dass er der Partner bei dem Chicago-Projekt war.«

Ich seufze. »Damals schien es mir nicht wichtig zu sein. Das Projekt war so oder so mies.«

»Ist es okay, was ich gesagt habe? War ich nicht zu schroff?«

»Zu schroff? Faye, du warst verdammt großartig. Es tut mir leid, aber … nein, du warst nicht zu schroff.« Überhaupt nicht. Niemand hat sich jemals so für mich eingesetzt wie sie.

»Ist er immer so? So ein sturer Hund?«

»Meistens, ja.«

Sie schüttelt den Kopf, dass ihre seidigen Haare fliegen. »Das ist so furchtbar. Ich meine, schau dich an! Welche Eltern wären nicht stolz auf so einen Sohn? Wenn das der Maßstab ist, dürften ja keine Eltern der Welt jemals stolz auf ihr eigenes Kind sein, wenn es nicht gerade der erste Mensch auf dem Mond war oder so.«

Lächelnd höre ich ihr zu. Sie wirkt eindeutig gelöster nach den paar Drinks, doch das bin ich auch. Ich sehe den Sternenhimmel über uns, höre die Wellen, die leise auf den Strand schlagen, und fühle mich in Paradise Shores mehr zu Hause denn je.

»Du verteidigst mich. Schon wieder.«

Sie schaut überrascht zu mir hoch. »Sieht so aus, ja. Nicht dass dich jemand verteidigen müsste, aber … ich verstehe es einfach nicht.«

»Das war lieb von dir«, sage ich. »Das vorhin und das jetzt hier auch.«

»Dafür hast du mich doch mitgenommen, oder? Als moralische Unterstützung, hübsche Begleitung und Mitarbeiterin in einem.«

Ihre Stimme klingt amüsiert, aber ich bin es bei diesen Worten nicht. Sie hat recht, und vielleicht hat sie das lediglich als Teil unseres Spiels gesagt, nur irgendwie … fühlt es sich echt an.

»Du nimmst heute Abend wirklich kein Blatt vor den Mund.«

»Sollte ich?« Sie sieht zu mir hoch, und ihre Augen leuchten im Mondschein. »Ist das jetzt ernst oder gespielt? Ich weiß nie so ganz, wann wir den Schalter umlegen.«

»Echt nicht? Dabei versuche ich die ganze Zeit, mit dir mitzuhalten.«

Der Klang ihres Lachens löst wohlige Schauer in mir aus. Ich will sie wieder zum Lachen bringen. »Du hast offensichtlich ein ganz falsches Bild von dir.«

»Ich glaube, das Gleiche kann man manchmal auch von dir behaupten«, sage ich und denke daran, wie sie betont hat, *nur* eine Assistentin zu sein.

»Lass uns ein Spiel spielen«, sagt sie, und ihre Stimme klingt ein paar Oktaven tiefer. Es ist die gleiche Tonlage, mit der sie mich zu unserem Vertrag herausgefordert hat.

»Du weißt doch, dass ich gewinnen werde.«

Sie schüttelt den Kopf. »Wenn wir es richtig machen, gewinnen wir beide.«

»Ich bin ganz Ohr.«

»Es heißt ›Henry kennenlernen‹.«

Ich stöhne auf und bekomme zur Belohnung ein weiteres Lachen. »Das spielen wir schon die ganze Zeit, Faye. Ich kann nicht mehr.«

»Erzähl mir von deiner letzten Beziehung.«

»Ich glaube, du bist ein bisschen betrunken.«

Faye verdreht die Augen. »Weichst du der Frage aus?«

»Meine letzte Beziehung war mit Avery, die du bereits auf spektakuläre Weise kennengelernt hast.«

Faye rümpft die Nase. »Hm. Sie war die wandelnde Perfektion.«

»Dafür hält sie sich vielleicht, aber sie ist definitiv nicht perfekt. Alles okay?«

Sie ist kurz ins Straucheln geraten, und ich greife nach ihr, um sie festzuhalten. Ihre Haut fühlt sich warm unter meinen Händen an.

»Ja.«

Es ist falsch, diese Situation auszunutzen – und ich bin mir sicher, ich werde später dafür bezahlen –, aber ich kann es mir einfach nicht verkneifen, sie das Gleiche zu fragen.

»Jetzt erzähl mir von *deiner* letzten Beziehung.«

Sie schnaubt. »Das ist ein anderes Spiel.«

»Ach, wir dürfen nicht ›Faye kennenlernen‹ spielen? Das finde ich extrem unfair.«

»Da gibt es nicht viel kennenzulernen.«

Ihre Hand ruht noch immer in meiner, und ich kann einfach nicht anders, als sie festzuhalten. »Das ist gelogen. Das glaubst du doch selbst nicht.«

»Okay.« Sie macht ein paar Schritte vorwärts, lässt meine Hand los und geht rückwärts vor mir her. Das Mondlicht bringt ihre Haare zum Leuchten wie ein dunkler Heiligenschein, und nicht zum ersten Mal bin ich vollkommen hin und weg darüber, wie viel *Persönlichkeit* in eine so kleine Person hineinpasst.

»Ich war ein paar Jahre mit einem Kerl namens Aiden zusammen. Er ist ein typischer Wall-Street-Typ.«

Ich stöhne auf. »Nein.«

»Doch, und ich verbiete mir Hohn und Spott darüber. Es ist Geschichte.« Sie hebt einen Finger, als wollte sie einen Hund tadeln, und ich nicke gehorsam. Wenn es etwas gibt, das noch unterhaltsamer ist als Faye selbst, dann ist es eine angetrunkene Faye.

»Erzähl weiter.«

»Er war so traumhaft. Das dachte ich, das dachten meine Freunde. Wir wollten in einer großen Villa auf Martha's Vineyard heiraten.«

Das klingt, als wäre es etwas Ernstes gewesen. »Ihr wart verlobt?«

»Nein, Gott, nein. Aber das war im Gespräch. Teil der Gespräche, die wir über unsere Zukunft geführt haben. Irgendwann wurden aus diesen Gesprächen Diskussionen, und unsere Beziehung ging den Bach runter.«

»Wann war das?«

»Wann wir Schluss gemacht haben? Vor fast zwei Jahren. Und er fehlt mir überhaupt nicht mehr. Fehlt dir Avery?«

»Absolut nicht«, sage ich, »aber lass uns beim Thema bleiben. Warum sind eure Vorstellungen über die Zukunft so auseinandergedriftet?«

Sie wirft die Hände in die Luft, lächelt jedoch noch immer. »Siehst du, deshalb spiele ich nicht gerne ›Faye kennenlernen‹ mit dir. Du bist zu … aufmerksam. Zu sehr Henry. Du siehst durch die Risse hindurch und alle Details, sosehr ich auch versuche, sie zu verstecken.«

Sie klingt unbefangen, aber was sie sagt, gibt mehr von ihr preis, als sie wahrscheinlich in nüchternem Zustand zugelassen hätte.

»Faye, du kannst mir alles erzählen.«

»Richtig.« Sie nickt. »Weil wir ja so gute Freunde sind, stimmt's?«

Sie albert herum, doch meine Antwort ist ehrlich: »Ja, sind wir.«

In der Ferne dreht sich das Licht des Leuchtturms und erhellt für einen kurzen Augenblick den Strand, bevor es wieder aufs Meer hinauswandert. Faye greift nach meiner Hand, auch wenn es hier gar kein Publikum gibt. Ich halte sie fest und frage mich, ob meine Haut sie genauso erhitzt wie ihre mich.

»Okay, ich erzähle es dir«, sagt sie. »Er mochte meinen Ehrgeiz nicht. Am Anfang natürlich schon. Am Anfang stand er drauf. Aber später wurde das Thema mehr und mehr zu einem Problem. Ich sollte für ihn verzichten – und das habe ich getan. Ich habe Treffen mit den Kollegen nach Feierabend sausen gelassen, um bei ihm sein zu können. Aber er selbst hat nie weniger gearbeitet. Er hat die Party zu meinem fünfundzwanzigsten Geburtstag verpasst, weil er unbedingt auf dem japanischen Aktienmarkt handeln wollte.«

»Wow.«

»Und als er zugegeben hat, dass ihm meine Karriereziele nicht gefielen und dass er sich eigentlich ein traditionelleres Leben wünschte mit einer Frau, die zu Hause blieb, wie er es aus seinem Elternhaus gewohnt war … da war mein Ehrgeiz plötzlich nicht mehr so sexy. Also habe ich Schluss gemacht.«

Ihr Ton klingt flapsig, aber der Inhalt ihrer Worte ist es nicht. Die

Erfahrung muss sie tief verletzt haben. Wenn jemand einen solch essenziellen Teil deiner Persönlichkeit ablehnt …

Ich hätte genauso reagiert wie sie.

»Er war ein Feigling und ein Arschloch.«

Sie lächelt mich schief an, und mir wird klar, dass ich dieses Lächeln am liebsten mag. Nicht ihr gewinnendes Megawatt-Strahlen.

»Ja, das könnte man so sagen.«

Sie führt mich vom Strand über das Gesträuch hinweg zur Promenade zurück, als würde sie diese Stadt bereits auswendig kennen. Wir sind tatsächlich fast am Häuschen meiner Schwester angekommen. Ihr Orientierungssinn ist spektakulär. Ich öffne den Mund, um ihr das zu sagen, als sie mich vollkommen aus der Bahn wirft.

»Deine Mutter ist damals auch zu Hause geblieben.«

Ich schließe den Mund wieder und antworte dann: »Ja, ja, das ist sie.«

»Erwartest du von deiner Frau das Gleiche?«

Ah. Jetzt verstehe ich, und mir wird warm und kalt zugleich bei der Frage.

»Nein, natürlich nicht. Meine Frau könnte selbst entscheiden, was sie machen will. Aber wenn du mich fragst, was ich mag: Ich mag Frauen mit beruflichem Ehrgeiz.«

»Findest du das auch sexy?«

Die Frage war mehr oder weniger spaßhaft gemeint, doch ich ziehe Faye trotzdem an mich und lege ihr den Arm um die Taille. »Sehr, sehr sexy. Aber ich finde es auch inspirierend, und ich würde es auf jeden Fall unterstützen.«

»Mhm.« Ihr Körper fühlt sich warm an meinem an, ihre Haut weich unter ihrem dünnen Sommerkleid, und ich weiß, dass dieses

Wochenende Grenzen überschritten werden. Wie könnte es anders sein?

Ich schließe die Tür auf, und wir betreten das Strandhäuschen, immer noch Hand in Hand. Ich war eigentlich nie der Typ, der gern Händchen hält, aber Faye will ich einfach nicht loslassen.

Sie zieht mich in den kleinen Flur, der zwischen den beiden Schlafzimmern liegt, und lehnt sich gegen die Wand. Sie blinzelt langsam. Ihre Lider mit den langen Wimpern schließen sich über ihren wunderschönen Augen, bevor sie schüchtern zu mir hochsieht. Ich kann nicht anders – ich strecke die Hand aus und lasse eine Strähne ihres dunklen seidigen Haars durch meine Finger gleiten.

»Versuchst du, mich zu verführen, Faye?«

»Vielleicht«, sagt sie. »Funktioniert es?«

Ich streiche mit der Hand über ihre Wange, ihren Hals hinunter, wo ihr schneller Puls zu fühlen ist. »Du verführst mich jeden Tag, einfach nur, indem du du bist.«

Sie hält den Atem an, als ich mit den Fingern über ihr Schlüsselbein gleite. Ich streiche ihre Haare aus dem Weg. Ihre Haut ist eine Karte, die ich unbedingt erkunden will.

»Wer hat dir beigebracht, so zu reden?«, fragt sie mit leicht zitternder Stimme.

»Funktioniert es?«

Sie kommt näher. »Ja.«

Ich sollte das jetzt beenden, aber wenn es um Faye geht, ist Selbstbeherrschung bekanntlich nicht gerade meine Stärke.

Ich hebe ihr Kinn an, ihr Atem streicht über meine Lippen, und mein gesamter Körper verspannt sich. In meinem Unterleib regt sich Verlangen wie ein messerscharfer Stich.

Unser Kuss ist nicht vorsichtig. Er ist wie alles zwischen uns – ein bisschen schnell, ein bisschen hart. Ich intensiviere ihn, schmecke sie, und Faye stöhnt. Ein Laut, der mein Gehirn total herunterfährt. Es fühlt sich an, als würde ich Schicht für Schicht entwirrt werden, von dieser wunderschönen Frau mit ihrer spitzen Zunge und ihrem freundlichen Blick.

Sie löst sich mit glänzenden Augen von mir. »Ich fühle mich ein bisschen leichtsinnig.«

»Eindeutig«, murmele ich an ihrem Ohr. Ihre Hände wandern meine Schultern hinauf, vergraben sich in meinem Haar, und ich muss das brennende Verlangen in mir bekämpfen.

»Lass uns etwas tun, das wir beide bereuen werden, Henry.«

Ich lehne den Kopf gegen ihre Schläfe, schließe die Augen und zwinge mich, zur Beruhigung ein paarmal tief Luft zu holen. Gott, ich will sie. Jede Zelle in meinem Körper schreit mich an, das anzunehmen, was sie mir anbietet, ihr ins Schlafzimmer zu folgen und zu sehen, wie gut wir wirklich zueinanderpassen. Aber ihre Worte machen das unmöglich.

Wenn ich mit ihr schlafe, möchte ich nicht, dass sie es bereut.

Ihre Lippen sind weich, als ich sie küsse. »Nicht heute Nacht.«

»Du bist anständiger, als es dir guttut.«

»Das höre ich definitiv zum ersten Mal.« Ich streiche ihr die Haare hinters Ohr. Ihre Augen sind so schön, und ihr Blick wirkt wie benebelt. Ich wollte nie jemanden mehr, als ich sie in diesem Augenblick will. »Gute Nacht, Faye. Bis morgen.«

Sie küsst mich auf die Wange. »Schlaf gut.«

»Das bezweifele ich«, sage ich mit einem Blick nach unten, und sie lacht leise. »Aber ich werde es versuchen.«

Die Schlafzimmertür schließt sich hinter ihr. Ich vergrabe das Gesicht in den Händen und versuche, das brennende Verlangen, das noch immer in mir pulsiert, zum Schweigen zu bringen. Bereuen. Ich will nicht, dass sie irgendetwas an diesem Wochenende bereut. Und egal, wie schwierig es auch wird – ich will, dass wir eine Lösung für unser Chef-Assistentinnen-Dilemma finden.

Denn egal, worauf wir uns auch geeinigt haben – heute Abend hat sich nicht so angefühlt, als würden wir schauspielern. Nicht im Geringsten.

– 21 –
FAYE

Als ich von Vogelgezwitscher und Sonnenlicht, das durchs Fenster fällt, geweckt werde, verspüre ich leichte Kopfschmerzen und nehme den Duft von frisch gebrühtem Kaffee wahr. Wo bin ich?

Ich drehe mich in dem riesigen Bett um. Dann wird es mir schlagartig klar, und die Erinnerung an gestern Abend kehrt zurück. Henrys Familie, die Konfrontation zwischen mir und seinem Vater, seine großartigen Geschwister. Händchenhalten am Strand. Ich und mein loses Mundwerk haben sich in Henrys Gegenwart wohler gefühlt denn je. Wir haben über vergangene Beziehungen geredet, und ich habe ihm von Aiden erzählt.

Wir haben uns vor dieser Schlafzimmertür geküsst.

Ich habe ihn aufgefordert, gemeinsam ein Risiko einzugehen.

Und er hat Nein gesagt.

Ich drehe mich wieder auf den Rücken und starre zur Decke hoch. Er war nur vernünftig. Es wäre nichts Gutes dabei herausgekommen, wenn wir miteinander geschlafen hätten, ganz egal, wie gut es sich angefühlt hätte. Und auch wenn sich das alles gestern wie selbstverständlich anfühlte, war es das nicht. Ich erfülle hier nur meinen Teil des Vertrags.

Den Geräuschen außerhalb der Schlafzimmertür nach zu urteilen, ist Henry schon wach, zweifellos bereits am Arbeiten. Ich gestatte mir fünf weitere Sekunden Selbstmitleid, bevor ich unter die Dusche hüpfe und mich anziehe.

Auf dem Küchentisch warten eine Tasse mit dampfend heißem Kaffee und eine geöffnete Tüte mit Bagels. Henry tippt wie wild auf seinem Laptop herum, die Haare noch nass vom Duschen.

»Morgen«, sagt er zu mir. »Gut geschlafen?«

»Ja.«

»Bedien dich.« Er deutet mit dem Kinn auf die Bagels. »Die Energie wirst du heute gut gebrauchen können.«

»Ach ja?«

»Ja. Wir arbeiten gleich ein paar Stunden, und danach gehen wir segeln.«

Ich nehme ihm gegenüber Platz und greife nach der Kaffeetasse. »Das hast du also ernst gemeint?«

»Todernst, Faye.« Seine grünen Augen blicken ernst drein, wirken aber irgendwie gleichzeitig fröhlich. »Ich hoffe, du hast Badesachen dabei.«

Ich habe tatsächlich einen Bikini eingepackt, doch die Vorstellung, mich vor ihm auszuziehen … Ich nehme einen großen Schluck Kaffee und verziehe das Gesicht. Er ist stark.

Henry legt den Kopf schief. »Bist du dabei?«

»Ja, natürlich. Zeig mir, wie es geht.«

»Oh, das werde ich. Wenn wir fertig sind, kannst du segeln.«

Ich gehe um ihn herum, um nachzusehen, woran er arbeitet. Er dreht das digitale Modell des Opernhauses, um mir die Änderungen zu zeigen. »Hier habe ich die Balken hinzugefügt, die du vorgeschlagen hast.«

»Wow.« Es ist jetzt ein vollkommen anderer Eingangsbereich. Ich setze mich neben ihn und reiße gedankenverloren ein Stück von einem Bagel ab. »Das sieht phantastisch aus.«

»Ja, oder? Hier, warum öffnest du es nicht auch bei dir …«

Ich logge mich auf meinem Computer in das Projekt ein, und

wir verbringen den Rest des Vormittags damit, Seite an Seite ein Opernhaus für die Ewigkeit zu entwerfen.

— • —

Am frühen Nachmittag packen wir schließlich unsere Sachen zusammen, um segeln zu gehen. Die Fahrt zum Yachthafen ist ruhig. Im Radio läuft ein alter Song von Fleetwood Mac. Henry trommelt im Rhythmus des Liedes auf dem Lenkrad herum, und ich werfe ihm einen verstohlenen Seitenblick zu.

Von dem effizienten Eisklotz, der er im Büro ist, habe ich mich fasziniert und angezogen gefühlt. Wenn ich ihn jetzt beobachte, entspannt und in seinem Element, komme ich einem vollkommen anderen Gefühl gefährlich nahe.

Er sieht zu mir herüber. »Du warst heute Morgen ziemlich still. Du denkst doch nicht über gestern Abend nach, oder?«

»Nein.«

Seine Lippen zucken, als wüsste er genau, dass ich lüge, aber er sagt nichts. Schließlich biegt er auf einen kleinen Parkplatz ab, wir steigen aus, und er führt mich schweigend durch eine kleine Baumgruppe hindurch. Hinter den Blättern glitzert das Meer, und dann sind wir da. Vor uns liegt ein wunderschöner natürlicher Hafen mit Booten, die sich auf sanften Wellen hin- und herwiegen. Es sieht traumhaft aus.

»Komm«, sagt er. »Unser Boot ist hier drüben.«

Am Ende des Stegs bleibe ich wie angewurzelt stehen. *»Das hier?«*

»Ja.« Er wirft unsere Tasche mit Snacks und Wasser an Bord und beginnt mit raschen, erfahrenen Bewegungen, die Leinen zu lösen. Als er merkt, dass ich stehen geblieben bin, hält er inne.

»Stimmt was nicht?«

»Dieses Boot ist gigantisch.«

Seine Augen leuchten auf. »Nein, ist es nicht. Es ist mittelgroß. Keine Sorge, wir werden heute hauptsächlich mit Motor fahren. Das schaffen wir zu zweit.«

»Aber ich habe keine Ahnung davon. Ich werde dir nur im Weg sein.«

»Keine Chance. Ich glaube an dich.«

Am liebsten würde ich sagen, dass ich selbst nicht an mich glaube – schließlich kann ich keinen einzigen Segelknoten –, aber ich will nicht schwach klingen.

»Keine Angst«, sagt er, als er meinen Gesichtsausdruck sieht. »Du segelst mit dem Gewinner der Juniorenregatta von Paradise Shores. Du bist in guten Händen.«

Ich lache. Die Anspannung ist verflogen, und ich klettere an Bord. Das Boot fühlt sich fest an unter meinen Füßen. Es bewegt sich leicht im Rhythmus der Wellen.

»Okay«, erwidere ich. »Dann will ich dir mal vertrauen. Sag mir einfach, was ich machen soll.«

Er ist ein guter Lehrer. Erklärt mir klar und deutlich, wie ich den Motor starten soll. Den Hebel in Richtung Steuerbord drehen – »von dir aus gesehen links, Faye, links« – und schon bewegen wir uns.

Er zieht die letzte Leine an Bord und kommt dann zu mir an den Steuerstand.

»Geh zum Bug«, sagt er zu mir. »Hilf mir, aus dem Hafen rauszukommen.«

»Okay. Wonach soll ich gucken?«

»Wir müssen zwischen den roten Bojen bleiben. Sie sind nicht zu übersehen.«

Der Bug des Boots wird schnell zu meinem Lieblingsplatz. Ich beobachte, wie wir die glitzernde Wasseroberfläche teilen, und spüre das Meerwasser auf meiner Haut.

Henry braucht meine Anweisungen kaum – er lenkt uns routiniert aus dem Hafen heraus –, aber ich gebe sie trotzdem. Und dann fahren wir an der Küste entlang, mit ihren kleinen Buchten, Felsen und windschiefen Bäumen.

Ich schließe die Augen und lehne mich zurück. Die Sonne fühlt sich warm auf meiner Haut an, und der Geruch des Meeres umgibt mich. Warum habe ich das noch nie zuvor gemacht?

»Gefällt es dir?«

Ich sehe hoch zu Henry, der am Steuerstand steht, eine Hand am Steuer. Mit seinem vollen Haar im Wind und der Sonnenbrille auf der Nase sieht er aus, als gehörte er aufs Wasser.

»Ja!«

Ich schließe die Augen und genieße eine Weile lang das Gefühl, nichts zu tun. Keine Arbeit, keine Erwartungen. Ich weiß nicht, wie lange wir schweigend dahinsegeln, die einzigen Geräusche um uns herum sind das Rauschen der Wellen, die Schreie der Möwen und das Brummen des Motors.

Schließlich lenkt Henry das Boot in eine kleine Bucht und schaltet den Motor ab. In der Mitte einer dunkelblauen Lagune mit Blick auf die felsige, baumbewachsene Küste kommen wir langsam zum Stehen.

Es ist wunderschön hier.

Henry knöpft sein Hemd auf und enthüllt Stück für Stück gebräunte Haut und straffe Muskeln. »Komm.«

»Was?«

»Wir gehen schwimmen.«

»Wir können doch hier nicht schwimmen.«

»Warum nicht?« Er wirft das Hemd zur Seite. Seine Haut ist leicht gebräunt, die Haare auf seiner Brust weisen den Weg in Richtung eines straffen Bauchs mit den Umrissen eines Sixpacks. Wie schafft er es nur, so auszusehen, wo er doch so viel Zeit an seinem Schreibtisch verbringt? Alles an ihm strahlt Kraft und Vitalität aus.

Henrys Blick trifft meinen. »Bereit?«

Ich straffe die Schultern und greife nach dem Saum meines Sommerkleids. Ich ziehe es mir über den Kopf, und auch wenn ich meinen schwarzen Bikini an mir mag, tanzen die Nerven in meinem Bauch Samba.

Ich ziehe mir die Schuhe aus. »Du zuerst.«

Henrys Blick gleitet kurz über meinen gesamten Körper. Sein Gesicht ist vollkommen ungerührt, fast schon schmerzvoll starr, und dann springt er vom Rand des Boots und taucht in einer geschmeidigen, kraftvollen Bewegung ins Wasser ein.

Ich hole tief Luft und springe hinterher. Das Wasser ist entsetzlich kalt, kälter als ich dachte, und ich tauche, so schnell ich kann, wieder auf.

»Scheiße! Das ist eiskalt!«

Henry lacht. Wassertropfen fliegen durch die Luft, als er den Kopf schüttelt, um die Haare aus den Augen zu bekommen. »Ja.«

»Ist das immer so kalt?«

»Ja«, sagt er vollkommen ungerührt und schwimmt mit kräftigen Zügen auf mich zu. »Wir sind im Atlantischen Ozean, und es gibt hier eine Menge Meeresströmungen.«

»Du wusstest es.«

»Natürlich.« Er dreht sich auf den Rücken und lässt sich an mir vorbeitreiben, die personifizierte Gelassenheit, so als würde ihm die Kälte überhaupt nichts ausmachen. »Willst du damit etwa sagen, dass das hier zu kalt für dich ist?«

Ich spritze ihn nass.

Er richtet sich auf und spuckt Wasser. In seinen Augen blitzt etwas auf. »Bist du wieder kindisch?«

»Ich denke, du bringst mich dazu, so zu sein. Nein, wage es nicht –« Er fabriziert eine Welle, die mir die Haare ins Gesicht klatscht und mich Wasser spucken lässt.

»Du bist unmöglich.«

»Du hast damit angefangen.« Er ist näher gekommen, seine langen Beine treten unter der Wasseroberfläche auf der Stelle. Mein Mund ist salzig vom Meerwasser, und ich streiche mir eine nasse Haarsträhne hinters Ohr.

»Es ist nicht mehr so kalt, wenn man sich daran gewöhnt hat.«

Er lächelt ein breites und echtes Lächeln und nickt. »Richtig.«

»Du wirkst so entspannt hier draußen, auf dem Wasser. Wann hast du segeln gelernt?«

»Sobald ich laufen konnte. Segeln ist sozusagen der offizielle Lieblingszeitvertreib der Marchands.«

»So wie bauen?«

Er verzieht das Gesicht und taucht ab. Ich trete auf der Stelle, um über Wasser zu bleiben, und sehe zu, wie er unter der Oberfläche entlanggleitet und schließlich einige Meter weiter wieder auftaucht. Er hat einen Felsen gefunden, auf dem er stehen kann. Mit den nassen Haaren, die ihm im Gesicht kleben, und den breiten Schultern, die aus dem Wasser auftauchen, wirkt er, als wäre er Teil des Meeres.

Ich schwimme zu ihm hinüber.

»Ja«, beantwortet er meine Frage, »auch wenn ich diesbezüglich der Einzige bin, der das wirklich weiterverfolgt hat.«

»Aber weil du es magst. Architektur, meine ich. Niemand könnte so ein Opernhaus bauen, wenn er die Sache nicht wahrhaftig lieben würde.«

Er sieht mich einen Augenblick lang schweigend an. »Ich habe es geliebt. Liebe es noch immer.«

»Da sind wir uns ähnlich.«

»Wir sind uns in vielen Dingen ähnlich. Ähnlicher, als ich anfangs dachte.«

Ich tauche jetzt auch unter. Das eisige Wasser schließt sich über meinem Kopf. Ich mache ein paar Schwimmzüge. Als ich auftauche, bin ich ihm näher, als ich dachte. Grüne Augen starren mich an.

»Auf diesem Felsen ist noch Platz«, sagt er. »Das heißt, falls du ihn mit deinen Zehen erreichst.«

Ich schaffe es nicht, und er lacht. Seine Arme schließen sich um meine Taille, als ich bei meinem Versuch, mich hinzustellen, fast untergehe.

»Das ist eine Sache, in der wir uns unterscheiden. Du bist ein Zwerg.«

»Bin ich nicht. Und es ist nichts verkehrt an Zwergen.«

Sein Grinsen bleibt bestehen. »Hab nie was anderes behauptet, Kleines. Ich muss sagen, ich mag deine Körpergröße.«

Meine Hände finden unter der Wasseroberfläche seine Oberarme und halten sich an ihnen fest. Sie spannen sich unter meinem Griff an wie Stahlbänder. In seinen Wimpern hängen kleine Wassertropfen.

»Ich durchschaue dich übrigens.«

»Ach ja?«

»Ja. Ich spiele dein Date, damit wir an dem Projekt arbeiten können, und ich akzeptiere diese Argumentation. Aber das ist nicht der einzige Grund.« Ich lege den Kopf schief und sehe durch meine

Wimpern zu ihm hoch. »Bin ich moralische Unterstützung? War das gestern der Grund, bei der Sache mit deinem Dad?«

»Nein. Ich habe dich nicht als Bodyguard mitgenommen, aber du hast trotzdem einen herausragenden Job gemacht. Wenn ich jemals einen brauchen sollte, bist du die Erste, die ich frage.«

»Wirklich?«

»Ja«, sagt er und klingt jetzt geduldiger. »Ich streite mit meinem Dad seit dem Tag, an dem ich geboren wurde. Ich war zu früh, und er hat es nicht rechtzeitig ins Krankenhaus geschafft. Wir hatten nicht gerade einen guten Start.«

»Dann ist er ein Idiot.«

Henrys Lächeln wird breiter. »Er ist *schwierig*«, sagt er. »Manchmal ist er ein absolutes Arschloch. Aber er hat mir das Segeln beigebracht und wie man hart arbeitet. Wie man baut. Und wenn du meine Geschwister fragst, werden sie sagen, ich sei sein Lieblingskind.«

»Ich kann mir vorstellen, dass das nicht immer einfach war.«

»Mhm«, macht er. »Nein, ich denke, da hast du recht.«

Die Stimmung ist ernst geworden, und ich lächele ihn an, weil ich ihn auch wieder lächeln sehen möchte. Es wird so langsam zur Sucht, dieses seltene Lächeln in ihm zu wecken. »Wenn ich also nicht als moralische Unterstützung hier bin … warum dann?«

Er lacht, und der Druck seiner Hände auf meiner Taille verstärkt sich. »Du nimmst meine Antwort nicht für bare Münze, oder?«

»Nein. Du hast mich bestimmt nicht mitgenommen, weil ich so *unbequem* bin. Schließlich wolltest du gestern nicht mit mir schlafen. Eigentlich wollte ich das nicht erwähnen, aber jetzt tue ich es trotzdem.«

Er lächelt schief, und mein Herz vollführt einen erbärmlichen kleinen Tanz in meiner Brust. »Glaubst du das wirklich? Faye, ich wollte. Ich wollte nie etwas mehr.«

»Hm. Wirklich?«

»O ja.« Er neigt den Kopf und drückt mir einen salzigen Kuss auf die Lippen. Ich klammere mich an ihm fest, und er zieht mich näher an sich. Unsere Körper finden sich unter der Wasseroberfläche.

»Ich könnte dich bis in alle Ewigkeit küssen«, murmelt er und streicht mir die nassen Haare aus dem Gesicht, »aber ich weiß, dass ich es nicht sollte.«

»Hm. Du bist gut darin, Dinge nicht zu tun, die du tun möchtest.«

Er lacht. »Ja. Du hast mich nach meinem Trainingsprogramm gefragt, Faye. Das sieht so aus: Ich tue Tag für Tag Dinge, die ich nicht tun will.«

Ich lasse die Hand über seine Schulter nach oben gleiten, bis sie in seinem Nacken liegt. »Das klingt nicht nach besonders viel Spaß im Leben.«

»Nein, aber man erledigt so Dinge.« Er lässt mich los, dreht sich auf den Rücken und fängt an, langsam in Richtung Boot zu paddeln. »Und es hilft mir dabei, keinen Fehler zu machen.«

Und es wäre ein Fehler, wenn wir miteinander schlafen. Das ist mir klar, dennoch habe ich verzweifelt versucht, es zu vergessen.

Zurück an Bord der Frida lege ich mich zum Trocknen auf das Deck.

Die Sonne ist heiß und mein Bikini klein – es sollte nicht lange dauern, bis er trocken ist. Neben mir rubbelt Henry seine Haare mit einem Handtuch trocken, aber er hält jetzt inne und sieht zu mir herüber. Zum Glück trage ich meine Sonnenbrille. So kann ich so tun, als würde ich nicht bemerken, wie eindringlich er mich mustert.

»Ich hätte dich nie einstellen sollen«, murmelt er, und in meinem Bauch regt sich etwas Dunkles. *Ja*, denke ich, auch wenn das bedeuten würde, dass meine Karriere vorbei ist. *Das hättest du nicht tun sollen.*

Auf dem Rückweg zeigt Henry mir mit sicherer, starker Hand, wie man das Hauptsegel hisst und wie man eine Achterschlinge knotet. Und dann schaltet er den Motor aus, und wir gleiten lautlos über das Wasser, nur wir, die Wellen und die Sonne. Ich glaube nicht, dass ich schon mal etwas Besseres erlebt habe.

Henry setzt sich neben mich an den Steuerstand. »Gefällt es dir?«

»Segeln?«

»Ja.«

Ich merke, dass ihm meine Antwort wichtig ist, dass er etwas, das er liebt, mit mir teilt. »Ja. Es ist friedlich. Es kommt mir vor, als gäbe es nur uns und das Meer, die Buchten, die Natur … und als gäbe es keine Regeln.«

»Nicht viele«, sagt Henry. »Das Seerecht müssen wir allerdings befolgen.«

»Warum magst du es?«

»Segeln?«

»Ja.«

Er streicht mir eine Haarsträhne von der Schulter. Meine Haare trocknen leicht gewellt vom Salzwasser. In seinen Augen, die normalerweise so reserviert dreinblicken, spiegeln sich jetzt tiefe Emotionen.

»Mein Kopf kommt zur Ruhe, wenn ich auf dem Meer bin«, sagt er. »Hier gibt es keine Ziele und keine Pläne. Das Leben an Land verschwindet und alles, was bleibt, ist Ruhe. Wir tun das schon seit Jahrtausenden, weißt du?«

»Segeln?«

»Ja. Ein Segler von vor zweitausend Jahren könnte dieses Boot problemlos segeln.«

»Darüber habe ich noch nie so nachgedacht.«

Sein Schmunzeln ist zurück, dieses ganz leichte Kräuseln seiner Lippen. »Ich bin froh, dass ich es mit dir teilen konnte.«

»Ich bin auch froh darüber. Auch wenn du mich nicht vor der Wassertemperatur gewarnt hast.«

»Damit ich deine Reaktion verpasse? Niemals.«

Während wir zurücksegeln, herrscht zwischen uns entspanntes Schweigen. Die Sonne brennt auf uns herunter, die Wellen lullen mich in ein seliges Gefühl ein. Unter seiner Anleitung helfe ich beim Steuern, und er nennt mich lachend Kapitänin. Schließlich taucht der Hafen wieder am Horizont auf, und wir müssen das Hauptsegel einholen. Ich verspüre einen Stich im Herzen, als Henry den Motor wieder einschaltet und die wundervolle Stille durch das dumpfe Röhren ersetzt wird. Er sieht es mir an und lächelt.

»Du verstehst es«, sagt er. »Ich wusste, dass du es verstehen würdest.«

Wir ankern am Bootssteg, und Henry zeigt mir einen weiteren Knoten, mit dem wir das Boot gegen das konstante Schaukeln der Wellen festmachen.

»Lass uns noch ein bisschen hierbleiben«, sage ich aus einer Laune heraus. »Am Bootssteg. Wir müssen noch nicht zurück, oder?«

Henry widerspricht nicht und lässt sich auf die verwitterten Planken nieder. »Noch nicht.«

Wir aalen uns in der Nachmittagssonne und im monotonen Rauschen der Wellen. Es fühlt sich fast so an wie auf dem Meer, ohne ständige To-do-Listen und Dinge, die es zu erledigen gilt.

Henry sitzt zurückgelehnt mit geschlossenen Augen in der Sonne, und ich nutze die Gelegenheit, um ihn zu mustern.

Er ist ein harter Hund, ein unmöglicher Typ, ein Mysterium in teuren Anzügen. Und er ist ein Mann, der in einem alten Seglerpulli und mit einem entspannten Lächeln auf dem Gesicht neben mir sitzt. Seine Haut ist von dem Tag draußen schon leicht gebräunt, als wüsste sie genau, was sie zu tun hat. Ich kann mir gut vorstellen, wie er als Jugendlicher aussah, ein unbeschwertes Lächeln im gebräunten Gesicht, eingerahmt von dichtem braunem Haar. Grüne Augen, die beim Lachen aufleuchten. Er ist so schön, so unerreichbar, dass ich den Blick nicht abwenden kann.

Henrys Augen bleiben geschlossen, als er sagt: »Du starrst mich an.«

»Nein, tue ich nicht.«

Er öffnet ein Auge. »Doch, tust du. Siehst du? Ich gewinne immer.«

»Das ist kein Wettkampf.«

Er stützt sich auf die Handflächen und schließt wieder die Augen. »Alles ist ein Wettkampf.«

Wirklich?

Ich dachte das eine so lange Zeit auch. Ich habe ihm die Stirn geboten. Schritt für Schritt. Spiel für Spiel. Spaß gefunden an unseren witzigen Kämpfchen, daran, mich mit ihm zu messen. Es hat sich angefühlt wie ein Vorspiel, unter dem sich eine tiefere Bedeutung verbirgt.

Ich gewinne immer. Das hat er mir selbst gesagt. Wann habe ich vergessen, dass das auch mich einbezieht? Er hat zugegeben, dass er mit mir schlafen wollte, aber er wollte keine Punkte in unserem imaginären Spiel verlieren. Hat ihn das gestern Abend davon abgehalten?

Henry seufzt, streckt sich und macht Anstalten, aufzustehen. »Leider haben wir heute Abend etwas vor.«

»Ach ja. Unsere Mini-Junggesellenabschiede.«

»Ja. Es tut mir leid, dass ich dich meiner Schwester so ausliefern muss.«

»Ach Quatsch. Ich mag Lily. Außerdem sehen wir uns ja später wieder im Haus.«

Seine Augen funkeln, und mein Magen zieht sich zusammen. Für ihn ist das alles vielleicht nur ein Spiel, aber für mich fühlt es sich echt an – so echt, wie sich lange nichts mehr angefühlt hat.

»Auf jeden Fall.«

– 22 –
FAYE

Von dem kleinen Strandhäuschen bis zu Lilys Haus nebenan ist es nur ein kleiner Spaziergang. Das Haus ist ein wenig größer, umgeben von einem schönen schmiedeeisernen Zaun und üppig bepflanzten Blumenkübeln. An der Veranda hängt ein glitzernder Ballon mit goldener Aufschrift. *Zukünftige Braut.*

Lily lächelt, als sie mich sieht. »Faye, komm rein! Hast du gut hergefunden?«

Ich lache. »Klar. Ich musste zumindest niemanden unterwegs nach dem Weg fragen.«

»Du siehst aus, als hättest du Sonne abbekommen. Wart ihr heute segeln?«

»Ja«, sage ich und fahre mir mit der Hand durchs Haar. Ich habe geduscht und hatte nicht den Eindruck, besonders braun geworden zu sein.

Sie sieht die Fragezeichen in meinem Gesicht und lächelt mich entschuldigend an. »Henry hat es gestern erwähnt. Hat es dir gefallen?«

»Total«, entgegne ich. »Henry hat mir erzählt, es ist praktisch das Familienhobby.«

»Das kann man so sagen. Wir alle konnten Segelknoten, bevor wir laufen konnten. War er ein guter Lehrer?«

»Ja, das war er.«

»Gut. Er hat uns viel beigebracht, wenn Dad nicht da war.« Sie lächelt mich wieder an, und plötzlich steigen Schuldgefühle in mir hoch. Sie ist so nett zu mir – seine ganze Familie ist so nett –, und ich spiele ihr die ganze Zeit etwas vor. Ich bin nur zum Arbeiten hier. »Komm rein. Komm rein. Ich will dir einige meiner Freundinnen vorstellen.«

Sie führt mich einen wunderschönen Flur entlang in ein Wohnzimmer, das aussieht wie aus dem Katalog. Die Einrichtung ist gemütlich, mit Leinenstoffen und einem Schaffellteppich. Es gibt einen riesigen Kamin. »Das Haus ist umwerfend, Lily. Traumhaft.«

»Danke. Hättest du etwas dagegen, das morgen noch mal zu wiederholen, wenn mein Verlobter dich hören kann? Wir haben mit der Renovierung dieses Hauses so lange gebraucht, und ich glaube, gegen Ende hatte er die Schnauze gestrichen voll von meinem ganzen Dekorieren.«

»Nein, hatte er nicht«, ruft eine Frauenstimme. »Er würde dir nie etwas abschlagen, der Trottel.«

Eine Gruppe von Frauen hat sich mit Gläsern rund um den Esstisch versammelt. Lily stellt mich ihnen als *Henrys Mädchen* vor.

»Wir spielen gerade *Er sagte, Sie sagte*«, ruft eine junge Frau mit Pixie Cut. »Komm, mach mit. Willst du ein Glas Champagner?«

»Ja, bitte.«

»Ich bin Jamie«, stellt sie sich vor. »Wir dürfen heute Abend übrigens nicht die Wörter ›Braut‹ oder ›Hochzeit‹ sagen«, flüstert sie mir zu. »Wenn es dir doch rausrutscht, musst du einen Shot trinken.«

»Wenn du *möchtest*«, stellt Lily klar. »Wir sind heute Abend nicht hier, um uns zu betrinken.«

»Du hast recht. Wir lassen es ruhig angehen«, stimmt Jamie zu, schüttelt aber dabei den Kopf und sieht mich an. »Gott bewahre, wenn wir es ein bisschen krachen ließen. Wie auch immer, du bist also Henrys Begleitung?«

»Ja.«

Sie beugt sich zu mir, und ihre Augen funkeln vor Neugier. »Wie ist es, ihn zu daten?«

»Was meinst du?«

Sie reicht mir ein Glas Champagner. »Er war früher immer so reserviert und streng. Hat mit uns geschimpft, wenn wir zu viel Süßes gegessen haben und so.«

Ich muss lachen. »Das kann ich mir gut vorstellen. Hast du als Kind viel Zeit mit Lily verbracht?«

»Wir sind schon immer beste Freundinnen.« Sie nickt. »Zurück zu Henry in einer Beziehung. Ich merke, dass es dir unangenehm ist, und das tut mir leid, aber ich habe so viele Fragen. Außerdem musste ich schon zwei Shots trinken. Im Zweifel immer dem Alkohol die Schuld geben. Sehr erwachsen von mir, ich weiß.«

»Mir ist es nicht per se unangenehm. Wir sind nur nicht wirklich in einer offiziellen Beziehung. Wir gehen miteinander aus, noch nicht allzu lange, und er hat mich gefragt, ob ich als seine Begleitung mit herkomme.«

Ihre Augen strahlen. »Glaub mir – Henry Marchand macht *nichts* ungezwungen.«

»Faye«, ruft Lily. »Löchert Jamie dich?«

Jamie blinzelt. »Ich? Das würde ich nie tun.«

Wir lachen alle, auch wenn sich ihre Worte in meinen Kopf brennen. *Henry Marchand macht nichts ungezwungen.*

Der Abend verläuft fröhlich mit Spielen, Drinks und viel Gelächter. Die anderen Mädels haben Fragen vorbereitet, die Lily beantworten muss. Es sind einige peinliche über ihre Beziehung mit Hayden dabei, und sie errötet, als sie sie beantwortet. Ich bin froh, dass ihre Brüder nicht hier sind.

Wir müssen unser Lieblingserlebnis mit der zukünftigen Braut erzählen, und sie lächelt mich entschuldigend an, als ich an der Reihe bin.

»Es tut mir leid, Faye. Wir haben uns gestern erst kennengelernt.«

»Keine Sorge. Ich habe schon ein Lieblingserlebnis. Als du Henry zum Erröten gebracht hast. Das habe ich vorher noch nie gesehen. Auf dich, Lily.« Ich hebe mein Glas.

Sie grinst mich an. »Auf viele weitere Erlebnisse.«

Am Ende bin ich ein bisschen beschwipst, und meine Wangen sind gerötet vom Lachen. Genauso wie das Abendessen gestern ist der Abend heute hier überhaupt nicht schwierig. Es überrascht mich fast schon, wie natürlich es sich anfühlt.

Ich sollte Henry erzählen, dass ich Spaß habe. Wahrscheinlich fragt er sich, wie es mir bei seiner Schwester ergeht. Ich entschuldige mich kurz und hole mein Handy aus der Tasche. Auf dem Display wartet eine Nachricht auf mich, die bereits vor einer Stunde kam.

Henry Marchand: *Ich hoffe, du hast Spaß heute Abend. Bitte fühl dich nicht dazu genötigt, meinetwegen oder für Lily ewig zu bleiben. Sie würde es verstehen.*

Natürlich hat er mir zuerst geschrieben. Typisch.

Faye Alvarez: *Also bist du der Einzige, der heute auf die Pauke hauen darf? Ich amüsiere mich großartig, danke. Lily ist entzückend.*

Mit angehaltenem Atem warte ich, bis ein paar Sekunden später die drei Punkte auf dem Display erscheinen, die mir zeigen, dass er etwas schreibt.

Henry Marchand: *Ich bin mir nicht sicher, ob mich deine jähe Freundschaft mit meiner Schwester freuen soll oder ob sie mich irritiert. Hast du einen neuen Lieblings-Marchand?*

Faye Alvarez: *Einschüchtern. Sie soll dich einschüchtern.*

Henry Marchand: *Dann muss ich den Einsatz erhöhen. Das reicht sonst nicht.*

Faye Alvarez: *Mal wieder übertrieben ehrgeizig, oder?*

Henry Marchand: *Bis ins Mark, Faye. Bleibst du noch lange dort?*

Faye Alvarez: *Wie lange geht es denn bei euch? Wo seid ihr eigentlich? Stripclub?*

Henry Marchand: *Ich habe zuerst gefragt. Und nein, soweit ich informiert bin, gibt es keine Stripclubs in Paradise Shores. Kennst du einen guten?*

Faye Alvarez: *Ich denke, ich werde gegen Mitternacht zu Hause sein. Lily will versuchen, vor morgen noch ein bisschen zu schlafen.*

Henry Marchand: *Gut, wir bringen Hayden auch um die Zeit ins Bett.*

Ich lächele auf mein Telefon hinunter. Ich habe keine Ahnung, was das zwischen uns ist, warum ich wirklich hier bin. Und zum ersten Mal in meinem Leben habe ich das Gefühl, ich sollte mich vielleicht einfach darauf einlassen, anstatt dagegen anzukämpfen. Mehr so sein, wie Henry auf dem Meer war. Ruhig und entspannt.

Es ist Viertel vor zwölf, als ich schließlich von Lilys Haus zu dem kleinen Strandhäuschen nebenan hinübergehe, das *ebenfalls* ihr gehört. Diese Leute sind zwar extrem privilegiert, aber trotzdem total liebenswert.

Ich schließe die Tür auf. »Hallo?«

Das Häuschen ist leer, doch Henry hat gesagt, er wäre bald zu Hause. Ich setze Teewasser auf und schlüpfe in meine Pyjamashorts aus Seide und das passende Oberteil. Zum Glück hat Jessie mich vor Monaten überzeugt, das Set zu kaufen.

Ich bürste mir die Haare und lasse sie offen über die Schultern fallen.

Mir ist nicht entgangen, wie sein Blick, auch wenn er professionell und reserviert ist, immer wieder an meinen Haaren hängen bleibt, als könnte er nicht anders.

Keine zehn Minuten später hält draußen ein Taxi, und ich höre einen Schlüssel im Schloss.

Henry bleibt in der Tür stehen. Der oberste Knopf seines Hemdes ist geöffnet, und sein volles Haar ist ungewöhnlich zerzaust.

»Faye?«

»Das bin ich.« Ich sitze auf der Couch, trinke einen Schluck Tee und ziehe die Beine unter mich. »Ich bin gerade nach Hause gekommen.«

Er wirft den Schlüssel auf den Tisch im Flur. »Hattest du einen schönen Abend?«

»Ja. Die Freundinnen deiner Schwester waren wirklich süß. Und ein bisschen verrückt. Aber hauptsächlich süß.«

»Gut. Ich habe mir Sorgen gemacht.«

»Sorgen?«

»Na ja, dich so allein losziehen zu lassen. Wer weiß, was sie dir hätten erzählen können. Oder noch schlimmer: du ihnen.«

Ich grinse ihn an. »Hattest du Angst, ich würde all deine New Yorker Geheimnisse ausplaudern?«

»Todesangst«, sagt er.

»In der Küche ist heißes Wasser, wenn du auch einen Tee möchtest.«

»Danke«, sagt er, aber er geht nicht in die Küche. Stattdessen lässt er sich in den Sessel mir gegenüber sinken.

»Wie war dein Abend?«

»Wild«, erwidert er. »Wir sind mit Hayden durch Paradise Shores gezogen und haben ihn alle möglichen Erinnerungen noch einmal durchleben lassen. Es gab Bier. Einiges an Whiskey. Er trinkt zwar nichts, doch er ist trotzdem verdammt gut darin, den Rest von uns dazu zu bringen.«

»Und keine Stripperin in Sicht.«

»Keine einzige«, bestätigt er und fährt sich mit der Hand durchs Haar. »Ein paar seiner alten Kumpel aus der Navy waren da, und nach dem, was sie so erzählt haben, überdenkt Parker, glaube ich, noch mal seine Lebensentscheidungen.«

Ich kichere. »Aber du nicht?«

»Nicht heute Abend zumindest. Im Moment bin ich glücklich über meine.«

Er lehnt sich in seinem Sessel zurück und sieht mich an. Seine langen Beine hat er vor sich ausgestreckt, seine Arme ruhen auf den Armlehnen.

»Abgesehen davon, dass du mich eingestellt hast, natürlich«, betone ich. »Du hast heute erwähnt, dass das ein Fehler war.«

»Das hast du gehört?«

»Ja.«

»Es war ein Fehler«, sagt er mit erhitzter Stimme. »Trotzdem bereue ich es nicht.«

Unsere Blicke treffen sich und halten einander stand. In mir zieht sich etwas zusammen. Gestern hat er mir zwar einen Korb gegeben, aber er hat definitiv ernst gemeint, was er vorhin gesagt hat: nicht, weil er mich nicht wollte – das steht ihm nämlich gerade mehr als deutlich ins Gesicht geschrieben.

Ich lecke mir über die Lippen. »Wir sollten schlafen gehen. Morgen ist der große Tag.«

»Mhm«, sagt er. »Showtime.«

Keiner von uns rührt sich.

»Hast du gestern gut geschlafen?«

»So gut, wie zu erwarten war, ja. Du?«

»Ganz okay. Das Bett ist sehr groß. Viel größer als meins zu Hause.«

»Ach?«

Ich nicke. Worüber reden wir hier eigentlich gerade?

»Hast du heute Abend viel getrunken?«

»Ein bisschen. Warum? Du?«

Seine Augen wirken glasig, wobei ich nicht glaube, dass es vom Alkohol kommt. »Ja. Aber ich bin nicht betrunken.« Er steht auf. »Komm, lass uns schlafen gehen.«

Ich nehme seine ausgestreckte Hand. Seine Haut fühlt sich warm an. Ich bekomme Gänsehaut am Arm. »Zusammen?«

Seine Finger fassen meine fester, während er mich durch das Wohnzimmer führt. »Gott, Faye. Du stellst die Grenzen meiner Selbstbeherrschung wirklich auf die Probe.«

»Sie scheint grenzenlos zu sein.«

»Das dachte ich auch, bevor ich dich kennengelernt habe.« Er bleibt vor meiner Schlafzimmertür stehen, meine Hand noch immer in seiner, genauso wie am Abend zuvor. Aber dieses Mal ist er derjenige, der mein Kinn anhebt. »Nur zum Schlafen.«

»Versprochen.«

Sein Blick wandert hinunter über meine Lippen, meine Brüste, meinen ganzen Körper, bis ich das Gefühl habe, unter dieser genauen Musterung zu platzen.

»Dann komm«, sage ich leise und ziehe ihn in mein Schlafzimmer.

Er folgt mir, sieht schweigend zu, wie ich die Decke zurückschlage und die Nachttischlampe anknipse.

»Willst du in kompletter Montur schlafen?«

Er lächelt und beginnt, sich die Manschetten aufzuknöpfen. »Nein.«

Ich gehe ins angrenzende Badezimmer, putze mir die Zähne und versuche, das donnernde Klopfen meines Herzens zu ignorieren. Nach meiner Reaktion auf ihn zu urteilen, könnte man denken, ich hätte noch nie mit einem Mann in einem Bett geschlafen – ganz zu schweigen davon, *mit* einem geschlafen. Im Spiegel sehe ich, wie gerötet meine Wangen und wie geweitet meine Augen sind.

Henry hat seine Hose ausgezogen und steht in Boxershorts neben dem Bett. Das aufgeknöpfte Hemd entblößt dieselbe kräftige Brust, die ich heute Nachmittag schon bewundert habe.

Ich gleite ins Bett und ziehe die Decke hoch. »Bleibst du da drüben stehen?«

Er stößt ein atemloses Lachen aus. »Rabiat, Faye. Wie immer.«

»Du willst es doch nicht anders.«

Er schlüpft aus seinem Hemd. »Ich bin gleich wieder da.«

Als er aus dem Badezimmer kommt, habe ich schon das Licht gelöscht und mich tiefer unter die Decke gekuschelt.

Henry hebt sie an, und die Matratze gibt nach, als er sich hinlegt. Ein paar Sekunden liegen wir einfach nur da, Seite an Seite, und bewegen uns nicht.

»Okay«, sagt er schließlich. »Du hast recht. Das Bett ist sehr groß.«

»Danke, dass du es bestätigst.«

Er schnaubt. »Du wirst nie aufhören, mich zurechtzuweisen, oder?«

»Nein«, sage ich leise. Ich versuche, zu ignorieren, wie nahe er mir in der Dunkelheit ist, und scheitere. Sein Kopf liegt auf dem Kissen neben meinem, unsere Körper sind nur durch bloße Willenskraft voneinander getrennt.

»Okay«, murmelt er. »Dann schlaf gut, Faye.«

»Du auch, Henry.«

Vielleicht liegt es an unserem Nachmittag auf dem Meer oder an dem lustigen Abend bei Lily – jedenfalls fallen mir wie von selbst die Augen zu. Das Bett ist einfach zu gemütlich.

Als ich sie wieder öffne, bin ich an etwas Warmes gekuschelt. Henry liegt hinter mir, die Wärme seines Körpers umgibt meinen. Dass er größer ist als ich, war nie deutlicher als jetzt. Er ist überall.

Aber er ist auch angespannt, dreht sich von mir weg.

Ich spähe über meine Schulter und versuche, in der Dunkelheit seine Augen auszumachen. »Henry? Habe ich mich auf deine Seite gerollt?«

Seinem leisen Seufzen nach ist er hellwach. Seine starke Hand auf meiner Hüfte dreht mich wieder zurück. »Schlaf weiter, Faye«, flüstert er.

Ich greife nach seiner Hand und verschränke meine Finger mit seinen. Seine Haut fühlt sich warm und trocken an. Ich mag es, wie sich unsere Hände zusammen anfühlen – das ist mir schon aufgefallen, als wir das erste Mal Händchen gehalten haben. »Aber du bist wach.«

»Ja.«

Ich schmiege mich enger an ihn und spüre jetzt überdeutlich, was er zu verstecken versucht.

Hitze durchströmt mich, meine Haut scheint überall, wo wir uns berühren, in Flammen zu stehen. Dort, wo sein nacktes Bein meines berührt, seine Brust meinen Rücken, seine Erektion meine Hüfte.

»*Ja*«, sagt er. »Der nächste Punkt für dich.«

Ich recke den Hals, um ihm in die Augen zu sehen. In der Dunkelheit wirken sie fast schwarz. »Schwierig, den zu verstecken, oder?«

Er vergräbt sein Gesicht im Kissen. »Ja«, murmelt er. »Das geht wieder weg. Ignorier es einfach.«

Keine Chance. Mit hämmerndem Herz drehe ich mich auf den Rücken, um ihn anzusehen. Unsere Hände sind noch immer miteinander verschränkt, und ich lege sie mir auf den Bauch, direkt unter meinem Herz.

»Ist das nicht unangenehm für dich?«

Er wendet sich mir wieder zu. Ich kann seinen Gesichtsausdruck nicht deuten, als er mit rauer Stimme antwortet. »Ja.«

»Mhm.«

»Sag, was du sagen willst, Faye.«

Ich streiche mit dem Daumen über seinen Handrücken und starre zur Decke hoch. Ich spüre ihn immer noch hart an meiner Hüfte. »Nein, es ist nur, ich habe mich das immer gefragt. Ich habe ja selbst keinen, weißt du? Ich habe gehört, dass das manchmal schmerzhaft sein kann. Wenn es keine … Erlösung gibt.« Gott, mein Mund brabbelt einfach vor sich hin. Ich kann ihn nicht anschauen aus Angst, Belustigung in seinem Blick zu sehen. Es klingt, als hätte ich nie zuvor einen Penis gesehen, obwohl ich doch einfach nur nervös bin, weil es *seiner* ist.

Henrys Atem fühlt sich warm an meiner Schulter an. »Klingt, als hättest du da schon viel drüber nachgedacht.«

Verdammt. »Ein bisschen.«

Seine Hand schließt sich fester um meine. »Du willst, dass ich deine Fragen beantworte.«

Es ist eine Feststellung, keine Frage, aber ich nicke trotzdem. Ehrlich gesagt habe ich keine Ahnung, was ich will. Ich will ihn, und ich will, dass er sich nicht wegdreht, und ich weiß, dass wir nicht weitergehen können als bis hier.

Auch wenn es mir seine pulsierende Erektion gerade äußerst schwierig macht, mir diese Tatsache in Erinnerung zu rufen.

»Wie fühlt es sich an, hart zu sein?«, frage ich und krümme mich innerlich angesichts dieser albernen Frage. Er wird jeden Moment den Stecker ziehen, sich wegdrehen und der Intimität zwischen uns ein Ende setzen.

»Im Moment unangenehm«, knurrt er. »Wie ein Juckreiz, und du willst dich kratzen. Aber sie sind nicht immer so.«

»Nicht alle Erektionen?«

»Nein.«

Ich runzele die Stirn. Ich dachte immer, sie würden sich alle gleich anfühlen. »Wie unterscheiden sie sich?«

Henry seufzt. »So ein Gespräch habe ich noch nie mit einer Frau geführt. Natürlich musst du wieder anders sein.«

Ich spüre ihn immer noch an meiner Hüfte. Anscheinend verschwindet die Erektion doch nicht so schnell wieder. »Ich glaube, das Wort, das du suchst, ist ›einzigartig‹. Sag mir, wie sie sich unterscheiden?«

»Hm. Okay. Manchmal ist er nur so halb hart, und es nervt, aber du weißt, dass es wieder weggeht. Das passiert. Dann ist es nicht schmerzhaft oder störend.«

»Ja.«

»Manchmal ist er …« Er unterbricht sich. »Gott, Faye. In Ordnung. Manchmal ist er einfach nur richtig hart und einsatzbereit.«

»Mhm.« Bei seinen Worten und dem Gefühl seines Körpers an meinem regt sich Hitze in meinem Unterleib. »Und so ist es jetzt gerade?«

»Nein. Jetzt gerade ist er hart wie ein gottverdammter Stein. Aber wie ich schon sagte, das geht weg.«

Ich muss schlucken, bevor ich etwas erwidern kann. Mein gesamter Körper fühlt sich lebendig an, sämtliche Nerven sind in Alarmbereitschaft. »Das ist sehr interessant«, murmele ich.

Er stößt ein dunkles Lachen aus. »Ich fasse es nicht, was hier gerade passiert.«

»Was denn?«

»Dass ich im Dunkeln neben einer wunderschönen Frau liege und platonische Fragen zu meinem Schwanz beantworte.«

Mein eigenes Lachen klingt erstaunt. »Ich fasse es auch nicht. Ich bin eine erwachsene Frau und frage dich so was?«

»Mhm.« Seine Hand schließt sich um meine Taille, und seine Finger graben sich sanft in meine Haut. »Du bist nervös.«

Ich möchte instinktiv widersprechen. Mit ihm diskutieren, ein bisschen streiten. Doch womöglich haben wir davon schon zu viel gehabt – von den Wettkämpfchen und den Spielchen.

»Vielleicht«, sage ich. »Aber vielleicht will ich es auch nicht ignorieren, bis es weggeht.«

Seine Hand schließt sich fester um meine Taille. Ich spüre seine Erektion an meiner Hüfte – pulsierend und plötzlich noch heißer.

»Verdammt, Faye ...«

»Ich weiß«, flüstere ich schnell. »Wir können nicht. Das musst du mir nicht noch mal erzählen. Aber vielleicht ist darüber zu reden das, was dem am nächsten kommt. Vielleicht hilft es.«

»Mhm«, sagt er ruhig. »Ich glaube nicht, dass Verlangen so funktioniert, Süße. Oder Erektionen.«

Der Kosename lässt etwas in mir warm werden. Er klang so natürlich aus seinem Mund, mit seiner tiefen Stimme, die jetzt durch die Erregung so heiser klingt. Ich ziehe unsere ineinander verschränkten Hände etwas höher, bis sie die Unterseite meiner Brust berühren. »Hast du nicht darüber nachgedacht? Wie es wohl sein würde?«

»Miteinander zu schlafen?«

»Ja.«

Henry schweigt eine ganze Weile. »Doch, natürlich.«

Die Hitze in meinem Körper breitet sich aus, bis mir zu warm wird unter der Decke, in meinem Oberteil. »Erzähl«, murmele ich.

Henry schüttelt den Kopf. Sein seidiges Haar kitzelt mich an der Stirn. »Ich habe dir schon so viel erzählt. Jetzt bist du dran, Faye. Hast du darüber nachgedacht?«

Nur die ganze Zeit.

»Ja.«

Sein Daumen streicht über meine Brust. »Erzähl.«

Ich bin froh, dass es dunkel ist und er mein errötetes Gesicht nicht sehen kann. Wir haben noch nicht miteinander geschlafen – haben uns noch nicht einmal gegenseitig nackt gesehen! –, trotzdem fühle ich mich in dieser Situation so verletzlich wie noch nie zuvor. »Ich habe darüber nachgedacht, wie es sich anfühlen würde … deine Arme um mich zu spüren.«

»So wie jetzt?«

»Ja, aber Haut an Haut. Ich würde dir mit der Hand durchs Haar fahren. Du würdest mich küssen, und du würdest …« Meine Stimme versagt, und meine Wangen brennen vor Verlegenheit.

»Verlässt dich der Mut, Alvarez? Erzähl es mir. Was würde ich in deiner Phantasie tun?«

»Du würdest mir das Kleid ausziehen«, flüstere ich. »Ganz cool und sachlich, aber deine Augen wären … na ja. Du würdest mich sehr lange ansehen.«

Er stößt ein leises Knurren aus, eine Aufforderung, fortzufahren.

»Und dann würdest du mich wieder küssen. Aber deine Hände wären überall, auf meiner Haut, auf meiner … na ja. Du würdest mich sehr lange berühren, ohne auch nur einen einzigen Knopf bei dir selbst zu öffnen.«

Henrys Hand ist fast unmerklich höher gewandert. »Ich glaube, du überschätzt meine Beherrschung, was dich betrifft.«

»Es ist eine Phantasie«, verteidige ich mich. »Was würdest du stattdessen tun? Mich schnell nehmen?«

Ich wollte ihn mit meinen Worten aus dem Gleichgewicht bringen, aber Henry stößt ein leises, dunkles Lachen aus. »O nein, Faye. Du hast schon recht. Ich würde mir Zeit lassen. Ich würde dich mehrfach in meinen Armen zerspringen sehen wollen, bevor ich dich dabei helfen lasse, mir« – er drückt seine Hüfte und seine Erektion an mich – »Erleichterung zu verschaffen.«

Es fällt mir schwer, mich darauf zu konzentrieren, anständig zu sein. Meine Hände bei mir zu behalten, die Anziehung seines Körpers und seiner Worte zu ignorieren. In meinem Unterleib staut sich die Hitze.

Denk dran, wer ihr seid, ermahne ich mich. *Chef und Assistentin. Denk an den Vertrag.*

»Das klingt … gut.«

Henry lacht und zieht mich enger an sich, so dass sein Körper meinen vollständig umgibt.

»Gut? Faye, du musst zugeben, das klingt phantastisch.«

Ich lecke mir über die Lippen. »Verliere ich einen Punkt, wenn ich es zugebe?«

»Nein«, sagt er leise. »Ich glaube, ich habe heute Nacht schon mehrere verloren, als ich zugegeben habe, wie sehr ich dich will.«

Ich bewege die Hüften leicht an seiner Erektion, und er stöhnt. »Ja, du hast da wirklich einen offensichtlichen Nachteil. Das ist bei dir schwierig zu verstecken.«

»Ach?« Seine Stimme klingt erregt. »Und du versteckst es?«

»Das ist bei Frauen deutlich einfacher.«

Seine Hand wandert meinen Bauch hinunter, raue Fingerspitzen berühren sanft meine Haut und hinterlassen eine Spur aus Feuer. »Nicht besonders fair«, murmelt er.

Ich hole tief Luft, als seine Hand innehält, um mit dem Saum meines Oberteils zu spielen. Er fummelt so lange daran herum, dass ich ihn einfach aufziehen muss.

»Kontrollierst du die Fadendichte, Marchand? Ich dachte, du wolltest *mich* kontrollieren.«

Sein warmer Atem streift meinen Nacken. Seine Lippen müssen nahe an meiner Haut sein, keinen Zentimeter entfernt. »Natürlich«, murmelt er. »Gleiches Recht für alle.«

Mit den Fingerknöcheln streicht er über meinen Unterbauch, und ich schließe die Augen.

Seine Hand gleitet unter den Saum des Oberteils und liegt jetzt flach auf meinem Bauch. Quälend langsam bewegt sie sich dorthin, wo ich sie haben will, und ich traue mich kaum zu atmen, aus Angst, er könnte es sich anders überlegen. Aus Angst, er könnte die Hand wieder in die andere Richtung wandern lassen, irgendetwas von wegen Professionalität murmeln oder auf unser Spiel mit den Punkten verweisen.

Aber er tut nichts dergleichen.

Stattdessen drückt er mir einen heißen Kuss auf den Nacken und lässt die Hand unter den Bund meiner Shorts und meines Höschens gleiten. Er gibt mir jede Menge Zeit, ihn zu stoppen, sein Handgelenk festzuhalten und Nein zu sagen.

Ich tue nichts dergleichen.

Seine Hand wandert zwischen meine Beine. Ich spreize sie leicht, halte noch immer die Luft an, und dann stellen seine Finger den Kontakt her. Ich stoße zitternd Luft aus, als er entdeckt, was ich längst wusste.

»Fuck, Faye. Du bist von diesem Gespräch wirklich so feucht geworden?«

»Ja. Und dich an meinem Bein zu spüren, war auch nicht gerade hilfreich.«

Er antwortet, indem er seine Erektion noch fester an mich drückt und seine Hand sanft bewegt. Mich streichelt, reibt und reizt.

»Daran ist nichts verkehrt«, murmelt er. »Das weißt du, richtig?«

Vielleicht sollte ich mich dafür schämen, was ich dann tue – für das Wimmern, das mir entfährt, für das leichte Kreisen meiner Hüfte, um seine Finger dort zu spüren, wo ich sie brauche –, aber in meinem Kopf ist kein Platz mehr für Schamgefühle.

»Ja«, murmele ich. »Das weiß ich.«

Er lässt seinen anderen Arm unter meinen Nacken hindurchgleiten und legt ihn wie ein Stahlband über meine Brust. Ich bin gefangen, unfähig, irgendetwas anderes zu tun, als mich an ihn zu lehnen, die Augen zu schließen und ihn zu spüren. Seine Finger umkreisen jetzt genau die richtige Stelle, und ich erschaudere. Es ist so lange her, und seine Hände scheinen genau zu wissen, was sie tun müssen. Die Hände eines Architekten, eines Erbauers – eines Seglers.

Und als er einen Finger in mich hineinschiebt … packe ich seinen Arm und versuche, mein Keuchen zu kontrollieren.

Er murmelt einen Fluch an meiner Schläfe. »Verdammt, Faye … spreiz die Beine noch ein bisschen mehr für mich.«

Ich tue, was er verlangt, und der Befehl entfacht noch mehr Lust in mir. Er macht sich den erleichterten Zugang sofort zunutze. Lange Striche und kleine Kreise, abwechselnd, unerbittlich. Seine Berührungen bringen mich bis an den Rand. So viel Lust habe ich noch nie bei einem Mann empfunden.

Seine Lippen drücken sich an meine Wange. »Du bist bei mir sicher«, murmelt er. »Komm für mich.«

Selbst wenn ich wollte, könnte ich nicht protestieren. Seine Bewegungen werden schneller, und ein zweiter Finger gesellt sich zu dem ersten. Es ist aus – mein Orgasmus erschüttert meinen gesamten Körper. Henry hält mich fest, während sich meine Beine versteifen. In meinem Kopf herrscht Leere. Ich keuche.

Langsam zieht er seine Hand zurück. »Du fühlst dich so gut an, Süße. Wahnsinn.«

Es dauert eine Weile, bis ich wieder klar denken kann, doch als es so weit ist, spüre ich an meinem Bein, dass er immer noch hart ist. Ich bewege die Hüfte, und er stöhnt sofort auf, dunkel und heiser.

Ich greife nach ihm, will ihn unter meiner Berührung vor Erleichterung stöhnen hören, ihm geben, was er mir gegeben hat. Doch ein eiserner Griff schließt sich um meine Hand.

»Nicht heute Nacht, Faye.«

»Aber du bist immer noch hart. Wird es nicht schwierig, so zu schlafen?«

»Das geht weg«, sagt er und hält mich fest an sich gedrückt. »Glaub mir.«

»Okay. Ich … danke?«

Er schnaubt, aber es klingt freundlich. Seine Hand liegt wieder ganz unschuldig auf meinem Bauch. »Schlaf jetzt, Faye.«

»In Ordnung. Du aber auch.«

Etwas berührt meine Haare. Seine Lippen? »Das werde ich.«

Mein Körper fühlt sich leicht und schwer zugleich an, und es ist so einfach, in seinen Armen zu entspannen. So dösen wir weg, ineinander verschlungen in dem riesigen Bett, und ich schlafe so gut wie schon lange nicht mehr.

– 23 –
HENRY

Als ich die Augen öffne, scheint die Sonne durch die Fensterläden, und die Betthälfte neben mir ist leer. Das Laken auf ihrer Seite fühlt sich kalt an. Verdammt. Ich drehe mich auf den Rücken und versuche mir ins Gedächtnis zu rufen, wann ich das letzte Mal so lange geschlafen habe. Ich kann mich beim besten Willen nicht daran erinnern.

Faye ist aufgestanden, ohne mich zu wecken. Ein köstlicher Duft zieht aus dem Wohnzimmer herüber – Kaffee, Speck, irgendetwas backt im Ofen ... Wie lange ist sie schon wach?

Ich schlage die Decke zurück und schaue auf meine erbärmliche Morgenlatte hinunter. Es war schwierig, einzuschlafen mit Faye im Arm und einem Körper, der um jeden Preis Sex wollte, doch irgendwann ist es mir gelungen. Kein Wunder, dass er sich da unten jetzt wieder regt.

Ich gehe duschen und denke dabei an die wundersamen Szenen, die sich letzte Nacht abgespielt haben. An ihre weiche Haut unter meinen Lippen. Ihre feuchte Wärme, die meine Finger umgab. Ihr atemloses Stöhnen. Ja, das kalte Wasser der Dusche hilft überhaupt nicht gegen meinen schmerzhaft harten Schwanz.

Letzte Nacht war unglaublich, ja, aber ich kann es mir nicht leisten, das hier zu vermasseln. Ein falscher Zug, und ich könnte Fayes Achtung vor mir vollständig zerstören. Es würde mich kaputt machen, wenn sie das mit uns irgendwann bereuen würde.

Also kümmere ich mich um mich selbst, schließe die Hand um meine harte, pulsierende Erektion. So erregt wie ich bin, dauert es nicht lange. Ich denke dabei daran, wie Faye sich anfühlte, an ihren Körper, der unter ihrem Orgasmus erzitterte, daran, wie sie sich so süß und warm um meine Finger herum anspannte … und ich komme in der Dusche. Erleichterung macht sich in mir breit.

Ich lehne mich gegen die Duschwand und schließe die Augen, während schwache Nachbeben durch meinen Körper zucken. Mein Schwanz in meiner Hand ist endlich wieder unter Kontrolle, aber ich weiß genau, dass er in Fayes Nähe früher oder später wieder hart sein wird.

Nach der Dusche trockne ich mir die Haare und ziehe mich an. Die Hochzeit beginnt erst später, also haben wir noch ein wenig Zeit, um zu arbeiten, bevor ich mich in den Smoking werfen muss.

Aber dann öffne ich die Schlafzimmertür und sehe Faye in der Küche meiner Schwester herumwirbeln … »Was machst du da?«

»Brunch«, sagt sie und gießt Orangensaft in eine Karaffe.

»Du hast Eier, Speck und Pfannkuchen gemacht und … was ist da im Ofen?«

»Muffins.«

»Warum um Himmels willen machst du das alles?«, frage ich, auch wenn mein Magen verräterisch knurrt. »Wir haben etwas zu tun.«

Sie schließt schwungvoll den Kühlschrank. »Weil deine Brüder zum Brunch vorbeikommen.«

»Wie bitte?«

»Parker hat vorhin auf dem Festnetz angerufen. Er hat gesagt, ihr Jungs müsstet euch noch um etwas kümmern.« Sie winkt ab, als wäre das hier alles total normal, als würde sie mir jeden Morgen Frühstück machen und mit meinem Bruder telefonieren. »Irgendwas mit einer Hochzeitsüberraschung für Lily? Ich habe keine Ahnung, aber sie sind um elf hier. Danach gehen wir zusammen zur Hochzeit.«

Es ist jetzt neun Uhr. »Du hast mich nicht geweckt?«

Sie zuckt auf elegante Art und Weise mit den Achseln. Irgendetwas an ihren Haaren, die sie zum Zopf geflochten trägt, und ihrem ungeschminkten Gesicht wirft mich gerade aus der Bahn. Letzte Nacht war explosiv, doch das hier fühlt sich intim an. Es ist zu einfach, sich vorzustellen, dass das hier unser Leben wäre, unser Alltag, unser verdammtes Bett, das wir miteinander teilen.

»Du musstest schlafen«, sagt sie. »Wir sind gut im Zeitplan. Ich habe deinen Laptop upgedatet und das Geschenk für deine Schwester eingepackt.«

Ihr Tonfall ist munter und professionell. Keine Spur davon, was letzte Nacht passiert ist. *So will sie das Spiel also spielen.* Sie will Distanz.

Ich hole mir eine Tasse und gehe zur Kaffeemaschine hinüber. »Nette Rüstung«, sage ich.

Wie erwartet geht sie auf Konfrontation. »Was meinst du?«

Ich nicke zu ihrem geöffneten Laptop hinüber. »Arbeit. Aufgaben. Muffins. Das ist eine ziemlich einfache Taktik, aber sie funktioniert. Seit wann bist du überhaupt schon wach?«

»Lange genug.«

»Sag's mir«, beharre ich. Es ist eine Kleinigkeit, doch ein Teil von mir muss wissen, ob sie so gut geschlafen hat wie ich – ob meine Anwesenheit im Bett geholfen oder geschadet hat. Vielleicht ist es mein Stolz oder mein Ego, ich weiß es nicht.

Faye seufzt und schaltet den Herd aus. In der Pfanne brutzelt Speck. »Also gut. Ich bin vor eineinhalb Stunden aufgewacht. Ist das präzise genug, oder brauchst du einen genauen Zeitstempel?«

Ich lächele in meine Kaffeetasse hinein. »Das reicht.«

»Ich habe ewig gebraucht, bis ich einen Schneebesen gefunden habe.«

»Klar. Die Küche ist für dich vollkommen neu.«

Sie streicht sich eine Haarsträhne hinters Ohr. »Ich denke, wir schaffen es trotzdem noch, eine Stunde zu arbeiten. Ehrlich, Henry, ich glaube, wir sind bald fertig. Du kannst nächste Woche bestimmt das neue Modell in Auftrag geben und hast dann noch einen Puffer.«

Das war mir bereits klar. »Hervorragend.«

»Würdest du mir bitte den Pfannenwender geben? Den da in der Spüle?«

Ich gebe ihn ihr und sehe ihr schweigend dabei zu, wie sie wie ein Profi am Herd hantiert. Diese Episode der Häuslichkeit war nicht Teil meines Masterplans für dieses Wochenende, aber sie gefällt mir.

»Wir sollten darüber reden«, sage ich.

»Worüber?«

»Letzte Nacht.«

»Da gibt es nichts zu sagen.«

»Du verletzt mich, Faye.«

Sie guckt zu mir hoch, und als wir uns endlich in die Augen sehen, färben sich ihre Wangen wunderschön rot. »In Ordnung«, meint sie leise. »Dann lass uns darüber reden.«

Und plötzlich weiß ich nicht mehr, was ich sagen soll.

Ich will von ihr hören, dass sie es nicht bereut – dass wir noch immer wir sind –, dass Befangenheit auch weiterhin keinen Platz zwischen uns hat. Ich will ihr viele andere Dinge erzählen, Dinge, die tief vergraben sind. Wie gern ich sie habe. Dass ich Beziehungen so lange vermieden habe, aber dass es sich mit ihr überhaupt nicht mühevoll anfühlt. Doch all das kommt nicht aus meinem Mund.

»Ich denke, der Punkt geht an mich, ha.«

Faye verdreht die Augen und platziert den nächsten Pfannkuchen auf dem schon vorhandenen Stapel. Mit der Menge an Essen, die sie zubereitet, könnten wir eine ganze Armee verpflegen, aber meine Brüder werden ganz sicher nichts dagegen haben. »Ja, wahrscheinlich.«

Und danach gibt es wirklich nichts mehr zu sagen.

Die nächste Stunde verbringen wir schweigend vor unseren Laptops. Hin und wieder schiele ich zu ihr hinüber, doch sie starrt konzentriert auf ihren Bildschirm. Unser einziges Gesprächsthema ist das Opernhaus.

Als ich es in unserem digitalen System rotieren lasse, bin ich erneut hin und weg von seiner schlichten Schönheit. Das hier ist das Beste, was ich je entworfen habe. Vielleicht wird die Jury sich nicht dafür entscheiden – bisher habe ich mir nicht gestattet, viel über diese Möglichkeit nachzudenken –, trotzdem werde ich stolz darauf sein. Dieses Projekt hat mir die Gelegenheit gegeben, wieder mit dem Grund in Kontakt zu treten, aus dem ich mich überhaupt für die Architektur entschieden habe.

Ich schaue wieder zu Faye hinüber. Sie kaut auf ihrer Unterlippe herum, und ihr hübsches Gesicht wirkt hoch konzentriert. Sie hat mir auch eine Menge beigebracht, denke ich. Als wir uns kennengelernt haben, hat ihre ungezügelte Leidenschaft für Architektur mir meinen Mangel an derselben schmerzlich vor Augen geführt. Nicht dieses Projekt hat sie neu entfacht – es war Faye. Sie hat mir gezeigt, wie ich meine Arbeit wieder liebe.

Rhys und Parker kommen um kurz nach elf. Faye lächelt und bittet sie, sich in der Küche zu bedienen, bevor sie anmutig im Schlafzimmer verschwindet, um sich für die Hochzeit fertig zu machen. Ich höre, wie die Schlafzimmertür hinter ihr zufällt und kurze Zeit später die Dusche angeht.

Verdammt. Ich habe es irgendwie verkackt, die Nähe verloren, die wir letzte Nacht hatten. Ich denke daran, wie Avery mich beschrieben hat. *Emotional unbeteiligt.* So fühle ich mich bei Faye überhaupt nicht.

»Mann, das sieht großartig aus. Hat Faye das alles gemacht?« Parker belädt einen Teller mit Pfannkuchen, Bacon und Eiern und ertränkt alles in Ahornsirup. »Henry, wenn du sie nicht heiratest, übernehme ich das.«

Rhys lächelt schief, als er meinen Gesichtsausdruck sieht, und schenkt sich eine Tasse Kaffee ein. »Du wirkst verstört. Habt ihr zwei euch gestritten?«

Ich schüttele den Kopf. »Nur ein Missverständnis. Glaube ich.«

»Du hattest unrecht. Im Zweifel hast du immer unrecht. Wenn ich irgendetwas über Frauen gelernt habe, dann, dass man sich oft und ehrlich entschuldigt.« Parker grinst mich an. »Ich weiß, für *dich* ist das wahrscheinlich echt schwierig.«

»Was für ein furchtbarer Rat«, knurrt Rhys. »Dir fehlt echt komplett das Rückgrat.«

Parker lächelt, sagt jedoch nichts. Muss er auch nicht. Wir wissen beide, dass Rhys derjenige ist, der seit Jahren vor seinen Problemen davonläuft, aber es würde nichts bringen, auf dieses fehlende Rückgrat hinzuweisen. Mein mittlerer Bruder ist seit dem Tag seiner Geburt ein Mysterium.

Ich nehme mir einen Teller und belade ihn mit Essen. »Ich wusste nicht, dass sie kochen kann.«

»Wie lange kennst du Faye schon? Du hast uns noch gar nichts erzählt, Mann.«

»Ungefähr einen Monat.«

»Wirkt so, als wäre es viel länger«, sagt Rhys. »So wie sie unserem guten alten Dad die Stirn geboten hat? Henry, Parker würde sie vielleicht wegen ihrer Kochkünste heiraten, aber ich würde sie *deswegen* heiraten.«

Ich fahre mir mit der Hand durch die noch feuchten Haare. Sie haben recht, beide, und deshalb fühle ich mich jetzt noch schlechter. Ich habe mich heute Morgen nicht richtig verhalten, überhaupt nicht. Was letzte Nacht passiert ist, ist nichts, worüber man Witze reißen sollte.

»Scheiße. Ich weiß. Ich werde das wiedergutmachen.« Ich schiele zur Schlafzimmertür hinüber, hinter der jetzt Föhngeräusche zu hören sind, aber ich will gerade lieber nichts riskieren. »Jetzt sagt schon. Worüber wolltet ihr reden?«

»Also, es geht um Folgendes. Wir alle sind ja Haydens Trauzeugen. Ich weiß, dass ihm das viel bedeutet, auch wenn er das nie zugeben würde.«

»Da erzählst du mir nichts Neues.«

»Mann, du bist heute echt gereizt. Könntest du vielleicht eine Spur weniger Henry sein? Ich dachte mir, wir könnten vielleicht irgendwas bei der Zeremonie machen. Ich weiß, dass du eine Rede vorbereitet hast.«

»Habe ich.«

»Rhys und ich haben auch darüber nachgedacht, doch dann dachten wir … wie wäre es, wenn wir uns zusammentun und zusammen eine Rede halten? Auf witzig gemacht mit Anekdoten aus ihrer Kindheit. Dad führt sie ja zum Altar, aber wir könnten auch so was in der Art machen. So tun, als würden wir Hayden endlich unseren Segen geben. Lily erwartet so was in die Richtung von uns, das weißt du.«

Ich fahre mir mit der Hand übers Kinn. »Und damit kommst du *jetzt* an, am Morgen ihrer Hochzeit?«

Rhys sieht mich schief an. »Es ist beschissen geplant, aber eine gute Idee. Das weißt du. Es wird sie zum Weinen bringen.«

»Alles wird sie heute zum Weinen bringen.«

»Ja, aber das hier kommt von uns.« Sein Blick wird weicher. »Sie hat den besten Tag verdient, den wir ihr geben können.«

»Sie *beide*«, korrigiert Parker. Er sieht auf seine Uhr. »Also, wir haben … eine Stunde, um uns etwas auszudenken, bevor wir losmüssen. Rhys und ich haben unsere Smokings mitgebracht, damit wir uns hier umziehen können. Ist das okay?«

Natürlich. Selbst als erwachsene Männer verlassen sie sich noch darauf, dass ich für sie Dinge wieder geradebiege, den Gastgeber spiele, den Morgen, den ich eigentlich mit Faye verbringen wollte, für sie opfere.

»Ja. Wir schreiben eine gemeinsame Rede und schenken Lily den besten Augenblick ihres Lebens.« Ich senke die Stimme. »Und wenn Faye aus diesem Schlafzimmer kommt, werdet ihr beide ihr sagen, dass sie phantastisch aussieht, und ihr auf Knien dafür danken, dass sie das hier alles innerhalb einer Stunde für euch gekocht hat.«

»Natürlich«, sagt Parker. »Danke, Mann.«

Rhys zieht eine Augenbraue hoch. »Für uns? Henry, das hier hat sie ganz eindeutig für *dich* gemacht.«

Ich habe keine Ahnung, was ich darauf erwidern soll.

Seine Worte hallen den ganzen restlichen Morgen in mir nach, sogar als wir unsere Notizen vergleichen und verschiedenen Teilen unserer Rede diverse Anekdoten hinzufügen. Wir werden keine Zeit haben, das Ganze zu proben, aber ich glaube, das müssen wir auch nicht.

»Es ist fast zwölf«, sage ich schließlich. »Ihr könnt euch im Gästezimmer umziehen.«

Rhys brummt etwas über meine Umständlichkeit, aber sie schnappen sich gehorsam ihre Anzugtaschen und verschwinden im Gästezimmer. Die Tür zu Fayes Zimmer ist noch immer geschlossen.

Ich klopfe zweimal.

»Herein!«

Nach zwei Tagen in ihrer Gesellschaft sollte ich mich eigentlich an ihre Schönheit gewöhnt haben, trotzdem trifft sie mich wie aus heiterem Himmel.

Sie steht vor dem Spiegel und legt gerade einen Ohrring an. Ihr Haar fällt ihr in sanften Wellen über den Rücken, einen Teil davon hat sie ein wenig hochgesteckt, so dass es ihr Gesicht umrahmt. Die Lippen hat sie sich in einem umwerfenden Rotton geschminkt. Ihr Kleid ist züchtig, betont dennoch ihre Kurven und zeigt mir die Taille, um die mein Arm lag, und den Hintern, der mich die ganze Nacht gequält hat.

»Henry?«

Mir wird klar, dass ich kein Wort gesagt habe. Ich schließe die Tür hinter mir und lehne mich dagegen. Brauche die Distanz zwischen uns, bevor ich etwas tue, das ich bereuen werde.

»Du siehst umwerfend aus.«

Ihre Mundwinkel heben sich zu einem Lächeln. »Danke.«

»Du siehst immer umwerfend aus.«

Sie neigt den Kopf zur Seite und legt den zweiten Ohrring an. »Was ist los?«

»Hast du etwas gegessen?«

»Ich habe gefrühstückt, bevor du aufgewacht bist.«

»Du hättest uns auch Gesellschaft leisten können.«

Sie runzelt die Stirn. »Sorry. Ich dachte, ihr wolltet über Familienkram reden, also habe ich mich inzwischen fertig gemacht.«

Ich schüttele den Kopf. Das Gespräch entgleitet mir schon wieder völlig. »Danke, dass du gekocht und gebacken hast. Das weiß ich wirklich zu schätzen.«

»Gerne«, erwidert sie. »Bin ich die beste Assistentin, die du je hattest, oder was?«

Assistentin. Ich bringe ein schwaches Lächeln zustande. »Ja. Die allerbeste.«

»Du solltest dich umziehen. Wir müssen bald los.«

Ich schließe die Tür zu ihrem Schlafzimmer hinter mir und schüttele den Kopf über mich selbst. Das ist überhaupt nicht so gelaufen, wie ich wollte. Ich will nicht ihr Chef sein. Und ich will nicht, dass sie meine Assistentin ist.

Ich will, dass sie jede Nacht in meinen Armen schläft.

– 24 –
FAYE

Die Zeremonie findet in der kleinen Kapelle von Paradise Shores statt, einer wunderschönen Holzkirche mit viel verwittertem Holz und einem Steinboden. Sie sieht aus wie direkt aus einem Märchen entsprungen, bis zum Bersten gefüllt mit Lilienbouquets, die einen intensiven und berauschenden Duft ausstrahlen.

Als ich etwas über die Blumen zu Jamie sage, grinst sie mich an. »Darauf hat ihre Mutter bestanden. Und mir wurde gesagt, wenn jemand fragt, sollen wir das unbedingt betonen, damit niemand Lily für so selbstverliebt hält.«

Ich lache. »Dann mache ich das auch so.«

Jamie eilt zu den anderen Brautjungfern hinüber, und ich setze mich auf meinen zugewiesenen Platz in der ersten Reihe, direkt neben Mrs. Marchand und mehreren Onkeln und Tanten.

Auf der rechten Seite in der ersten Reihe sitzen eine Handvoll Leute. Ein älterer Mann und eine junge Frau, die die gleiche Haarfarbe hat wie Hayden. Neben ihnen sitzen ein paar Männer – Haydens Freunde von der Navy?

Schließlich wandert mein Blick, wie könnte es anders sein, zum vorderen Teil der Kirche. Henry im Smoking kann man einfach nicht übersehen. Er ist der Größte der vier Männer dort vorne, überragt seine Brüder und Hayden. Alle zusammen geben sie ein beeindruckendes Bild strotzender Männlichkeit ab – dichtes Haar und breite Schultern, gebräunte Haut von vielen Stunden auf dem

Meer. Ich spüre förmlich den Stolz und die Rührung, die Mrs. Marchand neben mir ausstrahlt.

Henrys Blick bleibt an mir hängen, und etwas schnürt mir die Kehle zu. Glück, Verlangen, Angst. Unsicherheit und Scham. Ich habe ihn jetzt praktisch zweimal in zwei Tagen gebeten, mit mir zu schlafen. Und er hat zweimal Nein gesagt.

Er hat sich eindeutig besser unter Kontrolle als ich. Und auch wenn wir uns vorher darüber einig gewesen waren, dass dieses Wochenende nichts ändern würde, kam es anders. *Letzte Nacht* hat alles geändert, seine Hand zwischen meinen Beinen und seine Lippen an meinem Nacken.

Er kann nicht mehr mein Chef sein.

Das ist der einzige Ausweg, selbst wenn das hier nur ein unangebrachter Reiz für ihn ist und nicht mehr. Ich könnte es nicht ertragen, weiterhin seine Dates oder Reisen zu planen – ihn jeden Tag bei der Arbeit zu sehen und nie etwas zurückzubekommen.

Er hatte einen Wettkampf daraus machen wollen, wer professioneller sein kann, und er hatte recht mit der Behauptung, er würde immer gewinnen, denn ich bin an meine Grenze gekommen. Mein Herz ist schon viel zu sehr involviert.

Ich bin die Spielchen leid.

Mrs. Marchand beugt sich zu mir herüber und flüstert mir ins Ohr: »Ist er nicht hübsch?«

Sie meint Henry, der mich noch immer unverwandt ansieht, mit einer kleinen Falte zwischen den Augenbrauen.

»Ja«, murmele ich. »Er ist großartig.«

Dann verstummt die Gemeinde erwartungsvoll, und in die Stille hinein beginnt eine einzige Geige den Hochzeitsmarsch zu spielen. Es klingt eindringlich und wunderschön. Köpfe drehen sich, aber ich schaue nicht zur Tür, durch die Lily eintritt. Ich sehe Hayden an.

Ich war bisher nur auf ein paar wenigen Hochzeiten, doch das ist es, was ich jedes Mal sehen will – den Gesichtsausdruck des Bräutigams. Vielleicht bin ich eine hoffnungslose Romantikerin, aber das haut mich jedes Mal um.

Hayden enttäuscht mich nicht. Die puren Emotionen in seinem Gesicht lassen mir die Tränen in die Augen steigen. Seinem Blick nach zu urteilen, könnte genauso gut niemand hier sein. Und da wird mir klar, dass diese ganze Hochzeit nur für sie ist. Alles. Er wäre auch mit einer Trauung auf dem Standesamt zufrieden und würde sie dort genauso ansehen wie jetzt in dem Wissen, dass sie den Rest ihres Lebens mit ihm verbringen möchte.

Erst jetzt schaue ich zu Lily hinüber, und sie überstrahlt alles. Ein Traum in weißer Spitze. Ihr Lächeln ist genauso breit wie immer, aber sie hat auch Tränen in den Augen.

Ich schlucke meine Gefühle hinunter und sehe sprachlos dabei zu, wie Mr. Marchand sie auf die Wange küsst und sie dann Hayden überlässt.

Die Gelübde sind kurz, jedoch ehrlich und voller Gefühl. Sie sind rein und echt. Und ich merke, dass sie sich kurzfassen, weil es sehr persönlich ist. Dieses Paar ist nicht protzig und angeberisch. Henrys Familie wächst mir immer mehr ans Herz.

Dann geben sich Hayden und Lily das Jawort. Seine Stimme klingt leise und ist voller Gefühl, ihre versagt fast dabei. Als sie sich küssen, steigen mir zu meiner Überraschung wieder die Tränen in die Augen. Ich habe sie gerade erst kennengelernt, und dennoch … das hier ist die Art von Hochzeit, die ich mir irgendwann einmal für mich selbst wünsche.

Völlig unerwartet greift Mrs. Marchand nach meiner Hand und drückt sie, die Augen wie ich auf das Brautpaar gerichtet. Ich drücke zurück.

Henrys Blick findet wieder meinen. Vor diesem Wochenende waren wir fast Fremde, jetzt sind wir fast Liebende. Ich weiß nicht, wie ich mich in der Gegenwart eines Mannes verhalten soll, der mich zum Orgasmus brachte, mit mir Hand in Hand am Strand spazierte und gleichzeitig meine nächste Gehaltsabrechnung unterschreiben wird.

Nach der Zeremonie erheben sich die Leute um mich herum und sehen zu, wie die Frischvermählten Hand in Hand die Kirche verlassen. Wir folgen ihnen nach draußen. Der Empfang findet auf der Wiese hinter der Kirche statt. Am Horizont schimmert das Meer in tiefem Blau, die Sommersonne scheint strahlend auf uns herunter. Das hier ist wirklich eine wunderschöne Location.

Ich unterhalte mich gerade mit einer von Lilys Tanten, als sich ein Arm um meine Taille legt. »Da bist du ja«, sagt Henry. »Sorry, Tantchen. Ist es okay, wenn ich meine Begleitung für einen Augenblick entführe?«

Ihre Augenbrauen schnellen überrascht in die Höhe. »Aber natürlich, Henry. Es war schön, mit Ihnen zu reden.«

»Ebenso, Mrs. Newman.«

Henrys Arm hält mich fester, als er mich zum Tisch mit den Getränken führt.

»Das war wunderschön«, flüstere ich.

Er reicht mir ein Glas Champagner und nimmt sich selbst eines, bevor er mich zu sich herumdreht, so dass ich ihn anschauen muss. »Als Lily hereinkam, hast du Hayden beobachtet«, sagt er. »Warum?«

Ich schlucke. »Dieser erste Blick. Ich mag das. Ich mag es zu sehen … es ist schwer zu beschreiben.«

»Es hat dich traurig gemacht.«

»Nein, nicht traurig. Das waren Freudentränen.«

Seine Hand streichelt die nackte Haut meines Arms. »Du hast sie gerade erst kennengelernt.«

»Ja, nur …« Ich suche nach den richtigen Worten. »Liebe ist etwas Wunderschönes, findest du nicht? Und sie war da, in dieser Kirche, so rein, wie ich sie lange nicht mehr gesehen habe. Vielleicht bin ich abgestumpft, ich weiß nicht, aber ich sehe so etwas nicht oft.«

Henrys Blick ist warm, und er braucht eine Weile, bis er antwortet. »Vielleicht wäre es einfacher gewesen, wenn ich dich nicht eingestellt hätte«, sagt er leise, »aber ich bin sehr froh, dass ich es getan habe.«

»Wie meinst du das?«

»Ich hätte das schon heute Morgen so sagen sollen. Faye, ich habe letzte Nacht so gut geschlafen wie seit Jahren nicht mehr, und zwar deinetwegen.«

»Wirklich? Es war doch … unbequem für dich.«

Er lacht leise. »Ja, aber du warst in meinen Armen.«

»Wieder einen Punkt verloren.«

»Scheiß auf die Punkte, Faye. Scheiß auf die ganze Sache. Ich will dich. Und nicht nur im Bett.«

Die Welt um mich herum schrumpft in sich zusammen, bis es nur noch ihn und mich gibt, die einander anstarren. Das Champagnerglas in meiner Hand beginnt zu zittern. »Meinst du das ernst?«

»Todernst«, sagt er. »Wie du selbst schon festgestellt hast – ich mache keine Witze.«

»O doch, das tust du.« Ich lächele, mache einen Schritt auf ihn zu, und die Sonne scheint plötzlich noch heller. »Du bist sehr witzig, wenn du es sein willst.«

Er hebt mein Kinn an und küsst mich, seine Arme umschlingen meine Taille. Es ist ein Kuss mit Bedeutung – ein Kuss, der viele weitere Küsse verspricht, der mir sagt, dass das hier der Anfang ist und nicht das Ende. Es ist der beste Kuss, den ich je von ihm bekommen habe. »Deinetwegen verliere ich sämtliche Selbstbeherrschung, Faye.«

»Ach, also ist es meine Schuld?«

Sein tiefes Lachen jagt mir einen Schauer über den Rücken, und dann bewegt er sich ein wenig, und ich spüre, wie sehr er mich will. »*Oh.*«

»Ich werde verrückt vor Verlangen. Schon seit Tagen, aber nach letzter Nacht ist es fast unbeherrschbar.«

»Henry Marchand außer Kontrolle.« Ich hebe die Hand und streiche ihm damit durch das Haar, das warm von der Sonne ist. »Dass ich das noch erleben darf.«

»Nicht gerade mein bester Moment. Wir sind auf der Hochzeit meiner Schwester, verdammt. Überall sind Leute. Ich sollte mich unters Volk mischen und mit Verwandten plaudern, aber eigentlich will ich nur mit dir von hier verschwinden.«

Ich sehe durch meine Wimpern zu ihm hoch, beiße mir leicht auf die Unterlippe und erkenne, wie sich seine Augen verdunkeln.

»Verdammt.«

»Es tut mir leid. Vielleicht sollte ich weggehen …«

Seine Hand hält meine Taille fest. »Nicht nötig. Ich habe ihn gleich wieder unter Kontrolle.«

Ich nehme einen Schluck Champagner, der sich kühl auf meiner ausgetrockneten Zunge anfühlt. »Das hier macht alles noch viel komplizierter, das ist dir klar.«

»Du und ich?«

Ich bekomme eine Gänsehaut, als ich diese Worte aus seinem Mund höre. »Ja.«

»Das Leben ist kompliziert«, meint er. »Wir kriegen das schon hin. Vertrau mir, Faye.«

Und das Verrückte ist … ich vertraue ihm.

»Jetzt komm. Lass uns versuchen, das zu tun, wofür wir hier sind, bevor ich völlig durchdrehe.« Er beugt sich zu meinem Ohr hinunter. »Habe ich dir schon gesagt, dass du umwerfend aussiehst?«

Ich lächele. »Ja. Aber ich bin mir nicht sicher, ob ich es dir beim ersten Mal wirklich geglaubt habe.«

»Dann muss ich es wohl noch einmal sagen. Und noch mal. Und noch mal …«

Ich lache, und mir wird ganz schwummerig vor Glück. »Ich würde ja sagen, hör auf, aber ich will nicht, dass du aufhörst.«

Er grinst. »Werde ich auch nicht.«

Für den Rest des Empfangs mischen wir uns unter die Leute. Es ist wie auf der Founders' Gala, aber dieses Mal bleiben wir die ganze Zeit über zusammen. Henrys Hand liegt auf meinem unteren Rücken oder auf meinem Ellbogen, nimmt meine Hand, berührt mich unaufhörlich. Ich bin nicht besser. Ich lehne mich an ihn, während wir dem Geigenspieler zuhören, verschränke meine Finger mit seinen, während wir uns ein höfliches Partygeplauder nach dem nächsten antun.

»Bald gibt es Essen«, sagt er. »Wir sind am selben Tisch, aber ich bin mir nicht sicher, ob wir nebeneinandersitzen.«

»Ich werde es überleben.« Er sieht gequält aus, und ich lache. »Und du?«

»Ich bin mir nicht sicher. Vielleicht muss ich die Sitzordnung ändern.«

»Henry, nein.« Ich lache, und er beugt sich zu mir herunter, um mich wieder zu küssen, ohne Rücksicht darauf, wer uns zusieht.

»Okay. Dann mache ich wohl gute Miene zum bösen Spiel.«

Das Essen ist phantastisch. Hayden und Lily kommen mit geröteten Wangen von ihrem Fototermin zurück. Ich sitze am Familientisch, mit Rhys zu meiner Rechten und Jamie zu meiner Linken. Seltsamerweise fühle ich mich vollkommen wie zu Hause, obwohl ich nur die Begleitung bin.

»Danke für das Frühstück heute Morgen«, sagt Rhys zu mir. »Das war wirklich beeindruckend.«

»Oh, gern geschehen. Das war gar nichts.«

»Nein, das war ein ganz schöner Aufwand. Außerdem«, fügt er stirnrunzelnd hinzu, »würde Henry mir in den Hintern treten, wenn ich mich nicht gebührend bedanken würde.«

Ich lache. »Das bezweifle ich.«

»Ich nicht.«

»Habt ihr euch als Kinder oft gestritten?«

»Nein. Na ja, doch. Aber nicht schlimm. Parker und Lily hingegen, die waren richtige Streithähne.«

»Wirklich?« Ich sehe zu Parker hinüber, der mit seinem sonnengebleichten Haar und dem kantigen Kinn aussieht wie ein engelsgleiches Abercrombie-Model.

»O ja. Sie sind ja vom Alter her nicht weit auseinander und beide stur ohne Ende.«

Ich denke an Henrys Zielstrebigkeit und das Feuer, das in Rhys' Augen leuchtet. »Ich würde sagen, ihr seid alle ziemlich dickköpfig.«

Seine Lippen zucken. »Ja, wahrscheinlich sind wir das. Eine Familienschwäche.«

»Und eine Stärke.«

Er hebt das Glas, um mit mir anzustoßen. »Ich hatte noch nicht die Gelegenheit, dir das zu sagen, aber wie du Dad neulich Abend die Stirn geboten hast – das war legendär. Man wird in den Geschichtsbüchern von dir lesen, dich in Statuen unsterblich machen und für immer für die Nachwelt konservieren.«

Ich lache erneut. »Ich hatte eher Angst, als Kriegsverbrecherin verhaftet zu werden. Hasst euer Dad mich?«

»Ob er dich hasst? Im Gegenteil. Er liebt nichts mehr als jemanden, der ihm die Stirn bietet, solange dieser Jemand nicht mit ihm verwandt ist. Nein, mach dir da mal keine Sorgen. Und er weiß genau, dass er Henry abschreiben könnte, wenn er ein schlechtes Wort über dich verlieren würde.«

Ich sehe zu Henry hinüber, und er erwidert den Blick, als hätte er es gespürt. Er lächelt. *Alles okay?*, formt er mit den Lippen.

Ich zwinkere ihm zu, und sein Lächeln wird noch breiter. Er wendet erst den Blick ab, als er dazu gezwungen wird, weil ihn jemand in ein Gespräch verwickelt.

»Siehst du?«, sagt Rhys neben mir. »Nein, du hast von unserem Vater nichts zu befürchten. Nur Henrys Meinung zählt.«

»Aber er scheint schwierig zu sein. Das hat Henry mir zumindest erzählt. Hattest du als Kind auch Probleme mit ihm?«

Es sollte nur eine unschuldige Frage sein, doch Rhys' Miene verschließt sich sofort. »Ja«, erwidert er. »Das kann man so sagen.«

»Tut mir leid. Ich wollte nicht neugierig sein.«

»Nein. Ich weiß.«

Ich runzele die Stirn, als mir klar wird, dass ich fast nichts über ihn weiß. Ich weiß von Lilys Kunstgalerie und was Parker beruflich macht. Aber Rhys? Was macht er?

Als ich den Mund öffne, um mich noch einmal zu entschuldigen, klopft jemand mit dem Löffel gegen ein Weinglas. Dieses Mal ist es Jamie, die Trauzeugin, und ich beobachte fasziniert, wie Lily während ihrer Rede weint, die sowohl rührend als auch witzig ist.

»Ich glaube, sie wird heute Abend sieben Mal weinen«, sagt Rhys zu mir. »Henry hat auf fünf gewettet, aber ich kenne sie am besten.«

Ich lächele. Aus Sicht eines Einzelkindes ist die Dynamik zwischen ihnen faszinierend zu beobachten. »Wo kann ich meinen Einsatz abgeben?«

»Du würdest gegen Henry wetten?«

»Natürlich. Er muss immer mal auf seinen Platz verwiesen werden.«

Rhys lacht, und ich sehe, wie einige Familienmitglieder sich zu ihm umdrehen. Er grinst mich an. »Bitte verlass meinen Bruder niemals. Du machst Familienfeiern so viel amüsanter.«

Ich lächele.

Das Essen ist halb vorbei, als Henry aufsteht. Die Musik verstummt, als er sein Glas hebt. In seinem Smoking ist er wirklich der Inbegriff männlicher Eleganz.

»Ich denke, wir sind uns alle einig, dass heute ein zauberhafter Tag war«, sagt er, und alle Gäste verstummen, um ihm zuzuhören. »Leider ist das jetzt vorbei, denn meine Brüder und ich werden etwas versuchen, woran wir schon viele Male gescheitert sind: eine Zusammenarbeit.«

Vielerorts ertönt Gelächter. Ich lehne mich auf meinem Stuhl zurück und sehe zu, wie Henry performt. Er sieht zu Lily hinunter. »Lily, wir alle lieben dich so sehr. Ich hoffe nur, dass du uns auch noch liebst, wenn wir unsere Rede vermasselt haben.«

Mehr Gelächter, und Lilys Augen glänzen, als sie zusieht, wie Parker ebenfalls aufsteht. Zu meiner Linken schiebt Rhys seinen Stuhl zurück.

»Wir kennen dich unser ganzes Leben, Lily. Und auch wenn ich zugeben muss, dass wir nicht alle von Anfang an begeistert darüber waren, noch ein Geschwisterchen zu bekommen« – Henry sieht

Parker vielsagend an, der betont zerknirscht dreinblickt –, »hast du unsere Familie erst komplett gemacht. Du hast Parker auf Trab gehalten und Rhys dazu gebracht, Gefühle zu zeigen. Ich für meinen Teil war glücklich, endlich eine Schülerin auf dem Segelboot zu haben, die wirklich *zuhörte*, wenn ich Anweisungen gegeben habe.«

Lily lacht, und als sie zu Henry hochsieht, fühlt sich mein Herz an, als würde es für ihn übersprudeln vor Glück.

Parker räuspert sich. »Alle, die es nicht wissen – wobei ich mir nicht vorstellen kann, dass irgendjemand der Anwesenden es nicht weiß –: Lily hat einen riesigen Dickkopf. Es ist ein Wunder, dass wir den andauernden Haushaltspflichten-Krieg zwischen uns unversehrt überlebt haben.« Er unterhält das Publikum mit einer Geschichte über ihre Kindheit, über Gassigehpflichten und Geschwisterrivalität, die alle zum Lachen bringt.

Rhys' Stimme klingt reserviert, als er anfängt zu reden. »Wir kennen Lily ihr ganzes Leben lang, und ungewöhnlicherweise kennen wir auch Hayden den Großteil seines Lebens. Ich gebe gern zu, dass wir manchmal unsere Zweifel hatten. Gut genug für unsere kleine Schwester zu sein, ist kein einfaches Unterfangen. Ich war nicht begeistert, als ich es erfahren habe.« Er hebt sein Glas und prostet erst Hayden und dann Lily zu. »Dafür würde ich mich entschuldigen, aber es tut mir nicht wirklich leid.«

Parker schüttelt den Kopf. »Aber jetzt ist er glücklich damit. Stimmt's, Rhys?«

Der mittlere Bruder verbeugt sich elegant in Richtung Brautpaar. »Überglücklich. Es ist wirklich seltsam zu sehen, wie zwei Menschen, die man so gut kennt, heiraten. Hayden, es gibt keinen anderen, den ich lieber an der Seite meiner Schwester sehen würde. Heute dein Trauzeuge zu sein, war mir eine Ehre«, sagt er, und man hört ihm an, wie ernst er es meint. Dann räuspert er sich. »Außerdem hätte Lily mich umgebracht, wenn ich Nein gesagt hätte.«

Die Gäste lachen wieder gut gelaunt, und Hayden zieht den Kopf ein.

Henry hat ein strahlendes Lächeln aufgesetzt. Unsere Blicke treffen sich, und dieses Mal zwinkert er mir zu. »In diese Familie zu kommen, kann beängstigend sein. Wir sind ein komplizierter, starrköpfiger und streitsüchtiger Haufen.« Er sieht zu Hayden hinunter und legt ihm eine Hand auf die Schulter. »Zum Glück passt Hayden da perfekt rein.«

Alle lachen erneut, auch Hayden und Lily. Wie sie beide zu ihm aufsehen … er spielt seine Rolle so gut. Der verantwortungsvolle ältere Bruder und Entertainer. Herzlich und neckend zugleich.

Als die drei Brüder fertig sind, haben sie praktisch das ganze Haus gerockt. Ich stimme in den donnernden Applaus ein und sehe zu, wie sie nacheinander Lily auf die Wange küssen. Henry beugt sich zu Hayden hinunter, um ihm etwas ins Ohr zu flüstern, und sein Schwager nickt dankend, mit großen Augen. Ich brenne vor Neugier.

Nach dem Essen werden die Tische zur Seite geräumt, und die Musik nimmt Fahrt auf. Aus leise und romantisch wird schnell und fröhlich.

Henry kommt zu mir herüber, und ich spüre ihn stark und groß hinter mir, während wir Hayden und Lily bei ihrem ersten Tanz zusehen.

»Du warst phantastisch«, sage ich leise zu ihm. »Die Rede war großartig.«

»Danke«, entgegnet er und streicht mit den Händen zärtlich über meine nackten Arme. Ich bin froh, dass wir im Halbdunkel stehen und die Aufmerksamkeit der Gäste auf das Brautpaar gerichtet ist.

»Habt ihr sie heute früh geschrieben?«

Er küsst mich sanft auf die Stirn. »Ja.«

»Diese ganzen öffentlichen Zärtlichkeitsbekundungen …«

»Hast du etwas dagegen?«

»Überhaupt nicht.« Ich lehne mich gegen ihn und bekomme eine Gänsehaut, als sich seine Arme um meine Taille legen. »Tanzt du später mit mir?«

Er hält mich noch fester. »Die ganze Nacht, wenn du mich lässt.«

»Auf jeden Fall.«

– 25 –
FAYE

Henry ist ein guter Tänzer. Er führt mühelos, und wir wirbeln gemeinsam über die Tanzfläche. Jedes Mal, wenn seine Hand meine Taille berührt, denke ich an seine Worte von vorhin. Daran, was letzte Nacht passiert ist.

Seine Augen, die sich mit jedem Lied zu verdunkeln scheinen, sagen mir, dass er das Gleiche fühlt. Das Feuer zwischen uns brennt.

»Das ist schön«, murmele ich und schmiege mich an ihn. Wir drücken uns so eng aneinander, dass es schon fast unanständig ist.

Er beugt sich zu mir herunter, um mir ins Ohr zu flüstern. »Schön?«

»Ja«, sage ich und lächele über seinen empörten Unterton, »auch wenn ich mir durchaus etwas vorstellen könnte, das ich noch lieber täte.«

Henry hält inne, die Augen geschlossen und einen fast schmerzvollen Ausdruck auf dem Gesicht. »Verdammt, Faye.«

Ich verschränke meine Finger mit seinen und ziehe ihn von der Tanzfläche. Eigentlich wollte ich zur Bar gehen, aber seine Schritte werden immer raumgreifender, bis er schließlich derjenige ist, der mich führt. Und zwar in Richtung Tür.

»Wir gehen?«

»Ja«, sagt er. »Oder willst du bleiben?«

Die Eindringlichkeit in seinem Blick bringt etwas in mir zum

Brodeln, und meine Hand brennt förmlich unter seinem Griff. »Auf keinen Fall.«

Von der Kirche bis zu Lilys Strandhäuschen ist es nur ein kurzer Spaziergang. Die Spannung zwischen uns wird mit jedem Schritt größer. »Worüber wir vorhin gesprochen haben …«

Er lässt meine Hand los, um die Haustür aufzuschließen. »Du meinst das überholte Punktesystem?«

»Ja. Und die Tatsache, dass du mich willst.«

»Sehr.«

»Und wie das alles verkompliziert …«

»Wir können alles wieder entkomplizieren.«

Ich schlinge die Arme um seinen Hals und ziehe seinen Kopf herunter zu mir. In dem winzigen Augenblick, bevor seine Lippen meine berühren, hängt freudige Erwartung in der Luft.

Und dann küsst er mich, als hätte er nie etwas anderes getan, als würden wir immer Hand in Hand nach Hause gehen, als würden unsere Körper sich bereits in- und auswendig kennen.

Seine Hände liegen auf meinem Rücken und drücken mich eng an seinen Körper, bis ich seine muskulösen Oberschenkel an meinen und seine flache Brust an meinen Brüsten spüre.

»Dieses Kleid«, murmelt er, die Lippen an meinem Nacken, »hat mich den gesamten Tag gequält.«

»Das? Das ist doch total züchtig!«

»An dir sieht alles unanständig aus.«

»Machen wir das jetzt wirklich?« Ich löse mich von ihm, und unsere Blicke treffen sich. Feuer trifft auf Feuer. Flamme auf Flamme. »Ich will keine Assistentin sein, die mit ihrem Chef schläft.«

Seine Hände schließen sich um meine Taille. »Und ich will kein Chef sein, der mit seiner Assistentin schläft«, sagt er leise. »Aber ich will mit *dir* schlafen. Unbedingt.«

Und es ist der Blick in seinen Augen, der mich zugrunde richtet – der Blick, der mir zeigt, dass es sich lohnen wird, dass auf mich ungeahnte Freuden warten. Dass das hier der Anfang von etwas ist – nicht das Ende. Ich schlinge die Arme um ihn und kann kaum noch an etwas anderes denken als an seine Lippen auf meinen.

»Ich schicke Montag neue Bewerbungen raus. Wir finden eine Lösung«, sage ich zwischen zwei Küssen.

»Ich gucke nach Stellen in anderen Studios«, sagt er. »Rufe ein paar Leute an.«

»Gott, du schmeckst gut.«

Er grinst unter meinen Lippen und zieht am Reißverschluss meines Kleides. Es fällt zu Boden, und ich stehe nur noch in Unterwäsche vor ihm. Seine Hände ersetzen sofort den Stoff des Kleides – sie gleiten meine Seiten, meinen Rücken entlang und versengen meine Haut mit ihrer Berührung.

Sein Blick wirkt fast schon fieberhaft. »Fuck, Faye …«

Ich küsse ihn, muss ihm noch näher sein, und ziehe an seiner Fliege. Henry kann genauso wenig noch länger warten wie ich. Gemeinsam öffnen wir alle Knöpfe an seinem Hemd. Er zieht es aus, und ich lasse meine Hände endlich über diese breiten Schultern gleiten. Die Haare, die von seinem Bauch aus in Richtung Hosenbund verschwinden, lassen meinen Mund trocken werden.

»So heiß«, flüstere ich. Ich kann nicht anders. Er lacht.

»Zu Ihren Diensten.« Er packt meine Oberschenkel, und dann hebt er mich hoch, als würde ich gar nichts wiegen. Meine Beine schlingen sich automatisch um seine Taille.

Henrys Erregung ist durch seine Hose deutlich zu spüren. Ich reibe mich daran, und er stöhnt. »Du bist einfach zu viel.«

Er setzt mich auf eine harte Oberfläche. Den Esstisch? Die Küchenanrichte? Ich kriege es nicht mehr mit.

Starke Hände zerren an den Körbchen meines BHs, bis die zarte Spitze nachgibt. Er verschlingt mich mit Blicken – und es ist mir überhaupt nicht peinlich, wenn er mich so anstarrt. Es ist, als hätten wir seit Ewigkeiten hierauf gewartet. Und irgendwie ist es ja auch so.

Er senkt den Kopf und nimmt einen meiner Nippel in den Mund. Ich vergrabe meine Hände in seinen Haaren und halte mich daran fest, während Wellen der Erregung durch mich hindurchtoben. »Wunderschön«, murmelt er und lässt den einen Nippel los, um sich dem anderen zu widmen.

Seine andere Hand wandert über meine Hüfte und landet zwischen meinen Beinen, die sich bereits für ihn öffnen. *Zum Glück passt meine Unterwäsche heute zusammen*, denke ich, und dann denke ich nichts mehr, weil er mich durch den Stoff des Höschens berührt und mein Kopf vor Lust zurücksinkt.

Er beißt mir sanft in die Brustwarze. »Du bist schon feucht«, stellt er fest. »Du bist so bereit für mich, oder?«

Ich dachte immer, Dirty Talk sei nicht mein Ding, aber ihn diese Sachen sagen zu hören … steigert mein Verlangen ins Unermessliche. »Ja. Ich brauche dich.«

Er zieht an meinem Höschen, und sein Blick wandert nach unten. »Gestern Nacht konnte ich dich nicht sehen.«

Und dann tut er das Unglaubliche – er geht vor mir auf die Knie und legt sich meine Beine über die Schultern.

»Henry …«

Aber er zögert nicht. Er schiebt mein Höschen ganz zur Seite und sieht zu mir hoch. Seine grünen Augen wirken fast schwarz vor Verlangen. »So wunderschön«, sagt er. »Alles an dir.«

Er beugt sich vor, und seine Zunge fühlt sich glühend heiß auf meiner Haut an. Ich vergrabe meine Finger wieder in seinem Haar und verliere mich selbst vollständig, an seine Zunge, an seine Technik, an die verbotene Verbindung zwischen uns.

Das hier ist der heißeste Augenblick in meinem Leben.

Mit einer Hand greift er nach meiner Brustwarze, die andere kommt seinem Mund zu Hilfe. Er lässt einen Finger in mich hineingleiten, und mein Körper spannt sich um ihn herum an. Er flucht mit dem Mund an meiner Klitoris. »Verdammte Scheiße, Faye.«

»Hör nicht auf.«

Als er lacht, lässt mich sein warmer Atem auf meiner nackten Haut erschaudern, und dann ist er wieder da, wo ich ihn brauche, und ich explodiere.

Der Orgasmus ist nicht sanft oder zart. Er ist gewaltig und beginnt irgendwo tief in mir, bis er sich schließlich in meinem Körper ausbreitet. Henrys Mund bleibt die ganze Zeit auf mir, und als mein Höhepunkt vorüber ist, sieht er mit einem unverkennbar männlichen Funkeln in den Augen zu mir hoch.

»Das ist ein Spiel um Punkte, das ich mit dir spielen will«, sagt er. »Wie oft können wir Faye zum Kommen bringen? Ich würde gewinnen, Süße.«

»Ich will auch meine Chance, zu punkten.« Ich packe ihn bei den Schultern und ziehe ihn hoch. Er ist steinhart und stöhnt, als ich ihn durch den Stoff seiner Hose berühre.

Henry seufzt. »Du hast mich so nahe am Rand des Abgrunds, dass du schon allein dafür Punkte bekommen würdest, wenn du so weitermachst.«

Ich habe den gleichen Einfluss auf ihn wie er auf mich, und ich will jeden quälenden Augenblick genießen, mich in meiner neu gefundenen Macht zu aalen. Ich packe ihn an den Gürtelschlaufen und ziehe ihn in Richtung Schlafzimmer. »Das geht so nicht, oder? Ich habe *dich* noch nicht gesehen.«

Sein Blick wandert von meinen Augen über meine Lippen bis zu meinen Brüsten hinunter, die noch immer halb im BH stecken. Er greift geschickt um mich herum und öffnet die Schnalle des BHs. Ich werfe ihn achtlos zur Seite.

Henry flucht erneut, und ich lächele, sowohl vor Lust als auch vor Stolz. Ich weiß, dass ich Kurven habe. So oft in meinem Leben waren sie eher ein Fluch als ein Segen – ich war in der Schule sehr früh reif, mir wird auf der Straße hinterhergepfiffen, männliche Chefs sehen oft nur einen Hintern und Brüste anstatt einer intelligenten Frau.

Aber hier mit Henry ist mein Körper für uns beide eine Freude, und ich will ihn mit ihm teilen. Ihn genauso genießen. »Du bist einfach nur der Wahnsinn«, sagt er.

Ich lache und schließe die Schlafzimmertür hinter uns. »Wer hätte gedacht, dass Henry Marchand auf Dirty Talk steht?«

»Dirty Talk? Oh, wenn du glaubst, dass das schmutzig ist ...« Er zieht mich an sich und erzählt mir bis ins kleinste Detail, was er an mir mag, während er mit einem Finger über mein durchnässtes Höschen streicht und das Feuer so wieder anheizt. Seine Worte stecken meine Wangen in Brand. »Diese süße, perfekte Pussy«, murmelt er. »Fickbare Lippen. Hüften, an denen ich mich festhalten will. Beine, die dafür gemacht wurden, sich um mich zu schlingen.«

Er lehnt sich zurück und grinst, als er meine geröteten Wangen sieht. »Schmutzig genug für dich?«

Als Antwort greife ich nach seinem Gürtel. Er hilft mir, ihn zu öffnen und die Hose auszuziehen. Mein Mund wird trocken angesichts der stattlichen Beule in seinen Boxershorts. Ich streichle ihn durch den Stoff hindurch. Er stöhnt und drückt seine Stirn gegen meine. »Siehst du, wie hart du mich machst?«

»Ja«, sage ich, und weil ich sehen will, ob meine Worte den gleichen Effekt auf ihn haben wie seine auf mich, füge ich hinzu: »Ich kann es kaum erwarten, dich in mir zu spüren.«

»*Fuck.*«

Ich schubse ihn aufs Bett und besteige ihn, während ich den Bund seiner Boxershorts herunterziehe. »Du hast doch nicht geglaubt, du wärst hier der Einzige mit Macht, oder?«

»Nein«, sagt er. »Ich wusste immer schon, dass du hier eigentlich das Sagen hast.«

Ich umschließe ihn mit meinen Fingern und beginne, sie zu bewegen. Er stöhnt auf und pulsiert in meiner Hand. »Du hast keine Ahnung, wie gut sich das anfühlt.«

Ich denke an seinen Mund zwischen meinen Beinen und den markerschütternden Orgasmus, den er mir geschenkt hat, und daran, wie ich in Flammen stehe, sobald er mich berührt. »Ich glaube, ich kann es mir ganz gut vorstellen«, sage ich und beuge mich hinunter, um meine Lippen um ihn zu schließen.

Sein lustvolles Stöhnen fühlt sich an wie ein Sieg. Ich mache weiter, finde meinen Rhythmus und genieße seinen Geschmack in meinem Mund. Bei Aiden wurde das hier ganz einfach von mir erwartet. Bei Henry will ich es. Ich will diejenige sein, die ihn bis an den Rand treibt.

Seine Hand vergräbt sich in meinem Haar. Ich lasse meine Zunge um seine Eichel wirbeln, und er flucht erneut. »Ich kann nicht, Faye. Du musst aufhören. Ich will dich schon so lange, und so wird es viel zu schnell vorbei sein.«

Ich bahne mir mit Küssen den Weg zu seinem Bauch hoch. »Es ist nicht fair, wenn die Regeln des neuen Spiels sagen, dass ich vor der Ziellinie anhalten muss.«

Er lacht, dreht mich um und küsst mich auf den Hals. »Das Leben ist nicht fair«, sagt er. Seine Erektion drückt sich gegen meinen Bauch und ist zwischen unseren Körpern eingezwängt. »Faye …«

»Ja?«

Seine Arme sind auf beiden Seiten meines Kopfes. »Ich will nicht, dass du es danach bereust. Faye, ich muss wissen …«

Ich verstehe. Ich streiche mit den Händen über seine Arme, über die starken Muskeln seines Rückens, über seine dichten Haare. »Ich werde es nicht bereuen. Versprochen.«

Er setzt sich auf und greift nach meinem Höschen. Ich hebe die Hüften, und er zieht es mir aus. Dann packt er mich bei den Knöcheln und legt sie sich auf die Schultern. Ich keuche.

»So verdammt schön«, sagt er wieder. Ich stütze mich auf die Ellbogen und sehe zu, wie sein Blick von meinen Augen über meine Lippen, meine Brüste, meinen Bauch bis hin zu der Stelle zwischen meinen Beinen wandert.

Und dann dringt er in mich ein. Zentimeter für Zentimeter verschwindet, mein Körper nimmt ihn vollständig in sich auf, bevor er sich an meinen Schenkeln festhält und sich wieder zurückzieht. Er gibt ein langsames, bewusstes Tempo vor, sein Körper strotzt vor Kraft. »Du fühlst dich so gut an«, knurrt er. »Zu gut.«

Ich nicke und erwidere etwas, habe aber keine Ahnung, was ich sage. Meine Lust steigt mit jedem seiner Stöße. Ich fühle mich so wundervoll ausgefüllt an. Ich kneife mir in die Nippel und knete mir die Brüste. Er stöhnt auf. »Berühr dich.«

Gehorsam wandert meine Hand zwischen meine Beine. Meine Klitoris zu umkreisen, ist gefährlich – ich bin schon gefährlich nahe dran, bin es schon, seit er mich in der Küche mit dem Mund berührt hat. Es braucht nicht viel, um mich wieder an den Rand des Abgrunds zu bringen, erst recht nicht jetzt, da er in mir ist.

Ich kann kaum noch einen klaren Gedanken fassen. Wochenlang habe ich mir das hier vorgestellt, seinen Körper auf mir. Seinen Körper *in* mir.

Henry nimmt jetzt Tempo auf, stößt tiefer und schneller zu, seine Hände packen meine Schenkel fester. Wir beide verlieren uns, die Kontrolle in seinem Blick verschwindet mit jedem Stoß mehr.

Ja, denke ich. *Ich will, dass du deine Selbstbeherrschung genauso verlierst wie ich.*

Meine Hand umkreist meine Klitoris schneller. Wenn das hier ein Rennen ist, dann eines, das wir beide gewinnen werden.

»Ja«, sagt er mit funkelnden Augen. »Komm noch mal.«

Als hätte mein Körper nur auf seine Erlaubnis gewartet, durchzuckt mich die Lust. Nie hätte ich geglaubt, dass mich so etwas antörnen würde. Wenn mein Orgasmus in der Küche gut war, so ist dieser hier, mit ihm zur gleichen Zeit in mir, einfach nur atemberaubend.

Durch den Nebel meiner eigenen Lust höre ich Henry stöhnen, seine Hüften drücken sich heftig gegen mich. Sein Atem geht genauso schnell wie meiner. Ein paar wunderschöne Sekunden lang starren wir uns einfach nur gegenseitig an, ohne dass sich einer von uns bewegt.

Dann lächelt er, nimmt sanft meine schwachen Beine von seinen Schultern und beugt sich zu mir hinunter, um mich zu küssen. Ich fahre mit den Fingern durch sein Haar und erwidere den Kuss, unsere Körper sind noch immer vereint, vollkommen verschwitzt und nass. »Das war großartig.«

Er lächelt unter meinen Lippen. »Großartig? Das ist viel zu wenig. Ich weiß, dass du eine Menge guter Wörter kennst. Versuch's mit einem anderen.«

Ich schlinge die Beine um ihn, halte ihn damit fest. »Außergewöhnlich. Phänomenal. Phantastisch. Wie überschwänglich soll ich noch sein?«

»Das reicht«, sagt er und küsst mich auf den Hals. Ich will für immer hierbleiben, in diesem Bett, in dieser Stadt, wo wir nur wir sind. Nur Henry und Faye, die diese Sache zwischen uns erkunden. Keine Erwartungen, keine Titel. Kein Büro, in das wir zurückkehren müssen.

Ich habe Henry gesagt, ich würde es nicht bereuen, und das habe ich auch so gemeint. Das mit ihm … will ich nicht so einfach wieder aufgeben.

Wir werden dieses unangebrachte Assistentin-und-Chef-Dilemma lösen müssen. Ich werde kündigen oder irgendwo anders hingehen. Diese Sache zwischen uns ist stärker als all das – Henry ist stärker als all das, und ich bin es auch.

Aber irgendwo in meinem Hinterkopf macht sich uneingeladen ein Zweifel breit, den ich nicht aufhalten kann. Ich habe mehr zu verlieren als er, und im Augenblick bin ich weder seine Freundin, noch habe ich eine Anstellung als Architektin. Im Augenblick bin ich nur eine Frau, die mit ihrem Chef geschlafen hat.

– 26 –
HENRY

Am nächsten Morgen wachen Faye und ich spät auf, und dieses Mal steht sie nicht vor mir auf. Ihr Körper fühlt sich warm an meinem an, ihre Haare liegen ausgebreitet wie schwarze Seide auf dem Kissen.

Verschlafen blinzelt sie mich an und flüstert leise: »Hey.«

»Hey.« Ich schließe meine Hand um ihre Taille.

Ein Lächeln umspielt ihre Lippen, und ich lächele zurück, bis wir schließlich beide ohne ersichtlichen Grund grinsen.

»Wow«, sagt sie.

»In der Tat wow.«

Sie vergräbt ihr Gesicht an meiner Brust und drückt ihre Lippen auf meine Haut. »Ich fasse es nicht, dass wir das getan haben.«

Ich ziehe sie enger an mich. Ihre Haut fühlt sich an wie Samt. »Bereust du es?«

»Nein, überhaupt nicht. Ich bin nur überrascht.«

»Und befriedigt, hoffe ich.«

Ihr Grinsen wird schief. »Ja, so ist es.«

Ich hebe ihr Kinn an und streiche mit einem Finger über ihre vollen Lippen. Kurz nach dem Aufwachen, mit zerzausten Haaren und verschlafenem Blick, ist sie fast zu schön, um wahr zu sein.

»Ich werde dir jetzt etwas erzählen«, sage ich.

»Was denn?«

»Etwas Ernstes. Bist du bereit?«

Sie kneift die Augen zusammen. »Henry …«

»Du weißt bereits, dass ich dich atemberaubend finde, aber es ist noch schlimmer. Du bist tatsächlich das Schönste, was ich je gesehen habe.«

Sie lacht. »Arschloch! Ich dachte, es wäre *wirklich* etwas Ernstes.«

Ich lächele über ihr Lachen und beuge mich dann zu ihr, um sie zu küssen. Bei der sanften Berührung strömt Hitze durch mich hindurch. »Aber du hast mir erzählt, dass dich viele Menschen aufgrund deines Aussehens nicht ernst nehmen«, sage ich. »Deshalb habe ich versucht, es nicht zu kommentieren.«

Ihr Lächeln wird breiter, und ihre Augen funkeln. »Du nimmst mich ernst, also darfst du mir auch Komplimente machen.«

»Dieses Privileg werde ich vielleicht ausnutzen.«

Sie kichert. »Schmeichler.«

Ich drehe mich auf den Rücken und ziehe sie auf mich. Ihr Kopf liegt auf meiner Brust. Ich strecke den Arm aus, streichle ihr Haar und die weiche Haut in ihrem Nacken. »Erzählst du mir davon?«

Faye holt tief Luft und nickt. Und dann redet sie, und ich höre zu, während sie mir alles über die beleidigenden kleinen Komplimente in Elliot Ferris' Studio erzählt. Von dem Kollegen während ihres Praktikums, der sich weigerte zu akzeptieren, dass sie nicht mit ihm ausgehen wollte. Von einem Architekturprofessor, der in der Vorlesung ständig fiese Witze machte, wenn sie etwas sagte, und Dinge von sich gab wie: *Anscheinend kann heutzutage jeder Architekt werden. Da reicht schon ein hübsches Gesicht.* Von Investoren, die bei einem Pitch den Teil ihres Kollegen viel ernster nahmen als ihren.

Mit jeder dieser Anekdoten werde ich wütender, und Faye merkt es, denn sie fährt lachend mit einem Finger mein Stirnrunzeln nach. »Das soll uns nicht die Stimmung vermiesen.«

»Es vermiest mir nicht die Stimmung. Es macht mich stinksauer.«

»Ja, aber das alles ist Vergangenheit.« Sie stützt sich auf die Ellbogen und legt den Kopf schief. »Was ist mit dir?«

»Mit mir?«

»Ja. Du bist superheiß.«

Ich blinzele überrascht. »Heiß?«

Sie bricht in schallendes Gelächter aus, und es geht mir runter wie Öl. »Dein Gesichtsausdruck ist unbezahlbar. Ja, du bist heiß. Attraktiv. Gut aussehend. Du weißt schon.«

»Ich kann mich nicht beklagen«, sage ich.

»Wenn du dich nur nicht beklagen kannst, will ich mir nicht vorstellen, wie sich andere Männer fühlen.«

Ich setze mich auf und ziehe sie mit mir hoch. »Okay, Zeit, das Thema zu wechseln.«

»Wow, du kannst echt kein Kompliment annehmen«, sagt sie mit breitem Grinsen. »Daran werden wir arbeiten müssen.«

»Mhm. Aber erst duschen.« Das angrenzende Badezimmer ist groß und die Dusche auch, so dass wir beide problemlos zusammen hineinpassen. Es dauert nicht lange, bis Duschen das Letzte ist, woran ich denke – mit Fayes Händen, die glitschig vor Seife über meine Haut fahren. Sie schließt sie um meinen bereits schmerzhaft harten Schwanz, und ich muss mich an der Duschwand festhalten.

»Ups«, sagt sie, und ihre wunderschönen Augen funkeln vor Verlangen.

»Ups?« Ich lasse die Hände die seidige Haut ihrer Arme entlanggleiten, über ihren Rücken bis zu ihren Brüsten. »Du weißt, wie das enden wird.«

Mein Kuss erstickt ihr Lachen. So lange und ineffizient habe ich noch nie in meinem Leben geduscht.

So gut auch noch nie.

Es ist Mittag, als wir schließlich im Wohnzimmer meinen Laptop öffnen. Das ganze Wochenende habe ich kaum an die Arbeit gedacht, auch jetzt verspüre ich keinerlei Stress bei dem Gedanken daran. Faye geht auf das andere Sofa zu, aber ich schnappe sie mir und ziehe sie auf meinen Schoß. Sie fühlt sich wunderbar an.

»Henry!«

»Was?«

»So können wir nicht arbeiten.«

»Warum nicht?« Ich nehme meinen Laptop und stelle ihn ihr auf den Schoß. Dann greife ich um sie herum und tippe auf die Tastatur. »Funktioniert. Ich weiß nicht, worüber du dich beschwerst.«

»Mhm. Und wie soll ich so irgendetwas geschafft kriegen?« Sie lehnt sich zurück, und ihr Kopf ruht unter meinem Kinn.

»Du kannst mir Anweisungen geben. Wir sind doch fast fertig damit.« Das Opernhaus ist vollendet, und dank ihrer Änderungen hat es nun die Balance und Symmetrie, die ihm vorher fehlte.

Fayes Finger streicheln meinen Arm. »Was wird morgen passieren?«

Morgen. Montag. Ein neuer Arbeitstag im Studio. Es fühlt sich an, als wären Ewigkeiten vergangen, seit wir das letzte Mal im Büro waren. »Wir lassen uns etwas einfallen«, sage ich. »Das weißt du.«

Sie entspannt sich, aber die Hand, die mit meinem Arm spielt, bleibt ruhelos.

»Wie wäre es damit – du legst die Spielregeln fest. Darauf stehst du doch.«

Ein Lächeln liegt in ihrer Stimme, als sie sagt: »Keine Küsse im Büro.«

»Klingt gut. Ich werde allem zustimmen, was du willst.«

»Ich will natürlich nicht, dass irgendjemand das mit uns herausfindet. Das wäre … eine Katastrophe.«

Ich atme den Duft ihres frisch gewaschenen Haares und ihrer warmen Haut ein und nicke. Sie hat recht. Wenn es herauskäme, wäre sowohl mein als auch ihr Ruf beschädigt, aber nicht gleich schlimm, so unfair es ist.

»Es bleibt unser Geheimnis. Keine Sorge.«

»Und … ich kann nicht mehr für dich arbeiten. Langfristig gesehen, meine ich.« Sie dreht sich um, sieht mir in die Augen und streicht mir über die Wange. »Ich meine, es ist nicht so, dass ich es nicht will. Ehrlich gesagt finde ich, wir arbeiten großartig zusammen.«

»Finde ich auch.«

»Aber ich … es würde alles viel zu kompliziert machen. Und ich könnte nicht ständig in Angst leben, dass jemand es herausfindet und ich von einem Augenblick zum anderen alles verliere. Das ist einfach keine langfristige Lösung.«

»Sehe ich auch so«, sage ich, denn ich stimme ihr aus ganzem Herzen zu. Und ich habe bereits angefangen, an einer Lösung für dieses Problem zu arbeiten. »Wir finden einen anderen Job für dich.«

»Wir? Ich denke, das muss ich allein tun.«

»Ich werde dir natürlich helfen. Ich bin schließlich der Grund, warum du nicht bei Marchand & Rykers bleiben kannst, oder?«

Sie legt den Kopf schief. »Tja, streng genommen ja.«

»Dann sollte ich dir *streng genommen* auch helfen. Du hast ausgezeichnete Referenzen, einen fundierten Hintergrund und jede Menge Talent. Du wirst einen Job finden, der dir gefällt, mach dir da keine Sorgen.«

Faye lächelt, doch das Lächeln erstirbt, als sie auf meine Armbanduhr hinunterschaut. »Oh, wir müssen wirklich los. Wir haben noch eine lange Fahrt vor uns.«

Ich hebe ihr Kinn an, um ihr in die Augen zu sehen. »Alles klar. Aber versprich mir, dass du dir keine Sorgen machst. Wir finden eine Lösung.«

Sie küsst mich sanft und zart. »Versprochen.«

Ich lasse sie widerwillig los und sehe ihr nach, wie sie im Schlafzimmer verschwindet. Der heutige Morgen war surreal. Der Sex sowohl gestern als auch heute der beste meines Lebens. Wir haben unsere Sachen gepackt und zusammen gefrühstückt. Alles fühlt sich so leicht an. So *richtig*. Und ich werde nicht zulassen, dass etwas Albernes wie die Arbeit zwischen uns steht.

Auf dem Weg nach New York schauen wir noch kurz bei meinen Eltern vorbei, um uns zu verabschieden. Meine Mutter, noch im Morgenmantel, strahlt förmlich vor Glück. »Gestern war wundervoll, findet ihr nicht?«

Faye nickt. »Eine phantastische Hochzeit, Mrs. Marchand.«

»O Faye, danke, dass Sie gekommen sind. Es ist schön, Henry mit jemandem zu sehen, und ich könnte mir niemand Besseren vorstellen.«

Ich zucke innerlich zusammen bei ihren Worten und der Art und Weise, wie sie mich dastehen lassen, aber Faye reagiert einfach nur wundervoll. »Danke für die Einladung, Mrs. Marchand. Und bitte sagen Sie auch Lily danke, wenn Sie sie nach der Hochzeitsreise sehen.«

»Das werde ich, meine Liebe.« Meine Mutter wendet sich mir zu, und ich bücke mich, damit sie mir einen Kuss auf die Wange drücken kann. »Prends soin d'elle, Henri«, flüstert sie.

Pass auf sie auf.

»Das werde ich.«

Faye winkt ein letztes Mal, und dann lassen wir das große Haus hinter uns. Im Rückspiegel verschwindet das Meer, und Paradise Shores wird wieder einmal zu einer Erinnerung.

Auf der Rückfahrt reden wir nicht viel, und das Schweigen zwischen uns wird schwerer, je näher wir New York kommen.

Ich schiele zu Faye hinüber. Sie kaut praktisch ununterbrochen auf ihrer Unterlippe herum. »Danke, dass du mitgekommen bist«, sage ich. »Es war toll, dich dabeizuhaben.«

»Mir hat es auch gefallen. Mehr, als ich dachte. Deine Familie, Henry … sie sind so toll.«

»Sie mochten dich wirklich. Alle, was eine echte Leistung ist.« Ich schüttele den Kopf. »Du hast sowohl meinen Vater als auch Rhys für dich gewonnen.«

Sie schnaubt. »Na ja, ich habe mit deinem Vater nach dem Vorfall beim Abendessen praktisch nicht mehr gesprochen. Vielleicht hasst er mich doch immer noch.«

»Nein, das tut er nicht«, sage ich. »Das hat er mir vor der Hochzeit erzählt.«

»Wirklich?«

Ich nicke und wähle meine Worte sorgfältig. »Er meinte, du seist mutig.« Außerdem hat er mir gesagt, ich solle ihr so schnell wie möglich einen Ring an den Finger stecken.

»Wow«, entgegnete sie. »Vielleicht sollte ich öfter mal Streit mit Leuten anfangen. Scheint für mich eine Erfolgsstrategie zu sein.«

Ich lege ihr eine Hand aufs Knie. »Bei mir hat es auf jeden Fall geklappt. Dein Bewerbungsschreiben war ein Wahnsinnsauftritt.«

Sie legt ihre Hand auf meine. »Was deine Mom gesagt hat … ist das der Grund, dass ich dabei war, abgesehen von moralischer Unterstützung und der Arbeit? Weil deine Familie jemanden an deiner Seite sehen will?«

Verdammt. Das hätte ich kommen sehen müssen.

»Ich werde dich nicht anlügen«, sage ich. »Als ich dich gefragt habe, ob du mitkommst, hatte ich genau das im Sinn. Zusammen mit der Tatsache, dass wir einiges an Arbeit schaffen würden, hielt ich es für einen absolut berechtigten Grund.« Ich schüttele den Kopf über mich selbst. »Aber das waren alles nur Rechtfertigungen. Ich wollte dich hierhaben. Ich hatte lange nicht mehr so viel Spaß wie dann, wenn ich mit dir zusammen bin. Was meine Mutter denkt, die Hochzeit, die Arbeit … das waren alles nur Rechtfertigungen für meine eigenen egoistischen Wünsche. Das tut mir leid.«

Sie verschränkt die Finger mit meinen. »Es sei dir vergeben«, sagt sie. »Ich gebe zu, ich bin auch nicht gerade unschuldig. Ich hatte mich schon vor unseren Verhandlungen entschieden, mitzukommen.«

»Wirklich?«

»Ja. Der Vertrag, meine Forderungen … damit wollte ich mir nur selbst beweisen, dass ich mich nicht ausnutzen lasse. Dass ich Würde besitze. Aber in Wirklichkeit hätte ich nicht Nein gesagt. Wie hätte ich Nein sagen können? Ich konnte noch nie Nein zu dir sagen.«

Ich halte ihre Hand fester. »Mir geht es ganz genauso, Faye.«

– 27 –
FAYE

Als am Montagmorgen mein Wecker klingelt, scheint draußen die Sonne, und ich habe eine Guten-Morgen-Nachricht auf dem Handy.

Henry Marchand: *Ich freue mich auf unser Montagsmeeting heute. Ziehst du das rote Kleid an?*

Ich lächele das Telefon an. Meine gute Laune trägt mich durch die Dusche, das Frühstück und die Unterhaltung mit meiner traurigen kleinen Zimmerpalme. »Kopf hoch«, sage ich zu ihr. »Das Leben ist schön.«

Als ich später – in meinem roten Kleid – das Büro betrete, verspüre ich wiedergewonnene Zuversicht. Ich weiß zwar nicht, wie Henry und ich unser berufliches Problem lösen werden, aber ich habe einen Job, der mir Spaß macht, einen Sinn im Leben und einen Mann, den ich wirklich gerne mag.

Ich öffne meinen Laptop und beginne mit der Arbeit. Die kommende Woche ist proppenvoll, doch das sind hier die meisten Wochen.

Während ich mich durch Henrys Kalender arbeite, ist mir mein Kopf schon meilenweit voraus, und ich denke über verschiedene Studios nach, bei denen ich mich bewerben könnte. Dass ich nur ein paar Wochen bei Marchand & Rykers war, wird keinen besonders guten Eindruck machen, aber zumindest werde ich ein gutes Arbeitszeugnis vorweisen können.

Was soll ich als Grund für meine Kündigung angeben? Kreative Differenzen?

Eine E-Mail von Terri Richards landet in meinem Posteingang. Der Betreff lässt mich innehalten.

Terri Richards: *Ich glaube, du solltest mal in den Pausenraum kommen. Es tut mir leid, Faye.*

Das ist alles.

Mit einem flauen Gefühl im Magen gehe ich den langen Flur entlang und betrete das Großraumbüro. Normalerweise riecht die Atmosphäre hier nach Wettstreit und Konkurrenzdenken, aber heute ist sie einfach nur angespannt. Ben aus der Buchhaltung lächelt mich matt an, doch er ist der Einzige.

Terri sitzt im Pausenraum vor einem Stapel Blätter.

»Das muss Kyle gewesen sein«, sagt sie zu mir. »Es tut mir leid, Faye.«

Mit zitternden Händen greife ich nach einem der Blätter, und es fühlt sich an, als würde mir der Boden unter den Füßen weggezogen.

Auf dem Blatt ist ein Foto von Henry und mir von der Hochzeit abgedruckt. Wir tanzen, und er drückt mir die Lippen auf die Schläfe. Ich habe die Arme um seinen Hals geschlungen. Das Foto wurde eindeutig stark vergrößert, wir befinden uns eigentlich im Hintergrund eines anderen Motivs – aber wir sind dennoch deutlich zu erkennen, in all unserer pixeligen Pracht.

Darunter wurde eine Kopie meines Bewerbungsschreibens hinzugefügt. Meine Augen brennen, während ich die vertrauten Worte überfliege. *Sie werden mich nicht einstellen, Sie alter Sack. Lassen Sie mich die Gründe aufzählen, warum nicht.* Darunter steht ein einziger Satz in Großbuchstaben.

WAS GLAUBT IHR, WARUM WURDE SIE EINGESTELLT?

Ich lasse mich auf den Stuhl gegenüber von Terri fallen und schlage die Hände vors Gesicht. Dann schlucke ich und schlucke noch einmal, um die aufsteigenden Tränen zurückzudrängen. Alles, was wir dieses Wochenende gemacht haben, fühlt sich unter den Neonlichtern des Büros plötzlich so schäbig an. Mein Kleid, das ich so sorgfältig ausgewählt habe, seine Hände, die eine Spur zu tief auf meinem unteren Rücken liegen. Es sieht furchtbar aus. Das Ganze wirkt so schlimm – nein, es ist viel schlimmer, als ich je befürchtet hätte.

»Ich bin erledigt«, sage ich.

Terris Blick wirkt mitfühlend, ihr perfekt gestylter Bob kühl wie eh und je. »Ich bin nicht der Typ, der Dinge schönredet. Ja, es ist schlimm. Ich weiß nicht, wem er die hier außerhalb des Büros zugespielt hat, aber ich denke, es ist Zeit für Schadensbegrenzung.«

»Jeder hat das gesehen?«

Sie nickt. »Hier im Büro? Ja, ich denke schon.« Sie sieht auf ihre Fingernägel hinunter, und ihre Stimme wird schärfer. »Kyle ist heute nicht ins Büro gekommen. Ich wette, wenn wir in der Personalabteilung nachfragen, hat er gekündigt.«

»Das ist so … niederträchtig. Ein reiner Racheakt. Und alles nur, weil ich seinen Platz beim Pitch übernommen habe?«

»Ja, aber es muss mehr dahinterstecken. Er hat sich hier tagtäglich benommen wie ein Arschloch und hatte immer das Gefühl, nicht die Anerkennung zu bekommen, die er verdient hat. Ich glaube, du bist einfach ins Kreuzfeuer geraten. Und … ich glaube, er ist sauer auf Marchand. Er hat den Mann vergöttert.«

Oh, Henry. Er weiß noch nichts davon. Ganz sicher nicht, sonst hätte er sofort vor meinem Schreibtisch gestanden.

»Es tut mir leid, Faye. Ich muss das fragen … ist es wahr?«

Was für einen Zweck hätte es jetzt noch, es zu leugnen? Ich sehe auf das Foto von uns hinunter, auf dem mir das Glück ins Gesicht geschrieben steht, und mir wird schlecht. »Ja. Dafür hat er mich nicht eingestellt … aber ob wir uns nähergekommen sind? Ja. Gott, ich war so dämlich.«

Sie streckt den Arm aus und legt ihre kühle Hand auf meine. Zu unser beider Überraschung halte ich sie fest. So sitzen wir eine ganze Weile lang, der Inbegriff zweier hart arbeitender, ehrgeiziger und professioneller Frauen mit geföhnten Frisuren und taillierten Blazern. In diesem Augenblick herrscht keine rivalisierende Atmosphäre im Pausenraum.

»Das passiert«, sagt sie leise. Ihr hellblondes Haar ist im Nacken elegant geschwungen. »Ich kenne dich nicht besonders gut. Das werde ich auch nicht behaupten. Aber bei unserem gemeinsamen Pitch warst du hervorragend. Ganz nebenbei habe ich wirklich gerne mit dir zusammengearbeitet, und ich würde mich freuen, wieder mit dir zu arbeiten – als Architektin.«

»Ich habe auch gerne mit dir zusammengearbeitet.«

Sie tätschelt mir sanft die Hand und lässt mich dann los. »Was hast du jetzt mit ihm vor?«

»Mit Kyle?«

»Ja, und mit Marchand. Ich mag ihn ja ganz gerne, aber er hätte sich nicht mit seiner Assistentin einlassen sollen. Man sollte meinen, er hätte seine Lektion inzwischen gelernt.«

»Was?«

Ihr Blick wird weich. »Es tut mir leid. Ich hätte nicht … doch du solltest es jetzt wissen. Seine vorherige Assistentin war nett. Sara. Ein bisschen schüchtern, nicht aus New York. Nach allem, was man gehört hat, gut in ihrem Job. Aber sie hat sich viel zu sehr reingehängt. Ich weiß nicht, was zwischen ihnen passiert ist, doch sie war eindeutig verliebt in den Mann. Und letzten Endes hat sie gekündigt.«

Mein Magen fühlt sich an wie ein Eisklumpen. Ich habe ihn wiederholt gefragt, warum meine perfekte Vorgängerin das Studio verlassen hatte, allerdings nie eine richtige Antwort bekommen.

Mein Bewerbungsschreiben hier auf dem Tisch starrt mich unerbittlich an. Henry hat mir gesagt, ich hätte ihn in dem Vorstellungsgespräch beeindruckt. Aber woher weiß ich, dass es nicht an meinem Aussehen lag?

»Kann ich Kyle verklagen? Wegen Rufmords?«

Terri legt den Kopf schief. »Vielleicht. Darüber müsstest du mit einem Anwalt reden.«

»Mein Bewerbungsschreiben. Wie hat er das bekommen? Hat Melissa es ihm gegeben?«

»Ich weiß, dass er mal was mit Informatik gemacht hat, bevor er zu Architektur gewechselt ist. Wenn er Zugriff auf die Akte haben wollte … konnte er sich den vielleicht verschaffen. Aber es ist doch ziemlich unwahrscheinlich.«

Ich sammele alle Blätter auf dem Tisch ein, reiße die ab, die am Kühlschrank und an den Schränken hängen, und werfe alles in den Mülleimer.

»Danke, dass du mir Bescheid gesagt hast.«

Sie nickt. »Du hättest das Gleiche für mich getan.«

Sie hat recht. Das hätte ich. Niemand sollte so etwas durchleben müssen, auch nicht, wenn man selbst Fehler begangen hat. Plötzlich ist mir sonnenklar, welcher Weg vor mir liegt.

»Was machst du jetzt?«

Ich sehe auf das eine Blatt hinunter, das ich aufgehoben habe, mein Beweismittel. »Das Einzige, was ich machen kann«, sage ich. »Schadensbegrenzung.«

— • —

Henry sieht mich mit sanftem Blick an, als ich sein Büro betrete. Ich bin eine Stunde zu früh für unser Montagsmeeting. »Hey.« Aber dann sieht er meinen Gesichtsausdruck. »Faye?«

Ich schließe die Tür sorgfältig hinter mir und danke dem Architekten dieses Gebäudes dafür, dass Henrys Büro durch einen langen Flur vom Großraumbüro getrennt ist, wo aktuell so gut wie niemand gut auf mich zu sprechen ist.

Ich lege das Blatt vor ihn auf den Schreibtisch. Henry wird ganz still, und ihm steigt die Zornesröte ins Gesicht. »Deshalb hat Kyle also heute früh gekündigt.«

»Das denkt Terri auch.«

»Dieses verdammte Arschloch. Ich hätte ihn schon vor langer Zeit feuern sollen.« Er zerknüllt das Blatt in seiner Faust, bis seine Knöchel weiß werden. »Ich nehme an, jeder hat das gesehen.«

»Ja.«

Er sieht zu mir hoch. »Es tut mir leid. Es tut mir so leid, Faye.«

Nein. Nein, nein, nein. Ich kann das Mitleid in seinem Blick nicht ertragen, die Entschuldigung, das Eingeständnis, dass wir etwas falsch gemacht haben. Ich gehe vor seinem Schreibtisch auf und ab. »Ich bin ruiniert. *Schon wieder.*«

»Überhaupt nicht. Faye, du hast nichts falsch gemacht.«

»Wird mir das irgendjemand glauben? Überleg doch mal, wie das auf alle wirken muss! Es sieht so aus, als hättest du Kyle meinetwegen von dem Projekt abgezogen und als hätte ich mich hier hochgeschlafen!«

Henry steht auf, streckt den Arm nach mir aus, aber ich will nicht angefasst werden. Ich werfe die Arme hoch. »Dieser Job war ein Geschenk des Himmels, und ich habe alles innerhalb von zwei Monaten vermasselt.«

»Hast du nicht.«

»Ach, wirklich? Ist nicht alles, was Kyle sagt, wahr?«

Henry hält inne, sein Blick wird kalt. »Nichts, was Kyle hier andeuten will, ist wahr.«

»Wirklich?«

»Ich habe dir den Job nicht gegeben, weil ich Interesse an dir hatte. Ich habe Kyle nicht deinetwegen von dem Projekt abgezogen. Und ich wollte niemals, dass unsere persönliche Beziehung unsere professionelle beeinflusst. Du musst mir glauben, Faye.«

Ich sehe ihn an, und in mir toben sämtliche Gefühle, von Angst über Hoffnung bis hin zu Demütigung. Ich habe ihm gesagt, dass ich nie bereuen würde, was wir getan haben, aber jetzt gerade kann ich nur daran denken, was es alles zerstört hat. »Ich würde das wirklich gerne glauben.«

Sein Mund ist hart. »Ich werde das wieder in Ordnung bringen. Ich will nicht, dass du dir Sorgen machst.«

»Das lässt sich nicht in Ordnung bringen. Glaubst du, das wird sich nicht rumsprechen? Meine Karriere ist vorbei, und es ist meine eigene Schuld.« Ich schlage die Hände vors Gesicht und unterdrücke zum zweiten Mal an diesem Tag die Tränen. Ich muss mich konzentrieren, einen Plan fassen, aber mir ist einfach nur schlecht. »Das hätte niemals passieren dürfen. Wie konnte ich nur so dumm sein?«

Vor Monaten hatte ich mich bei allen großen Studios in New York beworben, nach Elliot Ferris. Keines davon wollte mich auch nur mit der Kneifzange anfassen, und damals hatte ich einfach nur kein Empfehlungsschreiben und war Elliots tentakelähnlichem Einfluss ausgeliefert gewesen. Jetzt stehe ich da wie eine Frau, die ihren Körper einsetzt, um Karriere zu machen. Mich wird nie wieder irgendjemand einstellen.

Eine warme Hand legt sich auf meine Schulter. Henry wirkt, als hätte er Angst, dass ich ihn abschüttele. Tue ich nicht.

»Nichts ist vorbei«, sagt er mit emotionsgeladener Stimme. Ich bin vielleicht verzweifelt, aber Henry ist wutentbrannt. Es strömt ihm aus jeder Pore. »Es fühlt sich vielleicht jetzt so an, aber es ist nicht so. Und Kyle wird nicht damit davonkommen. Nie und nimmer.«

»Kann ich ihn wegen Verleumdung verklagen?«

»Vielleicht. Ich werde das klären.«

Richtig. Henrys Name wird hier auch gerade durch den Dreck gezogen. Wir sehen beide nicht gut aus bei der Sache, und was da auch immer zwischen uns ist, wirkt im erbarmungslosen Licht des Tages plötzlich geschmacklos. Ich atme tief durch und versuche, mich zusammenzureißen. Er lässt meine Schulter los, als ich stehen bleibe und mir den Rock glatt streiche.

»Warum hat deine letzte Assistentin gekündigt?«

»Warum fragst du?«

Etwas in mir fällt bei dieser Gegenfrage in sich zusammen, bei der Wachsamkeit in seinem Blick. »Mir wurde eben erzählt, sie sei in dich verliebt gewesen. Ist dir das Gleiche hier schon mal passiert?«

Er reibt sich den Nacken. »Nein, Faye, das war überhaupt nicht so.«

»Alles klar.« Ich mache einen Schritt zurück. Ich kann dieses Gespräch nicht länger ertragen, will nicht hören, was er als Nächstes sagt. Meine Kehle fühlt sich an wie zugeschnürt. »Also, wir stehen jetzt nicht gerade gut da, oder?«

»Das wird sich wieder ändern«, sagt er mit mehr Überzeugung in der Stimme, als ich aufbringen kann. Er sitzt schon wieder am Schreibtisch, die Schultern angespannt, mit entschlossenem Blick, und greift zum Telefonhörer. »Ich mache das ungeschehen. Keine Angst, Faye.«

Ich gehe zur Tür hinüber und sehe ihm kurz dabei zu, wie er in Aktion tritt. Sehe sein dichtes Haar und seinen markanten Kiefer. In der Ecke steht verhüllt das Modell seines Opernhauses. Ich war so naiv zu hoffen, ich könnte beides haben – meinen Traumjob und den Mann meiner Träume.

Ich hätte wissen müssen, dass das zu gut war, um wahr zu sein.

– 28 –
HENRY

Ich schlage den freundlichsten Ton an, den ich aufbringen kann. »Natürlich, und ich würde dich auch nicht danach fragen, aber ich sehe es als meine Pflicht an, euch über die Gründe für seine Kündigung zu informieren.«

»Und das weiß ich zu schätzen«, sagt John Keys, einer der Architekten in Elliot Ferris' Team. »Wir haben Kyle erst vor ein paar Tagen einen Vertrag angeboten. Angesichts deiner Vorwürfe werden wir das vielleicht noch einmal überdenken.«

»Tut, was ihr für klug haltet«, sage ich. »Für mich persönlich sind Verleumdung und Missbrauch persönlicher Akten ein schwerwiegendes Vergehen. Ich würde Mr. Ferris ja persönlich anrufen, aber ich bin mir sicher, du weißt …« Ich lasse den Rest des Satzes offen, in der Hoffnung, dass er es versteht. Die Fehde zwischen meinem Dad und Elliot ist in der Branche bekannt, und sie war für mich nie einfach zu händeln.

»Ah, ja. Ich verstehe. Und Verleumdung ist für uns auch eine große Sache. Danke, dass du angerufen hast, Henry.«

»Jederzeit, John.« Tatsächlich hatte ich mit ihm seit dem Studium kaum Kontakt – und noch weniger, seit er für Elliot arbeitet.

John hält kurz inne. »Da ich dich gerade am Telefon habe … Wie wäre es mal wieder mit einer Partie Golf? Wir haben lange nicht mehr zusammen gespielt.«

Ich verkneife mir ein verächtliches Schnauben. Wir standen seit Jahren nicht mehr gemeinsam auf dem Golfplatz. »Sehr gerne«, entgegne ich. »Schreib mir eine E-Mail, und wir finden einen Termin.«

Nachdem ich aufgelegt habe, starre ich eine ganze Weile das Telefon an. Also hat Kyle einen Job bei Elliot Ferris bekommen und sich deshalb sicher genug gefühlt, diese irre Aktion durchzuziehen. Ich habe keinen Zweifel, dass ihm der Vertrag auf Elliots Anweisung hin angeboten wurde, um gegen uns zu punkten. Aber selbst wenn mein Anruf auch nur einen seiner künftigen Kollegen gegen ihn aufbringt, hat er sich schon gelohnt.

Kyle Renner, diese Schlange, wird niemals ein Empfehlungsschreiben von uns bekommen – stattdessen werde ich bei jedem zukünftigen Arbeitgeber anrufen und eine Warnung aussprechen. Es wird keine Cocktailparty geben, auf der ich nicht seinen Namen erwähnen werde. Arschloch.

Ich massiere mir die Schläfen und sehe wieder Faye vor mir, wie so oft in den letzten Stunden. *Vielleicht war das alles ein Fehler*, hat sie gesagt.

Scheiße. Dieses Wochenende war eines der besten meines Lebens, und endlich lief mal alles in geordneten Bahnen. Und dann muss so etwas passieren. Was hatten wir uns gestern noch geschworen? Dass wir nicht zulassen würden, dass die Arbeit zwischen uns steht? Wahrscheinlich haben wir es so herbeigeredet.

Ich löse meine Hand von der Armlehne, in die sie sich festgekrallt hat. Ein Teil von mir will Kyle Renner aufsuchen – ich könnte mir im Handumdrehen seine private Adresse besorgen –, und ihn dafür, was er Faye angetan hat, bewusstlos prügeln. Der andere Teil würde am liebsten mir selbst eine dafür verpassen, dass ich es zu schnell angegangen bin. Sie hat versprochen, sie würde nichts bereuen, aber das sah heute Morgen ganz anders aus.

Du musst mir glauben.

Und ihre Antwort, gebrochen und verletzt. *Ich würde das wirklich gerne glauben.*

Seitdem haben wir kaum miteinander gesprochen. Sie sitzt an ihrem Schreibtisch, ich an meinem. Jeder Meter Distanz zwischen uns lastet schwer auf mir.

Ich schicke Melissa aus der Personalabteilung eine E-Mail und bitte sie, nachmittags in mein Büro zu kommen. Die Frage, wie Fayes Bewerbung in Kyles Hände gelangen konnte, ist noch immer unbeantwortet. Am liebsten würde ich sie sofort in mein Büro zitieren – ich will irgendjemanden dafür zur Rechenschaft ziehen –, aber warten zu müssen, wird es für sie noch schlimmer machen.

Fayes Stimme erklingt durch die Gegensprechanlage. »Rykers ist hier.«

Ich unterdrücke ein Stöhnen. Das Letzte, was ich jetzt gebrauchen kann, ist eine Standpauke von meiner Geschäftspartnerin. »Schick sie rein.«

Rykers betritt mit einem schiefen Lächeln mein Büro. Ganz offensichtlich weiß sie Bescheid. »Ich weiß«, sage ich ohne Umschweife, »das macht keinen guten Eindruck.«

Sie lässt sich auf den Stuhl vor mir sinken. »Nein, in der Tat nicht.«

»Kyle war von Anfang an eine Schlange.«

»Ja, das war er. Ich glaube, deshalb hat er uns auch gefallen, weil er alles tun würde, um ein Projekt durchzuziehen.« Sie seufzt und kratzt sich mit einem perfekt lackierten Fingernagel am Kinn. »Aber wenn das hier sein wahres Gesicht ist, können wir von Glück sagen, dass wir ihn los sind.«

»Das sehe ich genauso.«

»Ich habe nicht vor, dir die Leviten zu lesen, doch wir müssen ... darüber reden.« Ihr Lächeln wird zynisch. »Ich kenne dich schon lange, Henry. Ich glaube nicht, dass das hier nur ein lüsterner Ausrutscher war.«

Ich atme tief durch. »Nein, das stimmt. Es ist schlechtes Timing und schlecht gehandhabt worden, aber an sich ist daran überhaupt nichts skandalös.«

»Dann mögt ihr beide euch.«

Ich nicke, auch wenn Fayes Gefühle mir noch ein Rätsel aufgeben. Alles, was ich habe, ist Hoffnung.

»Sie ist clever. Ich habe sie beim Pitch mit Terri gesehen. Sehr scharfsinnig.«

»Sie ist eine brillante Architektin.«

Rykers lehnt sich mit nachdenklichem Blick zurück. »Weißt du was, Henry? Ich denke, es wird für uns vielleicht Zeit, getrennte Wege zu gehen.«

Scheiße. Das jetzt auch noch?

Ich massiere mir erneut die Schläfen. »Ich verstehe, dass diese Sache vielleicht unseren Ruf bei Kunden und anderen Studios beschmutzt, wenn sie sich rumspricht. Aber ich habe schon eine Verleumdungsklage in die Wege geleitet und – «

»Oh, Henry, nein. Männer haben schon immer unangemessene Beziehungen zu ihren Assistentinnen. Es ist nicht besonders geschmackvoll, aber es passiert. Und wenn ihr beide es tatsächlich ernst meint, glaube ich nicht, dass es sich irgendwie negativ auf unsere Geschäfte auswirkt.«

Ich bin platt. »Aber warum dann?«

»Findest du nicht, es wird Zeit? Wir haben beide hiervon profitiert. Haben uns etwas aufgebaut, uns einen Namen gemacht. Aber ich würde meine Fühler auch gerne über New York hinaus ausstrecken und will mehr kreative Kontrolle über die Projekte haben. Wir haben einfach einen Punkt erreicht, an dem es Sinn ergibt.«

Ich sehe die Frau an, die vor zehn Jahren an meiner Seite gekämpft hat, um dieses Studio hochzuziehen. Die so brillant darin war, mit den Berechnungen, die ich aufgestellt habe, Investoren zu überzeugen.

Wir hatten ein gutes Jahrzehnt zusammen. Inzwischen haben wir uns beide unabhängig voneinander einen separaten Kundenstamm aufgebaut. Ihr Vorschlag kommt zu einem wirklich blöden Zeitpunkt, doch er ergibt Sinn und spiegelt einige meiner eigenen Gedanken wider. »Vielleicht hast du recht.«

Sie lächelt. »Es wird freundschaftlich ablaufen, genauso wie damals, als wir angefangen haben.«

»Wir teilen die Mitarbeiter zwischen uns auf?«

»Wir werden alles mit der Personalabteilung besprechen. Und – noch etwas: Faye Alvarez hat vor einer Stunde ihre Kündigung eingereicht.«

»*Was?*«

»Sei nicht sauer. Das ist das einzig Vernünftige, was sie in dieser Situation tun kann. Aber ich habe ihr einen Job in meinem Studio angeboten.« Sie grinst triumphierend. »Siehst du? Ist es nicht eine gute Idee, uns zu trennen?«

Meine Hand hält inne. »Als Architektin, hoffe ich.«

»Natürlich. Ich erkenne ein Talent, wenn ich es sehe.«

Ich verziehe den Mund. »Du tust es nicht für mich, das weiß ich, aber ist es falsch, dass ich dir dafür danken will?«

»Ja«, entgegnet sie und steht auf. »Weil es für dich ein Verlust und für mich ein Gewinn ist. Aber mal unter Freunden, Henry … sie hat die schlimmste Demütigung erfahren, die eine Frau am

Arbeitsplatz erfahren kann. Lass sie wieder Fuß fassen und ihre Würde zurückgewinnen, bevor du Druck machst.«

»Druck?«

Sie schüttelt den Kopf. »Du bist jemand, der Druck macht, Henry. So wie ich. Aber das ist in privaten Beziehungen nicht immer ein Erfolgsrezept.«

Damit verlässt sie mein Büro, und ich bleibe zurück und sehe mich mit einer Welt konfrontiert, die vollkommen anders aussieht als noch vor ein paar Stunden. Faye hat gekündigt. Ich spüre ein beklemmendes Gefühl in der Herzgegend. Warum hat sie nicht mit mir darüber geredet?

Als ich die Bürotür öffne, sitzt sie dort, und ihre wunderschönen Gesichtszüge sind zu einer kalten, professionellen Maske gefroren. Ich sehe fassungslos zu, wie sie ihre Sachen zusammenpackt. Sie nimmt eine Packung Minzbonbons aus einer Schublade und eine Haarbürste aus einer anderen.

Ich stehe direkt vor ihr, aber sie ignoriert mich.

»Du hast *gekündigt*?«

»Anders geht es nicht.« Ihre Stimme ist aufreizend ruhig. »Ich kann nicht mehr mit diesen Leuten zusammenarbeiten.«

»Natürlich kannst du. Da wird Gras drüber wachsen.«

»Nein, wird es nicht. Ich kann sie nicht zu einem Termin einbestellen oder sie an ihre Abgabetermine erinnern und dabei die ganze Zeit im Hinterkopf haben, was sie über mich denken.«

Ich lege ihr eine Hand aufs Handgelenk. »Lass uns eine Lösung finden. Ich habe schon – «

»Du hast was? Dich um Kyle gekümmert? Wütende Anrufe getätigt? Das habe ich gehört, und es ist gut. Aber es wird meinen Ruf nicht wiederherstellen.«

Ich will sie schütteln, uns beide schütteln. Aber Faye ist die Distanz in Person, als sie sich meiner Hand entzieht. »Ich muss das tun.«

»Hat Rykers mit dir gesprochen?«

»Ja. Sie hat mir einen Job angeboten.« Faye hält inne und schluckt schwer. »Das ist sehr großzügig. Und genau das, was ich will. Ich habe sofort zugesagt.«

Sie sieht mich an, als sollte ich es bloß nicht wagen, zu protestieren. »Ich habe es gehört. Das ist großartig, Faye. Wirklich.«

»Ja. Ja, das ist es. Es ist eine Chance, nach all dem hier etwas aus mir zu machen. Eine Chance, die ich meiner Meinung nach gar nicht verdient habe.«

»Natürlich hast du das. Verdammte Scheiße, Faye, du bist so talentiert. Das Opernhaus wurde erst durch dich zu dem, was es jetzt ist.«

Anscheinend habe ich genau das Falsche gesagt, denn sie schließt energisch ihre Tasche. »Ich habe für meine Nachfolgerin eine Übergabe geschrieben und die Personalabteilung informiert, dass sie wieder ein Stellengesuch für eine persönliche Assistentin aufsetzen müssen.«

»Faye …«

Sie hält inne und sieht zu mir hoch. Ihr Blick ist herzzerreißend distanziert. Ich will ihr sagen, dass sich alles in Wohlgefallen auflösen wird. Dass wir immer noch uns haben. Dass es mir leidtut. Aber es fühlt sich alles völlig unzureichend an.

»Es tut mir leid«, sage ich. »Aber das wird sich nicht rumsprechen.«

»Das kannst du nicht versprechen.«

»Doch. Das ändert nichts zwischen uns, Faye.«

Ihre Hand streicht über meine. Ihre Finger fühlen sich warm und weich auf meiner Haut an. Am liebsten würde ich sie an mich ziehen, sie an die Nähe erinnern, die dieses Wochenende zwischen uns bestanden hat. Sie bestärken und von ihr bestärkt werden. Aber ihr Blick verschließt sich, und sie lässt meine Hand los.

»Doch«, flüstert sie.

Ich sehe ihr nach, wie sie den Flur entlanggeht, und verfluche mich selbst dafür, dass ich nicht besser mit Worten umgehen kann, nicht weiß, was ich sagen soll. Für diese Situation, die irgendwie völlig außer Kontrolle geraten ist. Gestern früh noch war ich so glücklich wie seit Jahren nicht mehr. Das Schicksal hat eine merkwürdige Art, einem den Vorgeschmack auf etwas Wundervolles zu geben, nur um es einem sofort wieder zu entreißen.

— • —

Faye beantwortet meine Anrufe nicht. Zwei Tage nach ihrer Kündigung bekomme ich eine Textnachricht von ihr, in der sie um Abstand bittet. *Abstand.* Als hätten wir uns gestritten, als wäre es aus zwischen uns.

Also halte ich Abstand.

Ich feuere Melissa aus der Personalabteilung, die Kyle die Akte gegeben hat, nachdem sie sie selbst gelesen hatte. Als sie es zugibt, sagt sie, sie habe es *witzig* und *mitteilenswert* gefunden, aber nie damit gerechnet, dass er so etwas damit machen würde. Als wäre das eine Entschuldigung dafür, ihre Geheimhaltungsverpflichtung verletzen zu dürfen.

Meine Anwälte rufen täglich mit Updates zu der Verleumdungsklage an. Anscheinend hat Kyle das Foto von Faye und mir auf dem öffentlichen Facebook-Profil von jemandem gefunden, was man ihm rechtlich nicht ankreiden kann, doch bei dem Bewerbungsschreiben und seiner Andeutung darunter sieht die Sache anders aus.

»Wir werden ihn vielleicht nicht für alle Punkte vor Gericht belangen können«, meint mein Anwalt, »Aber wir können es ihm schwer machen, sich gegen die Anschuldigungen zu wehren.«

Meine Antwort ist klar und deutlich: »Machen Sie es ihm so schwer wie möglich.«

Die Prozesskosten werden sich auf jeden Fall lohnen – mehr als das –, wenn wir ihm damit den Wind aus den Segeln nehmen. Täglich sehe ich Fayes Gesicht vor mir, den Ausdruck in ihren Augen, als sie mir gesagt hat, wie es ihr mit dieser Sache geht, und ich schäme mich in Grund und Boden. Sie ist phantastisch und klug und stark und talentiert … stolz und witzig. Und dieser Job, und das mit uns, haben sie irgendwie zerrüttet.

Sie beantwortet weiterhin keinen meiner Anrufe.

Also komme ich ihrem Wunsch nach Abstand nach. Inzwischen sind zwei Wochen ins Land gegangen. Ich trainiere morgens im Fitnessstudio und quäle mich durch Vorstellungsgespräche mit neuen Assistentinnen, aber keine davon ist Faye, und keine davon wird sie je ersetzen können. Es ist unfair von mir, diesen Vergleich anzustellen, trotzdem sehe ich sie in jeder Bewerberin. Keine wird ihr gerecht.

Das neue Modell des Opernhauses wird geliefert, in dem die Änderungen aufgenommen sind, an denen Faye und ich gearbeitet haben. Gebogener Stahl, kombiniert mit massivem Holz. Es ist umwerfend. Jetzt hat es wirklich die abstrakte Form einer Violine. Die Silhouette fließt wunderschön. Ein Gebäude, das bereit ist, gebaut zu werden. Das Beste, was ich je entworfen habe – und zwar dank Faye.

Je länger ich es ansehe, desto deutlicher werden die Details, die sie hinzugefügt hat. Der Balken dort unten. Die größere Bühne.

Ihre Ideen waren nie bloße Ergänzungen, sondern fundamentale Beiträge. Sie haben das Ganze grundlegend verändert, es stärker gemacht. Einige der Änderungen haben wir mit vereinten Kräften vorgenommen. Ich erinnere mich noch, wie wir voller Enthusiasmus über die Rundung der Fassade diskutierten und uns dabei an einigen Gebäuden, die in den zwanziger Jahren in Manhattan entstanden sind, orientiert haben. Das war ein echtes Gemeinschaftsprojekt.

Sie hat nicht nur als Junior-Architektin an diesem Projekt mitgearbeitet, sondern als vollwertige Partnerin. Und das erkenne ich auch an, als ich die Bewerbung einreiche. *Architekten: Henry Marchand und Faye Alvarez.*

In der dritten Woche nach Faye fahre ich übers Wochenende nach Paradise Shores. Lily und Hayden sind aus den Flitterwochen zurück, und auch Rhys und Parker sind in der Stadt. Das Wochenende ist ein Desaster. Die Frida, die schon so lange der Happy Place meiner Familie ist, erinnert mich an Faye. Im Strandhäuschen meiner Schwester zu übernachten, erinnert mich an Faye. Rommé zu spielen, erinnert mich an Faye.

Dass meine Geschwister *pausenlos* nach ihr Fragen, macht es nicht besser.

Als wir in der Julisonne auf Lilys Veranda sitzen und Karten spielen, sind sie unerbittlich. »Warum hast du sie dieses Wochenende nicht mitgebracht?«, bohrt Parker nach.

Ich starre ihn finster an, erwidere aber nichts. Was soll ich schon sagen? *Ich habe es verkackt?*

Mein jüngster Bruder verdreht die Augen. »Du warst witziger, als sie dabei war.«

Lily runzelt die Stirn. »Hör auf, ihn zu ärgern. Ihm geht die ganze Situation doch offensichtlich nahe.«

»Henry geht gar nichts nahe. Das würde Gefühle voraussetzen«, sagt Rhys und legt die letzte Karte ab. »Schon wieder gewonnen.«

Ich werfe meine Karten auf den Tisch und bin noch schlechter gelaunt. Sie würde so gut hierher passen, an meine Seite, sich in keinerlei Hinsicht etwas bieten lassen. Selbst mein Vater – der seit der Sache in Chicago kaum ein Wort mit mir gesprochen hat – hatte etwas zu ihrer Abwesenheit zu sagen. Zwar nannte er sie nur »dieses Mädchen«, knurrte dann aber unzufrieden, als ich erklärte, dass sie dieses Mal nicht mitgekommen sei. Insgeheim fragte ich mich dabei, ob sie je wieder mitkommen wird oder ob ich alles ruiniert habe, weil ich es zu schnell angegangen bin.

Es ist schon spät, als ich schließlich meinen Whiskey austrinke und mich auf den Heimweg mache. Parker ist schon ins Bett gegangen, und Rhys hat sich in sich selbst zurückgezogen. Er liegt auf dem Rücken und starrt in den Sternenhimmel. Lily beobachtet ihn mit liebevollem Gesichtsausdruck, während sie sich an Hayden schmiegt. Die beiden sind anders seit der Hochzeit. Noch enger, wenn das überhaupt möglich ist.

Ich sehe ihnen seufzend zu. Ihre Partnerschaft wirkt so einfach, aber ich weiß, dass es nicht immer einfach für sie war. Und zum Teil war das wahrscheinlich unsere Schuld – die der gesamten neugierigen Familie. Doch wenn ich mir Hayden jetzt so anschaue, wie er den Arm um meine Schwester gelegt hat und sie verliebt anschaut, weiß ich, dass Lily sich keinen besseren Ehemann hätte aussuchen können.

Und ich muss hier weg, bevor mich das alles noch mehr an die Frau erinnert, die ich gefunden und wieder verloren habe. Ein paar Tage lang hatten wir … ach keine Ahnung, was wir hatten. *Irgendetwas*, das sich angefühlt hat wie *alles*.

Lily löst sich ruhig aus Haydens Arm. »Ich bringe dich noch

raus«, sagt sie, als würde ich den Grundriss ihres Hauses nicht kennen. Dabei habe ich die Renovierung geplant.

Sie ist ungewöhnlich still. »Ist alles in Ordnung?«, frage ich.

»Ja. Ja, alles okay. Aber Henry … bei dir auch?«

Nicht schon wieder. Ich nicke. »Ja.«

»Habt ihr euch getrennt?«

Ich weiß nicht, ob es der Whiskey ist, die späte Stunde oder die Tatsache, dass wir beide unter uns sind, aber ich nicke. Wahrscheinlich sehe ich so furchtbar aus, wie ich mich fühle, denn Lilys Blick wird weich.

»Oh, das tut mir leid.«

»Das muss es nicht. Es war meine Schuld.«

»Das kann ich gar nicht glauben.« In ihren Augen liegt der gleiche bewundernde Ausdruck, den sie schon hatten, als sie noch ein Kind war und ich sie auf meine Schultern gesetzt habe, oder später, als ich ihr beigebracht habe, ein Auto mit Schaltung zu fahren. Eine Welle von Schuldgefühlen rauscht über mich hinweg.

»Sie war meine Assistentin bei der Arbeit. Nicht meine Freundin.«

Ich warte auf die Standpauke, doch sie kommt nicht. Lily nickt nur. Ich kneife misstrauisch die Augen zusammen. »Wusstest du das?«

»Nein.« Eine kurze Pause. »Aber ich habe es vermutet. Sie hat etwas davon erzählt, dass das mit euch nichts Ernstes ist, und dann habe ich ein bisschen im Internet recherchiert. Sie ist auf der Webseite deines Studios als Angestellte aufgelistet.«

Ich stöhne. »Lily.«

»Faye und ich haben kurz über dich gesprochen.« Sie legt mir eine Hand auf den Arm. »Bei dem Abendessen bei unseren Eltern habe ich sie gefragt, was sie für dich empfindet.«

»Du solltest sie durchs Haus führen!«

»Ja, tja, du kennst mich doch.«

Ich fahre mir mit der Hand übers Kinn. »Ja.«

»Sie hatte Angst … dass sie dir nicht wichtig ist?«

»Das hat sie gesagt?«

Lilys Zögern zeigt mir, was ich wissen muss. »Na ja, das hat sie gemeint. Und ich habe ihr gesagt, dass Henry Marchand keine halben Sachen macht. Dass du sie magst, wenn du sie mit hierherbringst. Wir haben noch nie eine deiner Freundinnen kennengelernt! Ich habe versucht, sie zu beruhigen.«

»Darüber hat sie sich Sorgen gemacht? Dass ich kein wirkliches Interesse an ihr haben könnte?«

»Ja.« Lily wirft mir einen Blick zu, der ausdrückt, dass das offensichtlich sein sollte. »Es ist nicht schwer vorstellbar, warum. Sie hat zu dem Zeitpunkt in Betracht gezogen, mit ihrem Chef zusammenzukommen, Henry. Das ist nicht gerade ein empfehlenswertes Szenario.«

»Das weiß ich. Verdammt. Deshalb ist das Ganze ja gescheitert.«

»Ich denke, sie wollte wissen, ob es das wert ist. Ich habe ihr gesagt, dass du es auf jeden Fall wert bist.«

Meine Kehle schnürt sich unerwartet zusammen. Lily sieht entschlossen zu mir hoch, sie wirkt traurig und zugleich voller unerschütterlichem Vertrauen. So viele Jahre lang war ich derjenige, der uns Geschwister zusammengehalten hat, aber sie war immer das schlagende Herz der Familie.

»Also, Henry Edward Marchand, hatte ich recht? Wirst du für das, was du willst, und für die, die dir wichtig sind, alles tun? Warst du es wert, dass sie ein Risiko eingegangen ist?«

Ich sehe wieder Fayes Gesichtsausdruck vor mir. Ihre Wut auf Kyle, auf die ganze Situation. Auf die Unsicherheit, die ich mit erschaffen habe. Ich habe ihr den Abstand gegeben, den sie verlangt hat, ohne darüber nachzudenken. Sie wollte es so, und ich habe es respektiert.

Aber vielleicht habe ich vorschnell gehandelt. Es gibt noch Dinge zwischen uns, die gesagt werden müssen – und Dinge, die ich klarstellen muss.

Ich lege einen Arm um meine kleine Schwester, die sich voller Vertrauen an mich lehnt, wie sie es immer getan hat. Ihr Kopf reicht mir kaum bis zur Schulter. »Danke, Lils.«

»Natürlich.« Sie wirkt, als läge ihr noch etwas auf der Zunge. Sieht mich mit erwartungsvollen Augen an. Doch dann schüttelt sie den Kopf. »Geh und gewinne Faye zurück, und komm noch mal für ein Wochenende mit ihr her. Ich will, dass wir alle zusammen mit Hayden segeln gehen.«

»Das mache ich«, sage ich. Sie wird vom Licht der Veranda eingehüllt und sieht in ihrem weißen Sommerkleid aus wie ein Engel, als ich das Grundstück verlasse. »Ich liebe dich, Lils!«, rufe ich.

»Ich liebe dich auch!«, ruft sie zurück. »Schnapp dir dein Mädchen!«

Zurück im Strandhäuschen setze ich mich hin und schreibe einen Brief. Ich schreibe alles auf, was zwischen Faye und mir zu Missverständnissen geführt haben könnte. Jedes Detail. Wenn ich wieder in New York bin, werde ich ihn ihr in den Briefkasten werfen. Ich weiß nicht, ob das reichen wird, aber es ist ein Anfang, und ich denke gar nicht daran, es dabei zu belassen.

– 29 –
FAYE

Ich starre auf den Umschlag hinunter. Er lag heute Morgen in meinem Briefkasten. Ohne Briefmarke, nur mit meinem Namen in seiner Handschrift auf dem Umschlag. *Faye.* Er muss ihn persönlich eingeworfen haben. So nahe ist er mir gewesen – dort unten –, und ich habe nichts davon geahnt. Währenddessen war ich hier in meiner Wohnung und habe zum Stressabbau geputzt, gebügelt oder irgendetwas Semiproduktives gemacht, um mich bis zu meinem Jobantritt in Rykers Studio zu beschäftigen.

Ehrlich gesagt weiß ich nicht, was ich getan hätte, wenn ich gewusst hätte, dass er dort unten ist. Wenn er mir geschrieben und mich gebeten hätte, runterzukommen. Natürlich hätte ich Panik bekommen. Mich gefreut. Ich will ihn sehen – die Funkstille zwischen uns fühlt sich an wie ein Jucken unter der Haut, auch wenn ich diejenige bin, die es so wollte.

Ist es albern, dass ich Abstand brauche?

Der Umschlag liegt unschuldig auf meinem Wohnzimmertisch und weigert sich, mir Antworten zu geben, egal, wie lange ich ihn anstarre. Jess, die inzwischen mehrmals pro Woche hier übernachtet, schüttelt missbilligend den Kopf. »Öffnest du ihn jetzt oder nicht? Du starrst ihn seit einer halben Stunde an.«

»Ich bin mir nicht sicher, ob ich wissen will, was drinsteht.«

Sie setzt sich mir gegenüber hin. »Was *wünschst* du dir denn?«

Ich sehe wieder auf den Umschlag hinunter, auf meinen handgeschriebenen Namen. Er hat mehrmals angerufen, nachdem ich sein Büro verlassen hatte. Ich bin kein einziges Mal drangegangen.

»Ich weiß es nicht«, sage ich.

Sie lächelt mich schief an, als würde sie mir nicht glauben. »Du wünschst dir, dass er die Sache zwischen euch besser macht.«

»Ja. Aber ich habe keine Ahnung, wie das gehen soll. Was passiert ist ...«

»War vollkommen verkorkst«, beendet sie meinen Satz. »Und es ist total verständlich, dass du immer noch wütend darüber bist.«

»Ja.«

»Dein Selbstvertrauen wurde erschüttert.«

»Ja«, sage ich wieder. Dieses Mal mit matterer Stimme.

Jess beugt sich vor und legt mir eine Hand aufs Knie. Sie hat gerade ein Brot in den Ofen geschoben, das einen himmlischen Duft verströmt. Arbeitslos zu sein, macht deutlich mehr Spaß, wenn man eine Freundin hat, die meistens erst abends arbeitet.

»Und das verstehe ich. Wir beide. Aber was passiert ist, war anders als damals bei Elliot Ferris. Henry hat nicht versucht, dich aus seinem Projekt zu eliminieren. Er hat nicht gegenüber Studios in der ganzen Stadt angedeutet, du hättest unangemessene Annäherungsversuche unternommen. Er *verklagt* dieses Arschloch wegen Verleumdung.«

»Das weiß ich.«

»Rational gesehen ja, aber du bist gerade genauso fertig wie damals, als Ferris dich gefeuert hat. Sogar noch fertiger.«

Ich verdrehe die Augen. »Danke.«

»Ich bin eine gnadenlose Freundin, ich weiß. Aber du liebst das, und ehrlich gesagt brauchst du es auch gerade. Die ganze Sache hat dich an deiner Schwachstelle getroffen. Du wurdest für deinen Ehrgeiz bestraft. Dein Aussehen hat sich zum Nachteil entwickelt.

Und Henry und du … na ja, ich denke mal, du hast dir selbst gestattet, bei ihm verletzlich zu sein. Und dann ist alles über dir zusammengebrochen, und in deinem Kopf verschwimmt alles, obwohl es eigentlich völlig verschiedene Dinge sind.«

Ich sehe zur Decke hoch und fühle mich innerlich einfach nur leer. »Du hast die Weisheit aber auch mit Löffeln gefressen, oder?«

Sie lächelt. »Die Leute reden viel mit Barkeepern. Mehr als sie sollten, wahrscheinlich. Und ich kenne dich schon sehr lange.«

»Ich weiß, was ich mir *nicht* von dem Brief wünsche. Dass er ein endgültiger Abschiedsbrief ist.«

»Siehst du? Du machst Fortschritte!« Das Sofa gibt unter ihr nach, als sie sich neben mich setzt. »Vermisst du ihn?«

»Natürlich.«

»Nach dem, was du mir erzählt hast, war er sehr darauf bedacht, keine Grenzen zu überschreiten, richtig?«

»Ja.« Ich denke an seinen Körper an meinem, an mein Versprechen an ihn, dass ich es nicht bereuen werde, mit ihm zu schlafen, dass ich es genauso wollte wie er. Ich habe das auch vermasselt. Andere Erinnerungen spülen über mich hinweg. Sein Lachen, als wir am Strand entlangspazieren. Seine Haare, nass vom Meer. Er hat mich in ein Stück seiner Welt, seiner Gedanken, seiner Seele hineingelassen. Und als man uns ertappte, habe ich mich zurückgezogen.

»Ich war eine Idiotin. Nichts Neues also.«

»Nein, du hattest Angst. Das ist ein Unterschied.« Jess nickt zum Wohnzimmertisch hinüber. »Und ich denke, es wird Zeit, dass du damit aufhörst.«

Sie hat recht. Ich muss die Version von mir selbst wiederfinden, die im betrunkenen Zustand eine Bewerbung an ein renommiertes Architekturstudio geschrieben hat. Die wild entschlossen zum Vorstellungsgespräch gegangen ist, jede Chance zu nutzen.

Ich greife nach dem Umschlag und ziehe mit zitternder Hand den Brief heraus. Er ist lang und in Henrys ordentlicher Handschrift geschrieben.

Mein Herz hämmert wie eine Kriegstrommel in meiner Brust, während ich ihn überfliege. »Oh«, seufze ich erleichtert. »Das klingt gut.«

»Ja?«

»Ja. Vielleicht habe ich noch eine Chance.«

»Natürlich hast du das. Er wollte dich, seit ihr euch das erste Mal gesehen habt. Sag mir, was drinsteht.«

Also lese ich ihn laut vor. Henrys Worte hallen in meiner kleinen Wohnung wider.

Faye,
ich bin froh, dass du das gerade liest, dass du diesen Brief nicht weggeworfen hast – und damit jede Chance auf uns. Danke dafür. Du hast um Abstand gebeten, und ich habe versucht, das zu respektieren. Doch ich möchte auch einige Dinge klarstellen. Vielleicht sind das Dinge, die dich beschäftigen, vielleicht auch nicht. Aber du und ich haben eine lange Zeit in Rätseln und Spielen kommuniziert. Das hat extrem viel Spaß gemacht, aber das hier ist zu wichtig für so etwas.
Der einzige Grund dafür, dass ich dich eingestellt habe, war, dass ich dachte, du hättest Potenzial. Und mir gefiel die Vorstellung nicht, dass Elliot Ferris damit davonkommt, jemandem die Karriere zu ruinieren. Ich habe dich nicht eingestellt, um ihn wütend zu machen. Ich habe dich nicht mit zur Founders' Gala genommen, um es ihm unter die Nase zu reiben. Und das Wichtigste: Ich habe dich nicht eingestellt, um mit dir zu schlafen.

Zwischen mir und meiner vorherigen Assistentin ist nie irgendetwas passiert. Sie wurde zu anhänglich, und ich hatte das Gefühl, dass sie dadurch ihren Job nicht mehr effektiv machen konnte. Darüber habe ich sie informiert, und sie hat mir zugestimmt und entschieden, dass es das Beste ist, zu kündigen. Sie ging mit einem exzellenten Empfehlungsschreiben.

Du hast mich mehrfach gefragt, warum ich dich zur Hochzeit meiner Schwester eingeladen und dem Vertrag mit dir zugestimmt habe. Die simple Wahrheit: Ich wollte deine Gesellschaft. Ich gebe zu, das war egoistisch, und ich werde mir nie verzeihen, wie es endete. Ich bereue, wozu es geführt hat mit diesem Foto. Aber ich kann einfach nicht das Wochenende an sich bereuen oder das, was zwischen uns passiert ist, und ich hoffe, du tust es auch nicht.

Es tut mir leid, dass ich das nicht schon früher klargestellt habe und nicht vorsichtiger war. Dass ich Kyle vor all den Jahren eingestellt habe und ich dich nicht habe wissen lassen, dass das Risiko, das du eingingst, es wert war – denn ich wollte immer etwas Festes mit dir haben. Es tut mir leid, dass ich dir nicht hinterhergegangen bin, an dem Tag, als du das Büro verlassen hast. Dass ich dir danach nicht genügend Abstand gegeben habe. Oder zu viel. Ich weiß, ich habe es verkackt, Faye, und wenn du mich deswegen anschreien willst, weißt du, wo du mich findest. Du bist jederzeit willkommen.

Ich wäre wirklich gerne ein Teil deines Lebens, und ich werde alle Bedingungen akzeptieren, die du an mich stellst. Setze einen Vertrag auf, wenn du willst – ich werde ihn blind unterzeichnen.

PS: Rykers hat mir erzählt, dass du nächste Woche deinen neuen Job beginnst, und ich wünsche dir viel Glück, aber ich weiß, dass du das nicht brauchst. Du bist die talentierteste Architektin, die ich kenne.

Henry

Ich stoße zitternd die angehaltene Luft aus, lehne mich auf der Couch zurück und schließe die Augen. Er hat jeden einzelnen Punkt angesprochen, der mich beschäftigt hat, selbst die banalen, die kleinen Dinge, die mir in letzter Zeit nachts nicht aus dem Kopf gingen.

Jess hat recht. Das hier ist nicht das Gleiche wie damals mit Elliot Ferris. Wir sind nicht dem Untergang geweiht, weil im Büro alles schiefgelaufen ist. Abgesehen von Terri und Rykers werde ich wohl niemanden von den Leuten je wiedersehen. Es kann mir also egal sein, was sie denken. Kyle ist ein Arschloch, aber er lag total falsch.

Das mit Henry und mir fing vollkommen chaotisch an. Chaotischer, als wir beide es gewohnt waren, und viel zu chaotisch für meinen Geschmack. Eine verbotene Büroromanze. Hierarchien. Deadlines. Kollegen. Familie.

Doch das bedeutet nicht, dass die Verbindung zwischen uns eine Lüge war. Sie kam nur recht ungelegen am Anfang. Aber wann haben wir beide uns je von etwas Ungelegenem davon abhalten lassen, etwas zu bekommen, das wir wollen? Plötzlich ergeben all meine Schamgefühle und Ängste überhaupt keinen Sinn mehr.

»Und?«, fragt Jess. »Was meinst du?«

»Ich brauche eine Dusche und einen Plan.«

Sie grinst breit. »Willst du dich mit ihm treffen?«

»Wenn er mich sehen will, ja. Verdammt, selbst wenn nicht. Dann werde ich dafür sorgen, dass er mich sehen will.«

Und ich verbiete mir, darüber nachzugrübeln. Das war in den letzten Wochen mein großer Fehler. Ich war gefangen in meinem Gedankenkarussell und meinen Erinnerungen. Stattdessen angele ich mein Handy hinter einem Sofakissen hervor und finde sofort unsere letzte Unterhaltung in den Nachrichten. Die letzte SMS war von mir, als ich vor inzwischen fast drei Wochen um Abstand gebeten habe. Wenn ich sie mir jetzt so ansehe, fühle ich mich mies. Ja, zwischen uns gab es ein Machtungleichgewicht, aber wir haben ein Wochenende miteinander verbracht … und dann habe ich mich ohne Erklärung zurückgezogen.

Ich schreibe ihm einen einzigen einfachen Satz.

Faye Alvarez: *Kann ich dich heute sehen?*

Ich bin stolz darauf, dass ich das Handy danach nicht irgendwohin pfeffere, sondern es ruhig vor mir auf den Tisch lege. Jess applaudiert mir theatralisch, und ich verbeuge mich.

»Jetzt ab in die Dusche«, erkläre ich, und sie reckt den Daumen hoch. Eine Viertelflasche Conditioner später komme ich wieder ins Wohnzimmer, wo ein fertig gebackenes Brot und eine grinsende Jess auf mich warten. »Er hat geantwortet«, sagt sie.

»Ja?«

»Ja. Dein Handy hat gepiept, und ich habe nachgesehen. Du weißt, dass ich nicht anders kann.« Sie gibt mir das Telefon, und ich lese die Antwort, die genauso wortkarg ist wie meine Frage.

Henry Marchand: *Ja. Kann ich vorbeikommen?*

Etwas in mir entspannt sich, während ein anderer Teil nervös wird. Er war noch nie in meiner Wohnung.

Faye Alvarez: *Lass uns in Brooklyn treffen. Auf einen Spaziergang?*

Das ist die Reaktion eines Feiglings, doch er stimmt zu, und wir machen eine Zeit aus. Ich lege mein Handy weg und sehe zu Jess hinüber, die mich immer noch angrinst. »Ich kann es kaum erwarten, ihn kennenzulernen«, sagt sie.

»Jess!«

»Natürlich nicht heute. Aber so wie er klingt und so wie du dich verhältst … bin ich mir sicher, dass ich ihn irgendwann kennenlernen werde.« Sie öffnet meinen Kühlschrank auf der Suche nach

Butter. »Da habe ich überhaupt keinen Zweifel. Ihr beide seid praktisch Seelenverwandte.«

Ich sehe zu, wie sie uns zwei dicke Scheiben Brot abschneidet. Sie übertreibt, aber sie meint es ernst, und irgendwie scheint sie recht zu haben. Bei Aiden hatte ich nie dieses Gefühl, das Bedürfnis, aus unseren Leben ein gemeinsames zu machen. Unsere Freunde, unsere Familie miteinander zu teilen. Henrys gesamte Familie habe ich kennengelernt, bevor wir überhaupt miteinander geschlafen haben. Und alles daran fühlte sich richtig an.

»Tja«, sage ich und greife nach einer der Brotscheiben. »Vielleicht hast du recht.«

»Natürlich habe ich recht.«

– 30 –
FAYE

Ich sehe ihn, bevor er mich sieht.

Henry lehnt an der Ecke eines Feinkostladens und sieht mit seinen sorgfältig bis zu den Ellbogen hochgekrempelten Hemdsärmeln total fehl am Platz aus. Seit ich ihn das letzte Mal gesehen habe, sind seine Haare ein bisschen länger geworden, und sein Gesicht ist ein bisschen gebräunter. Wahrscheinlich war er in der Zwischenzeit wieder mal segeln. Seine Augen scannen die Passanten, die an ihm vorübergehen, und er wirkt irgendwie unruhig.

Ich muss unwillkürlich lächeln, als ich ihn sehe. Er erblickt mich, als ich die Straße überquere, und auf seinem ernsten Gesicht breitet sich ebenfalls ein Lächeln aus. Mein Herz zieht sich zusammen.

»Hey«, sagt er.

Ich sehe zu ihm hoch. »Hey.«

»Ich bin froh, dass du gekommen bist.«

»Ich auch.« Ich betrachte die belebte Straße um uns herum. »Sorry für die dramatische Inszenierung hier. ›Triff mich an der Ecke Prince und Fifth‹ klingt wie aus irgendeinem Film.«

Sein Lächeln wird schief. »Wir haben ja auch eine ordentliche Portion Drama hinter uns, also passt das doch.«

»In der Schule war ich nie der dramatische Typ.«

Henry schnaubt. »Ich definitiv auch nicht.«

»Eher der Bücherwurm?«

Er nickt. »Oder auf dem Segelboot.«

»Richtig«, sage ich leise. »Der Sieger der Juniorenregatta.«

»Daran erinnerst du dich?«

»Natürlich. Dein größter Erfolg.«

Er lächelt mich schief an, und ich lächele zurück. Ein warmes Gefühl durchströmt mich. »Wo willst du spazieren gehen?«

»Hier in der Nähe gibt es einen Park. Ist das okay?«

»Ich folge dir.«

Es ist ein wunderschöner Sommernachmittag. Der Park ist voller Menschen und spielender Kinder. Henry schießt einen abhandengekommenen Fußball zurück zu einer Gruppe Jungs, und sie bedanken sich. Das Schweigen zwischen uns ist nicht unangenehm, aber es fühlt sich schwer an durch all die Dinge, die gesagt werden müssen. Ich sehe sie förmlich zwischen uns schweben.

»Danke für den Brief«, beginne ich.

Er nickt. »Ich bin froh, dass du ihn gelesen hast.«

»Er war … oh, es tut mir leid, Henry.«

»Was tut dir leid?«

»Dass ich mich zurückgezogen habe. Zeit brauchte.«

»Nein, entschuldige dich nicht dafür.« Seine Hand berührt meinen unteren Rücken – ganz leicht, als fürchtete er, ich würde protestieren –, und er steuert auf eine leere Parkbank zu. Wir setzen uns nahe nebeneinander, ohne uns jedoch zu berühren. »Faye, du musst dich für nichts entschuldigen.«

Ich sehe ihm in die Augen. »Du auch nicht.«

Er verzieht leicht das Gesicht, sein Blick bleibt unergründlich. »Das mit Kyle war unverzeihlich. Meine Anwälte arbeiten gerade an einer Verleumdungsklage, und wenn es nach mir geht, findet er nie wieder einen Job. Nicht in New York zumindest.«

Ich muss über seinen heftigen Ton lächeln. »Er hat aus Neid und Unbesonnenheit heraus gehandelt.«

»Es war gehässig.«

»Ja, aber eine komplett zerstörte Karriere hat er nicht verdient.«

Henrys Blick wandert zu meinen Händen hinunter, die in meinem Schoß liegen. Er schweigt eine ganze Weile und sagt dann: »Du bist ein besserer Mensch als ich, wenn du dieser Meinung sein kannst.«

»Nein, ich habe nur viel darüber nachgedacht.«

Er nickt, doch er wirkt zerknirscht. »Dann weißt du genauso gut wie ich, dass Kyle nicht der eigentliche Schuldige ist. Das bin ich, und es tut mir so unendlich leid.«

»Henry?«

»Ich habe dich eingestellt in dem Wissen, warum du deinen letzten Job verloren hast. Ich wusste, wie wichtig dir diese Stelle war. Ungeachtet dessen, wie sehr ich mich zu dir hingezogen gefühlt habe, hätte ich dich nie bitten dürfen, mich zu der Hochzeit zu begleiten. Das war nicht nur unprofessionell, sondern wahrscheinlich sogar richtig schäbig.«

Ich greife nach seiner Hand und verschränke meine Finger mit seinen. Er lässt es zu, starrt aber weiterhin mit angespanntem Kiefer in die Ferne. »Hast du mich für leicht zu haben gehalten? Für eine Assistentin, mit der du einfach nur vögeln wolltest?«

Er starrt mich an. Sein Blick wirkt verletzt und wütend zugleich, auch wenn er versucht, es zu verbergen. »Herrgott, Faye. Nein. Nie.«

Ich halte seine Hand fester. »Und hast du mich gebeten, mit zu der Hochzeit zu kommen, um mit mir zu schlafen?«

»Nein.« Seine Stimme wird immer schwächer. »Ich wollte *Zeit* mit dir verbringen.«

»Dann war nichts von dem, was du getan hast, schäbig. Henry, ich habe *Ja* gesagt. Ich habe alles mitgetragen.« Ich bezwinge das aufsteigende Schamgefühl. »Manchmal habe ich dich sogar angestachelt. Wir haben uns beide unprofessionell verhalten. Aber nichts davon war schäbig.«

Seine Finger schließen sich um meine, und meine Hand wird fast von seiner verschluckt. »Du bereust es. Das ist genau das, was ich nie wollte, und trotzdem habe ich es verursacht.«

»Nein.«

Sein Blick sagt mir, dass er mir nicht glaubt, also rutsche ich näher, bis sich unsere Beine berühren. »Ich bereue nichts. Vielleicht habe ich es kurz bereut, als die Sache mit Kyle passierte. Der Preis schien sehr hoch zu sein. Aber Henry, auf keinen Fall bereue ich irgendetwas, was zwischen uns passiert ist.«

»Ich wollte dir nie wehtun«, sagt er. »Nicht wie Elliot Ferris. Ich wollte nie, dass du das Gefühl hast, ich würde dich nur wegen deines Körpers wollen oder ich würde deinen Ehrgeiz nicht wertschätzen. Du bist die talentierteste Frau, die ich je getroffen habe. Ich wollte deine Karriere unterstützen, nicht ruinieren.« Er fährt sich mit der Hand durchs Haar, und seine sorgfältig kontrollierten Gesichtszüge entgleisen ihm, als sich seine aufgestaute Wut entlädt. »Ich bin mit der Situation nicht gut umgegangen. Mit uns.«

Seine Worte, so viele, wie ich noch nie aus seinem Mund gehört habe, lösen ein warmes Gefühl in mir aus. »Du hast deine Karten nicht richtig ausgespielt? Henry, ich dachte, du gewinnst immer.«

»Du warst nie ein Spiel.«

Ich beuge mich näher zu ihm hinüber, bis sich seine Augen überrascht weiten und wir beide den Atem anhalten. »Du warst für mich auch kein Spiel«, sage ich. »Aber … *wenn* wir gespielt hätten, würde ich sagen, wir hätten trotzdem gewonnen.«

»Wir beide?«

»Ja.«

Seine Hand legt sich auf meine Taille und zieht mich enger an sich. »Erzähl.«

»So wie ich das sehe, hält uns nichts davon ab, jetzt das zu sein, was wir sein wollen.«

Henrys Daumen streicht über meine Taille. Er schenkt mir ein so ehrliches Lächeln, dass sich etwas in mir zusammenzieht. »Du gibst mir eine zweite Chance, Faye.«

»Nein. *Wir* geben uns eine zweite Chance, weil wir beide verantwortlich für das alles sind. Falls du das möchtest?«

Sein Lächeln wird neckend und weckt in mir die Erinnerung an die vielen Abende, die wir wettstreitend in seinem Büro verbracht haben. »*Falls?* Ich muss an meinem schriftlichen Ausdrucksvermögen arbeiten, wenn du dir nach diesem Brief immer noch unsicher bist, was ich will.«

Ich drücke meine Lippen auf seine. Er erwidert den Kuss sanft und liebevoll, und ein warmes Gefühl durchströmt mich. Das. Das hier wollte ich von Anfang an. Ihn an meiner Seite. Jemanden, den ich gleichermaßen respektiere wie liebe.

»Vielleicht könnten wir es dieses Mal richtig machen. In der richtigen Reihenfolge.« Wir hatten nie ein richtiges Date zusammen, und trotzdem habe ich seine Familie bereits kennengelernt. Wir haben das Pferd von hinten aufgezäumt.

Er streicht mir die Haare aus dem Gesicht. »Du willst von mir ausgeführt werden?«

»Vielleicht.«

»Fein essen gehen, was?« Er legt mir eine Hand auf das Knie. Sie fühlt sich warm auf meiner Haut an. »Frühstück im Bett. Sonntagsbrunche.«

Ich grinse ihn an. Das alles klingt so … *pärchenmäßig*, so anders als alles, was ich je mit einem Mann hatte, und der neckende

Unterton in seiner Stimme ist liebevoll. »Gemeinsames morgendliches Duschen«, füge ich hinzu.

Sein Kiefer spannt sich an, als er schluckt. »Ja. Um Wasser zu sparen«, sagt er. »Sehr nachhaltig von dir.«

»Ich war Jahrgangsbeste in dem Kurs *Einführung in nachhaltiges Bauen*. Habe ich dir das nie erzählt?«

Henrys Lächeln wird breiter. »Nein, ich glaube nicht, aber es überrascht mich nicht.«

»Materialeffizienz«, flüstere ich. »Energieeinsparung.«

Er beugt sich zu mir und küsst mich wieder, dieses Mal nachdrücklicher. Alle Gedanken an seinen neckenden Unterton verpuffen, als seine Zunge meine berührt. Niemand hat mich jemals so geküsst wie er. Als wollte er meinen Körper besitzen und mich gleichzeitig zur Königin krönen. Mit starken Fingern hebt er mein Kinn leicht an, um mir noch näher zu sein. Ich bin völlig außer Atem, als er sich von mir löst.

»Sorry«, sagt er, »aber Gespräche über nachhaltige Architektur machen mich total heiß.«

Ich lache. »Wirklich? Wie schaffst du es dann durch einen stinknormalen Arbeitstag?«

»Nur schwer.« Er greift nach meiner Hand und zieht mich hoch. »Jetzt komm schon, Alvarez. Zeig mir dein Viertel.«

Wir gehen durch den Park und danach die Hauptstraße entlang. Mein Teil von Brooklyn ist ruhig und entspannt. Als ich ihm das sage, schüttelt er nur den Kopf.

»Kein Ort in New York ist jemals wirklich ruhig.«

Ich mustere sein Profil. Die Stadt mag vielleicht nicht ruhig sein, aber er wirkt jetzt wie die Ruhe selbst. Die Nervosität, die er vorhin ausgestrahlt hat, ist verschwunden. »Nicht wie Paradise Shores?«

Er sieht mich an, und ich frage mich, ob er sich an alles genauso erinnert wie ich. An uns beide auf dem Boot. An unseren Strandspaziergang um Mitternacht. An uns zwei allein in dem Strandhäuschen.

»Nein«, sagt er leise. »Nicht wie Paradise Shores.«

»Würdest du je wieder dorthin zurückziehen?«

Er runzelt die Stirn, doch es ist sein nachdenkliches Stirnrunzeln, nicht das verärgerte. Ich weiß nicht, ob irgendjemand sonst den Unterschied erkennen würde. »Vielleicht«, meint er schließlich. »Aber es müsste der richtige Zeitpunkt sein. Im Moment sehe ich mich nicht woanders als … hier.« Er macht eine Geste, die die belebte Straße, den Fluss im Hintergrund, den schlagenden Puls der Stadt umfasst, in der wir beide leben und arbeiten. Ich kann mir auch nicht vorstellen, hier wegzugehen – noch nicht zumindest.

Unser Spaziergang endet schließlich vor meinem Wohngebäude. Ich habe uns hergeführt, zu dem roten Backsteinhaus, das mein Zuhause ist, seit ich vor sechs Jahren hergezogen bin.

»Hier wohne ich«, sage ich.

Henry sieht an mir vorbei in den Hausflur. »Ich weiß.«

»Richtig, der Brief. Danke dafür übrigens. Wirklich.«

Er reibt sich den Nacken. »Ich hätte früher darauf kommen sollen. Wir hätten dieses Gespräch auch schon vor Wochen führen können.«

»Es kam zum exakt richtigen Zeitpunkt«, sage ich und meine es so. Die letzten Wochen waren lang gewesen, aber ich habe die Zeit gebraucht, um mir über meine eigenen Gefühle klar zu werden – um Henry und mich aus den beruflichen Rollen zu lösen, in denen wir uns kennengelernt haben.

Henry tritt einen Schritt näher, bis wir uns fast berühren. Er streicht mit den Fingern über meine Wange und hebt dann mein Kinn an.

»Ich mag den Größenunterschied zwischen uns«, sage ich blödsinnigerweise.

Seine Lippen kräuseln sich. »Da bin ich aber froh. Ansonsten hätte ich leider auch nichts dagegen tun können.«

Ich lächele ihn an und er lächelt schief zurück, streicht mir eine Locke hinters Ohr. »Kann ich mit hochkommen?«

Ich stelle ihn mir in meiner Wohnung vor, seine riesige Statur in meinem winzigen Wohnzimmer. Denke an meinen zerschlissenen Teppich, an die halb tote Zimmerpalme. An meine gerahmten Architekturposter an der Wand und sein visionäres Denken. An seinen Arm um meine Taille, während wir schlafen.

»Ja«, sage ich. »Gerne.«

Etwas in ihm entspannt sich, als wäre er sich nicht sicher gewesen, wie ich reagiere. Er lässt eine Hand meinen Arm hinuntergleiten und greift nach meiner Hand. »Dann geh vor.«

Als wir meine Wohnungstür erreichen, auf der in goldenen Lettern Apartment 13C steht, klopft mein Herz nervös und aufgeregt. Henry ist hier. Bei mir zu Hause. Zum Glück ist Jess inzwischen arbeiten gegangen.

Ich öffne die Tür. Er geht an mir vorbei und hält sie mir auf.

»Danke.«

»Du wolltest doch, dass wir das hier richtig machen«, sagt er mit einem Lächeln auf dem Gesicht. Früher dachte ich, dieses Lächeln hätte Seltenheitswert, und habe jedes davon in mich aufgesaugt. Heute ist er großzügig mit diesem Lächeln, genauso wie er es das gesamte Wochenende in Paradise Shores war.

Henry bleibt in meinem Wohnzimmer stehen und sieht sich um. Er studiert alles ganz genau. Den Überwurf auf der Couch, den meine Mutter gehäkelt hat. Das bis zum Rand mit Biographien und Architekturbänden gefüllte Bücherregal.

Er tritt näher und betrachtet die Poster an der Wand. Er hat die Hände in den Hosentaschen vergraben, und mit seinen breiten Schultern in dem Hemd und dem dichten Haar, das ihm bis in den Nacken reicht, wirkt er viel zu gut für diese Wohnung. Zu groß. Mit angehaltenem Atem warte ich auf das, was er wohl sagen mag.

»Die sind großartig«, sagt er schließlich und sieht sich den architektonischen Querschnitt des Kolosseums genauer an. »Woher hast du die?«

Plötzlich habe ich einen Kloß im Hals. Jess ist meine beste Freundin, und sie hat die Poster nie groß beachtet. Aiden fand sie damals überteuert und fühlte sich von ihnen an meinen nervigen beruflichen Ehrgeiz erinnert.

»Aus dem Internet«, sage ich. »Ein Künstler hat sie angefertigt, auf Basis von echten historischen Zeichnungen. Teile davon sind spekulativ.«

Henry nickt und legt mir einen Arm um die Taille. Er streicht mit der Hand über meinen Arm, und ich bekomme eine Gänsehaut. »Hast du Hunger?«

»Ähm, ja, ein bisschen. Sollen wir etwas kochen? Ich glaube, ich habe noch Hühnchen im Gefrierfach.«

Er zieht mich zur Couch und in die Kissen hinunter, ohne mich loszulassen. »Auf keinen Fall«, sagt er. »Ich bestelle uns etwas, und wir essen genau hier auf deinem Sofa.«

»Haben wir jetzt direkt unser erstes richtiges Date?«

»Ja.«

Ich lächele. »Wir verschwenden keine Zeit, oder?«

»Ich habe schon zu viel verschwendet«, sagt er. Das Sonnenlicht offenbart Bartstoppeln auf seinen Wangen und Schatten unter seinen Augen. Wie kann es sein, dass ich die bisher übersehen habe?

»Klingt gut.« Ich lege ihm eine Hand auf die Wange und streiche mit dem Daumen über seinen Wangenknochen. Er schließt entspannt die Augen. »Du siehst ein bisschen müde aus. Hattest du Stress auf der Arbeit? Mit der Trennung von Marchand & Rykers?«

»Ja«, seufzt er. »Die Projekte unter uns aufzuteilen, war schwieriger als gedacht. Rykers und ich hatten auch ein paar Meinungsverschiedenheiten bezüglich einiger Personalfragen.«

Ich lasse meine Hand durch sein Haar gleiten und massiere ihm die Kopfhaut. »Sie ist wahrscheinlich die Einzige im Büro, die sich nicht scheut, mit dir auf Konfrontation zu gehen.«

Er schnaubt. »Im Augenblick, ja. Aber nur, weil du nicht mehr da bist.«

»Schmeichler.«

»Es ist die Wahrheit.« Henry seufzt wieder und schmiegt sich mit geschlossenen Augen an mich. Ich lächele. »Außerdem war ich die ganze Zeit total abgelenkt bei der Arbeit. Habe vergessen, E-Mails zu beantworten. Habe den Überblick über diverse Projekte verloren. Konnte überhaupt nicht mehr klar denken.«

»Das klingt gar nicht nach dir.«

»Nein.« Seine Mundwinkel heben sich zu einem Lächeln, doch seine Augen bleiben geschlossen. »Ich hatte diese kluge, talentierte, wunderschöne Frau in meinem Leben, und dann habe ich es verkackt und sie verloren. Und deshalb konnte ich an nichts anderes mehr denken.«

Ich lasse die Finger seinen Nacken hinuntergleiten und massiere sanft seine starken Muskeln. »Du bist heute wirklich ein Schmeichler«, murmele ich, »aber ich genieße es total.«

Sein Lächeln wird breiter. »Noch ein Punkt für mich.«

»Du willst das Komplimentespiel spielen?« Ich küsse ihn auf die

Wange, und seine Bartstoppeln kitzeln mich. »Dann musst du dich daran gewöhnen, attraktiv genannt zu werden.«

»Mhm«, sagt er leise. »Ich denke, wenn es von dir kommt, werde ich irgendwie damit klarkommen.«

– EPILOG –

EINEN MONAT SPÄTER

Wir liegen im Bett, und Faye rollt sich von mir weg. »Wir müssen los.«

Sie ist schnell, doch ich bin schneller. Ziehe sie zurück an meine Brust und lächele, als sie lacht und protestiert. »Wir kommen zu spät!«

»Und?«

Sie wehrt sich, aber es gibt kein Entkommen, und das sage ich ihr auch. Sie verdreht die Augen. »Du warst mal so pünktlich. Was ist nur daraus geworden?«

»Du bist ein schlechter Einfluss.« Ich streiche ihr seidiges Haar zurück und vergrabe mein Gesicht in ihrem Nacken. Sie riecht wunderbar, wie immer – nach warmer Haut, Seife und ihrem ganz eigenen Duft.

Faye dreht sich in meinen Armen. Wir sind übers Wochenende in Paradise Shores, wohnen im Strandhäuschen meiner Schwester, und das Sonnenlicht, das durchs Fenster fällt, lässt ihre Haut in tausend wunderschönen Nuancen erstrahlen.

»Schlechter Einfluss, was?«

»Absolut fürchterlich.« Ich lasse die Hand über ihre Taille abwärts gleiten, über ihre Hüfte bis zu ihrem Po. »Ich habe diese Woche *zweimal* eine zweistündige Mittagspause gemacht, und dafür gebe ich nur dir die Schuld.«

Fayes Lachen ist das schönste Geräusch, das es gibt. Sie kuschelt sich enger an mich und fährt mit den Fingernägeln über meinen Rücken. »Du warst daran auch nicht gerade unschuldig, Mister. Muss ich dich daran erinnern, dass ich immer noch versuche, einen guten Eindruck auf meine Chefin zu machen?«

Ihr nackter Körper an meinem erschwert mir das Denken – sie fühlt sich einfach zu gut an –, aber ich starte einen heldenhaften Versuch. »Rykers ist hin und weg von dir.«

»Nein«, korrigiert sie mich, »*du* bist hin und weg von mir. Sie ist noch unschlüssig.«

Ich schnaube. »Stell dein Licht nicht unter den Scheffel.«

»Tue ich ja gar nicht. Ich bin einfach nicht voreingenommen. Los jetzt. Wir kommen zu spät, und ich will wirklich, dass deine Familie mich mag.«

»Das tun sie doch schon. Wahrscheinlich mögen sie dich mehr als mich.«

Sie lacht, und ich ergötze mich erneut an dem Klang. Bei ihr habe ich das Gefühl, witziger zu sein, als ich es je war. »Ganz sicher nicht. Du willst hier nur Komplimente sammeln, und ich weigere mich, dir Honig ums Maul zu schmieren. Jetzt komm schon, du eitler Mann. Ich muss duschen und – «

»Ich auch.«

» – du kannst nicht mit in die Dusche, weil wir sonst nie wieder da rauskommen. Wirfst du in der Zwischenzeit die Kaffeemaschine an?«

Ich lehne mich zurück und sehe zu, wie sie aus dem Bett schlüpft. Als sie aufsteht, habe ich all ihre wunderschönen Kurven wie auf dem Präsentierteller vor mir. Sie ist umwerfend. Gebräunte Haut und schwarze Haare, die ihr weit bis über den Rücken fallen. Das Beste: Ihr Körper passt perfekt zu meinem, als wären sie zwei Puzzleteile, die zusammengehören.

»Habe ich dir je gesagt, dass du wunderschön bist?«

Mit einem Lächeln auf den Lippen geht Faye in Richtung Badezimmer. So selbstbewusst und souverän sie auch ist – ich weiß, dass sie dieses Kompliment genauso gern hört, wie ich es ihr mache.

»Hin und wieder«, sagt sie.

»Nur hin und wieder? Das muss sich ändern.«

Sie bleibt an der Badezimmertür stehen und dreht sich zu mir um, noch immer splitterfasernackt. Ich lasse den Blick lüstern über ihren Körper schweifen. »Während du duschst, schreibe ich eine Ode an deine Schönheit.«

Sie grinst. »Eine Ode?«

»Ja. Ich könnte einen auf Shakespeare machen, aber da ich weiß, wie du auf meinen Dirty Talk reagierst, gehe ich wahrscheinlich eher diesen Weg.«

Faye verdreht die Augen – damit hat sie nie aufgehört –, doch ihre Wangen röten sich. Irgendwie lösen meine Worte noch immer so etwas in ihr aus. Es macht Spaß, sie so zu necken ... und die Früchte dann regelmäßig im Bett zu ernten. Ein anzügliches Wort über den Akt an sich, und ihre Wangen färben sich tiefrot.

»Das würdest du nicht wagen.«

»Ach?« Ich ziehe die Bettdecke weg, damit sie sieht, was der bloße Anblick ihres nackten Körpers bei mir bewirkt. »Du bist so heiß, und ich will dich so sehr. Ständig. Alles was ich will, ist, dich unter mir zu spüren, deine Beine zu spreizen und deine enge Pussy zu ficken, bis – «

Faye knallt die Badezimmertür hinter sich zu, und ich pruste los. Anscheinend hat sie es gehört, denn eine Sekunde später erklingt ihre Stimme durch die Tür. »Heb dir das für später auf!«

Während sie duscht, koche ich Kaffee und ziehe mich an. Sie trifft heute zum ersten Mal seit der Hochzeit meine Familie, aber sie waren damals schon total hin und weg von ihr – sie muss überhaupt nicht nervös sein. Und zwischen uns ist auch alles gut, seit wir wieder zusammen sind. Wobei *gut* wahrscheinlich eine ziemliche Untertreibung ist. *Verdammt phantastisch* beschreibt es besser.

Perfekt ist außerdem die Tatsache, dass wir Tür an Tür arbeiten. Rykers' Studio ist direkt neben meinem, also verbringen Faye und ich die meisten Abende zusammen, entweder bei ihr oder bei mir, wobei wir von meiner Wohnung aus schneller bei der Arbeit sind.

Ich lächele in meinen Kaffee hinein, als ich an den letzten Abend denke, den wir miteinander verbracht haben. Ich habe ganz nebenbei vorgeschlagen, dass sie ein paar Sachen bei mir lässt – einen Föhn, Shampoo, frische Unterwäsche –, um die ganze Logistik vor der Arbeit einfacher zu machen. Sie war total geplättet und hat mich dann auf eine Art und Weise geküsst, die deutlich machte, wie gut dieser Vorschlag bei ihr ankam.

Wir gehen die Dinge langsam an, aber ich habe keinen Zweifel daran, wohin sich das mit uns entwickeln wird, wenn ich es nicht wieder unbeabsichtigt vermassele. Ich könnte es nicht ertragen, noch einmal von ihr getrennt zu sein. Und ich habe noch nie jemanden getroffen, der die Person versteht und sogar wertzuschätzen weiß, die ich bei der Arbeit bin. Bauen ist ein Teil von mir, genauso wie es ein Teil von Faye ist.

Fünfzehn Minuten später taucht sie aus dem Schlafzimmer auf, mit offenen Haaren und in einem dunkelblauen Kleid, das ihre Kurven umspielt. Sie sieht umwerfend aus.

»Hör auf zu starren, Marchand. Wir haben eine Verabredung zum Brunch.«

»Seit wann bist du so herrisch?« Ich strecke den Arm aus, will ihre Hand wieder in meiner spüren. »Hör nie damit auf.«

»Seit *du* damit aufgehört hast«, sagt sie und greift nach ihrer

Handtasche. »Jetzt sag mal, wie verstehst du dich aktuell mit deinem Vater?«

Meine gute Laune verschwindet nicht, wird jedoch ein wenig getrübt. »Wir reden miteinander, aber das letzte Mal war vor ein paar Wochen. Er ist immer noch sauer wegen der Chicago-Sache.«

Sie drückt meine Hand. »Sein Problem. Du hast das Richtige getan.«

»Ich weiß.« Das stimmt, aber es ist schön, es aus ihrem Mund zu hören – besonders, weil mir bewusst ist, dass sie es wirklich ernst meint. Sie unterstützt mich und ist gleichzeitig absolut ehrlich. Sie weiß genauso viel über unsere Branche wie mein Vater oder ich und versteht die Entscheidungen, die damit einhergehen.

Wir gehen hinüber zum Haus meiner Eltern. Auf dem Weg dorthin fragt mich Faye nach meiner Meinung zu einem der Projekte, an denen sie gerade arbeitet, und als wir am Ende des Ocean Drive ankommen, sind wir in eine Diskussion über Baustoffe vertieft.

Lily und Hayden warten auf der Veranda auf uns, Parker liegt mit der Sonnenbrille auf der Nase in einem Liegestuhl. Er sieht total fertig aus. Ich sehe Lily an, und sie nickt. Er hat einen Kater.

Ich bleibe neben meinem Bruder stehen und reiße ihm die Sonnenbrille vom Gesicht. Er fährt erschrocken hoch. »Hey!«

»Spät geworden gestern Abend?«

Er legt sich eine Hand an die Schläfe. »Ja. Und sprich nicht so laut, Henry. Mein Gott.«

»Bist du neunundzwanzig oder neunzehn?«

Lily nimmt mir die Sonnenbrille ab und setzt sie Parker wieder auf. »Darauf musst du nicht antworten. Aber lass es Mom nicht sehen. Oder Dad.«

»Ich weiß, ich weiß«, murrt Parker. Unsere Eltern waren immer nachsichtig mit ihrem jüngsten Sohn – seine mittelmäßigen Noten wurden immer von seinem sportlichen Können kompensiert –, aber sie halten nichts von ausschweifenden Partys.

Faye geht um mich herum und umarmt Lily. »Es ist so schön, dich wiederzusehen.«

Lily lächelt mich über ihre Schulter hinweg an. »Dito. Wir haben dich diesen Sommer hier vermisst.«

»Ich euch auch.«

»Und jetzt sind wir alle wieder zusammen.« Lily strahlt uns an.

Ich kneife die Augen zusammen. »Rhys kommt nicht?«

Sie schüttelt den Kopf. Verdammt. Er hatte schon immer die Tendenz, vom Weg abzukommen, übereilte Entscheidungen zu treffen oder sich in sein Schneckenhaus zurückzuziehen. Die letzte Nachricht, die er mir geschickt hat, war nur ein Bild von einem Sonnenaufgang irgendwo in Asien auf einer seiner Fotoreisen.

Parker schnaubt. »Der kommt wieder. Er kommt immer zurück.«

Wir alle hören das Wort, das er nicht ausspricht. *Irgendwann.*

»Ja, er kommt immer zurück«, sagt Lily und lächelt, trotzdem macht sie sich Sorgen. Sie sorgt sich oft um Rhys, auch wenn sie die kleine Schwester ist. Ich werde nachher mal mit ihr reden und sie beruhigen. »Wie auch immer. Wir wollten euch etwas erzählen, bevor Mom und Dad rauskommen. Wir wollen nicht, dass sie es jetzt schon wissen.«

Hayden legt ihr einen Arm um die Taille. Ihr Gesicht ist entspannt, ihre Augen strahlen glücklich, auch wenn sie Parker und mich genau mustert.

Parker richtet sich auf. »Lily …«

Ihr Lächeln wird breiter. »Ich bin schwanger. Es ist noch sehr früh, aber ich wollte, dass ihr es zuerst wisst.«

Einen Augenblick lang kann ich nichts anderes tun, als sie anzustarren, sie beide. Ich wusste nicht, dass sie vorhatten, es zu versuchen. Neben mir ist Parker ähnlich erstarrt. Faye ist diejenige, die sofort gratuliert und meine Schwester umarmt.

»Wow«, sagt Parker schließlich. »Glückwunsch. Wow.«

Ich umarme Lily, und sie passt so perfekt in meine Arme. Ihre Wangen leuchten rosa vor Glück. »Glückwunsch, Lily.«

»Ich mache euch alle zu Onkeln. Klingt doch nett, oder? Onkel Henry.«

Ich muss schlucken, bevor ich etwas entgegnen kann. »Ja, das stimmt.«

Parker hat den Arm um Hayden gelegt. »Onkel Parker. Mann, das klingt alt. Das ist unfassbar.«

»Ich weiß. Glaub mir, ich weiß.« Hayden grinst auch, ein seltener Anblick. »Und phantastisch.«

»Zum Glück seid ihr zwei verheiratet.«

Lily gibt mir einen kleinen Schubser. »Sei still. Henry.«

Hayden sieht mir direkt in die Augen. Er ist ein paar Jahre jünger als ich, aber seit er in der Navy war, hat er sich verändert. Der kaputte Junge, den ich einst kennengelernt habe, ist verschwunden.

»Das Haus ist perfekt«, sagt er zu mir. »Du bist praktisch der Architekt dieser Schwangerschaft, weil du ein Kinderzimmer direkt ans Schlafzimmer gebaut hast.«

Lily lacht. »Wir mussten es einfach sofort füllen.«

Faye lehnt sich an mich. »Du hast ihr Haus entworfen?«

»Ja. Ich habe zumindest den Umbau geplant.«

»Es ist perfekt«, sagt sie, und man hört ihrer Stimme an, dass sie es ehrlich meint.

Lily strahlt sie an. »Ja, oder? Henry hat wirklich großartige Arbeit geleistet.«

»Er hat ein phantastisches Auge«, stimmt Faye zu. »Du solltest das Projekt sehen, an dem er gerade arbeitet – es ist ein Hochhaus für ein medizinisches Unternehmen, der langweiligste Kunde überhaupt, aber Henry macht es umwerfend. Fügt Details hinzu, die sie sich nie hätten träumen lassen, und alles innerhalb des Budgets.«

Die Augen meiner Schwester weiten sich vor Begeisterung, und ich ignoriere die amüsierten Blicke, die Hayden und Parker mir zuwerfen. »Echt? Henry, du entwirfst ein Hochhaus?«

»Na ja, das ist sozusagen mein Job.«

»Du erzählst uns nie irgendetwas«, sagt Lily und dreht sich zu Faye um. »Wirklich *nie.*«

Fayes Stimme klingt amüsiert. »Kaum zu glauben.«

»Wieso dreht sich dieses Gespräch hier gerade um mich? Lily, lass es mich wissen, wenn du irgendetwas brauchst, in Ordnung? Egal was. Das Gleiche gilt für dich, Hayden.«

Sie nicken mir beide zu, aber falls sie der Meinung sind, ich übertreibe es, lassen sie es sich nicht anmerken. Sie sind erwachsen, doch es ist schwer für mich, den Drang zu unterdrücken, ihnen zu helfen. Dieses Mal kann ich ihnen aber nicht zeigen, wo es langgeht. Lily wird die Erste von uns sein, die sich im Elternsein versucht. Faye lächelt neben mir, ihr Gesicht spiegelt pures Glück wider, und ich stelle mir vor, wie es wäre, wenn sie schwanger wäre. Wie unser gemeinsames Kind wohl aussehen würde.

Sie sieht mich lächelnd an. »Woran denkst du?«

»Nur an dich«, murmele ich und drücke ihr einen Kuss auf die Schläfe, während ich versuche, meine wandernden Gedanken unter Kontrolle zu halten.

Der Rest des Abends vergeht wie im Flug. Es ist Anfang September, aber noch angenehm warm, so dass wir auf der Veranda essen können. Ich sehe fasziniert zu, wie Dad Faye zeigt, wie man Hummer grillt.

»Die Scheren müssen hier oben liegen«, weist er sie an, »weil sie mehr Hitze brauchen.«

Sie grillt die anspruchsvollen Schalentiere wie ein Profi, bevor sie mit einem Glas Weißwein in der Hand zu mir zurückkehrt.

»Das«, sage ich, »war echt beeindruckend.«

»Ach? Eine Frau am Grill macht dich heiß?«

Ich schnaube. »*Du* am Grill, ja. Aber ich meinte eigentlich eher, wie du das Biest gezähmt hast.«

Sie lacht. »Dein Dad kann nett sein.«

»Ja, weil er dich liebt.«

»Also gewinnt man die Herzen der Marchand-Männer, indem man einen Streit vom Zaun bricht?« Ihre braunen Augen funkeln, wie immer, wenn sie mich aufzieht.

Ich lege den Arm um ihre Taille. »Ja. Wenn du streitsüchtig, herausfordernd und kämpferisch bist, wickelst du uns alle im Nullkommanichts um den Finger.«

»Solange ich *dich* um den Finger gewickelt habe, bin ich glücklich.«

Nach dem Essen bittet mich Dad in sein Arbeitszimmer. Auf subtile Art und Weise – mit seinem typischen Blick und einem Nicken –, aber ich weiß, was das zu bedeuten hat. Genauso wie meine Geschwister, deren neugierige Blicke uns ins Haus folgen. Unsere Meinungsverschiedenheit zieht sich dieses Mal über Monate. Das ist fast schon Rekord.

Ich sehe schweigend zu, wie Dad einen Stapel Papiere auf seinem Schreibtisch durchgeht. Was wird es diesmal sein? Eine weitere fragwürdige Investitionsmöglichkeit? Eine weitere Gelegenheit für ihn, meine beruflichen Entscheidungen abzuwerten?

Er findet das Blatt, das er gesucht hat, und reicht es mir stirnrunzelnd.

Aha. Es ist ein kurzer Auszug eines Zeitungsartikels, aber die Aussage ist klar. Eine Gruppe von Stadtplanern, Aktivisten und Lobbyisten hat es geschafft, das Chicago-Projekt zu stoppen, und in Kürze werden neue Flächennutzungsgesetze für das Gebiet in Kraft treten.

Ich lasse das Blatt sinken. »Rolfe und Piers werden nicht gerade glücklich darüber sein.«

»Sind sie tatsächlich nicht.« Dad lehnt sich in seinem Schreibtischstuhl zurück. »Aber ich bin es.«

Ich kann meine Überraschung nicht verbergen. »Hast du letztendlich investiert?«

»Ja. Aber nicht so viel, wie ich ursprünglich geplant hatte. Und außerdem werden sie mir jeden einzelnen Cent erstatten.«

Hinter dem Fenster geht die Sonne unter und taucht den Garten und den Strand in ein warmes, goldenes Licht. Ich lasse kurz den Blick zum Horizont schweifen, um meinen unbewegten Gesichtsausdruck wiederherzustellen. »Alles klar«, sage ich schließlich. »Ich bin froh, dass du mit einem blauen Auge davonkommst.«

Sein Grinsen ist schief und die Selbstironie, die darin zu erkennen ist, ist bei ihm ein wirklich seltener Anblick. »Wenn du es nicht sagst, sage ich es eben. Du hattest recht, Junge.«

»Wow.«

»Gewöhn dich nicht dran«, sagt er schnaubend.

Langsam breitet sich auch auf meinem Gesicht ein Lächeln aus. »Oh, keine Angst, das werde ich nicht.«

»Ich hätte deine Meinung nicht einfach so abtun sollen. Aber was habe ich denn da eigentlich über eine Trennung von Marchand & Rykers gehört?«

Mein Grinsen geht jetzt von einem Ohr zum anderen. Wir haben seit Monaten nicht mehr über die Arbeit gesprochen, also hatte er keine Gelegenheit, mich danach zu fragen. Es muss ihn innerlich aufgefressen haben.

»Wir können darüber reden«, sage ich und gehe um den Schreibtisch herum auf seine Seite. »Ich habe Projekte für die kommenden Jahre geplant und ein Profil für das neue Studio erarbeitet.«

Er fährt den Computer hoch. »Zeigst du es mir?«

»Ja.«

— • —

Es ist schon spät, als Faye und ich am Abend nach Hause gehen. Wir nehmen den Weg am Strand entlang, und ich halte ihre Hand in meiner. Die Sonne ist zwar längst untergegangen, aber die Promenade wimmelt nur so vor Menschen. Teenager, die auf Skateboards unterwegs sind, Paare, die auf den Bänken sitzen und sich leise unterhalten. Der ungewöhnlich warme Septemberabend hat alle vor die Tür gelockt.

Faye drückt meine Hand. »Ich liebe diesen Ort.«

»Mhm, gut. Du wirst oft hier sein, weißt du?«

Sie kichert. »Gut, dass ich deine Familie auch mag.«

»Umso besser.« Ich küsse sie auf den Scheitel, der sich von hier oben so bequem erreichen lässt. »Erzähl mir noch mal, was deine Eltern gesagt haben, als du ihnen von mir erzählt hast.«

Faye stößt mir einen Ellbogen in die Rippen. »Du eitler Pfau.«

»Erzähl es mir.«

»*Endlich*, haben sie gesagt.« Sie errötet. »Dass ich endlich den Richtigen gefunden habe.«

Ich lege ihr einen Arm um die Taille und beuge mich zu ihr hinunter, bis meine Lippen an ihrem Ohr sind. Sie duftet himmlisch. »Das muss dir nicht peinlich sein. Meine Mutter hat dir doch auch gesagt, dass sie darauf gewartet haben, dass ich jemanden kennenlerne. Dass ich *dich* kennenlerne.«

Sie räuspert sich. »Dad meinte auch, dass ich bis über beide Ohren verliebt geklungen hätte, als ich von dir erzählt habe.«

»Wirklich?« *Interessant.*

»Ja.« Sie wirft mir einen Seitenblick zu. »Mom hat ihm zugestimmt.«

»*Klingst* du bis über beide Ohren verliebt? Oder *bist* du bis über beide Ohren verliebt? Das ist ein Unterschied.«

Sie schiebt mich weg und lacht. »Henry!«

Ich halte sie fest. Nehme sie in die Arme und hebe ihr Kinn an. Sie erwidert meinen Kuss, überrascht, warm und liebevoll.

»Ich *bin* bis über beide Ohren verliebt«, murmelt sie schließlich. »Das hast du jetzt aus mir herausgefoltert.«

Ich grinse. »Gefoltert? Du verletzt mich, Faye.«

»Nicht im Geringsten«, sagt sie. Ihre Augen, die vor Glück funkeln, sind wahrscheinlich das Schönste, was ich je gesehen habe.

»Komm schon.« Ich ziehe sie in Richtung Strandhäuschen. Ihre Worte wirken auf mich wie Katzenminze auf Katzen. Der letzte Monat war einer der besten meines Lebens, und der Drang, mit ihr allein zu sein, um ihr genau das zu zeigen, ist fast überwältigend.

Faye lacht, während sie neben mir hereilt. »Hey! Meine Beine sind kürzer als deine!«

»Sorry. Ich mache langsamer.«

»Oder ich mache schneller.« Sie lässt meine Hand los und beginnt zu laufen, ihr Haar weht wie eine Fahne hinter ihr her. »Lust auf ein kleines Wettrennen, Marchand?«

Ich grinse sie an. »Du weißt, dass ich nicht verliere.«

»Nein«, sagt sie. Sie ist schon weit vor mir. »Nur gegen mich!«

Wir erreichen das Strandhaus Kopf an Kopf, ohne dass einer von uns rennt, um zu gewinnen. Faye lacht, als ich sie hochhebe und über die Schwelle trage.

»Bist du da nicht ein bisschen vorschnell, Marchand?«

Ich antworte nicht, sondern küsse sie stattdessen. Sie schmilzt in meinen Armen förmlich dahin, und ich drücke sie noch fester an mich. Ihre Lippen bewegen sich gierig unter meinen, während ich die Haustür mit dem Fuß hinter uns schließe. Ein Monat zusammen, und ich bekomme immer noch nicht genug von ihr. Ich bezweifle, dass es jemals anders sein wird.

Ich trage sie ins Schlafzimmer. »Hast du immer noch diesen String an?«

»Natürlich.« Fayes Lippen wandern meinen Hals hinunter, während sie mein Hemd aufknöpft. Erneutes Verlangen pulsiert durch mich hindurch, und meine Hand krallt sich in den Stoff ihres Rocks. Am liebsten hätte ich ihn ihr vom Leib gerissen, um das winzige Stückchen Spitze zu sehen, das sie gekauft hat, um mich zu verführen. Es verdeckt so gut wie gar nichts.

Mit loderndem Blick drückt sie mich auf das Bett hinunter. »Aber du musst es dir verdienen.«

»Ach?« Ich verschränke die Hände hinter dem Kopf und lasse den Blick über ihren Körper schweifen. »Ich liebe Herausforderungen.«

Faye gibt mir genaue Anweisungen, die Wangen gerötet von ihren eigenen Worten. Sie ist inzwischen besser im Umgang mit dem Dirty Talk, aber ich hoffe dennoch, dass sie nie aufhören wird, ein bisschen peinlich berührt davon zu sein.

»Gott, du bist so sexy«, flüstere ich. »Komm her.«

»Erledige du erst mal deinen Teil.«

»Soll ich auch einen Vertrag unterschreiben?«

Sie schüttelt den Kopf, und ihr Blick folgt meinen Händen, während ich meinen Gürtel öffne und dabei akribisch ihre Anweisungen befolge. Nicht dass das irgendwie schwierig wäre – ich bin längst hart. »Das bewirkst du bei mir«, sage ich. »Jeden Tag.«

Sie schluckt. »Mhm.«

»Willst du sehen, wie schlimm es ist?«

Sie nickt, und ihre Finger spielen mit dem Reißverschluss an ihrem Kleid. Ich grinse und erzähle ihr bis ins kleinste Detail, was ich fühle, was ich von ihr will. Wie sehr ich sie heute Abend brauche. Ich verwende alle Wörter, die sie gerne hört – die sie, wie sie mir gestanden hat, feuchter machen, als sie es je für möglich gehalten hätte. Es dauert ewig, bis wir uns an diesem Abend schlafen legen. Wir genießen jede Minute daran noch mehr als die davor.

Spoiler: Wir gewinnen beide.

Danach fühlt sie sich warm in meinen Armen an, schmiegt sich perfekt an mich. Der Duft auf ihrer Haut ist berauschend: nach Meer und Sex und Sonne. Mein Arm liegt auf ihrer Taille, und ihre Hand wandert langsam über meine Haut. Ich schließe die Augen.

Es fühlt sich einfach zu gut an. Wie im Traum. Eine Phantasie.

»Henry«, murmelt sie leise. »Du hast mir vorhin nicht gesagt, ob du auch bis über beide Ohren verliebt bist?«

Ich lächele. »Nach dem Sex bin ich schwach. Nutzt du das gerade aus?«

Faye lacht und vergräbt ihr Gesicht an meinem Hals. »Vielleicht.«

Ich lege meinen Arm fester um ihre Taille. Ihren Körper an meinem zu spüren, ist etwas, das ich nie für selbstverständlich halten werde. Ihr Schweigen ist erwartungsvoll, aber nicht angespannt. Für Faye wird jede Antwort okay sein, solange es die Wahrheit ist.

»In jeder Beziehung in meinem Leben gibt es … Erwartungen. Ich muss immer jemand *sein*. Ein Sohn. Ein großer Bruder. Ein Gewinner. Ein Lehrer. Ein Vorbild. Ein Chef.« Mein Daumen kreist zart über ihren seidigen Bauch. »Aber hier bei dir bin ich einfach ich. Und das reicht.«

Faye schweigt einen Augenblick. Dann berühren ihre Lippen meine. Warm und zärtlich. »Henry«, murmelt sie.

»Das war ein Ja«, stelle ich klar. »Auf deine Frage.«

Ihr Lachen klingt leise in der Dunkelheit und umgibt mich vollständig. »Da bin ich froh.«

— • —

AM NÄCHSTEN TAG …

»Ich habe die Knoten geübt«, sagt Faye. »Ich habe mir extra ein paar Seilstücke im Supermarkt gekauft.«

»Jetzt ist es amtlich. Du bist die beste Schülerin, die ich je hatte.«

»Ich tue alles, um dich zu beeindrucken«, sagt sie lächelnd und nimmt ihre Tasche aus dem Kofferraum. Lilys und Haydens Auto steht bereits auf dem Parkplatz neben uns. Wahrscheinlich warten sie schon an der Frida auf uns.

Mein Handy klingelt. Eine Nummer, die ich nicht kenne. An einem Sonntag? Das Meer lockt, und ich überlege, ob ich die Mailbox rangehen lassen soll, entscheide mich dann aber dagegen. Ich sehe immer noch Faye an, während ich das Gespräch annehme. »Henry Marchand.«

»Hi. Ich bin so froh, dass ich Sie erreiche. Mein Name ist Richard Drew, von der Architecture Society of New York. Vielleicht erinnern Sie sich: Wir sind verantwortlich für die Jurywahl des neuen Opernhauses.«

Meine Kehle wird trocken. »Ja, ich erinnere mich.«

»Wir waren sehr beeindruckt von Ihrer Bewerbung. Die Jury hat getagt und sich einstimmig für Ihren Entwurf entschieden. Herzlichen Glückwunsch!«

Faye schließt das Auto ab und macht eine Geste mit der Hand, die sagt: *Können wir jetzt los zur Anlegestelle?*

»Ähm«, erwidere ich. »Das sind gute Nachrichten.«

»Auf jeden Fall! Die öffentliche Bekanntmachung wird nächste Woche stattfinden. Wir melden uns am Montag mit den Details. Ich bin sicher, Sie haben eine Menge Fragen.«

»Ja, die habe ich.«

»Aber wir wollten Ihnen noch am Wochenende Bescheid geben, um es sacken zu lassen.« Er macht eine Pause und fügt dann fröhlich hinzu: »Nochmals herzlichen Glückwunsch, Mr. Marchand. Wir freuen uns auf eine großartige Zusammenarbeit.«

»Ja. Danke. Ich mich auch.«

Wir legen auf. Faye sieht mich jetzt neugierig an und tritt einen Schritt näher. »Alles okay? Du siehst blass aus.«

Ich grinse sie an und werde von unbändiger Freude erfasst. »So, Miss Alvarez. Können Sie sich vorstellen, wieder mit mir zusammenzuarbeiten?«

Ihre Augen weiten sich. »Was meinst du?«

Ich warte kurz mit meiner Antwort, lasse Faye nur mein Lächeln sehen. Es fühlt sich gigantisch an und reicht sicher mindestens von einem Ohr zum anderen. Nachdem ich das Modell eingereicht hatte, habe ich fast vergessen, bis wann sich die Jury entscheiden wollte. Ich war voll und ganz mit Faye beschäftigt gewesen – erst damit, sie zurückzugewinnen, und dann damit, mit ihr zusammen zu sein.

»Henry«, drängt sie. »Wer war das am Telefon?«

»Die Architecture Society of New York.«

Sie lässt die Arme sinken. »Nein.«

»Ja. Rate, wer das neue New Yorker Opernhaus bauen wird?«

»Du«, murmelt sie mit fassungsloser Stimme. »O mein Gott, Henry.«

»*Wir*«, korrigiere ich sie. »Wir sind beide die ausführenden Architekten.«

Dann schlingt sie mir die Arme um den Hals, und sie lacht oder vielleicht weint sie auch, und ich wirbele sie auf dem Parkplatz des Yachthafens herum. Sie haben sich für unseren Entwurf entschieden. Unter Hunderten von Bewerbungen haben sie *unsere* ausgewählt. Die Metallkurven und Holzbalken, die wir digital so akribisch erarbeitet haben, werden tatsächlich zum Leben erweckt.

»Ja«, flüstert sie schließlich grinsend. »Ich werde wieder mit dir zusammenarbeiten.«

Ich küsse sie. »Setz einfach den Vertrag auf, Süße, und ich unterschreibe ihn.«

– ENDE –

Olivia Hayle
Red Hot Rebel
Deutsche Ausgabe
Roman
Aus dem Amerikanischen von Nicole Hölsken
320 Seiten. Klappenbroschur
ISBN 978-3-98751-031-1
Auch als E-Book lieferbar

Love around the World

Ich habe einen Traumjob ergattert! Ich soll an den schönsten Orten der Welt shooten, um Werbung für eine Hotelkette zu machen. Es könnte nicht besser laufen, wäre da nicht ein Haken: Der Fotograf Rhys Marchand ist ein reicher und komplett unausstehlicher Kerl. Doch ich brauche das Geld und ich möchte mir die Chance, um die Welt zu reisen auch nicht entgehen lassen. Und wer hätte schon ahnen können, was auf dem Trip alles passieren wird …

Der dritte Band der beliebten »Brothers of Paradise«-Reihe – mit einem Setting zum Wegträumen